Hannah Hülsmann & Henrik Röttgers

Ubuntu

Durch Afrika zurück zum Wir

DIE AUTOREN

Hannah Hülsmann (1995) studierte International Sports Management, bevor sie ihre Leidenschaft im Schreiben und Fotografieren fand. Seit einigen Jahren ist sie als Autorin, Reisebloggerin, Fotografin und Speakerin tätig. In ihrem ersten Buch Pachamama – Reise ins Unbekannte (2021) erzählt sie ihre persönliche Geschichte als Volunteer in Peru – der Reise, auf welcher sie Henrik kennengelernt hat.

Henrik Röttgers (1992) arbeitete nach seinem Master an der Deutschen Sporthochschule Köln zunächst als Sportwissenschaftler, ehe sein Drang nach Reisen und Abenteuer ihm ein gänzlich anderes Leben bescherte. Heute ist er freier Autor, Reiseblogger, Content Creator, Speaker und führt mit Hannah eine kleine Reise-Content-Agentur.

Auf ihrem Reiseblog **Generation World** und dem gleichnamigen Podcast berichten die beiden über ihre weltweiten Abenteuer. Ohne Enddatum reisen sie derzeit mit ihren Rucksäcken um die Welt – stets auf der Suche nach Geschichten aus fremden Ländern und Kulturen.

Website: www.generation-world.de
Instagram: generation_world_

Hannah Hülsmann & Henrik Röttgers

UBUNTU

Durch Afrika zurück zum Wir

1. Auflage

Lektorat/Korrektorat: Sina Blanke
Covergestaltung/Kartografie: Jessica Zenner
Fotos: Hannah Hülsmann

Verlag: Generation World GbR,
Stiftsstraße 20, 53225 Bonn
www.generation-world.de

Druck: epubli – ein Service der neopubli GmbH
Köpenicker Straße 154a, 10997 Berlin

Die Deutsche Nationalbibliothek verzeichnet diese Publikation in der Deutschen Nationalbibliografie.

Hier geht's zur digitalen
Karte mit all unseren Stopps:

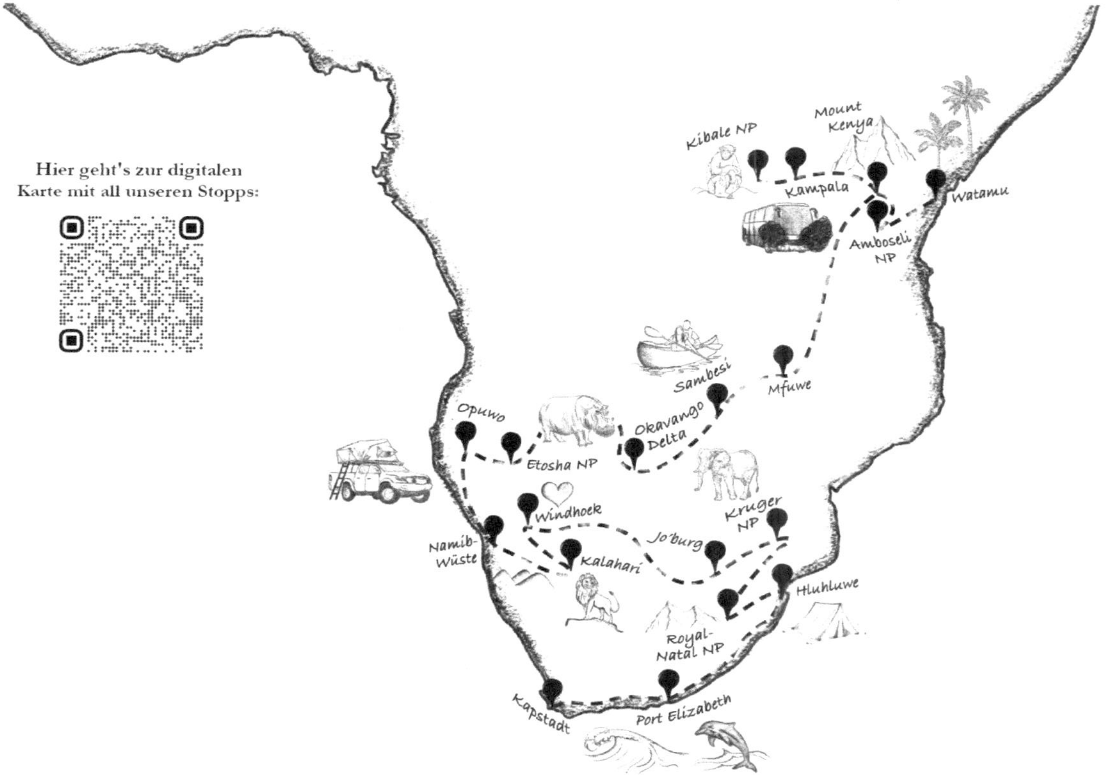

DIESES BUCH IST INTERAKTIV UND MULTIMEDIAL!

Tausende Fotos und Videos, Tausende Erinnerungen an unsere prägende Afrika-Reise liegen auf unserer Festplatte. Die eindrucksvollsten, atemberaubendsten, wunderschönsten und auch ehrlichsten davon möchten wir mit dir teilen. Deshalb haben wir für dich eine virtuelle Reise kreiert, die unsere Geschichte schmückt und dich intensiv eintauchen lässt.

Diese zum Buch passenden digitalen Galerien sind exklusiv und in dieser Form nicht über unsere anderen Kanäle abrufbar.

SO GEHT'S:

Am Ende jedes Landes wirst du auf QR-Codes stoßen. Wenn du diese mit deinem Smartphone scannst, gelangst du direkt zu einer digitalen Galerie, die Impressionen passend zu den vergangenen Kapiteln für dich bereithält. Wir empfehlen dir, diese direkt an der vorgegebenen Stelle anzusehen, damit du die Geschichten Revue passieren lassen kannst und damit deine Lesereise durch Afrika noch intensiver und lebhafter wird.

UNSER FOTOSHOP:

Du möchtest dir Afrika nach Hause holen? Dann schau doch mal in unserem Foto-Shop vorbei! Dort kannst du dir einige unserer Werke als Wandbild, als Postkarte oder in anderen Varianten bestellen.

BOTSCHAFT AN DICH

Wenn alles um uns herum karg und leblos aussieht. Wenn es tausend verschiedene Wege gibt und doch jeder einzelne davon ausweglos erscheint. Wenn jeder Ruf in der stillen Welt der Wüste verhallt und nichts bleibt außer einem ungehörten Echo. Wenn wir jeden Sinn krampfhaft hinterfragen und drohen bis zum Ende unseres Daseins in aller Sturheit gegen uns selbst zu kämpfen. In ebendiesen Momenten scheint die Erde uns ein Zeichen zu schenken. Aus dem tiefen Inneren der Natur, auf deren verborgenen und zugleich kraftvollen Wurzeln wir wandeln und unser Leben vollbringen. Das uns als Menschen auf magische Weise zusammenbringt. Das uns Schutz gewährt, wenn alles über uns zusammenzubrechen scheint. Denn selbst wenn uns nur eines verbindet, ist es doch etwas Essenzielles: Am Ende sind wir alle eins.

Liebe Leserin, lieber Leser,
auf diesen Seiten, die gerade vor dir liegen, erzählen wir unsere persönliche Geschichte einer für uns sehr besonderen Reise. Nun, einen scheinbar mikroskopisch kleinen Teil unserer ganzen Lebensreise, der für seine zeitliche und räumliche Winzigkeit doch mit einer eindringlichen Botschaft daherkommt. Uns liegt es am Herzen, dass die kommenden Zeilen bei deiner Lesereise dein ständiger Begleiter sind. Wir sind nur zwei von vielen (nicht mehr ganz so) jungen Menschen, die die Sehnsucht verspüren, die Welt zu bereisen und versuchen, das Beste aus ihrer begrenzten Zeit zu machen. Sowohl als Paar als auch als Individuen werden wir dauernd von Fragen und Herausforderungen heimgesucht, die auch

du vielleicht kennst: Was sind meine Träume? Was kann ich eigentlich? Habe ich den richtigen Job? Den richtigen Partner? Werde ich genug Geld haben? Bin ich überhaupt glücklich? Will ich einmal Kinder haben? Bin ich im Inneren nicht selbst noch eins? Wie können wir Kriege beenden, den Klimawandel stoppen und die Welt retten? Und können wir unsere Welt, wie wir sie erleben, überhaupt noch genießen?

Jede Begegnung, jedes Erlebnis, jede Erkenntnis, jedes Abenteuer unserer siebenmonatigen Reise durch das südliche und östliche Afrika beruht auf wahren Begebenheiten, die wir aus unseren persönlichen Perspektiven ungefiltert – und vielleicht an der ein oder anderen Stelle auch unreflektiert oder in klischeehaftem Unwissen – erzählen. Wir teilen diese sehr private Geschichte mit dir in absoluter Ehrlichkeit, im Vertrauen und in der Hoffnung, dass sie dich nicht nur unterhält und dich zum Lächeln oder zum Staunen bringt über zwei Durchschnittsdeutsche, die sich mit ihren Rucksäcken als selbsternannte Autoren und Fotografen ins Abenteuer Afrika stürzen. Sondern dass sie dich darüber hinaus dazu anregt, weiter zu schauen als auf das eigene Leben. Dass sie dazu anregt, die Perspektive zu wechseln.

Wir sind dir unendlich dankbar, dass du uns und unserem ersten gemeinsamen Werk deine Zeit und deine Aufmerksamkeit schenkst. Was dieses Endergebnis in Form eines Buches für uns bedeutet, wirst du schon bald beim Lesen verstehen. Dass wir zwei Sturköpfe das hier tatsächlich gemeinsam zustande gebracht haben, ohne uns an die Gurgel zu gehen, erforderte eine große

Portion Verständnis, eine Menge Kompromissbereitschaft und eine doppelte Prise Geduld. Zutaten der Liebe, die wir erst in Afrika gefunden haben.

Reisen, wie wir es gewöhnlich verstehen, ist ein Privileg, das bei Weitem nicht jedem Menschen zuteil ist. Mit diesem Privileg Geld verdienen und sich zeitgleich einen Traum erfüllen zu können, ist im Grunde ein Beweis der Ungleichheit auf unserer Welt. Dies wurde uns auf dem afrikanischen Kontinent beinahe tagtäglich vor Augen geführt. Gleichzeitig führten einige Konversationen mit Menschen, die wir vor Ort getroffen haben, dazu, dass nicht nur wir unsere tief verwurzelten Vorurteile hinterfragt haben – sondern auch umgekehrt. Das ist Reisen für uns. Also, bist du bereit für ein Abenteuer, welches dich von Südafrika über Uganda bis zum Wir bringt? Bist du bereit für Ubuntu?

Hannah & Henrik

INHALT

1 | SCHREI NACH FREIHEIT

Hannah | Es war August. Ich saß allein in einer Wohnung, deren Mietvertrag ich zwar mitunterzeichnet hatte, aber die ich nicht mein Zuhause nannte. Die Jalousien bis auf wenige Zentimeter heruntergefahren, um die drückende Hitze dieses Hochsommertages abzuschotten. Mich abzuschotten von dieser toxischen Umgebung, die meinen Lebens- und Arbeitsmittelpunkt bildete. Oder war es eher eine Existenz als ein Leben?
Tagein, tagaus verbrachte ich in diesen vier Wänden tippend oder labernd vor dem Bildschirm, während mein Mitbewohner, der gleichzeitig mein Freund und einziger sozialer Kontakt in dieser mir fremden Kleinstadt war, in seiner Welt von der Arbeit zum Fußballtraining und von dort aus ins Bett ging. Warum ich hier war und was mich hierhergebracht hatte? Ich fürchte, ich hatte den Grund verloren.

Ich lief nervös in der Wohnung auf und ab, wie ein Vogel im Käfig, der nach Freiheit ächzt. Ein Vogel, der selbst auf dem Schlüssel des Käfigschlosses sitzt. Denn ich könnte ja …

Der Gedanke an das Ende unserer Beziehung riss mich nach unten auf den Boden, weinend und schreiend saß ich gekrümmt dort wie ein Häufchen Elend. Tränen des Schmerzes, Tränen der Erleichterung.

Wo ist diese ach so einzigartige Beziehung hin? Wo ist dieser Mann hin, den ich vor acht Jahren bei meinem Abenteuer in Peru kennengelernt habe? Wo sind unsere Gemeinsamkeiten hin?

Mir wurde schlagartig bewusst, wie stark uns die Zeit in die Eigensinnigkeit getrieben und in unseren Grundzügen verändert hatte. Damals in Peru hatten wir uns als Volunteers engagiert. Für andere. Nun gut, vielleicht auch aus einem gewissen Selbstzweck heraus. Aber mich ließ der Eindruck nicht los, dass wir damals mit zwanzig Jahren mehr Weitsicht gehabt hatten als jetzt.

Ich starrte mit leerem Blick in den dunklen Raum. Aus dem kleinen Zwischenraum der Jalousie fiel ein Lichtstrahl auf unsere Fotos, die eingerahmt auf dem Regal standen. Wir nahmen unsere vermeintlich besondere gemeinsame Geschichte als Ausrede für unsere problematische Beziehung. Als Garantie, auf ewig gemeinsam glücklich zu sein. *Doch was nutzt es, ständig zu sagen, wie schicksalsträchtig wir zusammengekommen sind, wenn all das in der Gegenwart keinen Sinn mehr ergibt?*

Es hatte alles keinen Sinn mehr! Ich fühlte mich so gelähmt, als könnte mir jemand ein Messer ins Bein rammen und ich würde es nicht spüren.

Mit meinen gesprochenen Worten wäre Krieg ausgebrochen. Wie jedes Mal, wenn ich am Abend mal wieder zu ehrlich war und meinem Frust zu viel Raum ließ. Wie jedes Mal, wenn wir mit unterschiedlichen Meinungen und Bedürfnissen direkt aufeinandertrafen. Doch ich kenne keine Person, die schlechter ihre Gefühle verstecken kann, als ich. Die Wut, der Frust, die Verzweiflung, die Einsamkeit, die in dieser Bude steckten, brachten die Fenster bald zum Zerbersten. Ich goss mir ein Glas Weißwein ein

– weitaus mehr als das, was die Eichung als Glas bezeichnet – und ließ meine Emotionen fließen. In einer Form, die mir wohl besser liegt, als sprechen. Ich schrieb:

»*Damit es nicht wieder zu einer Konfrontation kommt und du den Freiraum hast, zu reagieren.*

Aus Gemeinsam werde Ich – Vom Weg zur Einzelkämpferin:

»Du musst aufpassen, dass du nicht bald komplett allein bist.« Ein Satz, mit dem du bedenkenlos jede unserer Diskussionen im Keim erstickst und nicht weißt, was du damit auslöst. Aus vielem, was gemeinsam begonnen hat, ist mittlerweile ein einseitiger, unausgeglichener, selbstverständlicher Kampf von mir geworden. Dinge, an denen wir früher einmal als Team gearbeitet haben, entziehen sich scheinbar deinem Interesse. Du ziehst dich raus, weil du deinen eigenen Dingen mehr Priorität beimisst als unseren gemeinsamen. Seien es Pflichten, seien es Träume.

Die gemeinsame Arbeit im Haushalt stößt nur noch auf Missmut bei dir, während du nicht realisierst, dass du immer weniger zu dieser Teamarbeit zusteuern musst. Gemeinsames Saubermachen der Wohnung kostet mich Überredensarbeit, Feingefühl, Angst vor Ablehnung, weil du keine Priorität darin siehst. Ob es eine für mich ist, spielt aber keine Rolle. Ich weiß, dass du bei diesem banalsten aller Beispiele jetzt die Augen rollst, aber dieses ausgelutschte Thema ist so exemplarisch. Wir wohnen gemeinsam hier und doch wohne ich allein, an einem Ort, der für mich Einsamkeit bedeutet. Das meine ich nicht nur physisch, sondern vor allem emotional.

Ein Team funktioniert nur, wenn alle Fugen, alle Schrauben vorhanden sind, die dem Konstrukt Halt, Stabilität, Balance geben. Ich kümmere mich um mich und um unser Team – tagein, tagaus. Du kümmerst dich aktuell nur um dich, deine Interessen und Prioritäten. Ich bin es leid, dich mehrfach zu bitten, etwas für uns beizutragen. Auf die Idee, selbst etwas zu tun, aktiv zu werden, kreativ zu werden, kommst du nicht mehr. Ich weiß, dass du zeitlich und nervlich sehr eingespannt bist. Aber ich habe auch einen Job. Nein, sogar mehrere. Trotzdem gestalte ich meinen ganzen Alltag so, dass all deine Wünsche unter einen Hut zu bringen sind. Nicht, weil du mich bittest, sondern, weil du es mir wert bist. Weil ich möchte, dass unser Team funktioniert. Aber es reicht nicht mehr, wenn ich dir den Rücken freihalte. Meine Sorgen, Zweifel, Probleme? Mit denen musst und willst du dich nicht beschäftigen, denn es ist ja selbstverständlich, dass ich kämpfe und funktioniere. Du flüchtest in ruhigere Gewässer, weil es ja sonst ungemütlich werden könnte. Du müsstest vielleicht Verantwortung übernehmen. In dem Moment flüchtest du vor uns und damit auch vor mir – als Mensch.

Ist es am Ende nicht logisch, dass ich zur Einzelkämpferin geworden bin? Dass ich Mauern baue, um mein wegbrechendes Fundament zu schützen, weil ich keine Kraft mehr habe, für unser Team zu kämpfen? In einem Team braucht jeder Einzelne *seinen Freiraum. Sobald dieser Freiraum aber auf Kosten des anderen genutzt wird, geht das Team kaputt. Alles im Leben basiert auf Entscheidungen. Entscheidungen haben Konsequenzen und erfordern Selbstverantwortung. Es war meine Entscheidung, mir mein Leben so aufzubauen, wie es gerade ist und ich trage diese Entscheidung mit allen Konsequenzen, positiven wie negativen, wie du vielleicht merkst. Deinem Hobby Fußball in dem Maße und in dieser Lebensphase nachzugehen, ist DEINE Entscheidung. Es ist eine Ausrede, zu sagen, dich hätte jemand anders gedrängt. Fang endlich an, Verantwortung für dich und uns zu übernehmen und suche die Ursache nicht immer in anderen!*

Ein Team funktioniert nur mit gemeinsamen Zielen, Visionen und Träumen. Wenn du tief in deinem Herzen spürst, dass wir kein gemeinsames Ziel verfolgen, keinen gemeinsamen Traum haben, ist das okay. Es ist eine Entscheidung. Jeder von uns hat die Entscheidungsgewalt über sein Leben. Aber es hat auch etwas mit Verantwortung zu tun, das zu erkennen, damit bewusst umzugehen. Aus Respekt vor dem anderen. Haben wir ein gemeinsames Ziel? Sind wir noch ein Team? Ich bin am Ende meiner Kräfte und hisse die weiße Flagge. Mein Kampf ist zu Ende. Meiner? Oder unserer? «

Ich füllte mir den Rest des kalten Weißweins in eine Thermoskanne, ergänzte meinen Brief um ein »P.S. Ich bin am Entenfang«, ließ die Tür sanft ins Schloss fallen, damit mich niemand von den miesepetrigen Nachbarn, die mich nicht ausstehen konnten, in diesem Zustand sah. Dann schwang mich aufs Rad, stoppte erst neben einer Parkbank am einzigen friedsamen Ort, der mir in näherer Umgebung einfiel, und stellte mir die Frage, ob ich den Moment, wenn Henrik mich hier finden würde, wirklich ehrlich herbeisehnte. Oder ob ich es insgeheim vielleicht nicht sogar von ihm erwartete.

2 | HALLO WACH

Henrik | Puh. Das Blatt entglitt meinen Fingern und ich sackte im Stuhl zusammen. Ich atmete tief durch, meine Gedanken ratterten. Soweit hatte ich es also kommen lassen. Mich verloren in den Pflichten meiner immer stärker an mir zehrenden Arbeit und in der Wiederaufnahme meines alten Hobbys Fußball, welches ich auf Biegen und Brechen in den ohnehin schon minutiös durchgetakteten Alltag presste, um irgendwie zwischendurch mal den Kopf abschalten zu können. Zuhause zu zweit war das zuletzt kaum noch möglich gewesen. So viel kalte Abgrenzung, so wenig Liebe und Fürsorglichkeit. Zuhause? Ich schaute mich in der Wohnung um, die wir erst vor gut einem Jahr bezogen hatten. Neu und schick war sie, der Ort etwas wahllos, aber doch gut gelegen zwischen meinem Elternhaus und meiner Arbeit. Gut gelegen wohl nur für mich …

War es das jetzt? Gehen so über sieben Jahre Beziehung zu Ende? Müssen wir uns ehrlich eingestehen, dass wir uns »auseinandergelebt« haben? Das hört man doch sonst immer nur von anderen. Aber wir? Wut und Trotz kochten in mir hoch und der Drang, mich zu rechtfertigen. Doch niemand war da, ich saß hier ganz allein.

»Wirklich kluger Schachzug«, gestand ich ihr zu. Gezwungen erst einmal umso intensiver zu reflektieren, wusste ich gleich, auch ich würde so einen Brief schreiben. Ganz in Ruhe, ohne den Sturm, ohne das Feuer des ausartenden Konflikts. Aber jetzt musste ich erstmal nach Hannah schauen.

Ich schlüpfte wieder in meine Sneaker, zog die Tür zu und machte mich voller wirrer Gedanken über das Bevorstehende auf den Weg. Die kurze Strecke durch die Straßen zum Park beträgt keine zwei Kilometer. Zwei Kilometer, die wir sonst oft in flottem Tempo gemeinsam gelaufen waren. Gemeinsam – oder doch nur nebeneinanderher? Nun kamen mir die zwei Kilometer endlos vor. Schließlich erblickte ich Hannah auf einer Parkbank sitzend. Traurig. Allein. Und plötzlich war da überhaupt keine Wut mehr, sondern vielmehr tiefe Trauer, die mich übermannte. Fast schon vorsichtig setzte ich mich neben sie. Stille. Da war kein Geschrei, keine Vorwürfe, keine Konfrontation. Gemeinsam saßen wir einfach nur da, umarmten uns und ließen den Tränen freien Lauf. Vielleicht war es das Erste seit Wochen, das wir wirklich gemeinsam machten.

Einige Tage später nahm ich mir die notwendige Zeit, setzte mich an den Tisch, sammelte all meine Gedanken und schrieb:

»Du musst aufpassen, dass du nicht bald komplett allein bist.« Ja, der Satz ist gefallen. Und ja, ich bereue ihn, aber es steckt auch Wahrheit darin, wenn wir nicht aufpassen und beide so weitermachen.

Seit Wochen versuche ich zu dir vorzustoßen, nachzubohren, was da ist und wie es dazu kam. Doch du blockst ständig ab. Ich komme einfach nicht mehr durch deinen Schutzwall durch, egal, wie sehr ich mich bemühe. Immer habe ich dich ermutigt, supportet und bestärkt in dem, was du tust. In dem starken Wandel, den du durchgemacht hast. Habe immer respektiert, wie du bist und was du willst. Doch davon preis- oder gar zurückgegeben hast du zuletzt immer weniger ... Du sagst, du hältst mir den Rücken frei? Ich sehe es eher andersherum. Du hast dir den Freiraum erarbeitet, den ich nicht habe. Ja, ich stecke in einem Vollzeitjob und bin nicht viel zu Hause. Aber ist das so schlimm? Für viele andere Paare ist das normal und ich möchte auch wirklich nicht den ganzen Tag zu Hause hängen, wie du. Das würde mir nicht guttun, so wie es dir nicht guttut. Ich habe zuletzt versucht, wieder Anschluss zu finden und ein soziales Umfeld aufzubauen. Etwas, was wir beide die letzten Jahre versäumt haben.

Ja, ich habe wieder mit Fußball angefangen, da ich gefragt wurde, zu helfen. Ich habe mich bewusst entschieden, dem nachzugehen, auch wenn es zeitlich eng ist. So finde ich wenigstens etwas Ablenkung, Zerstreuung, ja, Freiheit, die ich sonst nirgendwo in meinem Alltag habe. Im Gegensatz zu dir bin ich nämlich nie allein. Meine Momente für mich sind beschränkt auf zehn Minuten Autofahrten von A nach B. Ich weiß, das ist das andere Extrem und ich weiß, das ist auch nicht gut. Du hattest die letzten Jahre viel mehr Zeit für dich und hast sie genutzt, um dich kennenzulernen, dich zu entwickeln, dich zu verändern. Das hast du mir vielleicht voraus. Doch ist es zum Guten für uns beide oder primär für deine Selbstverwirklichung? Da bin ich mir unsicher. Daher habe ich versucht, dich zu motivieren, es mir gleichzutun, einen Freundeskreis aufzubauen. Doch du blockst ab, bist nicht offen, machst immer nur dein Ding! Frage dich einmal ehrlich: Möchtest du meine Hilfe, meine Unterstützung überhaupt oder kommst du nicht ohne mich viel besser klar? Denn tagtäglich gibst du mir das Gefühl, dass du mich eigentlich gar nicht brauchst und dass ich derjenige bin, der dich hierhergebracht hat, der dich hier festhält und deine Freiheit einschränkt. Ein stummer Vorwurf, der aber ständig mitschwingt ... Du wirfst mir vor, mich zu wenig oder gar nicht im Haushalt zu engagieren, aber schaffst dermaßen hohe Anforderungen, die mit deinem maßlos überzogenen Ordnungswahn zu tun haben. Ich brauche das nicht, um mich wohlzufühlen, engagiere mich selbstverständlich, wie eh und je, aber für dich ist es immer zu wenig oder gar falsch. Mittlerweile lässt du mich gar nicht mehr helfen. Machst es selber, nur um es mir dann vorzuwerfen. Und ich stehe chancenlos und vor allem nutzlos daneben.

Wann hast du mir zuletzt wirklich zugehört? Ich erzähle doch schon gar nicht mehr von der Arbeit, wo ich aktuell übrigens deutlich mehr Wertschätzung erfahre als von dir, weil du mit den Gedanken sowieso ganz woanders bist. Nicht hier. Nicht bei mir!

Dabei fiebere ich schon unserer gemeinsamen nächsten Reise entgegen und damit unbeschwerten Tagen, weil du da einfach so anders bist. So voller Freude, so lebensfroh, so offenherzig bist du in einem anderen Umfeld. Liegt es nur daran? Haben wir

uns ein falsches Umfeld geschaffen, in dem wir zusammen einfach nicht mehr funktionieren? In dem keiner so sein kann, wie er eigentlich möchte? Passt das Team nicht mehr zusammen?
Lass es uns bitte herausfinden! Ich möchte definitiv den ungemütlichen, harten Weg gehen und GEMEINSAM daran arbeiten. Herausfinden, was mit uns passiert ist, was wir für Ziele, Visionen und Träume haben. Das ist mir mehr wert als alles andere. Dafür brauchen wir Zeit. Oberste Priorität hat jetzt, dass wir beide uns stark einbringen, dass wir uns die Zeit und die Kraft nehmen, alles zu versuchen. Wir müssen uns wieder neu miteinander auseinandersetzen. Das wird zwangsläufig zu Diskussionen führen, zu großen und kleinen Konflikten.
Ob wir noch ein Team sind? ... Eine klare Antwort habe ich noch nicht. Vielleicht müssen wir uns verändern, vielleicht müssen wir das Umfeld verändern, vielleicht müssen wir uns am Ende aber einfach genau dieses Scheitern eingestehen. Dann ist es schlussendlich auch besser für uns beide. So weit ist es aber noch nicht. Wir müssen da jetzt durch. Challenge accepted! «

3 | SCHERBENHAUFEN

Hannah | »Hier passt absolut nichts mehr rein, Henry. Nada!«

Seit Stunden hockte ich entweder gekrümmt im Fersensitz auf dem Boden und spielte Tetris in Umzugskartons oder brachte mein Gehirn zum Explodieren, indem ich von ihm verlangte, sich bei jedem Gegenstand unseres mickrigen Hausrates für ein klares Ja oder Nein zu entscheiden. Abgestumpft all dem neutralen Alltagskram gegenüber, furchtbar sentimental bei scheinbar funktionslosen Erinnerungsstücken, die mich die letzten Monate und Jahre gedanklich zu meinen Liebsten und meiner Familie gebracht hatten. Allmählich erschien mir diese Wohnung noch fremder. Noch kälter. Henrik öffnete die große Terrassentür, um frische Luft hineinzulassen. Eine Brise eisiger Januarluft legte sich wie ein Schauer über meinen Rücken.

»Ach komm‘, der Obstteller hier geht noch.«

Henrik streckte mir den viereckigen, grün und rot bemalten Tonteller entgegen, den ich aus meinem Urlaub mit meiner Mama in der Dominikanischen Republik mitgebracht hatte. Sachte legte ich den leicht gebogenen Teller umgedreht auf eine Salatschüssel und schloss den Karton mit Paketband.

Klirrr. Henrik schaute mir wortlos und mit zusammengepressten Lippen in die Augen.

»Ne, oder?«, schnaufte ich augenrollend mit monotoner Stimme. Während ich mich verzweifelt wieder auf den Boden sinken ließ, im Wissen, dass ich eines der wenigen ideell wertvollen Stücke, von denen wir uns bei der Wohnungsauflösung nicht trennen wollten, zerstört hatte, erwischte ich ein Weinglas auf dem Boden mit meinem Ellenbogen, das daraufhin ebenso zersprang. Für einen Moment herrschte Stille.

»Es ist ein Ende in Sicht. Wir haben es bald geschafft«, brach Henrik das Schweigen. Mir liefen Tränen die Wangen herunter. Meine Kraftreserven waren aufgebraucht. In meinen Gedanken fühlte ich mich zurückversetzt an jenen heißen Sommertag vor nicht mal fünf Monaten, an dem ich mir meinen Frust von der Seele geschrieben hatte. Um mich herum, zwischen Henrik und mir, ein Scherbenhaufen. Ob wir in der Lage sein würden, die Teile wieder zusammenzufügen, fragte ich mich. Wir hatten eine krasse Entscheidung getroffen. So, als ob wir mit diesen Glasscherben hier ein Märchenschloss bauen wollten.

»Hilfst du mir, Henry?«, blickte ich ihn aus meinen feuchten Augen an und dachte an unsere Abmachung vor vier Monaten.

»Okay, wir machen das jetzt!«, hatte Henrik entschlossen gesagt, als er sich eines Samstagsnachmittags im Spätsommer – nur wenige Tage nach unserer emotionalen Eskalation – neben mich auf unsere Pallettencouch im Garten gesetzt hatte, während ich im Begriff gewesen war, konzentriert einen beauftragten Reisebericht in den Laptop zu tippen.

»Hä? Was machen wir?«, fragte ich beinahe beiläufig, wenngleich verwirrt von dieser banalen Aussage.

»Ja … 'ne Weltreise oder so. Also ich meine, wir lösen hier die Wohnung auf und reisen eben.«

Jetzt hatte er es geschafft, mich aus meinem Schreibfilm zu reißen. Ich legte den Laptop neben mir aufs Polster und blickte ihn stirnrunzelnd an. Das reichte scheinbar als Aufforderung.

»Wir reden doch schon so lange darüber. Und finden immer wieder Ausreden. Dabei wissen wir doch, dass es an uns selbst liegt, was zu verändern und Träume zu erfüllen. Jedes verdammte Mal, wenn wir für zwei oder drei Wochen in der Welt unterwegs sind, fragen wir uns, warum wir nicht länger bleiben. Wir haben uns beim Reisen kennengelernt. Was, wenn nicht das, soll uns auch wieder zusammenbringen? Ey, du verdienst mittlerweile Geld damit, Reisen ist dein Job und unsere Leidenschaft. Und ich kündige.«

»Aber…«

»Nix aber!«

»…du bist gerade Teamleiter geworden.«

»Was habe ich davon, wenn ich im wichtigsten Team keine Rolle spiele? Also, wo sollen wir starten?«

Ich blickte kurz in die Ferne, die keine vierzig Meter weiter von einer Straßenlaterne und einer Hauswand limitiert wurde.

»Afrika!«

Jetzt war es Henrik, der mich verdutzt und stirnrunzelnd von der Seite anschaute.

»Afrika? Echt? Ich hatte jetzt mit was Lateinamerikanischen gerechnet, wenn du schon so aus der Hüfte heraus antwortest.«

»Aber da waren wir schon an so vielen Orten. Ich bin für etwas ganz Neues. Etwas Unbekanntes. Für einen Neuanfang, weißt du? Ich will ja noch andere Länder sehen und nicht immer dahin, wo es für uns vielleicht gemütlich ist. Lass uns da starten!«

Henrik griff meine Hand, zog mich zwischen den Umzugskartons nach oben und wir begannen, die Glasscherben aufzusammeln.

»Ich bin ja wirklich gespannt, wie wir nicht nur 24/7 zusammen verbringen, sondern auch noch zusammen arbeiten sollen. Eins ist klar: Du musst dir ausnahmsweise mal von mir was beibringen lassen«, neckte ich meinen oftmals besserwisserischen und unbelehrbaren Freund und stieß ihn von der Seite in den Bauch. Für einen Moment verhallten die Worte im offenen Wohnzimmer und kamen durch die Leere der Wohnung in leichtem Echo zurück.

»Wird schon.«

Wir grinsten uns kopfschüttelnd an.

4 | ZWISCHEN DEN WELTEN

Henrik | 10. März – ein Datum, das seit Monaten fett in unserem Kalender markiert war, sich aber stets weit entfernt angefühlt hatte.
Ein starker Sturm und prasselnder Regen führten zu heftigen Turbulenzen, als das Flugzeug mit knapp einer Stunde Verspätung endlich das Rollfeld des Frankfurter Flughafens gen Südafrika verließ. Was für ein Start! Jetzt waren wir unterwegs, wir hatten es wirklich getan. Genau in diesem Moment flog ich buchstäblich einem ganz neuen Leben entgegen.

So lange hatten wir auf dieses Datum, diesen konkreten Tag, hingearbeitet, ja, hingefiebert. Viel zu lange hatten wir zwischen einem bereits beendeten, alten Leben und einem bald beginnenden, neuen Leben gehangen. Diese seltsamen Wochen wieder Zuhause bei den Eltern ohne geregelten Tagesablauf und mit so vielen neuen Herausforderungen waren für mich mental alles andere als einfach gewesen. Meine Gefühlslage waberte nach wie vor irgendwo zwischen komplett gescheitert und der Realisierung eines ewigen Traums.

Auf dem Programm unserer letzten Monate hatten Punkte gestanden wie Kündigung, Wohnungsauflösung, übergangsweise Arbeitslosigkeit, Gründen eines gemeinsamen Unternehmens, die dazugehörigen Steuerthemen und nicht zuletzt das mühsame Beenden aller Verträge sowie das Abschließen der notwendigen Versicherungen.

Doch dies war nun vorbei, endlich geschafft! Emotionale Tage des Abschieds und unzählige »letzte Male« lagen mit jeder Meile des fortschreitenden Fluges weiter und weiter hinter uns.

»Wir wandern ja nicht aus … Wir kommen ja dieses Jahr noch zurück … Wir sind ja nicht aus der Welt …«

Dies haben wir uns, unseren Freunden, unserer Familie immer wieder gesagt. So lange bis wir, und hoffentlich auch sie, es glaubten. Neben der Skepsis einiger, schlug uns auch viel Verständnis und Unterstützung entgegen. Und wurde nicht nur gesagt, dass es für uns das absolut Richtige sei, sondern auch, dass viele andere diesen Weg gerne selbst gehen würden, aber denken, sie könnten es erst irgendwann in Zukunft umsetzen und es daher beim Träumen belassen. Und so fühlte es sich nicht ausschließlich nach einem Abschied an. Vielleicht sogar vielmehr nach einer Ankunft. Ganz konkret morgen in Kapstadt, unserem neuen Zuhause für mindestens zwei Wochen. Aber vor allem eine Ankunft zurück auf unserem gemeinsamen Weg. Einem Weg, für den wir so viel gearbeitet und gekämpft hatten, um ihn nun auch wirklich zu gehen. Ich reflektierte all die Jahre, die uns an diesen Punkt geführt hatten, an dem letztlich alles auf der Kippe gestanden hatte. Die Entscheidung und die letzten Monate der Vorbereitung. All das war überwunden und ich war glücklich darüber, aber auch sehr gespannt, was alles auf uns zukommen würde. Tief im Inneren glaubte ich zu spüren, dass das jetzt genau das Richtige für uns war. Es war unser Weg und wir beide vertrauten ihm.

Aber war ich mir wirklich so sicher? Es hätte so schnell auch anders laufen können. Ich blickte auf Hannah neben mir, deren Augen bereits zugefallen waren, und kämpfte gegen all die Bedenken in meinem Hinterkopf. *Verdammt, ich war in meinem Job gerade zum Leiter eines kleinen Instituts für Bewegungsanalyse und Trainingsdiagnostik ernannt worden.* Inhaltlich genau mein Ding, sowohl Diagnostik- und Trainingspraxis als auch die Organisationsarbeit drumherum. Dazu ein kleines Team unter mir und endlich auch finanziell entsprechend vergütet. Klar hatte es nervige und stressige Punkte gegeben. Unser ganzes kapitalistisches Gesundheitssystem, in dem an Patienten (oder sollte ich besser sagen Kunden) Diagnostiken, Behandlungen oder gar Operationen durchgeführt werden, nur für den Umsatz, denn die Krankenkasse bezahlt ja schon. Also die private, vielleicht …

Ich hatte keine Ahnung, wie lange ich so weiter gemacht hätte, ob ich einfach abgestumpft wäre und das Ganze irgendwann nüchtern als Business betrachtet hätte. Aufgrund des unschönen Abgangs würde das Thema nach zweieinhalb größtenteils sehr guten Jahren noch lange in meinem Kopf herumgeistern.

Stopp! Ich riss mich aus der Gedankenspirale und fokussierte mich zurück auf das Hier und Jetzt. Unsere Vergangenheit lag nun hinter uns, die Zukunft irgendwo in den Wolken da draußen versteckt. *Ist gut jetzt, Henry, lieber nochmal ablenken, sonst kommst du nie zur Ruhe.* Ich griff zum E-Book-Reader, um noch etwas zu lesen und im besten Fall in eine andere Geschichte, eine andere Welt mit anderen Themen einzutauchen. Doch bereits nach ein paar Seiten fielen mir die Augen zu und ich glitt hinüber in einen unruhigen Schlaf, der mir kaum Erholung und Kraft schenkte.

Kraft, die ich in den nächsten Wochen bitter brauchen würde. Gefühlt nur einen kurzen Moment später, stupste mich jemand von rechts an. Mehrmals.

»Früüühstück«, hörte ich Hannahs vertraute Stimme, wie sie den typischen morgendlichen Ruf meines Vaters imitierte, während ich langsam die Augen öffnete und mich orientierte. Ich musste doch ganz gut geschlafen haben. Die Nacht war bereits vorbei, ein neuer Tag hatte begonnen und mein Hunger meldete sich prompt. Wir stärkten uns mit dem überraschend opulenten Frühstück und kurze Zeit später begann auch schon der Landeanflug auf Kapstadt.

»Wow, das ist mal ein Panorama!«

Staunend blickte ich aus dem Fenster. Bei klarstem Sonnenschein kristallisierten sich dort immer mehr Umrisse dieser für uns in diesem Moment bereits ganz besonderen Metropole hinaus. Die Küste, der Lions Head und der berühmte Tafelberg. Hannah kam aus dem Staunen nicht heraus. Auch wenn wir uns natürlich gut vorbereitet hatten, mit so einem optisch schönen und spektakulären Landeanflug hatten wir nicht gerechnet. Doch ein Punkt kam noch dazu, der uns beide für diesen einen Moment andächtig und still werden ließ: Die Realisierung, dass es kein Zurück mehr gab. Dass es hier und jetzt losgehen würde. Nicht nur mit den ersten Schritten auf afrikanischem Boden, sondern mit einem neuen Lebensabschnitt. Einem, der gewagt und unsicher war, der uns jedoch der einzige logische Ausweg aus unserem Dilemma schien …

In diesem Moment wurden wir beide kurz durchgeschüttelt, während die Maschine am Boden aufsetzte und bremste. Als wir stillstanden und das Leuchtsymbol des Anschnallgurtes erlosch, griff Hannah meine Hand und drückte sie fest.

»Auf geht's!«

Noch am Tag der Ankunft verließen wir unser kleines Apartment mitten im District Six, einem eher untouristischen Viertel mit der vielleicht unrühmlichsten Apartheidgeschichte Südafrikas.

Im Jahr 1966 wurde hier die gesamte schwarze Bevölkerung durch die Deklarierung einer »Whites only area« komplett verbannt. Trotz des Endes der Apartheid in meinem Geburtsjahr 1992 wird der District Six erst heute langsam wieder das bunte, pulsierende Viertel mit Cafés, Galerien und Museen, welches es einst gewesen war.

Um auf Nummer Sicher zu gehen, nahmen wir erstmal ein Taxi, um an die berühmte Waterfront zu kommen. Davor hatten wir uns bei unseren ersten Besorgungen gleich abzocken lassen und bei einem findigen Kioskbesitzer viel zu viel für unsere SIM-Karten bezahlt. Zumindest hatten wir nun bereits funktionierendes Internet.

An uns vorbei rauschte der Verkehr. *Echt ordentlich, wenig Durcheinander und kaum Gehupe.*

Ehe wir uns versahen, waren wir da. Vor unseren Augen erstreckte sich eine in all seiner Architektur imposant schöne Hafenanlage voller prächtiger Jachten und Segelschiffe zwischen bunten Backsteinbauten.

»Ein bisschen wie in Hamburg, oder?«, fragte ich Hannah und erinnerte sie an ihre deutsche Lieblingsstadt, die wir schon oft gemeinsam besucht hatten.

»Na, ja«, lachte sie auf, »das hier ist schon etwas anderes. Lass uns eine Runde drehen hier am Ufer, bevor wir später dann noch essen gehen, okay?«

Ohne meine Antwort abzuwarten, machte sie sich schnellen Schrittes auf den Weg und mir blieb nichts anderes übrig als zu folgen.

Als wir am Wasser entlang spazierten, bemerkten wir in der Straße zu unserer Linken einen wachsenden Menschenauflauf. Noch bevor wir rübergehen konnten, um zu gucken, was passierte, setzten auch schon typisch afrikanische Rhythmen von Trommlern ein und es formierte sich eine Gruppe zur Tanzperformance.

»Los, das muss ich sehen!«, rief Hannah euphorisiert, während sie mich schnell rüber zerrte, um eine gute Sicht auf das Spektakel zu haben. So konnten wir verfolgen, wie zusätzlich noch Gesang einsetzte und eine ganze Crew von zwanzig Personen ihre Performance begann.

Immer wieder stießen Einzelne aus dem singenden und vibenden Pulk nach vorne, um ihr Solo zu performen. Ab und zu beteiligten sich auch Passanten aus dem Publikum und wurden Teil der großen Choreografie. Alle ließen sich anstecken. Auch Kinder waren dabei, Groß und Klein, Alt und Jung, alle machten mit. Überall blickten wir in vor Freude strahlende, lachende Gesichter und so durchfuhr auch uns eine unglaublich freudige Stimmung. Ich schaute rüber zu Hannah. Just in diesem Moment rollte eine Träne ihre Wange herunter. Als ehemalige Tänzerin ist sie mit einer ganz besonderen Leidenschaft für Musik und Tanz beseelt. Und auch wenn es eher eine moderne, künstlerische Darbietung für das touristische Publikum an der Waterfront und keine authentische afrikanische Kulturvorführung war, deren Zeuge wir da gerade wurden, so packte es uns doch direkt.

Leise drückte nun ich Hannahs Hand und flüsterte fragend in ihr Ohr: »Angekommen?«

»Angekommen!«, antwortete sie bestimmt.

5 | KONTROLLVERLUST

Hannah | Sie nannten mich mutig und ich wollte es nicht glauben. Die Arzthelferin, die mir die letzten Impfungen in die Muskeln gejagt hatte. Die Sachbearbeiterin auf dem Amt, die erst gedacht hatte, meine Ummeldung auf meine Heimatadresse hätte mit einer Scheidung zu tun gehabt. Meine Freundinnen, die allesamt bereits Kinder hatten. Für mich hatte sich die Entscheidung, unsere Wohnung an dem Ort, den ich nie Heimat nennen konnte, zu kündigen, alle Möbel zu verkaufen, meinen Teilzeitjob an den Nagel zu hängen, nie mutig angefühlt. Sondern logisch.

»Ist das nicht gefährlich?«, hatten sie gefragt.

»Ist das nicht gefährlich, seine Wünsche immer weiter bis zum Ende des Lebens aufzuschieben, ohne zu wissen, wann dieses Ende ist?«, hatte ich geantwortet, obwohl ich natürlich immer wusste, auf was mein Gegenüber hinauswollte.

Ich war mit neunzehn Jahren allein in Peru und Rio de Janeiro gewesen, hatte in Guatemala einen aktiven Vulkan bestiegen und war mit dem Auto durch palästinensische Gebiete in Israel gefahren.

Das Schlimmste was mir passiert war: Ein Diebstahl meines Portemonnaies und Handys. Und zwar in Köln. Meinem damaligen Wohnort.

All diese Gedanken schossen mir in diesen Millisekunden durch meinen Kopf, als ich dem faltigen alten Mann tief in die Augen blickte und seine Handgelenke fest in meinen Händen hielt.

Wenige Sekunden vorher hatte ich ein Ziehen an meinem Rucksack gespürt, als wäre mein Gepäck plötzlich schwerer geworden. Henrik war ein paar Schritte vor mir gegangen, als wir diese große Kreuzung in einem geschäftigen Viertel in Kapstadt überquert hatten. Mein Gehirn war umgehend in Alarmbereitschaft gesprungen. *Shit – meine Kamera ist in dem Rucksack!*

Instinktiv hatte ich mich ruckartig umgedreht und war nun in einer misslichen Situation gefangen. Mit aufgerissenen Augen starrte mir der Mann in die Augen. Schuldig, aber gefühllos. Ich blickte erst in die eine, dann in die andere Hand. Er schien nichts gegriffen zu haben. Um uns herum hektisches, alltägliches Treiben. Auch Henrik war mittlerweile darauf aufmerksam geworden. Langsam meldete sich mein Verstand zurück und fragte sich, wie wir uns am besten aus dieser Situation befreien könnten. Ich hatte die Kontrolle. Aber was, wenn ich die Kontrolle losließ? Wie würde er reagieren? Was wäre, wenn er ein Messer in der Tasche hätte? Oder eine Pistole? Ich sah Willen und Enttäuschung zugleich in seinem Blick. Zuversichtlich genug, aber unwissend, ob er handgreiflich werden würde, ließ ich meinen Griff los. Schneller als ich gucken konnte, verschwand der Dieb in der Menschenmasse auf der Straße. Ich versuchte, ihn mit meinen Augen zu verfolgen, verlor aber schnell seine Spur. Eine südafrikanische Frau kam plötzlich mit besorgtem Blick auf uns zugeeilt.

»Alles okay? Hat er was erwischt?«

Ich öffnete den halbgeöffneten Reißverschluss meines Rucksacks, tastete mit meiner Hand und ging eine imaginäre Checkliste durch.

»Alles gut. Alles da«, antwortete ich stakkatoartig, aber erleichtert.

»Seid vorsichtig! Alles Gute euch!«, flüsterte mir die Frau zu, streichelte mir die Schulter und verschwand mindestens genauso schnell im Treiben Kapstadts wie der Dieb.

Die Situation kam wie ein Schlag, der meine selbstüberzeugte, heldenhafte Unversehrbarkeit auf Reisen in ihren Grundzügen zu erschüttern drohte. Mit ein paar Minuten Abstand und der immer noch anhaltenden Gewissheit, dass nichts passiert war, verschaffte sich meine abenteuerlustige innere Stimme aber wieder Gehör: *Ha, schließlich sind wir in Afrika! Afrika, Baby!* So, als ob sich mein Gehirn zwischen all den topmodernen, hübschen Ecken Kapstadts genau nach diesen dreckigen, klischeehaften Momenten gesehnt hätte. Und es sollte nicht der letzte bleiben …

Es war der lebhafte Kontrast zwischen Schmutzig und Elegant, zwischen Arm und Reich, zwischen den Bergen, die die Stadt umarmen und dem Meer, das die Stadt erfrischt. Vom peitschenden Wind, der uns auf der wolkenumschlungenen Spitze des Tafelbergs beinahe umwehte, an die Küste nach Camps Bay, an der wir Surfer beim Wellenreiten beobachteten. Vom magischen Sonnenuntergang am Signal Hill zu watschelnden Brillenpinguinen am Boulders Beach. Als wir am puderweißen Sandstrand von Blouberg auf die unverkennbare Bergkulisse, vor der das südafrikanische Leben pulsierte, blickten, wusste ich, dass ich in keiner anderen Großstadt dieses Abenteuer hätte starten wollen.

Raaaaatsch! Henriks lautes »Achtung!« kam zu spät. Und schon begann ein nervtötendes Hupkonzert. Ich bekam kein Wort heraus, als ich sah, dass ich soeben den linken Seitenspiegel unseres ersten Mietwagens in Südafrika – einem klapprigen Toyota, dessen Gaspedal sich so lose anfühlte wie so mancher Deckenventilator – an einem am Straßenrand parkenden Bus zerstört hatte. Kaum fünf Minuten nach der Abholung.

»Ja, komm. Ich fahr erstmal«, hatte ich zu Henrik gesagt, als wir auf dem Weg zur Autovermietung gewesen waren, um unseren Roadtrip entlang der Garden Route zu starten, »ich bin wenigstens schon einmal im Linksverkehr gefahren.«

Wie konnte ich mich, die sich und ihre Fähigkeiten sonst chronisch unterschätzt, so täuschen? Ich fühlte mich gelähmt. Scheiße.

Dass zwischenzeitlich zwei Locals von ihrem anliegenden Werkzeuggeschäft angelaufen kamen, um die zerborstenen Teile des Spiegels aufzusammeln, und Henrik bereits ausgestiegen war, hatte ich nicht mitbekommen. Ich starrte nur teilnahmslos auf die Windschutzscheibe und beobachtete den vorbeiziehenden Verkehr gleichgültig. *Dieses kleine, dumme Blondchen denkt, dass sie Autofahren kann?* Ich hörte Stimmen, die zwar nicht laut waren, aber leise in mir selbst schlummerten, weil ich die Blicke um mich herum so deutete. Ich schämte mich. Abgrundtief. Noch nie in meinem Leben hatte ich auch nur eine Schramme in ein Auto gefahren. Gottverdammt, nie!

Im Rückspiegel sah ich, wie der Fahrer des stehenden Busses ausstieg und auf meine Fahrerseite zulief. *Nein, nein, nein!* Am liebsten hätte ich mir eine riesengroße Decke übergeworfen und wie ein Kind so getan, als könne man mich nicht sehen. Schneller als ich mir einen Fluchtweg oder wenigstens eine Kommunikationsstrategie überlegen konnte, klopfte es auch schon an die Scheibe.

»Geht's euch gut?«, erkundigte sich der füllige Busfahrer.

»Uns ja, dem Spiegel weniger«, warf ich unüberlegt schlagfertig zurück. Am liebsten hätte ich ihn gefragt, warum er auf einer derart belebten Hauptstraße seinen breiten Bus so bescheuert geparkt hatte.

»Dem Bus ist nichts passiert«, informierte er mich, ohne dass ich an diese relevante Frage gedacht hätte, »der ist sowieso alt und keine Schönheit mehr. Von meiner Seite aus müssen wir also nicht die Polizei rufen.«

Polizei?!

»Oh, ähm … das ist gut zu wissen! Danke vielmals!«, stammelte ich.

»Und…sorry…«, murmelte ich, als der Mann bereits auf dem Absatz kehrtgemacht hatte.

Henrik kaufte den zwei Männern im Werkzeuggeschäft Tape ab, die damit den Spiegel behelfsmäßig fixten. Daraufhin öffnete er wieder die Beifahrertür und ließ sich auf den Sitz fallen. Ich wusste, was jetzt kommen würde. Er würde sich wieder einmal bestätigt fühlen, dass er klüger, fähiger, besser ist als ich. Er würde mir die Verantwortung zuschreiben. Meinen Fehler aussprechen und mich noch tiefer in den Matsch drücken. Ich hatte die Verantwortung – immer. Ich hörte schon den Satz: »So, du setzt dich jetzt hier hin und lässt mich ans Steuer«, bevor er überhaupt ausgesprochen war. Aus Selbstschutz kam ich Henrik zuvor.

»Tut mir leid … fahr du.«

»Nein.«

Verwirrt fand ich nach einigen Minuten der aktiven Vermeidung wieder Augenkontakt, brachte aber immer noch kein Wort heraus.

»Das passiert! Und jetzt war es das erste Mal. Hätte mir genauso passieren können. War auch ein Warnsignal für mich als Beifahrer, die linke Seite besser im Blick zu haben.«

Okay, das kam überraschend.

Ob wir es wollten, oder nicht – wir mussten wohl oder übel zurück zur Autovermietung und den Schaden melden. Dass wir eine Versicherung abgeschlossen hatten, schenkte mir einen kleinen Funken Hoffnung. Obwohl ich nun in Schneckentempo hochkonzentriert durch die Vorstadt Kapstadts gurkte und jedes parkende wie fahrende Auto genau analysierte, sortierte mein Kopf meine falsche Erwartung an Henrik.

Hat er mir gerade wirklich keine Vorwürfe gemacht? Mir nicht die Schuld für diesen Kackmist gegeben? Und stattdessen ohne Bitte die Initiative ergriffen, die Situation zu lösen?

Wie untypisch. Alles davon. Noch bevor ich die ungewöhnliche Situation zu Ende denken konnte, stand ich auf dem Parkplatz. Und hatte gar keine Lust darauf, jetzt meiner Pflicht nachzugehen. *Hannah, du musst jetzt den Arsch in der Hose haben und selbstbewusst sein. Es war unmissverständlich dein Verschulden!*

Mit gesenktem Kopf trat ich vor den Mitarbeiter: »Ich habe den Spiegel beschädigt.«

Für fünf Sekunden sagte er nichts, musterte mich und nickte dann ernüchternd. Als hätte er es bereits geahnt, als er mich und nicht Henrik ins Auto einsteigen sah. *Komm schon, sei kein Arsch.*

»Ich seh's. Ihr habt das Auto erst vor zehn Minuten bekommen.« Danke.

»Aber ihr habt Glück. Ich habe noch einen anderen Kleinwagen da. Einen Renault Kwid.«

»Okay. Und, ehm … müssen wir was zahlen?«

»Nope, trägt eure Versicherung.«

Ich blickte mit breitem Grinsen und aufeinandergepressten Zähnen zu Henrik, der mir mit seiner Hüfte einen Stups in die Seite gab und mein Grinsen erwiderte. In diesem Moment war mir wieder klar, warum ich ihn liebte. Und ich nahm diese Aktion als Lehrstunde für mich, in einer umgekehrten Situation genauso besonnen zu reagieren. Ohne diese tödliche Schuldfrage, die uns zuletzt immer weiter auseinandergetrieben hatte.

Rasch packten wir unser Gepäck um und saßen wenige Minuten später in einer unversehrten Renault-Knutschkugel.

»So…«, stimmte Henrik auf dem Beifahrersitz melodisch und motiviert an, »jetzt aber!«

»Ich wollte nur diese Toyota-Schrottkarre nicht und uns ein ordentliches Auto besorgen!«

Wir lachten, drehten die Musik auf und machten uns nach zwei Wochen in Kapstadt – mit Rio für mich die coolste Großstadt der Welt – auf unseren ersten Roadtrip unserer Reise. Vom kalten Atlantik gen Indischen Ozean. Immer der Küste entlang. Wir sprangen vom Boot eines Meeresforschungsinstituts in das eisigkalte Wasser, um im Schutze eines Käfigs mit Haien zu schnorcheln. Wir fuhren zum Sonnenuntergang ans Cape Agulhas, dem südlichsten Punkt des afrikanischen Kontinents, stampften durch die pulverigen, weißen Sanddünen des De Hoop

Nationalparks, wanderten stundenlang durch einen für meine Begriffe unspektakulären Wald bei Knysna, während mich eine Million Moskitos auffraßen. Wir chillten am Strand von Wilderness und sprangen im Tsitsikamma Nationalpark wagemutig von Stein zu Stein, um einen Wasserfall zu sehen, der direkt ins Meer fließt. Jeden zweiten oder spätestens jeden dritten Tag fuhren wir weiter. Angetrieben vom Gedanken, dass wir nun endlich die Zeit hätten, alles zu sehen. Erst ganz am Ende der Garden Route, in Jeffreys Bay, nahmen wir uns die Zeit, zu verweilen und liegengebliebene Arbeit aufzuholen. Ich liebte es, nun die volle Kontrolle über mein Leben zu haben.

Doch es gibt Momente im Leben, in denen unsere Kontrolle endet. Besonders dann, wenn wir uns der Kraft der Natur hingeben. Nie zuvor in meinem Leben hatte ich so bewusst die immense Kraft dieses einen Elements wahrgenommen: Wasser. Hier an der malerischen Küste Südafrikas, wo zwei Ozeane aufeinandertreffen, bündelt die Natur all ihre Macht. Auf die von zerklüfteten Klippen gesäumten Küsten, geschliffen von scheinbar messerscharfem Wasser, prallen die Wellen mit einer derartigen Gewalt, dass mir vom Echo des Aufpralls das Blut in den Adern gefror. Ich möchte nicht wissen, wie viele Menschen hier an der Küste der Garden Route ihr Leben in den Tiefen des Ozeans verloren haben. Aus Kontrollverlust. Und aus Pech.

Ich habe unglaublichen Respekt vor Wasser. Wieso ich mich jetzt voller Entschlossenheit und Vorfreude in Jeffreys Bay in einen Wetsuit schmiss und mit einem Surfbrett zwischen Hand und Hüfte gepresst auf das azurblaue, rauschende Meer blickte, zeugte wohl wieder einmal von meinen Grenzgängersehnsüchten.

Papperlapapp, Angst vor Wasser!

Nachdem wir uns in der besten Surfschule des Ortes für einen Kurs angemeldet hatten, begutachteten wir die Wellen vom Strand aus. Sah machbar aus, ähnlich wie in Huanchaco an der Pazifikküste in Peru, wo wir im Jahr zuvor erstmals auf dem Brett gestanden hatten.

Also, rein da! Beim Rausschwimmen spürte ich einen enormen Sog, der das Erreichen einer ausreichenden Distanz vom Ufer zum Kraftakt machte.

»Wie krass ist bitte die Frequenz der Wellen?«, rief ich Henrik zu, der augenscheinlich auch etwas zu kämpfen hatte.

Xaver, unser Surflehrer, fixierte mein Brett, damit ich mich in Bauchlage begeben konnte. Das Wasser unter mir erhob sich plötzlich – viel schneller als ich mich mental hätte bereitmachen können. Den Moment, um zum Stehen zu kommen, hatte ich längst verpasst. Und so schlitterte ich wie eine faule Robbe am Strand auf Grund. *Cool, der Weg nach draußen war also schonmal umsonst.*

Keine Zeit zur Ruhe zu kommen, keine Zeit, sich auf eine Welle zu konzentrieren. JBay – wie die Locals ihren chilligen Surferort nennen – ist tough! Entweder du nimmst sie oder deine Arbeit ist für die Katz'.

Die nächste gehört mir! Blick nach vorne, Oberkörper hochdrücken, Bein anziehen, Schritt. Ich stehe! Für genau drei Sekunden. Da traute sich doch ernsthaft schon die nächste Welle, mich ins salzige Wasser zu bugsieren. Das Salzwasser sorgte dafür, dass ich nur noch mit halbgeöffneten Augen agierte. Da Xaver gerade bei anderen Surfanfängern war, beschloss ich, einen Eigenversuch zu unternehmen. Ich wusste ja, wie es theoretisch ging. Theoretisch. Geduldig wartete ich drei Wellen ab, die mir nicht recht gefielen. Dann legte ich mich mit Blick Richtung Strand aufs Brett und begann mit dem Blick nach hinten zu paddeln. *Das muss sie jetzt sein!* Blick nach vorne, Oberkörper hochdrücken, Bein anziehen, Schritt und…

Verdammt. Das kühle Wasser schüttelte mich durch wie eine Waschmaschine im Schleudergang. *Gut, dann eben die Nächste … Wieso hört das hier nicht auf? Hallo … Waschmaschine fertig!?*

Ich verlor die Orientierung. Panik. Ich rang. Wie ein zappelnder Fisch im Netz.

Bäm! Ein warmer Schmerz. Alles um mich herum fühlte sich dumpf an. Meine Lungen begannen zu brennen. *Fuck, meine Luft ist leer! Fuck, fuck, fuck!*

Instinktiv stoppte ich meine Bewegungen. Im Strudel meines Endgegners. Gab mich ihm hin. Versank beinahe in Trance.Dann spürte ich plötzlich Grund unter meinen Füßen und stand ruckartig auf. Unaufhörlich hustete ich mit zusammengepressten Augen, während meine Lungen zwischen Hustenattacken jede Luft in sich saugten. Ich öffnete die Augen. *Wo genau bin ich? Tot? Lebendig?*

»Alles ok?«, hörte ich eine entfernte vertraute Stimme. Ich drehte mich um, sah Henrik im Wasser und schüttelte mit dem Kopf.

Der Husten zerfetzte mir beinahe die Lungen.

»Du warst sehr lang unter Wasser. Alles ok?«

Ich spürte Henriks Hand an meiner Schulter.

»Nein. Mein Kopf. Das Surfbrett.«

Dann erst merkte ich, dass meine Schläfe im Takt meines hohen Pulses pochte. Mein Schädel dröhnte. Sachte legte ich meine Hand auf die schmerzende Stelle. Schwindel.

»Ich weiß nicht mal, ob es mein eigenes Brett war.«

Im Wasser tummelten sich mindestens zwanzig andere Bretter, deren vorrübergehende Besitzer scheinbar – und glücklicherweise – nichts von meinem Überlebenskampf mitbekommen hatten. Ich atmete einmal tief ein. Und wieder aus.

»Ok! Weiter geht's!«, prustete ich nach dem Atemzug, bereit das Geschehene in meinem Kopf ungeschehen zu machen.

»Nix geht hier weiter!«

Henrik zog mich am Arm zurück und blickte mir eindringlich in die Augen.

»Du Dickkopf! Weißt doch gut genug, dass du dir damit schadest. Beim nächsten Mal zeigst du den Wellen, wer das Sagen hat, okay? Nicht heute.«

Nun saß ich eingesandet und eingesalzen auf meinem Surfbrett, die Ellenbogen auf meinen Knien abgestützt. An jener Stelle, wo ich eine halbe Stunde zuvor noch selbstbewusst mit demselben Surfbrett unterm Arm gestanden hatte. Das Pochen ließ allmählich nach, während Henrik bereits wieder für mehrere Sekunden auf der perfekten Welle ritt. Auf dem Brett ist jeder Individualist.

6 | ELEFANTEN ZUM GEBURTSTAG

Henrik | Die Tage an der Garden Route neigten sich allmählich dem Ende zu. Wir kamen runter vom Rush der letzten Tage und nahmen uns mehr Raum für unsere Arbeit, die ja schließlich unser Leben hier finanzieren sollte. Viel hatte sich angestaut. Generell waren wir zwar deutlich langsamer unterwegs als sonst, doch allein durch unseren Mietwagen fühlten wir uns auch unter Druck, voranzukommen. Das hieß zum einen, alle zwei, drei Tage den Ort zu wechseln, und zum anderen, in der Zeit möglichst alle Sehenswürdigkeiten mitzunehmen, weil wir erstmal nicht zurückkommen würden. Schließlich ist genau dies das notwendige Futter für unsere Arbeit: Keine Erlebnisse bedeutet kein Material zum Schreiben, kein Schreiben bedeutet kein Geld. In diesen letzten Tagen mit all den verschiedensten Wanderungen, Ausflügen und Aktivitäten wurde es uns alles zu viel.

Zunehmend müde und abgestumpft realisierten wir dies nur langsam und setzten uns mit dieser Herausforderung auseinander. Wenn man auf Dauer zu viele Aktivitäten aneinanderreiht, gehen einzelne unter und man schätzt sie nicht so wert oder erlebt sie nicht wirklich bewusst. Zusätzlich gehen wir viel zu oft mit großen Erwartungen los. Oft haben wir bereits vorher Informationen, Eindrücke, Meinungen Anderer verinnerlicht, die uns und unsere Erwartung beeinflussen. In den letzten Wochen erfuhren wir insbesondere durch Social Media, wie andere Leute Orte (angeblich) empfunden haben und dies beeinflusste unser Empfinden erheblich. Und das meistens im Negativen! *Die haben hier schon Zebras getroffen … Die haben Delfine gesehen … Die hatten besseres Wetter.* Und so weiter. Das ständige Vergleichen lässt kaum unbewertete freie Empfindungen zu. Doch ich hatte erkannt, dass es für uns oft die Dinge sind, die nicht jeder macht und in die wir dadurch mit weniger Erwartung reingehen, die am Ende besonders werden. Doch bergen diese Versuche neuer, unbeeinflusster Erlebnisse auch immer die Gefahr, dass wir zu uninformiert in eine Sache reingehen und es schon deswegen nichts wird mit dem gewünschten Erlebnis.

Es gibt immer Umstände, die vorher nicht abzusehen sind. All das gehört zum Langzeitreisen dazu! Nicht jeder Ausflug, nicht jede Aktivität kann und wird ein außerordentliches, besonderes Highlight sein. So war der hochgelobte Olifant Wandelpad in Knysna lediglich ein – Zitat Hannah – verf*ckter Wald gewesen. Stattdessen hatte uns Wilderness mit einem kilometerlangen Sandstrand, den wir ganz für uns allein hatten, überrascht.

Nach den ersten Wochen an der Garden Route zogen wir folgendes Fazit: Zu viele Highlights lassen uns schnell abstumpfen. Wir zogen die Bremse, beschlossen, eine gezielte Auszeit zu nehmen und würden erstmal eine Woche in Port Elizabeth bleiben.

Wir schnürten die Laufschuhe und los ging's! Direkt nach dem Aufstehen begannen wir den Morgen sportlich. Schließlich ist Port Elizabeth eine wahre Läuferhochburg. Hier wird sogar für den Iron Man trainiert. Die endlos lange Promenade führt auf der einen Seite vorbei am Indischen Ozean und auf der anderen an Cafés, Restaurants und Malls, aber streckenweise auch an viel Industrie. Während wir gegen den unbändigen Wind der See ankämpften, grüßte uns eine ältere, südafrikanische Läuferin mit Laufevent-Shirt mit einem Daumen nach oben und einem motivierenden Lächeln im Gesicht. Ein Gruß unter Läufern. Ganz wie auf unseren immergleichen Runden in Deutschland. Ein paar Meter weiter traute ich meinen, aufgrund der grellen Sonne halb zugekniffenen, Augen kaum und weckte Hannah aus ihrer Laufmeditation mit einem lauten »Guck mal! Delfine!«

Direkt vor uns im Meer, kaum fünfzig Meter entfernt, sprangen sie aus dem Wasser. Es wurden immer mehr. Wir hielten an und stoppten unsere Uhren für diesen Moment. Mittlerweile waren es bestimmt siebzig Delfine im Wasser, die dort vor unseren Augen Richtung Sonne schwammen. Ein leises »Wow« entglitt Hannah.

»Wer hätte damit rechnen können?«, fragte ich.

Ein Schauer purer Glückseligkeit durchfuhr uns. Als wir früher zuhause unsere alltäglichen Trainingsrunden gedreht hatten, war uns auf dem Feld vielleicht mal ein Eichhörnchen begegnet. Aber Delfine? Beim Laufen? Wie krass war das denn bitte?

In Port Elizabeth waren wir nun ohne Mietwagen gestrandet in einer Großstadt. Und so packten wir unsere Rucksäcke endlich mal wieder etwas vollständiger aus und Routinen wie Einkaufen, Kochen, aber auch die immer noch neue gemeinsame Arbeit spielten sich ein. Das Schreiben, die Bild- und Videobearbeitung füllten den Tag, aber auch sportliche Aktivitäten wie Yoga, Fitness und Laufen fanden wieder statt. Im bunt gemischten Publikum eines lokalen Fitnessstudios stemmten wir Gewichte, wie in unserem Alltag der letzten Jahre. Es tat gut. Richtig gut!

Doch so gut unsere Zusammenarbeit in manchen Aspekten schon wieder funktionierte, in anderen ließ sie doch noch sehr zu wünschen übrig. So saß ich an einem dieser Tage sichtlich genervt an der x-ten Überarbeitung eines Blogartikels. Im festen Glauben, etwas Gutes geschaffen zu haben, hatte Hannah, wie so oft, immer wieder etwas daran zu meckern gehabt. Damit stellte sie, ob bewusst oder unbewusst, auch stets meine Kompetenz und meine Fähigkeiten, auch meinen Anteil leisten zu können, in Frage. In meinen Augen waren es oftmals rein subjektive stilistische Mittel, die sie einfach anders machte als ich. Auf jeden Fall musste immer alles genau ihren Vorstellungen entsprechend exakt so sein, und wenn ich irgendeine Kleinigkeit, wie beispielsweise die ständige Wiederholung eines für die Suchmaschinen wichtigen Keywords nicht beachtet hatte, wurde die an sich gute restliche Arbeit von Hannah nicht gewürdigt. Als mir in diesem Moment auch noch ein Besen an den Füßen entlang streifte, brach es aus mir heraus.

»Muss das jetzt sein? Wir sind noch keine fünf Tage hier und du machst hier gleich einen Frühjahrsputz!«

»Dein Ernst?«, blaffte sie zurück, »guck mal, wie es hier aussieht! Ich fege nach fünf Tagen lediglich mal durch. In dieser Unordnung kann sich doch keiner wohlfühlen.«

»Unordnung? Du meinst wie in meinen Texten? Boah, Hauptsache dein perfektionistischer Drang setzt sich immer durch. Während du hier rumwuselst, kann sich keiner konzentrieren!«

Wütend klappte ich den Laptop zu und flüchtete nach draußen an die frische Luft, im Wissen, jetzt ohnehin nichts Kreatives mehr erschaffen zu können.

Alltag ist ruhig, erholsam, erfüllend. Aber für uns wohl auf Dauer schädlich. Das gemeinsame Arbeiten war ein Punkt, bei dem es oft noch knirschte im Getriebe. Mit der voranschreitenden Zeit und von Arbeit geprägten Tagen in ein und demselben engen Apartment traten zuvor bekannte Reibungspunkte zwischen Hannah und mir wieder hervor. Auch wenn es aufgrund unterschiedlicher Vorstellungen und Arbeitsweisen hier und da knallte, hatten wir uns in diesen ersten Wochen in Afrika, die wir rund um die Uhr miteinander verbrachten, als Individuen, als Menschen wieder etwas besser kennengelernt. Mit all diesen Gedanken und Erkenntnissen konnten wir direkt an uns arbeiten.

»Happy Birthday«, flüsterte ich Hannah sanft ins Ohr, im Glauben, sie zu wecken. Doch als hätte sie auf dieses Signal nur gewartet, sprang sie aus dem Bett. Scheinbar bereit für das langersehnte Aufeinandertreffen. Lange hatten wir uns unseren ersten eigenen Game Drive (englischer Begriff für Safari) genau für diesen Ort, für diesen Tag aufgespart. Im Addo Elephant Park ist es nämlich erlaubt, das gesamte Gebiet auf eigene Faust zu erkunden, wofür wir uns extra wieder ein Auto geliehen hatten. Heute sollte es endlich soweit sein. Das war ihr einziger, großer Wunsch zum Geburtstag.

»Bitte keine materiellen Geschenke«, hatte sie die letzten Tage stets betont und so hatte ich es mir zum Ziel gesetzt, diesen Tag für sie so schön wie nur möglich zu machen. Da klingelte auch schon Hannahs Handy. Es war 06:30 Uhr, als ihre Mama per WhatsApp anrief. Hannah freute sich sehr, sie zumindest über den Bildschirm zu sehen, aber ich wusste, innerlich blutete ihr Herz auch ein wenig, diesen Tag nicht mit ihr teilen zu können. Schnell machten wir uns auf den Weg, um schon bei der Öffnung im Morgengrauen im Addo Elephant Park anzukommen. Der frühe Morgen sowie der frühe Abend soll für Tiersichtungen am aussichtsreichsten sein, hatten wir gelesen.

Auf der Fahrt machte Hannah unsere beiden Kameras bereit. Durch die Pforten des Nationalparks gefahren, passierte dann allerdings erstmal sehr lange gar nichts. Leere Landschaften, keine Tieresseele weit und breit. Doch ich war vollkommen überzeugt, dass heute noch, im wahrsten Sinne des Wortes, Großes auf uns warten würde. Und ehe ich mich versah, bewegte sich etwas. Erste Warzenschweine erreichten unser Blickfeld.

»Und ich dachte aus der Entfernung, es seien kleine Löwen«, lachte Hannah auf. Eine optische Täuschung, auf die wir auf unserer Reise noch öfter hereinfallen würden.

Hinter der nächsten Ecke blickte uns eine kleine Kudu-Familie friedlich entgegen, während sich unsere Liste der Sichtungen nun Tier für Tier füllte. Nach Dutzenden fröhlichen Zebras mit schwingenden Schwänzen, tauchten am ersten Wasserloch große dunkle Punkte am Horizont auf: Wasserbüffel. Das erste Tier der Big Five! Die legendäre, ursprünglich von Großwildjägern erfundene Auswahl der Big Five bilden Elefant, Nashorn, Löwe, Leopard und Büffel. So hatten wir es unzählige Male in all den fantastischen Dokumentationen, die wir uns in den letzten Monaten reingezogen hatten, gesehen. Und jetzt waren wir auch auf der

Jagd nach ihnen. Allerdings würden wir sie selbstverständlich nur mit der Kamera einfangen. Auf der Karte schauten wir uns das nächste Wasserloch aus und machten uns voller Hoffnung auf den Weg, dort dann auch endlich auf Elefanten zu treffen.

Nur wenige ruhige Minuten später, Hannah war mit ihren Kameraeinstellungen beschäftigt, nahm ich im Gebüsch neben mir etwas wahr. Es raschelte und blitzte grau auf. Aufgeregt bremste ich abrupt. Hannah blickte erst irritiert rüber zur Fahrerseite, brauchte dann aber gar nicht nach dem Grund des Anhaltens zu fragen. Ein runzliger, grauer Rüssel bahnte sich unmittelbar am Wegesrand den Weg zu frischen, saftigen Blättern und griff zu. In aller Seelenruhe schob sich der kräftige Elefantenbulle laut schmatzend das Grünzeug in den Mund. Dabei blickte er uns tief in die Augen. Ehrfürchtig erstarrt beobachteten wir ihn, wie er nur wenige Meter von unserem Wagen entfernt vor sich hin fraß. Glücklicherweise schienen wir ihn überhaupt nicht zu stören. Für einen Moment war alles um uns herum wie ausgeblendet. Ein wohliges, schwer zu beschreibendes Gefühl von Zusammengehörigkeit breitete sich in mir aus. Nur wir und der Elefant. Nichts weiter. Erst als nach einer gefühlten Ewigkeit hinter uns das nächste Auto durch den Staub herangerauscht kam, suchten nicht nur wir, sondern auch der Elefant schnell das Weite.

»Elefant«, strahlte mir Hannah beseelt entgegen und hatte mit ihrer Behauptung vollkommen recht – im Unwissen, dass der Singular noch zum Plural werden würde.

Etwas später standen zwei Autos auf der Schotterstraße direkt vor uns. Schnell erkannten wir den Grund, denn plötzlich kam uns eine ganze Herde mit etwa zwölf Elefanten entgegen. Die

Matriarchin führte die Mannschaft zuverlässig an. Vorsichtig gesellten wir uns zu den anderen Autos, bevor sie kraftvoll unmittelbar neben uns vorbeistolzierte. Aus der Fensterscheibe unseres Kleinwagens sahen wir nur noch ihre imposanten Beine. Die Erde vibrierte. Nur ein paar Meter dahinter versuchten zwei fröhlich trabende Babys mit wackelnden Ohren Anschluss zu halten. Unsere erste Selbstfahrer-Safari wurde zur permanenten Aufwärtsspirale. Es ging Schlag auf Schlag.

Nächste Szene: Eine Herde Zebras und zwei Elefantengruppen an einem Wasserloch. Bedacht schlichen sich drei Zebras von der Seite in Richtung Wasserloch, das gerade zwei Erwachsene und zwei Baby-Elefanten belegten. Eines der Babys bemerkte die Zebras, drehte sich prompt schwungvoll um, trompetete und stampfte, was das Zeug hielt. Sein Geschwisterchen tat es ihm gleich. Was für ein Theater! Schreckhaft galoppierten die Zebras los und machten sich aus dem Staub. Ein Naturschauspiel, das besser war als jede Doku. Szenen, denen man ewig zuschauen könnte. Und wir einfach mittendrin. Nicht wie früher Nüsschen knabbernd Zuhause auf der Couch.

So ganz konnten wir es noch gar nicht realisieren und kamen aus dem Staunen nicht heraus. Die Zeit verging allerdings wie im Flug und es begann schon langsam zu dämmern, während wir die mittlerweile riesige Herde vorsichtig bis zum nächsten Wasserloch begleiteten. Wir waren erstmalig Zeugen des alltäglichen Lebens von Warzenschweinen, Antilopen, Zebras, Büffeln, einer Schildkröte, ja, sogar zwei Schakalen und bestimmt mindestens fünfzig Elefanten geworden. Doch nun war es Zeit, Abschied zu nehmen.

Am Ausgang gönnte sich Hannah für ihre vom Staub trockene Kehle noch ein Savanna, der lokale Cider Südafrikas.

»Apfelschorle mit Wumms« hatten wir ihn in den letzten Wochen liebevoll getauft. Glücklich schweigend saßen wir da und verarbeiteten all die Eindrücke. Ein Tag voller Überraschungen und Wunder, wie ich ihn nicht besser hätte ausmalen können. Da ich mich als Fahrer an dieser Stelle dem alkoholischen Genuss nicht anschließen konnte, steuerten wir zurück in der Stadt zu Fuß noch eine Bar an, in der wir bereits ein paar Mal gewesen waren. Bei der Bestellung versuchte ich einen cleveren Schachzug und sagte im Beisein des Kellners zu Hannah:

»Du entscheidest. Es ist dein Geburtstag.«

Der freundliche Kellner wurde wie geplant hellhörig und bat Hannah charmant um ihren Ausweis. Dann verschwand er kurz.

»Toll, jetzt weiß der, was für ‘ne alte Kuh ich schon bin.«

Zurück kam er mit einer im Halbdunkeln funkelnden Wunderkerze, die wiederum in einer Flasche feinem Durbanville-Sekt in einem Eimer voll Eis steckte. Es waren nicht die ersten Freudentränen, die an diesem Tag flossen, aber dieses einzige materielle Geschenk an ihrem Geburtstag setzte wohl die Kirsche auf Hannahs imaginäre Geburtstagstorte.

Noch viel mehr als ich, ist Hannah der Auffassung, dass es keinen Geburtstag braucht, um einen Tag zu einem besonderen zu machen. Andersherum ist nicht jeder Geburtstag außergewöhnlich. Dieser war definitiv zu einem wirklich einzigartigen Tag geworden. Es sei der fast vollkommenste Geburtstag ihres Lebens gewesen, würde sie mir später sagen – ganz ohne Geschenke oder Kuchen.

Das einzige Puzzlestück, was ihr zur Vollkommenheit fehlte, war die Anwesenheit ihrer Mutter.

Ich für meinen Teil hatte allerdings auch eine Erkenntnis gewonnen: Die direkte Begegnung mit all diesen einzigartigen Wesen hatte etwas in mir geweckt.

Warum unterscheiden wir Menschen eigentlich zwischen Wildtier und Nutztier? Und sind Mensch und Tier nicht eh das Gleiche?

Meinetwegen sollte kein Tier mehr sterben müssen. Aus dieser starken Überzeugung heraus entschloss ich noch an diesem Abend, meinen Fleischkonsum auf null zu reduzieren und von nun an komplett vegetarisch zu leben. Ich war bereit, noch tiefer in das Leben der Tiere und Menschen hier einzutauchen. Ich war bereit für Abenteuer und wollte mehr Wildnis spüren, eins mit der Natur werden und so richtig in Afrika ankommen.

Vielleicht ja schon in Hluhluwe, flüsterte mir mein Gefühl hoffnungsvoll zu.

7 | IM WILDEN LAND DER ZULUS

Hannah | »Hallo Wildnis!«, schnaufte ich erschöpft, aber mit breitem Grinsen und ließ mich mit einer Flasche Black Label Bier in einen der beiden Camping-Stühle fallen, die auf einer hölzernen Terrasse vor unserem fest installierten Zelt standen. Hinter uns tauchte die untergehende Sonne die vor uns liegende wild gewachsene Wiese in ein sanftes Licht. Aus dem hohen Gras blickten uns drei Nyalas, eine fellige Antilopenart mit besonders hübsch geschwungenen Hörnern, regungslos in die Augen. Wir waren mittendrin in unserem ersten Camping-Abenteuer in Afrika. Mitten im Busch. An einem Ort, der ikonischer nicht klingen könnte: Hluhluwe (gesprochen: Schluschluwie) in der Provinz KwaZulu-Natal. In den kommenden Nächten sollten uns nur Zeltwände von der Natur dieses Fleckchens Erde trennen, womit wir ein neues Level an Minimalismus erreichten.

Ich hatte Camping immer gehasst. Zu viele Umstände, die einfach alles kompliziert machen. Immer hatte ich den Sinn hinterfragt, sich freiwillig auf einen harten Boden in einen klaustrophobisch engen Raum aus Kunststoff zu legen und zum Pinkeln mehrere Reißverschlüsse und Dutzende Meter zu überwinden. Aber irgendetwas erfüllte mich hier und jetzt. Fast wie das Gefühl des Verliebtseins.

Dieser aufregende Mix aus Nervosität, Unsicherheit, beflügelter Innigkeit und Glückseligkeit.

Immerhin stand in unserem Zelt ein einfaches Bett mit einer Matratze. Und ein Mini-Kühlschrank.

Hinter unserem Outdoor-Badezimmer hörte ich es rascheln und knistern.

»Da scheint gerade jemand das Feuer zu machen, um das Wasser zu erhitzen«, schlussfolgerte Henrik vollkommen richtig.

»Wir sollten jetzt auch schleunigst duschen. Sonst ist gleich es stockdunkel«, stellte ich mit Entsetzen fest und versuchte, rasch all meine Sachen zusammenzusuchen, »ich stinke auch wirklich wie ein Wiesel.«

Zielgerichtet stieß ich die Holztür auf und blieb erschrocken und mit weit aufgerissenen Augen stehen. Mindestens genauso weit aufgerissene Augen hatte der Frosch, der mich gerade aus dem Waschbecken anblickte.

Gelegentlich fiel uns unsere herbeigesehnte Planlosigkeit mit Wucht auf die Füße. Am frühen Morgen wurden wir von der stärker werdenden Sonne und der zunehmenden Hitze im Zelt herausgetrieben. Für die erste Nacht im Busch hatte ich überraschend gut geschlafen. Aber was nun? Die Rhino Route hält unzählige Aktivitäten bereit, was in mir schon wieder Stress auslöste. Mische Planlosigkeit mit zu vielen Möglichkeiten und zu wenig Informationen – fertig ist der perfekte Cocktail aus Überforderung.

Beim Frühstücken entschieden wir uns intuitiv, direkt mit dem Highlight zu starten: Einem Game Drive im Hluhluwe iMfolozi

Park, einer der ältesten Naturreservate Afrikas mit einer beachtlichen Nashorn-Population.

Als wir wenige Minuten später unsere Sachen packten, klingelte mein Handy. Carissa, die Camp-Managerin schrieb, dass die Safari für heute doch bereits voll sei und sie uns für morgen eingebucht hätte.

»Toll, und jetzt?«, seufzte Henrik genervt.

»Ja, komm, dann setzen wir uns jetzt ins Auto und fahren nach St Lucia in dieses…«, ich griff zur Infobroschüre und las wie eine Zweitklässlerin vor, »… iSimangaliso Wetland, um Nilpferde und Krokodile zu sehen.«

Der etwa eineinhalbstündige Weg führte uns über sandige bis steinige Buckelpisten und teils durch einen verlassenen, gruseligen Wald. Im Hellen war die Strecke gut zu meistern.

»Für die Rückfahrt nehmen wir lieber eine andere Route«, schlug ich vor.

Nach einem kurzen Stopp am Ingwe Beach, einem wilden einsamen Strand mit wenigen Anglern, saßen wir auch schon auf Deck eines Safarischiffes und schipperten los. Die ersten Nilpferde ließen nicht lange auf sich warten, tauchen immer mal wieder auf, ohne sich ans Ufer zu bewegen. Zu heiß war die hochstehende Sonne. Nilpferde haben eine ziemlich empfindliche Haut und schützen sich am Tag, indem sie unter Wasser bleiben. Bis zu sechs Minuten schaffen die gewaltigen Kolosse es, nicht aufzutauchen.

Das laute, grunzende, markerschütternd und zugleich erheiternde Lachen der Nilpferde brannte sich an diesem Tag zum ersten Mal in unser Gedächtnis ein. Es würde uns auf unserer Reise durch Afrika begleiten – und zu einer dieser unvergesslichen immerwährenden Assoziationen werden. Aber irgendwie fühlte ich mich nicht so richtig wohl in dieser hier offensichtlichen Touristenrolle. Auf einem Schiff mit einer Fremdenführerin, die durch Lautsprecher Fakten über Nilpferde erzählte. Es sollte wahnsinnig besonders sein, Nilpferde in freier Natur zu sehen. Doch der Funke wollte nicht so recht überspringen. Vielleicht lag es auch daran, dass ich in Gedanken schon auf unserem Rückweg war. Immer wieder schaute ich auf die Uhr. Wir würden in die Dunkelheit reinfahren. Diese Herausforderung überließ ich Henrik.

»Zwei Kilometer geradeaus«, sagte die Navigationsassistentin, nachdem ich in Windeseile die schnellste Route rausgesucht hatte. Henrik folgte dem VW Polo vor uns und bog links ab.

»Stopp! Wir müssen … geradeaus.«

Ich zögerte, denn ich merkte, dass da eigentlich gar kein Weg war.

»Wie, geradeaus?«, meckerte Henrik.

Ich zeigte ihm wortlos die Karte auf dem Handy, woraufhin er den Rückwärtsgang einlegte und schnurstracks nach hinten setzte. Plötzlich rumpelte es gewaltig am Unterboden und unser Kwid heulte wie ein gefolterter Hund.

»Oh.«

Mehr brachte Henrik nicht heraus. Ich auch nicht. In diesem Moment wusste ich, dass es jetzt meine Pflicht war, mich nicht aufzuregen. Und wir wussten beide, dass wir uns festgefahren hatten.

»Ja, chill! Der Kwid ist so leicht, den schieb ich hier schon raus.«

Um ehrlich zu sein, zweifelte ich an Henriks Plan, wollte ihn aber nicht pessimistisch zunichtemachen. Also setzte ich mich auf den Fahrersitz, löste die Handbremse und gab Gas, während Henrik von vorne mit verzerrtem Gesicht schob. Nichts.

Und dann standen wir hier, mitten auf einem kleinen, sandigen Feldweg, die Hände in die Hüfte gestemmt. Ohne Handynetz. Auf uns allein gestellt. Direkt, als das nächste Auto kam, versuchten wir winkend, Hilfe herbeizuholen. Doch die drei Männer gafften nur und fuhren weiter. Nach fünf Minuten sahen wir einen weißen Pickup auf uns zu fahren. Hoffnung. Wir traten zu zweit auf den sandigen Weg und ließen den Fahrer durch unsere Gesten wissen, dass etwas nicht in Ordnung war. Der Wagen wurde langsamer und die Fensterschreibe fuhr herunter.

Ein Mann mit sonnenverbrannter Haut schaute uns mit fragendem und grimmigem Blick an. Sein Gesicht und seine Arme waren dreckverschmiert. Mutmaßlich kam er gerade vom Feld.

»Können Sie uns helfen? Wir haben uns festgefahren«, klärte ich ihn mit gesenkter Stimme auf.

Wortlos stieg er aus und hockte sich mit seinem kräftigen Körper auf den Boden, um sich unser Hindernis genauer anzusehen, während zufälligerweise noch ein Bekannter von ihm vorbeikam. Sie unterhielten sich auf Afrikaans. Vermutlich darüber, wie blöd die beiden Touristen hier waren.

»Okay! Jetzt sind wir drei Männer. Setz dich nochmal ins Auto und gib Gummi!«, forderte mich der erste Mann in seiner Feldmontur auf.

Ich atmete einmal tief ein und mit dem Ausatmen trat ich aufs Pedal, als würde mir die Atemtechnik mehr Kraft schenken – die ich in meiner Rolle eigentlich gar nicht brauchte. Wieder nichts. Außer ein ekliges Geräusch und unangenehmer Gestank.

»Gut«, seufzte der dubiose Typ, der optisch den Anschein eines bäuerlichen, rechtsorientierten Großwildjägers machte, »ich fahr schnell nach Hause und hol ‘ne Schaufel. Habt ein wenig Geduld. Ach so, ich bin übrigens Jack.«

Er streckte uns seine dreckige Hand entgegen und wir schüttelten sie beide nacheinander höflich.

»Danke, Jack!«, erwiderten wir beide im Chor.

Als Jack im Staub verschwand, schauten Henrik und ich uns an.

»Jetzt haben wir wohl beide einmal Bockmist gebaut«, lächelte ich und lehnte mich an ihn. Allmählich wurde es kalt. Mit jeder Minute nahm die verbleibende Helligkeit am Himmel ab.

»Hoffentlich kommt der wieder«, murmelte Henrik.

Kaum ausgesprochen, sahen wir den weißen Pickup aber um die Kurve preschen.

Jack stieg zielgerichtet mit einem Spaten in der Hand aus, schaufelte fleißig drauf los und legte sich mit dem Bauch komplett auf die sandige Erde, während wir nichts tuend und verlegen danebenstanden und nur gelegentlich die Lage unter dem Auto checkten. Unangenehm. Ein weiterer Versuch mit eingelegtem Rückwärtsgang brachte die Erlösung. Der Kwid war wieder frei! Wir bedankten uns flüchtig bei Jack und fuhren so schnell davon, wie wir konnten, um aus der Situation zu flüchten. Ich blickte Jack im Rückspiegel nach.

»Wow, wie böse sein Blick jetzt ist. Oh Gott, oh nein, meinst du der hat mit einer Bezahlung gerechnet?«

»Oh, ähm … weiß nicht.«

Henrik hatte diesen Gedanken scheinbar genauso wenig im Sinn gehabt wie ich. Er schwieg kurz und kam auf einen anderen Aspekt dieser suspekten Begegnung zu sprechen.

»Also ein bisschen creepy war der ja schon, oder? Der optische Inbegriff eines Rednecks«, lachte Henrik auf.

»Der hätte uns auch locker mit seinem Spaten einen überziehen und uns ausrauben können«, fiel mir in diesem Moment auf, »das war schon ziemlich gefährlich, Henry.«

Wir schwiegen für eine Weile.

»Hat er aber nicht«, merkte ich an, »mein Gott, der Typ hat uns den Arsch gerettet. Jetzt verfallen wir, die das sonst an anderen immer verabscheuen, selbst in fiese Vorurteile.«

»Ja, hast Recht«, stimmte mir Henrik mit gesenktem Ton zu und überlegte kurz, »aber wir urteilen ja ständig. Das ist doch auch ganz natürlich, um Situationen oder auch Gefahren abschätzen zu können. Manchmal liegt man eben falsch. Damit sollte man bewusster umgehen.« Ich nickte.

»Der Kwidwo macht schon einiges mit uns mit«, wechselte Henrik das Thema.

»Kwidwo?«

»Ja, so hab' ich den jetzt getauft.«

»Okay … und wie kommst du auf Kwidwo?«

»Na, wegen Kwadwo Asamoah. Ghanaischer Fußballer früher bei Juventus Turin.«

Ich selbst bin als studierte Sportmanagerin durchaus versiert mit den Namen von Fußballspielern, aber gegen den Fußballnerd an meiner Seite komme ich nicht an.

»Aaaaha. Na, gut. Dann halt Kwidwo.«

Die Finsternis verschluckte uns auf den Straßen. Es war ein Nerventanz. Eine warme Mahlzeit hatten wir bereits abgeschrieben. Erstens konnten wir in der Dunkelheit ohne Licht unmöglich draußen mit dem Gaskocher hantieren. Zweitens hatten wir kaum was im Kühlschrank. Und drittens waren die wenigen Restaurants in der Umgebung bereits alle geschlossen. Dieser Abend ging also mit vielen verlorenen Nerven, ein paar wenigen Scheiben Brot mit Käse und einem Dosenbier auf der Bettkante zu Ende.

Am nächsten Tag stand unsere erste Safari an. Da wir bereits spät dran waren, nahmen wir uns vor, unser Auto erst auf dem Parkplatz am Treffpunkt nochmal ausgiebig zu checken, um sicherzugehen, dass bei unserer gestrigen Aktion nichts Schlimmeres passiert war. Henrik prüfte den Unterboden, ich ging einmal um den Wagen herum und begutachtete die Karosserie.

»Nein!«, stieß ich entsetzt hervor.

»Was ist?«

»Wir haben ‘ne Schraube im Reifen! Aber … hä? … «

Henrik stand schneller neben mir, als ich es für möglich hielt. Ich fuhr vorsichtig mit dem Finger über die Stelle.

»Die Spitze zeigt ja aus dem Reifen heraus«, stellte ich fest, »wie ist das denn möglich?«

»Wie das möglich ist, weiß ich nicht. Aber klar ist, dass die safe durchrutscht, sobald wir weiterfahren.«

Ich blickte auf die Uhr und forderte uns beide auf, das Problem für den Moment zu vergessen. Denn wir waren schon zu spät.

»Hallo, ich bin Ella.«

Bei der Aussprache seines Namens setzte unser Safari-Guide einen Klacklaut mit der Zunge davor, für den es keinen Buchstaben in unserer Schrift gibt und der für uns beinahe unaussprechlich ist. Eine typische sprachliche Besonderheit der Zulus, der hier lebenden Ethnie.

Rasant bretterte Ella mit uns Zweien – die anderen Gäste hatten abgesagt – im offenen Safariwagen los. Der Game Drive begann unspektakulär. Kaum ein Tier traute sich in die Nähe des Schotterweges, bis wir endlich zwei Breitmaulnashörner in den Büschen zu unserer Rechten sahen.

Wow! Die ersten Nashörner meines Lebens! Hochkonzentriert verfolgte ich die beiden durch den Kamerasucher, doch bekam einfach kein ordentliches Foto zustande. Unglücklicherweise – für Fotografen, aber nicht für die Tiere – ist das Reservat sehr buschig und dicht bewachsen.

»Wir haben ein sehr großes Problem mit der Wilderei hier im Park«, erklärte uns Ella, »im Jahr 2021 haben wir über zweihundert Nashörner verloren, letztes Jahr hundertdreißig.«

»Zweihundert?! Hundertdreißig?!«

Ich konnte diese Zahlen gar nicht fassen und wollte mehr verstehen.

»Aber der Nationalpark ist doch umzäunt. Wie kann das sein?«

»Während Covid fehlten die Einnahmen aus dem Tourismus. So konnten die Ranger nicht mehr bezahlt werden und mussten sich andere Einkommensquellen suchen. Aus Verzweiflung standen einige also nicht mehr auf der Seite der Tiere, sondern auf der der Wilderer.«

Diese Erkenntnis fühlte sich an, wie wenn aus einem unvollständigen Puzzle mit undefinierbarem Bild plötzlich etwas Erkennbares hervorsticht. Etwas, was dich beängstigt. Was dich wütend macht.

Wir passierten eine Herde gewaltiger Büffel – eine Tierart, die in meinem Kopf irgendwie immer maskulin ist. *So massig, plump und draufgängerisch sind doch keine Frauen!* Im Gegensatz zur Giraffe, die es für mich wegen ihrer Grazie nur in weiblicher Form gibt. *Meine Güte, was habe ich Emanze denn für altmodische Ansichten von der Tierwelt?*

Nach beinahe zwei Stunden stoppte Ella auf einem eingezäunten Picknick-Platz, stellte uns Chips und Softdrinks auf den Tisch.

»Die Affen scheinen noch nicht hier zu sein«, sagte er und verschwand kurzerhand im anliegenden Gebäude, um Formalitäten zu erledigen.

»Komisch. Wir haben ewig keine Affen mehr gesehen, obwohl in Durban alle davor gewarnt haben«, wunderte sich Henrik.

»Dreh dich mal um.«

Eine Meerkatze spazierte neugierig auf den Parkplatz, schenkte uns aber zunächst keine Beachtung. In weiser Voraussicht griff ich aber schon mal unsere Äpfel und die geöffnete Chipstüte, um Sicherheit im offenen Safariwagen zu suchen. Kaum legte ich die Sachen im Safariwagen ab, sprang die Meerkatze blitzartig ans Gitter des offenen Wagens. Mein Puls schoss in die Höhe. Verunsichert blickte ich zum Gebäude, wo Ella eben verschwunden war. Aber er war nicht zu sehen.

Intuitiv schnappte ich die offen liegende Kamera und mein Handy. Wenn der Affe das greifen würde, wäre die Katastrophe perfekt. Vollgepackt sprang ich aus dem Safariwagen, um Abstand zu gewinnen.

»Hast du da was im Rucksack?? Der ist offen!«, schrie Henrik panisch.

»Ja, klar habe ich was im Rucksack! Erschrecke ihn mal!«

Henrik machte eine offensive, nach vorne gerichtete Körperbewegung. Der Affe schien unbeeindruckt. Stattdessen rüttelte er am Gitter des Wagens und setzte zum ersten Diebesversuch an. Voller Angriffslust. Er griff ins Leere. Als letzte Rettungsmaßnahme warf Henrik die offene Chipstüte zehn Meter vom Wagen weg, woraufhin der Affe der Ablenkung folgte. *Puuuh!*

Im Hintergrund sah ich Ella auf uns zu rennen, der bemerkte, dass die Affen den Braten schon gerochen hatten. Zügig ließen wir die mittlerweile in Scharen umherstreunenden Meerkatzen hinter uns.

»Die hier sind noch harmlos. Paviane sind wesentlich aggressiver.« *Cool!*

Wenige Minuten später trafen wir auf drei weitere Safarifahrzeuge, die auf dem schmalen, geteerten Weg aus unersichtlichem Grund wendeten. Ein anderer Guide warnte uns:

»Da ist ein aggressiver Elefant. Ihr könnt da nicht lang!«

»Wo?«, fragte Ella.

»Na, da vorne.«

»Okay, wir schauen uns das an.«

Henrik und ich amüsierten uns über Ellas Schlagfertigkeit. Ein Indiz dafür, dass wir ihm hier gerade unser Leben anvertrauten.

Wir beobachteten den grauen Riesen aus hundert Meter Entfernung, wie er dicht an der Fahrbahn lauerte und wild mit dem

Kopf hin und her schlug. Er war beängstigend groß, seine Stoßzähne gewaltig, obwohl er noch ein Teenager war.

»Ein Jungbulle. Er hat einen Hormonschub. Sein Testosteron ist gerade vierzigmal so hoch wie üblich. Deshalb ist er in Angriffslaune.«

Hinter uns kam ein großer Truck angefahren, vor dem der wütende Elefant ein paar Schritte nach hinten wich und irritiert war. Ella nutzte die Gelegenheit und brachte uns mit durchgetretenem Gaspedal am Elefanten vorbei. Ich hielt die Luft an, als mir der Gigant in voller Fahrt in die Augen blickte. Gegenüber wartete ein kleinerer VW-Bus auf seine Gelegenheit, zu passieren. Wir hielten in sicherer Entfernung und drehten uns um, um den Kleinbus im Blick zu behalten. Als sich der Fahrer langsam hervortraute, stockte mein Herz. Der Elefant marschierte geradewegs auf das plötzlich winzig klein wirkende Fahrzeug zu. Mit einem Tritt oder einem Schlag mit dem Rüssel hätte er den Wagen mit Leichtigkeit umschmeißen können. *Fuck! Wir werden gerade Zeuge eines sehr unschönen Unfalls.* Adrenalin schoss mir durch die Adern. Der VW-Bus gab Vollgas … und schaffte es so gerade vor dem Aufprall noch an dem Elefanten vorbei.

Nachdem sich mein Puls wieder normalisiert hatte, schoss mir ein ganz anderer Geistesblitz in den Kopf: Der Autoreifen. Bisher hatte ich es gut verdrängen können, aber die Verantwortung, gleich ein nicht unwesentliches Problem zu lösen, bohrte sich in meine Gedanken wie die Schraube in den Reifen. Aufgeschmissen wie wir waren, wendeten wir uns nach dem Game Drive an Ella.

»Ihr solltet nicht weiterfahren damit. Habt ihr einen Ersatzreifen?«

Und zum zweiten Mal innerhalb von zwei Tagen schauten wir erneut einem Local zu, wie er uns aus dem Schlamassel befreite. Diesmal einem Mann in feinem Hemd. Zumindest trugen wir nun etwas Sinnvolles bei, indem wir mit einer Taschenlampe für Beleuchtung sorgten. Es war schon wieder stockduster. Etwas verlegen drückten wir Ella nun hundert Rand in die Hand und machten uns auf den Rückweg ins Camp, wo uns unser Hausfrosch jetzt auf dem Klo begrüßte.

Die kommende Nacht glich einem Horrorfilm. Ich hörte Schritte vor unserem Zelt. Es knisterte, es raschelte. Ein Blick auf die Uhr: 01:47. Meine Augen waren weit aufgerissen, meine Ohren scharfgestellt. *Da ist jemand!* Feinfühlig versuchte ich die Geräusche zu orten und zuzuordnen. *Wer hat sich Zugang auf das Gelände verschafft?* Ich dachte an die Erzählungen von Ella, dass die Wilderer selbst in geschützten, eingezäunten Gebieten massenweise Großwild erlegen. Wieso sollte hier nicht ein Einbrecher auf das Gelände des Camps gelangen? Nur ein Reißverschluss trennte uns und den ungebetenen Gast.

»Hast du das gehört?«, flüsterte ich so leise wie möglich zu Henrik, nichtwissend, ob er vielleicht tief und fest schlief.

»Ja«, antwortete er umgehend.

Die Schritte auf den Steinen wurden häufiger und lauter. Ich nahm eine Berührung an der Zeltwand wahr.

»Bestimmt ein Nyala«, wisperte mein Freund. An die Nyalas hatte ich gar nicht gedacht.

»Nyalas schlafen doch nachts im Wald. Das hört sich an wie ein Mensch!«

Henrik schaltete das Licht an, da Nyalas sehr scheu sind und gewöhnlich beim ersten Reiz das Weite suchen. Aber die Geräusche gingen weiter.

»Ich muss pullern«, unterbrach Henrik die Stille.

»Das kann jetzt nicht sein Ernst sein!«

»Ich nehme die Flasche.«

Ich legte mich wieder auf den Rücken, schloss die Augen, und versuchte den Gast, wer oder was auch immer es sein sollte, zu akzeptieren. Innerlich sah ich schon jemanden den Reißverschluss des Zeltes aufreißen. Aber ich beruhigte mich durch gleichmäßiges Atmen.

»Oh, scheiße«, tönte es links neben mir. Henriks Finger zeigte auf eine fette, schwarze Raupe an der Zeltwand direkt über mir. Unsere in den letzten Tagen erprobte Alltagswaffe, das Glas und das Schneidebrett zum Einfangen und Freilassen von Insekten, konnten wir nur halb anwenden. Denn keiner von uns verschwendete auch nur einen Gedanken daran, das Zelt zu öffnen. Also blieb das Glas samt Raupe umgestülpt einfach im Zelt und wir hofften, dass wir es kein zweites Mal brauchen würden.

Irgendwann schlief ich erschöpft ein und wachte erst am Morgen mit der aufkommenden Hitze wieder auf. Ach ja, der afrikanische Busch.

Wir verließen Hluhluwe und damit erstmals auch für lange Zeit die Küste. Ich war ganz hibbelig, denn das zweite Land unserer Afrika-Reise stand kurz bevor.

Ich liebe es, wenn ich in ein Land reise, das noch niemand, den ich auch nur vage kenne, schon einmal bereist hat. Oder vielleicht nicht einmal weiß, wo es liegt.

»Welcome to Sani Pass, Goodbye South Africa« stand in abgewetzten Lettern auf einem Schild am Grenzposten. Nicht nur unsere Zeit in Südafrika endete – wenn auch nur vorrübergehend –, sondern auch die asphaltierte Straße. Sieben Kilometer herrenloses Gebiet mit majestätischen Gipfelplateaus, sattgrünen Berghängen, tiefen Tälern und steinigen engen Serpentinen ohne Leitplanken lagen vor uns. Bis wir das Königreich Lesotho erreichen würden, musste der härteste Teil des Sani Passes überwunden werden, der keinem der beiden Staaten gehört und deshalb nichts mehr als eine unbefestigte, ungesicherte Schotterpiste ist, die nur für Geländewagen zugelassen ist. Unseren Kwidwo hatten wir also in Südafrika zurückgelassen und uns einer kleinen Gruppentour angeschlossen.

Es schepperte gewaltig unter dem Hintern, als unser Fahrer Stuart den dunkelroten, verbeulten Land Rover die steile Schotterpiste dicht am Abgrund den Berg hinaufquälte. Im Tal konnten wir einzelne Karosserieteile von Fahrzeugen, die hier ihr Schicksal gesegnet hatte, erkennen. Unser Leben lag buchstäblich in Stuarts Händen – solange der alte Landy, dessen Tacho auf 299.999 Kilometern hängengeblieben war, seine Kupplung und alle Räder behielt. Meter für Meter kämpfte Stuart, dessen Wurzeln in Schottland liegen, die Blechschüssel ohne Servolenkung gekonnt die Piste hinauf.

»Schließlich lebe ich nach all den Jahren immer noch und bin noch nicht im Tal gelandet«, scherzte der schätzungsweise siebzigjährige Mann ironisch.

Mit jedem Höhenmeter, den wir auf dem legendären Sani Pass zurücklegten, kamen wir dem Königreich Lesotho näher.

Dieser mysteriösen Enklave in Südafrika inmitten der gewaltigen Drakensberge, die hier den Namen Maloti tragen. Maloti – das heißt auf der Sprache Sesotho Berge. Innovativ. Stuart nutzte die ruckelige Fahrt, um sein Wissen mit uns zu teilen.

»Mit einer beachtlichen Höhe von fast 2.900 Metern über dem Meeresspiegel gilt der Sani Pass als höchster Bergpass im südlichen Afrika. Zunächst wurde der in den jungen 1900ern für Handelszwecke errichtete Pass zwischen Underberg in Südafrika und Mokhotlong in Lesotho nur von Eseln erklommen, bis im Jahre 1952 der erste Land Rover die 1.330 Höhenmeter auf einer kurzen Strecke von 6,5 Kilometern überwand. Erst wenige Jahre später wurde aus dem Saumpfad ein befahrbarer Schotterweg. Bis heute bleibt die Überquerung ein gefährliches Unterfangen. Wenn der Winter alljährlich über die Drakensberge hineinbricht, wird jede Fahrt über den Sani Pass zu einem selbstmörderischen Drahtseilakt. Ab Juni stehen Schneeverwehungen und blitzartig gefrierende Regengüsse auf der Tagesordnung. Besonders tückisch wird es, wenn die Sonne das Eis auf den engen Serpentinen zum Schmelzen bringt und der Schatten anschließend für spiegelglatte Steilhänge sorgt. Nicht ohne Grund gilt der Sani Pass nach Lesotho zu den gefährlichsten Bergpässen auf der ganzen Welt.«

Na, ein Glück, dass erst Ende April war und die hochstehende Sonne für angenehme fünfzehn Grad sorgte.

Stuart parkte den roten Landy vor einem Stall. Beim Öffnen der Tür nahm ich einen intensiven Ziegengeruch wahr und erkannte nur wenige Sekunden später den Ursprung dieses olfaktorischen Eindrucks: Angora-Ziegen. Viele. Plötzlich waren wir mittendrin. In Sekundenbruchteilen schnappte ein Sheppard eine der Ziegen an einem Bein und am Hals, sodass sie sich in der Luft hängend laut jammernd verbog. Aus dem Stall ertönten beinahe menschenähnlich klingend schrille Schreie. Es waren die letzten Tage der Schärsaison. Mit großen Gartenscheren in der einen Hand und der Ziege in der anderen Hand erledigten die Sheppards ihre Arbeit rigoros und in schnellem Tempo. Ich wusste gar nicht, wohin ich blicken sollte und – nun ja, ob überhaupt. Zwar möchte ich nicht mit dem erhobenen Zeigerfinger urteilen – schließlich habe ich keinen blassen Schimmer, wie Wollproduktion andernorts aussieht –, dennoch könnten sie die Tiere für die Wertigkeit, die ihnen zukommt, durchaus etwas freundlicher behandeln. Die hochwertige Angora-Wolle ist nämlich der wichtigste Wirtschaftszweig von Lesotho.

Nach dem denkwürdigen Ziegen-Erlebnis, hielten wir vor einer kleinen Siedlung namens Sekering mit schätzungsweise sieben Rondavels, der typisch runden Hausform mit dreieckigem Strohdach, die auch in der Zulu-Kultur in Südafrika Tradition hat. Erbaut werden die fensterlosen Rondavels aus Schafs- oder Kuhdung.

»Was glaubt ihr, welchen Zweck die bunten Fähnchen vor den Rondavels haben?«, fragte Stuart in die Runde, gab uns aber gar keine Zeit, zu mutmaßen, »die Farben signalisieren die Verfügbarkeit bestimmter Lebensmittel. So können Pendler direkt sehen, ob es hier selbstgebrautes Bier, Mais oder Fleisch zu erstehen gibt.«

Aus der Tür einer der Rundhütten trat eine kleine Frau mit grimmigem Blick hervor. Stuart, der trotz seiner schottischen Wurzeln nicht nur Zulu, sondern auch ein bisschen Sesotho spricht, stellte uns Vitalina vor und begrüßte sie im Namen von uns allen auf respektvolle traditionelle Weise.

»Khotsa, Pula, Nala. Das heißt Frieden, Regen, Wohlstand.

Vitalina ist achtundvierzig Jahre alt, hat sechs Kinder und drei Enkel. Ihren Lebensunterhalt verdient sie genau hier in diesem dunklen Rondavel mit der Bewirtung der Sheppards und der wenigen Touristen. In der Schärsaison schlafen bis zu zwölf Sheppards auf dem Boden dieser Hütte und werden von Vitalina mit Speis und Trank versorgt.«

Nachdem wir uns in die dunkle Hütte gesetzt hatten, stellten wir uns alle aus Höflichkeit mit unseren Namen bei Vitalina, die kein Englisch sprach, vor. Sie schien das wenig zu interessieren, denn sie saß schweigend auf dem Boden und vollendete unser Mittagessen. Auf dem Speiseplan stand Semp, ein sättigender Bohneneintopf mit einer Gemüsebrühe, und Bohobi, einem Weizenbrot, das für eineinhalb Stunden in einem Gusseisentopf auf Schafsdung gegart wird.

»In Lesotho servieren die Frauen das Essen«, erzählte Stuart in meine Richtung blickend, »den Männern hingegen ist das Stricken vorbehalten. Hannah, da du die einzige Frau in unserer Runde bist, könntest du…«

Er machte eine Kopfbewegung, die mir unmissverständlich zu verstehen gab, dass ich zu Vitalinas Assistentin berufen wurde.

Mir war meine Rolle unangenehm. Vitalina reichte mir mit respektvollem Blick einen Teller und ich schaufelte, strikt nach Anweisung, zwei große Kellen Semp für die hungrigen Männer unserer fünfköpfigen Gruppe darauf. Mein Teller sollte ganz zum Schluss folgen.

Schließlich setzte ich mich mit meinem Plastikteller neben Henrik, führte mir den ersten gehaltvollen Löffel in den Mund und stieß ein leises »Mhhh« hervor.

Henrik erkannte sofort meine Ironie.

»Du kannst heilfroh sein, dass wir hier was Vegetarisches aufgetischt bekommen und keine Ziege oder sonst was.«

Ich lachte verschämt in mich hinein. Den gefährlichen Sani Pass hatten wir also überlebt. Dass uns die Drakensberge noch in wahre Gefahr bringen würden, ahnten wir in der dunklen Lehmhütte in Lesotho noch nicht.

8 | LOST IN DEN DRAKENSBERGEN

Henrik | »Ich kann mir beim besten Willen nicht vorstellen, dass unsere Wäsche heute Abend noch heil ist. Und jetzt sind wir schon wieder so spät dran«, nuschelte Hannah in sich rein und ließ sich hoffnungslos in den Sitz unseres kleinen Kwidwo sinken.

An diesem Morgen hatte alles wieder länger gedauert und Schuld war vor allem dieser Hund. Schlank, helles Fell, optisch sah er eigentlich elegant aus. Benahm sich aber wie ein Borderline-Patient in der Geschlossenen. Eine gespaltene Persönlichkeit mit massiven Stimmungsschwankungen. Nicht, dass er besonders gefährlich und böswillig war. Wohl eher sehr aufmerksamkeitsbedürftig. Jedes noch so simple Nähern unserer Wohnungstür gestaltete sich als schwieriges Unterfangen. Ob mit Einkäufen oder wie an diesem Morgen mit unserer frisch gewaschenen Wäsche. Diese hatten wir der netten Gastgeberin in dem Glauben gegeben, wir bekämen sie am Ende des Tages wieder. Doch dieser Express-waschgang hatte seinem Namen alle Ehre gemacht. Noch bevor wir uns auf unseren langen Wandertag aufmachen konnten, hatte uns die junge Frau die fertige, klatschnasse Wäsche wieder in die Hand gedrückt.

Und gegen das rasche Aufhängen im Garten hatte besagter tierischer Mitbewohner etwas einzuwenden.

So war ich letztendlich minutenlang damit beschäftigt gewesen, ihn ruhig zu halten, lange und liebevoll zu kraulen und zu bespaßen, damit Hannah in Ruhe die Wäsche aufhängen konnte. Dabei hatte er sich mehrmals mit allen Vieren von sich gestreckt auf den Rücken gelegt und winselnde Laute von sich gegeben. Spätestens als er mich unmittelbar danach auf dem Weg zum großen gusseisernen Tor dann wieder aggressiv angesprungen hatte, war seine gespaltene Persönlichkeit offensichtlich geworden.

»Ja, wer weiß, ob dieser Hund unsere Wäsche an der Leine hängen lässt«, gab ich Hannah in ihrer Befürchtung recht.

Nach einer gefühlten Ewigkeit waren wir endlich auf dem Weg zum Royal Natal Nationalpark tief in den Drakensbergen, wo wir uns eine ganz besondere Wanderung zum zweithöchsten Wasserfall der Welt rausgesucht hatten: den Tugela Gorge Hike. Eine Wanderung über Bergwiesen, Wälder und Schluchten bis in das Flussbett des Tugela Rivers, durch einen Canyon bis zum atemberaubenden Ausblick auf die Tugela Falls stand uns bevor. Auf unseren Reisen hatten wir ein gewisses Faible für Wasserfälle entwickelt. Ob Island, Argentinien oder Indonesien – für ein paar schöne Wasserfälle nehmen wir bis heute gerne so manche harte Wanderung auf uns. Kleine, große, schmale, breite oder gleich mehrere nebeneinander – ganz egal, wir finden sie faszinierend. Faszinierend schön. Lange hatte die Entscheidung gedauert, ob wir uns diesen Ort von oben entlang des Bergrückens oder unten entlang des Flussbettes erschließen würden.

»Ich glaube, das ist die richtige Wahl. Von unten kann man doch viel bessere Fotos vom Wasserfall machen«, fasste Hannah in diesem Moment nochmal den ausschlaggebenden Punkt für die Wahl unserer Strecke zusammen, während sie aufs Gas trat, um auf der weiten Landstraße wieder etwas Zeit reinzuholen.

»Wahrscheinlich sehen die Schluchten und der Wasserfall aus der Perspektive echt schöner aus. Außerdem ist die Wanderung so auch deutlich abwechslungsreicher«, erwiderte ich, bereit loszulegen. Doch in Gedanken war ich irgendwie noch bei diesem irren Hund und unserer Wäsche.

Als wir auf den Parkplatz vor dem Startpunkt der Wanderroute fuhren, stöhnte Hannah mit enttäuschter Stimme:

»Einsam wird das hier heute aber nicht.«

Ich nickte Hannah zu und ließ den Blick über die kaum noch sichtbare Schotterfläche schweifen. Bestimmt dreißig Autos standen hier eng an eng. Schnell trugen wir uns noch in das ausliegende Logbuch ein und dann ging es los.

»Die ersten Meter beginnen schon mal verheißungsvoll«, sagte ich, um den Tag nun ein für alle Mal positiv zu konnotieren, und wanderte auch mit meinen Augen über das atemberaubende Panorama. Über weite, gelbblühende Felder schlängelte sich der schmale Wanderpfad an Bergen entlang, parallel zu einem überraschend trockenen, steinigen Flussbett, das es später noch zu durchqueren gelten würde. Während wir voller Elan Meter um Meter zurücklegten, entdeckte ich sogar ganz weit hinten am Hang ein paar Antilopen.

Die Sonne war langsam, aber sicher auf ihrem Weg zum Zenit und es zeigten sich kaum Quellwölkchen am blauen Himmel. Dabei wehte ein laues Lüftchen – bestes Wanderwetter! Nach einiger Zeit offenbarte sich uns ein kühles, schattiges Wäldchen. Es schien wie eine Einladung für die erste Rast, welche wir dankend annahmen und uns über unseren Proviant hermachten. Auf dieser Etappe wechselten sich immer wieder kurze, dunkle Waldabschnitte, in denen hoch über unseren Köpfen Affen tanzten, mit immer weniger weiten, freien Tälern ab. Neben dem Wald dominierten nun zunehmend graue Steine und bewachsene raue Felswände mit skurrilen Formationen die bergige Szenerie.

»Es ist wirklich vielseitig und echt schön hier. Gleich müsste es auch langsam runter ins Flussbett gehen«, ergriff Hannah das Wort, während sie gierig in ihr Käsebrot biss.

»Ah, das wird bestimmt noch eklig, über die Steine zu wandern«, stellte ich innerlich bereits schmerzverzerrt fest.

Unsere Gedanken schweiften in diesem Moment wohl kurz zu einer unserer letzten Wanderungen zu einem Wasserfall. Erst vor ein paar Wochen waren wir im Tsitsikamma Nationalpark an der Garden Route zwar insgesamt viel kürzer unterwegs gewesen, hatten dafür aber ordentlich klettern und mit dem heranpreschenden Ozean an der Seite von Stein zu Stein hüpfen müssen. Unzählige Male waren wir dabei umgeknickt oder nass geworden. Noch hatten wir keine Ahnung, wie es uns diesmal ergehen würde.

Als wir uns nach unserer Brotzeit wieder auf den Weg machten, bahnte sich meine Stimme im Kopf einen Weg nach draußen und ich sprach, wenn auch zögernd, meine Bedenken aus.

»Aber hier ist irgendwie ziemlich wenig Wasser.«

»Ja, das dachte ich auch schon. Merkwürdig, dabei sollen das doch die zweithöchsten Wasserfälle der Welt sein. Aber das Wasser kommt bestimmt noch, vielleicht staut sich das irgendwo«, hielt Hannah scheinbar guten Mutes dagegen, aber ich spürte, dass auch sie innerlich schon zweifelte.

»Howzit?«, schallte es in diesem Moment zu uns rüber. Ein afrikanisches Pärchen in unserem Alter, dem wir in den letzten Stunden schon öfter begegnet waren, schlenderte an uns vorbei. Im Vorbeigehen grüßten wir uns freundlich wie selbstverständlich in südafrikanischen Slang (*Howzit* ist die umgangssprachliche Abkürzung für *How is it)*. Angewendet wird die Floskel weniger als ernstgemeinte Frage, sondern vielmehr als Hallo-Ersatz. Voller Verwunderung und vielleicht auch etwas abschätzig sah ich ihnen in ihren recht einfachen Joggingklamotten und doch sehr dünnen Sneakern hinterher.

»Die wollen doch wohl nicht die ganze Wanderung in den Schuhen absolvieren?«, brach es aus mir heraus. Und auch Hannahs Reaktion sprach Bände.

»Wir sind wirklich nicht so krass ausgerüstet wie Andere, aber zumindest ein gutes Paar Wanderschuhe erscheint mir sinnvoll für so eine Tour.«

Die nächsten Kilometer sahen wir das Pärchen immer mal wieder, aber irgendwann ließen wir sie dann doch hinter uns.

Nach einiger Zeit erreichten wir etwas erschöpft das offizielle Ende des Wanderweges.

An diesem Punkt war plötzlich so viel Betrieb wie nirgends anders auf der ganzen Strecke: Reisende, Pärchen, Familien, Kinder, Hunde … Alles traf sich hier zum finalen Picknick, so schien es. Für die allermeisten war der Weg hier wohl zu Ende, denn mitten im steinigen Flussbett zu Beginn des tiefen Canyons zogen sich links und rechts bereits die steilen, grauen Felswände hoch.

Ich hielt kurz inne, mit der Intention, die Umgebung einmal richtig auf mich wirken zu lassen.

Wirklich beeindruckend. Oder schon erdrückend? Ich versuchte die Situation für mich einzuschätzen, denn ich wusste, dass ich mich in Höhlen, engen Schächten oder auch Canyons schnell beengt und nicht so wohl fühle. Für einen Moment musste ich dabei wie angewurzelt gewirkt haben.

»Hey? Da hinten ist die Leiter! Wir haben doch noch was vor!«, riss mich Hannah aus der Trance und zeigte auf die alte, wackelige, aber robuste Strickleiter, die mehrere Meter von der hohen Felswand herunterhing.

»Jetzt geht's also richtig los! Soll ich zuerst hoch und du filmst?«, fragte ich Hannah, bereit, die ausgetretenen Touristenpfade wieder einmal hinter mir zu lassen.

»Von mir aus, ich muss da nicht als erstes hoch«, gewährte Hannah mir schulterzuckend den Vortritt. Kurz fragte ich mich, ob ich da Unsicherheit bei ihr raus hören könnte. Während ich hin und wieder klaustrophobische Ängste verspüre, ist es bei Hannah eher die Höhenangst, die situationsbedingt eintritt.

Kurz warteten wir, denn auch wenn die meisten ihre Wanderung hier beendeten und an der Leiter noch ein altes, vergilbtes Schild mit der Aufschrift »Gesperrt« hing, waren wir nicht die Einzigen, die mehr wollten. Danach würde es nur noch querfeldein durch den Busch gehen. Doch ich glaubte nicht, dass wir Probleme haben würden, uns zu orientieren. *Und wenn doch? Wir sind schon lange unterwegs und müssen den ganzen Weg auch noch zurück.*

»Na los!«, riss mich Hannah abermals aus den Gedanken. Plötzlich stand kein anderer Wanderer mehr dort, vor mir nur noch die Leiter. Ohne weiter nachzudenken, kletterte ich Stufe um Stufe hoch, stets bedacht, nicht abzurutschen oder mir an dem teilweise kantigen, rauen Draht die Hände aufzureißen.

Nur nicht runterschauen, sagte ich mir zwischendurch immer wieder, bevor ich mich oben energisch an der Kante hochzog.

»Geschafft, ist doch gar nichts so wild,« rief ich Hannah grinsend zu. In dem Moment schaute ich das erste Mal herab und kam doch ganz kurz ins Schwanken. So ganz ohne war das nicht. Wer weiß, wie viele hier schon blöd abgerutscht waren.

Einmal durchgeatmet, schaute ich nochmal herab und sah, dass auch Hannah bereits die Hälfte geschafft hatte. Die Höhenangst schien sie heute nicht zu tangieren. Schon im nächsten Moment zog ich sie hoch. Kurz lagen wir uns in den nassgeschwitzten Armen.

»Geschafft!«, stießen wir beide parallel wie im Chor aus. Ebenso gleichzeitig drehten wir uns um und suchten die Umgebung ab. Plattgetretene Wege: Fehlanzeige. Und auch die anderen Wagemutigen vor uns waren irgendwie schon längst außer Sichtweite. Dichtes, wildes Gestrüpp versperrte uns den Weg.

»Und jetzt?«, rief Hannah fragend.

»Hmm, keine Ahnung. Habe ich mir ehrlich gesagt auch einfacher vorgestellt«, antwortete ich und scannte das Gebüsch ringsherum wieder und wieder ab.

Plötzlich entdeckte ich aber links ein paar Fußabdrücke und dann auch umgeknickte Äste.

»Da! Ich glaube, hier gehts weiter. Du musst nur aufmerksam gucken, dann findet sich immer ein Weg«, sagte ich altklug zu Hannah. Sie sparte sich eine Reaktion. Querfeldein schlugen wir uns immer weiter durchs Gebüsch. Dornenbesetzte Äste zerrten an unseren Klamotten und zerkratzten unsere Haut. Mal mehr, mal weniger klar glaubten wir in diesem Durcheinander der Natur einen Weg zu erkennen. Mittlerweile gingen wir eher nach der Himmelsrichtung, statt einem vorgegebenen Weg zu folgen. Wieder einmal an einer Stelle, wo es gar nicht mehr weiterzugehen schien, hörte ich deutlich Hannahs Seufzen hinter mir.

»Ist das nervig hier! Wie lange sollen wir das hier noch so machen? Es ist mittlerweile echt spät«, schrie sie mir frustriert von hinten zu.

Ich blickte auf meine Uhr und erwiderte erschrocken:

»Puh, du hast Recht. Schon über drei Stunden für nicht mal dreizehn Kilometer. Das ist wirklich keine gute Pace.«

In unserem früheren Leben waren wir beide ambitionierte Langstreckenläufer gewesen, Halbmarathon und Marathon unsere Disziplinen. Aus dieser Zeit hatte ich es mir beibehalten, die Pace, also Minuten pro Kilometer, auch auf unseren Wandertouren im Auge zu behalten. Aber auf dieser anspruchsvollen Strecke – keine Chance.

»Geht's ja auch gar nicht drum«, brachte Hannah prompt ihren Standardkommentar dazu. Nur nicht vergleichen, nur kein Wettkampf, war mittlerweile zu ihrem Credo geworden, um auch ja nicht enttäuscht zu werden. Mich Ehrgeizling nervte diese Einstellung zunehmend, doch ich schluckte es herunter.

»Ob wir heute überhaupt noch einen Wasserfall zu Gesicht bekommen?«, fragte ich stattdessen laut.

Just in diesem Moment durchbrach ich das Dickicht und wir standen abermals im kargen Flussbett des Tugela River. Dieser war zwar immer noch kein reißender, wilder Fluss, aber zumindest hatten sich hier kleine Ströme mit Wasser gesammelt. Für uns einerseits leichte Hoffnung auf mehr, andererseits aber auch ein weiteres Hindernis. Große Steine, kleine Steine, feste Steine, lose Steine und dazwischen das sanfte Geplätscher.

»Jetzt kann es nicht mehr weit sein, das ist der letzte beschwerliche Kilometer«, stieß Hannah mit letzter Motivation aus sich heraus.

»Der muss es aber auch sein, sonst schaffen wir die ganze Strecke wirklich nicht mehr im Hellen zurück. Wir können nicht davon ausgehen, den Rückweg deutlich schneller zu absolvieren. Es geht ja nicht bergab!«, entgegnete ich ausnahmsweise vernünftig auf das Risiko der bestehenden Gefahr hindeutend. Und mittlerweile auch ziemlich erschöpft.

»Aber du willst doch auch den Wasserfall sehen, oder? Dafür wandern wir hier doch!«, stellte Hannah fest und sprang los, behände von Stein zu Stein. *Also doch! Die Motivation, das Ziel zu erreichen, scheint bei ihr noch da zu sein.*

Und einige Minuten machte es dann sogar nochmal richtig Spaß. Bis ich einen lockeren Stein erwischte, wegrutschte und eine kleine Lawine lostrat. Gerade noch so fing ich mich auf.

»Nichts passiert«, rief ich laut und beschwichtigend zu Hannah hinüber, die vor Schreck kurz aufgeschrien hatte. Schnell merkten wir beide, dieser Teil des Weges war noch beschwerlicher, weil er unfassbar viel Aufmerksamkeit erforderte. Immer langsamer kamen wir voran, während uns die Zeit im Nacken saß. Scheinbar mutterseelenallein trafen wir doch noch auf ein anderes abenteuerlustiges Paar.

»Wisst ihr, wie lange es noch ist?«, fragte ich die beiden.

»Nicht genau, aber es kann nicht mehr viel sein.«

Die Antwort sprach Bände …

Ihnen ging es wohl exakt genauso wie uns. Wir saßen alle im selben Boot – in einem halbtrockenen Flussbett mitten in einem Canyon, umgeben von steilen, felsigen Berghängen mit massiven Gipfeln, hunderte Meter hoch und der sinkenden Sonne als Symbol der fortschreitenden Zeit im Rücken. Von einem Wasserfall war dabei nach wie vor weit und breit keine Spur. Dabei müssten wir jetzt eigentlich bereits genau drunter stehen. Schnell zogen die beiden weiter und ließen uns stutzig und unsicher zurück.

»So, um diese eine Ecke gehen wir jetzt noch! Sonst müssen wir eben den Rückweg antreten«, schwor ich Hannah ein, die letzten Kräfte zu sammeln.

»Okay, dann drehen wir aber wirklich um. Ab 17 Uhr wird es dunkel und das möchte ich in den Waldstücken so gar nicht erleben«, seufzte sie und erhob sich mühsam von ihrem Stein.

Schritt für Schritt, Stein für Stein bewegten wir uns weiter voran. Besagte Ecke weiter, mittlerweile nicht nur nervlich, sondern auch physisch am Ende, entdeckte ich etwas entfernt ein metallenes Schild an der glatten Felswand. Mit letzter Motivation absolvierte ich die finalen Schritte, bis ich die feine, imprägnierte Schrift entziffern konnte:

TUGELA FALLS - BOTTOM OF THE WATERFALL

»Wir sind da! Beeindruckend oder?«, übte ich mich in Sarkasmus, während ich innerlich komplett in mich zusammensackte.

»Ernsthaft jetzt? Das ist es?«, erwiderte Hannah, als auch sie das Schild las. Ein letztes Mal suchten wir die imposanten Gipfel und weiten Berghänge ringsherum gründlich mit unseren Blicken ab, doch von einem Wasserfall war absolut nichts zu sehen.

»Scheiße! Ist der etwa ernsthaft ausgetrocknet?«, rief ich verzweifelt, »wir werden hier heute keinen Wasserfall mehr sehen und nach über dreizehn Kilometern ist es jetzt auch allerhöchste Zeit umzudrehen. Also los!«

So war ich es, der die Wahrheit aussprach und wir machten uns niedergeschlagen auf den langen beschwerlichen Rückweg zurück durch das Flussbett, den Canyon, das Dickicht und die ganzen anderen Hindernisse.

»Ich frage mich, wo die anderen eben noch weiter hingegangen sind. Haben die das Schild nicht gesehen? Die schaffen es doch niemals im Hellen wieder zurück!«, durchbrach Hannah die frustrierende Stille einige Kilometer weiter.

Auch meine Gedanken wanderten wieder zu dem Pärchen, welches wir noch kurz vor dem Schild getroffen hatten.

»Stimmt, das ist komisch. Aber wir können auf jeden Fall nicht warten. Es wird jetzt echt bald dunkel. Vielleicht haben die auch ein Zelt dabei und wollen campen«, versuchte ich eine logische Erklärung zu finden. Mittlerweile hatten wir die heikle Hängeleiter überwunden und befanden uns auf dem vermeintlich einfachen Familienwanderweg, als ich plötzlich weiter unten, mitten im Flussbett, das junge südafrikanische Pärchen vom Hinweg erkannte. *Was machen die denn da unten?* Meinen fragenden Gedanken zu der Beobachtung sprach ich allerdings noch nicht aus.

»So langsam wird nicht nur mein Akku schwach.«

Hannah blickte auf ihre Uhr, die jeden Meter unserer heutigen Wanderung trackte. 15:27 Uhr und nur noch 23 Prozent – augenscheinlich war unser Wettlauf gegen die Zeit auch für die Uhr Schwerstarbeit. Und plötzlich standen wir vor einem ganz anderen Problem.

»Du, sag mal lieber, wo hier der Weg ist? Kannst du dich noch erinnern?«

Eigentlich glänze ich stets mit der besseren Orientierung, aber vielleicht traf ich heute bei Hannah auf ein Wunder.

»Pff, wen fragst du da? Keine Ahnung mehr. Aber können wir uns nicht einfach da oben durchschlagen?«, gab Hannah die erwartete Antwort mit dem Zeigefinger gen Bergwand zeigend.

Ziellos und zunehmend verzweifelt irrten wir umher. Der untere Weg führte uns in eine Sackgasse von Bäumen, der obere ebenfalls. Doch schien die Sackgasse hier etwas offensichtlicher zu sein, denn plötzlich standen wir an einem Abgrund.

»Hier war doch eben noch der Weg!«, stellte ich fest. Völlig entgeistert schauten wir auf die abgebrochenen Erdmassen.

»Ja, definitiv. Hier kamen wir her. Oh, Fuck! Und jetzt?«

Hannahs Stimme zitterte leicht panisch. Ich versuchte, die Angst wegzuschieben und irgendwie Ruhe zu bewahren.

»Es muss einen anderen Weg geben«, erwiderte ich.

»Aber hier ist doch keiner mehr, außer uns.«

»Hellooooo!«, begannen wir ins Tal hinein zu rufen, in der Hoffnung auf Antwort. Und siehe da – »Hellooooo« hörten wir es im nächsten Moment zurückrufen.

»War das jetzt nur das Echo?«, fragte Hannah.

Da schallte es nochmals laut: »Hellooooo!«

Verwirrt suchten wir die Quelle der Schreie, unsicher, ob wir uns nicht verhört hatten.

»Hellooooo!«

Da war es wieder. Zweifelsohne, wir waren nicht allein!

»Das kommt unten vom Flussbett. Da sind die beiden von vorhin. Jetzt ist mir klar, wieso die zwei da unten sind!«, fiel es mir in diesem Moment wie Schuppen von den Augen.

Doch Hannah hatte die Situation bereits erkannt und war schon auf dem Weg. Schnell bahnte sie uns den Weg herunter. Da fiel mir auf, dass das ja auch DER Notfallplan wäre. Einfach die verbleibende Strecke komplett durch das trockene Flussbett zurück! Zwar sehr beschwerlich, aber ein sicherer Weg, auf dem wir uns auch allein nicht verirren würden. Aber allein waren wir jetzt ohnehin nicht mehr, denn wir erblickten ein paar Meter unter uns das afrikanische Pärchen vom Hinweg.

»Wartet! Wir kommen runter«, erklang Hannahs Stimme rechts von mir überschwänglich voller Erleichterung. Ihre Beine waren schneller unten, als ich sie bestätigen konnte.

Etwas chaotisch schilderten wir uns dann gegenseitig unsere verzweifelte, aussichtslose Lage. Dennoch stand uns allen die Erleichterung ins Gesicht geschrieben, nicht mehr alleine zu sein.

»Das da oben muss der offizielle Weg gewesen sein, aber wir haben auch nicht gesehen, was hier passiert ist«, stellte Gift – der männliche Part unserer neuen Begleiter – fest. Dabei zeigte er auf den Berghang hinter uns.

Und in der Tat, wo beim Hinweg noch alles klar und fest geschienen hatte, war jetzt nur noch ein lehmiger Abhang übriggeblieben.

»Gut, dass wir jetzt nicht mehr allein sind. Aber wie geht es jetzt weiter?«, fügte Sine, seine etwas jüngere Freundin, an.

Speziell Sine war mir schon in unserer ersten Pause aufgefallen, weil sie mit ihrem Outfit hier so fehl am Platz schien.

Aber jetzt müssen wir hier alle zusammen durch. Ich ergriff die Führung.

»Wir haben schon genug Zeit verloren. Wir müssen uns am Flussbett orientieren und uns hier unten weiter vorkämpfen. Dann ist der Weg klar – auch wenn das hart und langsam wird.«

Da niemand Einwände gegen meinen Plan hatte, kämpften wir uns Meter für Meter weiter durch das Flussbett im Wettlauf mit der sich immer schneller verziehenden Sonne. Während wir im Gänsemarsch von Stein zu Stein sprangen, unterhielten wir uns schreiend und lernten uns mit jedem passierten Stein besser kennen.

»Ich komme aus Durban, Gift aus Johannesburg«, rief Sine von vorne und ließ es das ganze Tal wissen.

Unsere Geschichte in Kurzform brachte die beiden Südafrikaner dann ein paar Meter weiter kurzzeitig zum Stehen. Die Fragezeichen standen ihnen förmlich ins Gesicht geschrieben.

»Wow! Das klingt nach einem wahnsinnigen Abenteuer. Wenn ihr gar keine Wohnung mehr habt, wo ist denn dann euer ganzes Zeug?«, staunte Gift.

»Das meiste haben wir verkauft, gespendet oder einfach ausgemistet. Alles, was wir brauchen, ist in unseren Rucksäcken«, klärte ich sie auf.

»Ein wahnsinniges Abenteuer ist gerade einzig und allein DAS hier!«, ergänzte Hannah zynisch lachend.

16:14 Uhr. Und noch immer waren es mindestens sieben Kilometer. Aber so ganz genau wusste das keiner von uns, schließlich war der Weg nicht mehr der gleiche.

»So wird das nichts bis 18 Uhr!«, stellte Sine völlig richtig fest. Wir kamen in der Tat immer langsamer voran.

»Ah, aber um 18 Uhr schließt doch das Gate. Kommen wir danach überhaupt noch hier raus?«, fügte Hannah schockiert an.

Wieder einmal scannten meine Augen die Umgebung. Schon seit Kilometern war das Flussbett umgeben von meterhohen dicht bewachsenen und matschigen Hängen. Nicht nur ich wartete schon lange darauf, dass endlich die weiten Felder beginnen würden.

»Dann bleibt jetzt nur noch eins. Ich gucke schon die ganze Zeit, wir müssen irgendwo hochkommen und uns komplett querfeldein durch das Dickicht schlagen, um den offiziellen Weg wiederzufinden. Wenn wir den erstmal haben, sind wir viel schneller!«, schlug ich vor.

»Da habe ich auch schon dran gedacht, aber einfach wird das nicht.« Gift schien noch nicht vollends überzeugt, ob wir alle dazu imstande waren.

»Wir müssen es probieren. Schließlich wissen wir nicht einmal, wo das Flussbett uns genau hinführt. Direkt zum Parkplatz jedenfalls nicht«, merkte Hannah an.

Bereits einen Moment später fiel mir plötzlich eine Passage auf, die erstmals nicht durch dichtes Dornengestrüpp oder eine hohe Felswand versperrt zu sein schien, sondern uns vor eine scheinbar machbare Kletterpartie stellte. *Etwas waghalsig, aber was für eine Wahl haben wir?* Ich versuchte Zuversicht auszustrahlen.

Am Ufer angekommen kämpfte ich mich über Stock und Stein, die anderen folgten. Von Nahem sah das Hindernis dann doch deutlich unüberwindbarer aus als erhofft. Ich schluckte.

Gift hingegen lief bereits los, sprang auf einen aus der Wand hervorkeimenden Baumstumpf und schwang sich, in für unsere Augen spielerischer Leichtigkeit, mithilfe eines Astes empor. Kurz verlor er den Halt, aber schaffte es, sich hochzuziehen.

»Wow – die Kollegen haben wir unterschätzt!«, raunte Hannah mir leise zu. Doch ich hatte kein Ohr mehr für sie, denn jetzt war ich an der Reihe. Zwei, drei Schritte Anlauf, ein Sprung auf den Baumstumpf und … Gift packte meinen Arm und zog mich hinauf. *Uff, heil oben angekommen!*

Ich war lediglich ein bisschen dreckig geworden. Aber vom Dreck gezeichnet waren wir ohnehin alle schon längst. Schon während ich durchatmete und mich abklopfte, machte Sine es mir gleich. Ich drehte mich um, jetzt fehlte nur noch Hannah!

9 | UBUNTU

Hannah | Mein Blick war nach oben gerichtet. Unter mir der steile, dicht bewachsene Hang, der im trockenen Bett des Tugela Rivers endcte. Bloß nicht nach unten schauen – nur nach oben. Mein ganzes Körpergewicht lastete auf einem kleinen Baumstumpf, der kaum genügend Platz für meine Füße bereithielt. Über mir blickten Henrik, Sine und Gift auf mich herab, während ich den einzigen wackeligen Ast eines aus dem Berg wachsenden Baumes fixierte, der mir dabei helfen konnte, zu ihnen zu gelangen. Ich zögerte. Ein falscher Schritt, und der ganze Kampf wäre umsonst gewesen. Und ich sehr wahrscheinlich nicht mehr lebendig auf dieser Erde.

Warum zur Hölle sind wir hier? Für einen nicht existenten Wasserfall.

Ich suchte den Himmel nach Helikoptern ab, die bereits auf dem Weg waren, um nach uns zu suchen. Nichts.

»Was ist?«, unterbrach Henrik meine unheilvollen Gedanken.

»Meine Arme …«

Noch bevor ich mein Zögern auf meine kurz gewachsenen Gliedmaßen schieben konnte, zerschmetterte Sine alle Ausreden.

»Komm‘ schon, Girl! Du schaffst das! Ich hab’s doch auch gepackt.«

Keine Chance, zu jammern. Schließlich ging es wirklich um unser aller Leben, und die Finsternis begann rasant, sich über das verfluchte Tal zu legen. Wie in einer feinen Zeichnung gab sich die Mondsichel bereits am Himmel zu erkennen.

Sine hatte es auch geschafft. Als ich realisierte, dass sie mindestens genauso kurze Arme hatte und auch nicht größer gewachsen war, durchdrang Zuversicht meinen Körper.

Ich hatte keine Ahnung, wie, aber plötzlich hatte meine rechte Hand ebenjenen Ast im Griff und meine linke Henriks Handgelenk. Ich fühlte mich wie Mufasa kurz vor seinem Fall in die für ihn tödliche Schlucht in Der König der Löwen. Zum Glück stand nicht Scar über mir, sondern Henrik. Das Adrenalin in meiner Blutbahn brachte mich in einen sicheren Stand.

»Yes! Gut gemacht!« Gift klopfte mir auf die Schulter und wir zogen zügigen Schrittes weiter.

»Ich schiebe gerade die ganze Zeit den Gedanken beiseite, dass hier Schlangen leben«, flüsterte Sine mir zu, während Henrik und Gift voraus marschierten, um das hüfthohe Gras für uns Zwerge platt zu treten.

»Schlangen? Bist du dir sicher, dass es hier welche gibt?«

»Ziemlich sicher, ja. Aber pssst – du darfst nicht daran denken. Was du denkst, wird Realität.«

Für einige Minuten schritten wir schweigend weiter. Immer noch auf der Suche nach dem ausgezeichneten, sicheren Wanderpfad, der uns vor einigen Stunden nichtsahnend zur Tugela-Schlucht gebracht hatte. Alles, was uns half, war unser Orientierungssinn. Wie praktisch, dass ich in dieser Disziplin eine absolute Niete bin.

Die Situation triggerte meine Emotionen. Ich taumelte wie betrunken hin und her zwischen verzweifeltem Unbehagen, krampfhaften Hinterfragen und einem befriedigenden, abenteuergeladenen Gefühl, das Leben endlich wieder in allen Fasern meines Körpers zu spüren. Gerne wäre ich Sine, wenngleich ich sie gerade einmal eine Stunde kannte, in die Arme gefallen. Doch dafür blieb keine Zeit. Das Tageslicht wurde spärlicher und spärlicher. Plötzlich schallte ein Echo durch die mächtigen Drakensberge.

»Da ist er! Wir haben den Weg gefunden, Leute!«

Selten hatte ich Henrik derart voller Euphorie und mit solch lauter Stimme erlebt. Zur Abwechslung hüpften wir einige Meter bergab durchs Dickicht, meine Beine waren nicht mehr zu sehen – zu spüren im Übrigen auch nicht mehr, bis uns dieser gottverdammte Weg endlich Hoffnung schenkte, den heutigen Tag zu überleben.

Meine Sportuhr hatte mittlerweile den Geist aufgegeben. Der Akku war leer. Ich nahm es ihr nicht übel. Wäre ich eine Uhr, hätte ich meiner kilometergeilen Besitzerin auch schon den Vogel gezeigt. Sicherlich hatten unsere Füße heute schon zwanzig Kilometer zurückgelegt und, sofern mich mein Erinnerungsvermögen nicht trog, lagen noch mindestens sechs Kilometer auf festem Weg vor uns.

Immer wieder wechselten wir zwischen Geh- und Laufschritt, während die Luft allmählich verdächtig kühl wurde und bereits alle Felswände der nun bedrohlich wirkenden Berge im Schatten lagen.

»Alles gut bei euch? Seid ihr noch wohlauf?«, rief Gift von erster Position nach hinten zu Henrik und mir.

»Ja, ja…«, entgegnete ich lauthals mit dem Daumen nach oben zeigend. Nun ja, den Umständen entsprechend.

Ich spürte in diesem Moment, dass der Überlebensmodus sukzessive nachließ und ich im Begriff war, Schmerzen an meinen Füßen wahrzunehmen.

»Wenn uns die Affen in dem Waldstück, das da vorne kommt, nicht noch Probleme bereiten«, warf Henrik ein. Doch sie hatten Erbarmen mit uns.

Wir sprachen nun kaum noch. Was uns verband, war der unausgesprochene, sehnsüchtige Wunsch, endlich das Auto zu erreichen und von hier abzuhauen.

»Oh mein Gott, erinnert ihr euch an diese Stelle? Da sind wir auf dem Hinweg das erste Mal aneinander vorbeigelaufen. Wir haben es ganz, ganz bald geschafft. Jetzt wirklich.«

Ich strahlte und hüpfte kurz auf, als meine Worte wie ein Amen durch die Kirche schallten. Schließlich auf dem Parkplatz angekommen, standen noch genau unsere zwei Autos dort. Wir waren die ganze Zeit also tatsächlich komplett allein, verloren, ausgeliefert gewesen. Niemand hätte uns retten können. Nicht einmal der Angestellte des Nationalparks, der uns genau hier heute Morgen nett begrüßt hatte, war mehr hier.

»Sagt mal, sind wir bescheuert?«, dachte Sine laut und blieb stehen, »wie sind all die anderen zurückgekommen? Ist der Weg wirklich weggebrochen? Dann können doch nicht nur wir …«

»Das ist egal jetzt!«, stoppte Gift ihre fragenden Gedanken, die mir genauso durch den Kopf schwirrten.

»Wir sollten uns noch aus dem Logbuch austragen«, sagte Henrik mit bestimmtem Ton.

»Clever! Sonst werden wir morgen wirklich noch als vermisst oder sogar tot erklärt – ha, ha!«, lachte ich triumphierend im Wissen, dass wir es zurückgeschafft hatten. Wir tauschten Handynummern aus und fielen uns erleichtert in die Arme.

»Ich werde euch zwei nie vergessen! Danke!«, schluchzte Sine.

»Oooh je, wir euch auch nicht! Im Leben nicht. Ohne euch wären wir jetzt nicht hier!«, reagierte ich und merkte, wie eine Träne meine Wange hinunterlief. Aus Dankbarkeit, Erleichterung und Traurigkeit, nicht mehr Zeit mit den beiden unter anderen Umständen verbringen zu können.

»Passt gut auf euch auf, bitte!«, riefen Henrik und ich zum Auto gehend im Chor.

»Ihr auch! Und lasst mal von euch hören«, winkte Sine.

Wir ließen die beiden in ihrem Auto auf dem stockdusteren Parkplatz zurück, blickten solange in den Rückspiegel, bis das Standlicht nicht mehr sichtbar war.

»Wann fahren die denn?«

»Ey, wenn jetzt das verdammte Gate zu ist … Beeil dich!«

Henrik manövrierte unseren Kwidwo durch die Dunkelheit.

Für einen Moment schwiegen wir und ich suchte vorausschauend schon einmal die Route zurück nach Harrismith in Google Maps. Dann schaute ich in den Rückspiegel.

»Hm … immer noch kein Auto in Sicht.«

»Aber da vorne ist das Gate!«

»Da steht jemand, oder?« Henrik fuhr in langsamem Tempo vor, während ich die Fensterscheibe herunterließ.

»Hallo! Gut, dass Sie noch hier sind. Wir haben uns verlaufen, der Weg war … ehm … plötzlich weg. Egal. Es sind noch zwei hinter uns. Die müssten bald kommen. Warten Sie, bitte. Wir haben es gemeinsam zurückgeschafft«, stammelte ich aufgrund der grotesken Situation vor mich her.

Der Pförtner, der in der Finsternis kaum zu erkennen war, nickte mit einem sanften Lächeln.

»Okay. Danke für die Info. Gut, dass ihr hier seid.«

Wir verabschiedeten uns voller Erleichterung. Henrik trat bereits aufs Gaspedal, während ich den Fensterknopf betätigte und der Mann uns noch ein Wort ins Auto warf, das es gerade noch durch die offene Scheibe schaffte.

»Ubuntu.«

»Ubuntu? Hieß so nicht unser Hostel in Jbay?«, fragte ich Henrik nach ein paar Sekunden der Stille.

»Ja, stimmt. Ich sag ja, ich habe das schon öfter gehört und gelesen. Scheint wohl irgendwas zu bedeuten.«

Lautlos schnappte ich mein Handy und tippte »Ubuntu« in die Suchmaske, scrollte durch die Suchergebnisse und begann laut vorzulesen:

»Das Wort Ubuntu kommt aus den Bantusprachen der Zulu und der Xhosa und bedeutet in etwa *Menschlichkeit*, *Nächstenliebe* und *Gemeinsinn* sowie die Erfahrung und das Bewusstsein, dass man selbst Teil eines Ganzen ist.[1] Bei Ubuntu handelt es sich um eine Lebensphilosophie aus den afrikanischen Subsahara-Ländern. Dessen sinngemäße Übersetzung lautet: *Ich bin, weil wir sind.*[2]

---

[1]Ubuntu (Philosophie): Wikipedia, 24.11.2023, de.wikipedia.org/wiki/Ubuntu_(Philosophie)

[2]O.V.: Ubuntu-Philosophie: Das Wir vor dem Ich (o.D.), www.orthomol.com/de-de/lebenswelten/nerven-psyche-stress/ubuntu

Die Apartheid, die Schwarz und Weiß trennte, baute auf die Überzeugung, dass Freiheit nur in Trennung funktioniert. Und dass der einzige Weg, eine eigene Kultur zu erhalten, darin besteht, sich von anderen Kulturen abzugrenzen. Ubuntu ist genau das Gegenteil davon. Europas Denken baut auf den Mythos der Individualität und Unabhängigkeit. Afrika preist dagegen die Gemeinschaft und gegenseitige Abhängigkeit. Dahinter steht die Überzeugung, dass die kollektive Identität der Gemeinschaft zwar im Vordergrund steht, aber das Individuum sich eigentlich erst im Schoß der Gemeinschaft ganz entfalten kann.[3]«

Gänsehaut legte sich über jeden Quadratzentimeter meiner Haut. Ganz tief in meinem Inneren regte sich etwas, das ich kaum in Worte fassen kann. Etwas, das mein Herz strahlen ließ. Wie eine intensive Umarmung einer unsichtbaren Kraft, die Geborgenheit und zugleich Erlösung schafft. Trotz – oder gerade wegen meines plötzlich eintretenden Gefühlsüberschwangs – kommentierte ich das Vorgelesene nüchtern.

»Schöner Name für ein Hostel!«

»Jetzt weiß ich es!«, stieß Henrik frenetisch hervor.

Ich schaute verdutzt herüber auf die Fahrerseite, auch wenn ich in der Dunkelheit nur noch seine Umrisse erkennen konnte.

»Was weißt du?«

»Wir hatten das im Studium! Daher kenne ich den Begriff.«

»Ihr hattet Ubuntu im Studium?«

Die wohlige Wärme um mein Herz war nun Heiterkeit gewichen.

---

[3]Dr. Geseko von Lüpke: Ubuntu – Die afrikanische Kultur des Wir (15.01.2023), www.ethik-heute.org/ubuntu-die-afrikanische-kultur-des-wir/

»Jaaa, unser Dozent im Basketball-Basiskurs hat uns von einem Phänomen in der NBA vor einigen Jahren erzählt, als es der Trainer der Boston Celtics durch das Konzept Ubuntu geschafft hat, ein Team aus egoistischen Individualspielern zu einer starken Teamleistung zu bringen. Am Ende der Saison holten die Celtics die Meisterschaft.«

»Dann haben Sine, Gift und wir wohl heute auch die Meisterschaft geholt. Die Meisterschaft der Drakensberge«, scherzte ich und blickte nochmal für einen Moment auf die offenen Suchergebnisse auf meinem Smartphone.

»Ubuntu meint, dass der einzelne Mensch nur durch seine Teilhabe am Ganzen – was mehr ist als die Summe seiner Teile – über sich hinauswachsen kann.[4]«

Endlich bogen wir in die düstere Straße unserer Unterkunft in Harrismith, als ich von einem Gedanken blitzschnell zurück in die Gegenwart geholt wurde.

»Oaaah, die Wäsche! Die hab' ich ja voll vergessen! Meinst du der blöde Hundi hat die in Frieden gelassen?«

Ohne dass ich Henrik eine Chance gab, nahm ich meine Version der Antwort schon vorweg.

»Wir müssen bestimmt morgen irgendwo neue Klamotten kaufen. Och neee, mein Lieblingsshirt war ja dabei.«

»Abwarten…«, versuchte mich Henrik in die Hofeinfahrt abbiegend zu beruhigen, »guck mal, die Wäscheleine sieht noch voll aus.«

---

[4]Dr. Geseko von Lüpke: Geseko von Lüpke über eine Ethik der Verbundenheit (15.01.2023), www.ethik-heute.org/ubuntu-die-afrikanische-kultur-des-wir/

»Und da ist auch schon Mr. Insane.«

Bei diesem geisteskranken Blick, der uns scheinbar willkommen heißen sollte, erschien mir der Name plötzlich logisch. Ein paar Sekunden blieben wir zögernd mit dem Auto vor dem Hoftor stehen. Henrik stieß einen tiefen Seufzer aus.

»Okay … ich halte ihn wieder fest und lenke ihn ab. Du checkst die Wäsche und räumst das Auto aus.«

In Windeseile hing ich unsere Wäsche mit einer Hand von der Wäscheleine ab, während meine andere Hand mit der Taschenlampe meines Smartphones den düsteren Garten ableuchtete. In einigen Metern Entfernung sah ich etwas zunächst Undefinierbares im Gras liegen. Ein zerknittertes weißes T-Shirt von Henrik – übersäht von grünen Flecken. Daneben meine Jeans – nassgeschlabbert.

Ich ließ die Schultern sinken und nuschelte zu mir selbst: »Na gut, der Tag hätte auch wirklich schlimmer enden können.«

10 | ANGEPISST

Henrik | »Henry, schnell! Mach den Motor wieder an!«

Hannah hüpfte panisch auf dem Beifahrersitz hin und her und drückte den Fensterknopf fast kaputt, der wegen des abgeschalteten Motors nicht reagierte. Langsam auf sie zu trabend, war das gewaltige Löwenmännchen nur noch wenige Meter entfernt. Mit einem auf Tennisballgröße angeschwollenen, erblindeten und milchig-weißen Augapfel war es schaurig anzusehen. Wie in Trance drehte ich den Schlüssel im Zündschloss und nahm den Fuß vom Gas, um ein Aufheulen des Motors zu vermeiden. Der Motor startete und wie in Zeitlupe glitt das Fenster nach oben. Gerade noch rechtzeitig. Gänzlich unbeeindruckt schlich der Löwe nur wenige Zentimeter an Hannahs Fenster vorbei, während sie es sogar noch irgendwie schaffte, den Auslöser ihrer Kamera zu betätigen. Erst am Heck des Kwidwo hielt er inne, um sich nach seinem Weibchen umzuschauen. Dachten wir zumindest.

Ziiiisscchhh! Der Strahl traf unser Auto. Ein kurzes Zischen gefolgt von einem dubiosen Ruckeln. *Ernsthaft? Hat der uns angepisst?* So schoss es mir durch den Kopf, während wir weiterhin vor Furcht erstarrt ungläubig in unseren Sitzen kauerten. Dieses Männchen markierte sein Revier ausgerechnet an unserer linken Rückleuchte, nur um dann überzeugten Schrittes weiterzuziehen.

Seine wenig beeindruckte Gemahlin folgte im Schlepptau. Erst einige Sekunden später, als das Löwenpaar sich etwas entfernt hatten, atmeten wir laut hörbar auf.

»Was zum Teufel war das denn?«, entfuhr es Hannah, immer noch ungläubig ob unserer ersten Begegnung mit einem Löwen. Beziehungsweise gleich zweien. Und was für welchen.

»Puh, wie nah war der denn bitte an deinem Fenster? Also da hatte ich ja schon Schiss!«

Der Schiss dieses Löwen sollte von nun an bis zur abschließenden Reinigung deutlich sichtbar als Mahnmal die Rückseite unseres Kwidwo zieren.

An diesem Morgen in Hazyview hatte nicht viel auf der unserer To-Do-Liste gestanden und der Kruger Nationalpark lag ganz in der Nähe. Eigentlich wollten wir den meistbesuchten Nationalpark Südafrikas bewusst links liegen lassen, um nicht schon im ersten Land Afrikas eine gewisse Sättigung an Tierbegegnungen herbeizurufen. Aber keine Chance, unsere FOMO (Fear of Missing Out) hatte eingeschlagen, und kurzerhand waren wir doch zum Kruger gefahren.

In den letzten Stunden hatten wir bereits die ein oder andere Giraffe, ein paar Zebras, Gnus und andere Antilopen gesehen. Und jetzt saßen wir hier. Sprachlos. Erst im Nachhinein erfuhren wir, dass ebendieses blinde Löwenmännchen wegen seiner unverkennbaren Optik mit dem erwähnten riesigen Augapfel bekannt war wie ein bunter Hund.

Langsam entfernten wir uns vom Tatort. Der restliche Game Drive verlief deutlich ruhiger. Einmal mehr sahen wir zig verschiedene Arten von Antilopen und machten uns ein Spiel daraus, uns gegenseitig abzufragen, ob es sich gerade um ein Kudu oder ein Nyala handelte. Während ich die kleinen Unterschiede oft gar nicht wahrnahm, war Hannah unschlagbar im Antilopenraten. Wobei Raten eigentlich das falsche Wort ist, wenn man sie einfach alle kennt.

Wir genossen unsere Zeit im Kruger Nationalpark sehr. Entgegen unserer Angst war dieser, aufgrund seiner immensen Größe, gar nicht so überfüllt. Dafür offenbarte er uns nicht nur eine abwechslungsreiche Flora, sondern auch eine üppige Vielfalt an Wildtieren. Erst sehr viel später würden wir einordnen können, wie viel Glück uns im Kruger widerfuhr, auf einem Self Game Drive Löwen zu finden.

Mit dem Ende der Öffnungszeiten, gleichbedeutend mit dem Sonnenuntergang, verließen wir den Kruger Nationalpark durch das Phabeni Gate. Nun hatten wir allerdings noch eine gute Stunde Fahrt im Stockdunkeln vor uns, was in dieser Gegend eigentlich vermieden werden sollte. Meine Kondition nach einem ereignisreichen Tag am Steuer, kaum Beleuchtung an den von Schlaglöchern übersäten, zeitweise gänzlich unasphaltierten Straßen sowie das sehr schwache Licht unseres Kwidwo machten diese Rückfahrt zu einer Herausforderung. Dazu drängelten ständig LKWs energisch von hinten oder blendeten von vorne. Es glich einer Qual. Nichtsdestotrotz schlug ich mich lange Zeit gut, auch wenn ich bereits das ein oder andere Schlagloch mitgenommen hatte.

Schon etwas länger führte es ordentlich bergab. Vor uns lag eine T-Kreuzung. Wir befanden uns auf der geradeausführenden Vorfahrtsstraße, so erkannte ich es auf der Handy-Navigation.

Ausnahmsweise schien alles frei, also nutzte ich den Schwung und preschte über die Kreuzung. Rumms! Ein heftiger Schlag am Unterboden. Hannah schaute erschrocken erst hoch, dann zurück.

»What the fuck! War das ein Kreisel, über den du da gerade gebrettert bist?«, fragte sie völlig schockiert.

Während ich erstmal weiterfuhr, schaute ich schuldbewusst in den Rückspiegel. Ich war über die Begrenzung eines Kreisverkehrs gefahren. Es war wohl doch keine T-Kreuzung gewesen. *Scheiß Google Maps!*

»Upsi, hat keiner gesehen, oder?«, hoffte ich.

»Keine Ahnung... Ist denn der Kwidwo noch heil?«, fragte Hannah eher konsterniert als wütend.

»Hmm … fühlt sich ganz normal an. Fährt! Aber ich schaue nachher Zuhause mal, ob ich was sehe«, entgegnete ich.

Die letzten Kilometer war ich wieder hellwach und fuhr umso vorsichtiger. Auch Hannah schenkte der Route wieder mehr Aufmerksamkeit. Dabei wirkte sie gar nicht so angepisst, wie ich es erwartet hatte. In unserer Unterkunft angekommen, fielen wir wie ein Stein in das viel zu weiche Bett. Was für ein Tag!

Es regnete. Bindfäden. Schon seit Stunden. Heute war absolut nicht daran zu denken, unsere kleine Wohnung in Sabie zu verlassen oder gar einen größeren Ausflug zu unternehmen. Solch ein Wetter und das Nicht-in-der-Lage-sein, sich körperlich zu betätigen, drücken immer sehr auf meine Stimmung. Ein Glück, dass wir uns bereits gestern entschieden hatten, die berühmte Panorama Route, eines der wohl landschaftlich schönsten und beliebtesten Reiseziele in Südafrika, in Angriff zu nehmen. Auf rund achtzig Kilometern, vorbei an den zerklüfteten Gipfeln der Drakensberge von Mpumalanga, eröffnet sie imposante Ausblicke auf die tiefen Ebenen des Lowveld sowie auf famose Wasserfälle.

Entgegen dem, was wir in den letzten Tagen hier in der Region erlebt hatten, wurden hier allerdings massenweise Touristen aus aller Welt gestopft in große Reisebusse die kurvigen Straßen rauf und runter befördert. Also ausnahmsweise mal kein spannendes, einsames Abenteuer für uns. Wild war es höchstens kurz gewesen, als bei einer Siedlung plötzlich Unruhe auf der Straße aufgekommen war.

Gestikulierend hatte dort eine Ansammlung von Locals auf der Straße gestanden, die offensichtlich mit Glassplittern überstreut war. Deutlich hatten sie uns zu verstehen gegeben, dass wir hier unerwünscht waren und sie die Glassplitter nur gegen eine Spende beiseite kehren würden. Auch wenn uns für einen Moment ziemlich mulmig gewesen war, hatten wir die Fenster oben gelassen und uns vorsichtig am Rande der Glassplitter entlang getastet, bis es möglich gewesen war, wieder Gas zu gegeben. Trotz der wütenden Schreie und der verhaltenen Schläge gegen das Auto sowie den Glassplittern auf dem Boden, war uns und dem Kwidwo nichts passiert.

Es hatte sich um eine Masche gehandelt, der wir auf der Panorama Route anschließend noch mehrmals begegnet waren. *Vielleicht ist das aber auch ein Zeichen des verständlichen Protests gegen die tausenden Touristen, die hier Tag für Tag durchgekarrt werden*, dachte ich im Nachhinein bei mir.

An dieser Stelle waren wir also noch einmal von platten Reifen verschont worden und so hatten wir schließlich sogar noch eine kleine, einsame Wanderung gefunden. Diese hatte einen steilen Hang herabgeführt, durch wilde Natur bis zum kleinsten Wasserfall des Tages in dessen ausufernden Becken, inmitten des Waldes, ich sogar hatte baden können. *Ein herrlicher Moment!*

Während ich in Erinnerungen schwelgte, regnete es draußen noch immer.

»Wir wollten doch noch Waffeln essen gehen«, seufzte Hannah beim Blick nach draußen.

»Ja schon, aber willst du da jetzt raus? Und bestimmt ist eh wieder Loadshedding«, entgegnete ich.

Loadshedding war die letzten Wochen immer ein Thema gewesen. In Südafrika gibt es einen Energienotstand und so finden seit 2008 regelmäßig mehr oder weniger geplante Abschaltungen des Stromnetzes statt. Phasenweise steigerte sich dies auf Zeitfenster von bis zu acht Stunden am Tag. Einige Unterkünfte und Restaurants überbrückten diese Zeit mit Generatoren, aber die Folgen für die gesamte Wirtschaft des Landes waren enorm. Erst gestern hatten wir am Ende des Tages vergeblich versucht, uns mit besagten Waffeln zu belohnen, aber das auserwählte Café hatte uns ganz ohne Strom schlichtweg nicht bedienen können. Ich schaute in den Kühlschrank.

»Moment, ich habe da 'ne Idee!«, jubelte ich beim Blick auf die zufällig vorhandenen Eier und Bananen sowie unserem dauerhaften Reisebegleiter, dem Protein-Pulver.

»Erinnerst du dich noch an …«

»Pancakes! Wir machen einfach Pancakes. Au ja, lecker!«, unterbrach mich Hannah abrupt.

Gedankenübertragung. Auch sie hatte in diesem Moment unsere simplen gesunden Pancakes wieder im Kopf. Diese waren bei uns fast schon ein Ritual, insbesondere in der Anfangszeit unserer Beziehung. Für die Garnitur fanden wir sogar noch einen Rest Erdnussbutter in unseren Vorräten und so brutzelten wir für die nächsten Minuten gemeinsam auf unserem Gasherd ein süßes Festmahl. Und wie es uns gelang, ein Gaumenschmaus!

Mit so viel Spaß, ohne Gemecker wegen des entstehenden Drecks, der Unordnung und mit einem vorzüglich schmeckenden Ergebnis, hatten wir dies lange nicht mehr getan.

Vollgestopft saßen wir auf dem großen Bett und grinsten uns an. Da ploppte eine Nachricht auf Hannahs Handy auf: Eine WhatsApp von Domenica, einer in Namibia ansässigen Italienerin, der wir vor ein paar Tagen geschrieben hatten, als wir nach Volunteering-Projekten recherchiert hatten.

Von Anfang an war für uns ein freiwilliges Engagement eines der Ziele dieser Reise gewesen. Auch aufgrund unserer eigenen Geschichte. Schließlich hatten wir uns beide während Volunteering-Projekten in Peru kennengelernt. Back to the roots also!

Jetzt war es an der Zeit, diesen Plänen Taten folgen zu lassen. Nur wie? Lange hatten wir uns über eine adäquate Umsetzung dieses schwierigen Themas den Kopf zermartert, doch in den letzten Tagen dann Nägel mit Köpfen gemacht und einige Organisationen angeschrieben. Und nun kam eine erste Antwort von Domenica, der Koordinatorin vom Mammadù Trust, einer NGO aus Windhoek.

»Unser Ziel ist es, armen, benachteiligten Kindern einen Zufluchtsort mit Betreuung und stärkenden Mahlzeiten zu bieten«, las Hannah vor, »in zwei Schichten werden morgens die ganz Kleinen in einer Art Kindergarten auf die Schule vorbereitet und nachmittags die Großen bei ihren Hausaufgaben und sonstigen Projekten unterstützt. Es ist immer viel zu tun, ob kochen, spielen, beaufsichtigen oder eigene Unterrichtseinheiten, jeder kann sich einbringen und den Leuten vor Ort helfen. Wir können Unterstützung immer gut gebrauchen, ob ein paar Tage oder auch mehrere Monate.«

Hannah schloss die lange Textnachricht und ließ sie eine Weile wirken. Dann sprach sie aus, was wir beide dachten.

»Das ist doch die Chance!«.

»Klingt machbar und auch in der Kürze der Zeit gut umsetzbar. Erfahrung haben wir ja auch«, bestärkte ich sie.

Wir wollten selbst tatkräftig unterstützen, aber auf gar keinen Fall wollten wir Leuten vor Ort Arbeit wegnehmen oder in einem kommerziell vermarkteten Erlebnis enden.

Dies war hier wohl ausgeschlossen. Außerdem hatte es sich ohnehin abgezeichnet, dass wir von Johannesburg nach Windhoek in Namibia weiterreisen würden. So packten wir an diesem düsteren Nachmittag die sich plötzlich auftuende Chance am Schopf und sagten fest zu, uns für mehrere Wochen bei Mammadù zu engagieren. Irgendwie fügte es sich alles zusammen. Trotz aller Bedenken fühlte sich alles genau richtig an.

11 | NGIYABONGA

Hannah | Neben mir hallten laute Amapiano-Beats aus den Boxen. Mein Körper bewegte sich automatisch mit, als hätte ich den unverkennbaren südafrikanischen Rhythmus bereits intuitiv im Blut. Unten auf der belebten Fox Street im Johannesburger Szeneviertel Maboneng chillten bunt gekleidete Locals mit Sonnenbrille auf dem Kopf. Auf dem Balkon sitzend, beobachtete ich das trubelige Geschehen der hereinbrechenden Nacht. Der Geruch eines Joints stieg mir in die Nase. Intensiv. Auf dem Tisch vor mir wartete eine Flasche Apfelschorle mit Wumms darauf, mich von innen heraus zu erfrischen und zu erden.

Ich dachte zurück an die letzten zwei Monate. Zwei Monate, die sich in der Retrospektive wie eine Ewigkeit anfühlten und zugleich wie ein Fingerschnippen vergangen waren.

Mein Gott, zwei Monate lang sind wir schon unterwegs! Wo ist die Schwere hin?

Diese Schwere, die mein Herz am Flughafen beinahe erdrückt hatte. Sie war der Normalität gewichen. Dieses Leben fühlte sich so selbstverständlich an, trotz aller alltäglichen Herausforderungen und Abstriche, die uns begleiteten. Alternativlos. Wenngleich ich mir sehr darüber bewusst war, dass dieses Leben, das ich führte, ein Privileg war. Ein unglaubliches Privileg!

Das wurde uns erst gestern im größten Township Afrikas derart schonungslos, wie ein Schlag in die Nieren, wieder ins Bewusstsein gerufen.

In Soweto, die Kurzform für South Western Township, dort, wo die Grenze der Möglichkeiten mit der nächsten anliegenden Blechhütte endet, weil irgendjemand mal beschlossen hatte, dass weit weg vom guten Leben der richtige Platz für Menschen schwarzer Hautfarbe sei, wird wohl kaum jemand verstehen, warum wir uns vollkommen bewusst dafür entschieden hatten, unsere Wohnung mit festen vier Wänden und allzeit vorhandenem Strom aufzugeben. Einfach so. Eine Entscheidung, die überhaupt erst in Erwägung gezogen wird, wenn der große Traum der breiten Masse auf dieser Welt für uns gar nicht mehr erstrebenswert erscheint, weil er zur langweiligen Gewohnheit geworden war.

Dort, wo bis vor dreißig Jahren Menschen eiskalt ermordet und aufs Bitterste benachteiligt wurden, nur weil sie eine andere Hautfarbe hatten, begann meine Scham für eine Eigenschaft, für die ich genauso wenig etwas kann: meine weiße Hautfarbe. *Wieso um alles in der Welt spielt das eigentlich überhaupt eine Rolle?*

Die Worte unseres Guides Iko, der uns gestern durch Soweto begleitet hatte, und nebenbei bemerkt der coolste Dude des Landes ist, kamen mir erneut in den Sinn.

»Rassismus geschieht heute subtiler. Kein Weißer sagt mehr *Nigger*, kein Schwarzer sagt mehr *Buur*. Es gibt schwarze Gebildete und weiße Obdachlose, da Bildung heute mehr wert ist als die Hautfarbe. Nachdem in Zeiten der Apartheid in allen Schulen Afrikaans als Sprache eingeführt wurde, damit die lokale Bevölkerung bloß keinen Zugang zu Bildung hat, dringen heute Schwarze in die Mittel- und Oberschicht vor. Interessant ist – und das ist das Subtile – dass sich die Weißen andere Gebiete suchen, wenn zu viele Schwarze nachkommen.«

All das erzählte uns Iko in seiner chilligen Latzhose mit buntem Kopftuch und Laser-Sonnenbrille auf der Nase wortgewandt und mit beinahe witziger Leichtigkeit an jenem Ort, an dem Mitte der Siebzigerjahre der erst zwölfjährige Hector Pieterson bei einer friedlichen Demo gegen das Apartheidsregime erschossen wurde.

»Keine Sorge – ihr seid hier sicherer als überall sonst in Jozi«, versicherte uns Iko immer wieder, »im Gegensatz zum Rest der Stadt halten die Menschen hier in Soweto zusammen und glauben an die Menschlichkeit.«

An jeder Ecke waren wir mit einem freudigen »Sanibonani« begrüßt worden. Dank Iko konnten wir fortan die Begrüßungsfloskel auf Zulu erwidern: »Yebo!«

Trotz des überraschenden Sicherheitsgefühls hier in Johannesburg hatte mich in den letzten Tagen wieder ständig diese eine Vision begleitet. Dieses Bild, das in den letzten Jahren immer mal wieder in meinen Träumen aufgetaucht war – mal nachts im Tiefschlaf, mal tagsüber als real anmutende Illusion – und in Johannesburg, laut Hörensagen, zum Alltag gehört. Ich bekam sie nicht los. Wenngleich ich diese Vision nie zuvor in der Realität erlebt hatte, fühlte sich dieser Traum so echt an. So nah. Unwissend, wo diese tief verwurzelte Angst herrührte. Ist sie die Angst einer Abenteuerreisenden? Oder ist sie in der Welt, in der wir alle leben, erschreckend normal?

Mein Atem stockt, mein Blut gefriert, wenn die Pistole meinen Körper berührt und ich lautlos schreie.

Ich schlürfte weiter an meinem Savanna und versank noch tiefer in meine Gedanken. Am ersten Abend in Johannesburg hatte ich auf der Bettkante unseres Hochbettes gesessen und auf eine Zeichnung geblickt, die eingerahmt an der Wand hing. Darauf zu sehen war ein kleiner schwarzer Junge mit herabschauendem, aussichtslosem Blick, sitzend auf einem Fahrrad ohne Sattel und Pedale. Doch das Fahrrad besaß nur einen Hinterreifen. Der Vorderreifen wurde auf der Zeichnung ersetzt durch zwei große schwere Stricke, deren obere Enden nicht zu sehen waren. Sein Schicksal wurde von einer unsichtbaren Macht gesteuert. Das Fahrrad als Sinnbild der Freiheit war für den Jungen nicht steuerbar. Zwecklos. Während ich das Privileg besitze, mein Fahrrad mit neuen Reifen und, wenn ich möchte, sogar mit einem Motor auszustatten.

Gestern in Soweto hatte ich diesen Jungen auf dem Gemälde in den Kindern im Stadtteil Kliptown gesehen, in dem wir ein Community-Projekt besucht hatten. Die Mission des Projektes ist es, Kindern eine wertvolle Betreuung zu bieten, damit es den Eltern möglich ist, einen Lebensunterhalt zu verdienen. Von der Community für die Community. Man weiß sich in Soweto zu helfen. Mag simpel klingen, aber selbst für ein reiches Land wie Deutschland stellt Kinderbetreuung bekanntlich ein komplexes Unterfangen dar.

Der Unterschied zwischen der Zeichnung in unserem Hostelzimmer und der Realität der Kinder in Kliptown war das unbändige Lachen und die strahlende Freude. Ein Ergebnis von gemeinschaftlichem Zusammenhalt und bedingungsloser Güte? Die Aussicht auf ein Leben mit Freiheit außerhalb der Blechhütten jedes einzelnen Kindes existierte wegen der Community und Menschen wie Iko. Dadurch, dass die Kinder betreut werden, um den Eltern die Möglichkeit zu geben, ein paar Rand zu verdienen, können diese ihren Kindern eine Chance auf Bildung ermöglichen, die nach der Apartheit nicht mehr nur der weißen Bevölkerung vorbehalten ist. Jedes Kind ist, weil Kliptown ist. Ubuntu.

Instinktiv musste ich die Savanna-Flasche in meiner Hand abstellen, weil mir gerade ein großer Zusammenhang klar geworden war. Mein Hirn benötigte nun alle Ressourcen. Im Zeitraffer spielten sich erneut die lebensbedrohlichen Szenen, die wir im Royal Natal Nationalpark in den Drakensbergen erlebt hatten, ab. Wie wir allein in der Sackgasse gestanden hatten, gemeinsam mit zwei wildfremden Menschen gegen die Zeit und für unser aller Leben gekämpft hatten. Ohne Sine und Gift wären wir nicht einmal halb so stark gewesen, wären verloren in die gefährliche Dunkelheit hineingestolpert. Wir hatten aus vier verzweifelten kleinen Wesen in der Natur ein unbesiegbares Team aus vier Indiana Jones' gemacht. Sine, Gift, Henrik und ich – jedes unserer Leben war in den Drakensbergen durch unseren Zusammenhalt gesichert worden.

Ngiyabonga, Südafrika! Das heißt Danke auf Zulu. *Ngiyabonga für all deine für immerwährenden Lehrstunden, deine spektakulären Landschaften, unglaublichen Kontraste, irrsinnigen Geschichten und wundervollen Begegnungen, die du uns mit auf den Weg gegeben hast.*

Nun brauchten wir Zeit und Abstand, um unsere Zeit in Südafrika zu verarbeiten. Morgen um diese Zeit würden wir bereits in Namibia sein. Mein Spiegelbild schüttelte lachend vor mir den Kopf, als ich dachte, dass ich mich auf einen neuen Alltag mit

Routinen und festen Arbeitszeiten freute. Auf das, was mir vor wenigen Monaten noch tödlich erschienen war und mir sinnbildlich die Pistole auf die Brust gesetzt hatte. Darauf, vier Wochen an einem Ort, in einer Stadt zu bleiben. Auf die tägliche Arbeit mit den uns noch unbekannten Kindern bei Mammadù in Windhoek. Und auf regelmäßigere Sportroutinen. Denn wenn mich eines am langen Reisen störte, war es mein zusehends mopsig werdender Körper. Mein Speckgürtel ist nun mal unweigerlich mit dem Wohlfühlsinn in meinem Kopf verbunden. In gegensätzlicher Korrelation.

12 | WIRBELWINDE IN WINDHOEK

Henrik | Plötzlich gab es lautes Geschrei. Unruhe brach aus. Noch im selben Moment kam ein Großteil der wilden Horde bereits unvermittelt direkt auf uns zu gerannt. Wir waren perplex, ein Kontakt schien unvermeidbar und, ehe wir uns versahen, wurden wir beinahe umgerissen von dieser unbändigen Kraft. Nacheinander stürzten sich die Kinder, Mädchen wie Jungen gleichermaßen, auf uns. Wir hatten Mühe, gleich mehrere von ihnen auf den Arm zu nehmen. Schließlich überwältigten sie uns im wahrsten Sinne des Wortes. *Was für ein Empfang!*

Ich hatte schon viel mit Kindern gearbeitet, ob bei der Nachhilfe, als Fußballtrainer oder Sportlehrer, aber so enthusiastisch war ich bei der wohlgemerkt allerersten Begegnung mit fremden Kindern noch nie empfangen worden. Nicht einmal damals in Peru.

Wo ist die Skepsis, die Distanz? Muss man sich ihr Vertrauen nicht erstmal erarbeiten?

Fragen schwirrten mir durch den Kopf. Aber vorerst fand ich keine Antworten, während es von außen unaufhörlich laut auf mich einprasselte. Unsere Namen hatte man den Kids anscheinend schon verraten. Auf jeden Fall ließen sich diese im Geschrei erahnen.

Mit etwas Verzögerung kamen uns Sara und Iana, zwei Italienerinnen, die ein soziales Jahr im Projekt leisteten und mit uns im Volunteer-Haus wohnten, zu Hilfe, um das Knäuel aufzulösen und um wieder zur Tagesordnung überzugehen. Schließlich stand für die kleinen Racker eigentlich der Mittagsschlaf und damit eine sehr wichtige Ruhephase auf dem Programm. Der war unter diesen für beide Parteien außergewöhnlich aufreibenden Umständen natürlich nur noch schwierig zu realisieren.

Um etwas Ruhe einkehren zu lassen, zogen wir uns erstmal in die Aufenthaltsräume der Küche zurück. Infrastrukturell hatte ich deutlich weniger erwartet. Das Gelände von Mammadù in Otjomuise, einem Township etwas außerhalb von Windhoek, bestand aus zwei festen Gebäuden: einem langgezogenen größeren Komplex mit zwei Klassenzimmern, sanitären Anlagen und sogar einem Computerraum sowie einem kleineren Gebäude mit der Küche und dem großen Essensraum. Dazwischen lag einerseits ein herrlicher, selbstgebauter Spielplatz mit Klettergerüst und Schaukeln, andererseits ein etwas verwahrloster, von Steinen übersäter Sportplatz mit kaputten Toren. All das war durch einen hohen, unüberwindbaren Zaun vor ungebetenen Gästen geschützt.

Hier sollen die Kinder Fußballspielen? Vielleicht kann ich ja auch helfen, indem ich den Platz etwas auf Vordermann bringe!

Als wir die Küche betraten, machte uns Hilma, eine uns bereits aus dem Volunteer-Haus bekannte, aber festangestellte, namibische Frau mit Memedina bekannt.

Memedina war Köchin, Hausmeisterin, Aufpasserin oder auch einfach Mutti für alles. Nicht nur auf den ersten Blick war sie eine außergewöhnliche Erscheinung. Sie war groß und sehr stämmig gebaut, ihr Alter unschätzbar irgendwo zwischen vierzig und sechzig Jahren. Tatsächlich körperlich größer als ich war sie nicht, aber vor allem wegen ihrer herrischen Art würde ich in den folgenden Tagen anhaltend das Gefühl haben, zu ihr aufschauen zu müssen.

Doch ein Detail ließ mich schon gleich im ersten Moment, als ich sie erblickte, zusammenzucken: ihre Mütze. Hier eine Mütze zu tragen war erstmal nicht verwunderlich, denn in diesen Tagen waren die nächtlichen Temperaturen in Windhoek bedenklich nahe dem Gefrierpunkt und auch wir hatten bereits die Thermounterwäsche und die dicken Pullover rausgekramt. Nein, es war die Tatsache, dass diese Mütze unverkennbar das Emblem des VfB Stuttgart zeigte, der sich gerade einen intensiven Schlagabtausch mit meinen Schalkern tief unten im Abstiegskampf der deutschen Bundesliga lieferte. *Wieso trägt sie gerade diese Mütze?*

Es kam hier öfter vor, dass wir Kinder oder Erwachsene in abgetragenen Klamotten von deutschen Fußballvereinen, vornehmlich Bayern München oder Borussia Dortmund, sahen. Typische Kleiderspenden aus Deutschland. Aber gerade der VfB Stuttgart? Das dies im Folgenden ein ganz spezieller Wink des Schicksals werden würde, war uns in diesem Moment noch nicht klar.

Memedina schwieg. Sie reagierte kaum, obwohl Hilma uns ihr gerade als neue Volunteers vorgestellt hatte. Das Übermaß, welches wir eben an Wärme und Herzlichkeit durch die Kinder hatten erfahren dürfen, schien Memedina wieder ausgleichen zu wollen. Mit ihrer Art, uns willkommen zu heißen – oder auch nicht –

schlug uns eher Kälte und Skepsis entgegen. Ihr Vertrauen würden wir uns erst einmal erarbeiten müssen.

Nach einer kurzen Einweisung begannen wir damit, die Essensportionen für die Großen, die gleich aus der Schule kommen würden, auf bunte Hartplastikteller, die mich an meine Kindergeburtstage erinnerten, zu verteilen.

»Wo ist denn das Gemüse?«, erkundigte sich Hannah einige Minuten später, um sich gleich einen Rüffel von Memedina einzuholen.

»Gemüse ist teuer und schwer zu lagern. Das gibt's hier nicht jeden Tag. Reis, Fleisch, Soße – das reicht!«, stellte sie klar.

Löffel um Löffel landete auf den Tellern. Wir wagten keine Widerrede, auch wenn das absolut nicht das war, was wir unter vollwertiger Ernährung verstanden.

»Freitags gibt es Pizza und damit einmal in der Woche auch eine vegetarische Mahlzeit«, ließ Hilma uns wissen. Sie wusste, dass wir uns komplett vegetarisch ernährten.

»Immerhin«, antwortete ich wenig beeindruckt.

Hannah und mir war schnell klar, dass wir uns, neben unseren Schichten, selbst versorgen würden. Später würden wir erfahren, dass Iana und Sara sich vor ihrer Anreise auch vegetarisch ernährt, es unter den Umständen hier aber schnell aufgegeben hatten.

Der Rest des Tages war deutlich ruhiger. Uns wurden die Abläufe vermittelt, wir machten eine Menge Bekanntschaften und unternahmen erste Versuche der Unterstützung bei Hausaufgaben, Projekten und allem, was sonst so anfiel. Generell waren die größeren Kids nicht so völlig aus dem Häuschen von unserer reinen Anwesenheit. Hier fühlte ich mich eher in meinem Metier, aber auch das Wilde, Spielerische mit den Kleinen war eine willkommene Abwechslung.

Ich genoss es geradezu, nicht immer weiter zu reisen. Nachdem wir die erste Woche in Namibia in einem kleinen Apartment bei Ilse, einer deutschen Auswanderin, in Klein-Windhoek verbracht hatten, waren wir mittlerweile gut bei Mammadù im Projekt integriert. Ein einfaches, günstiges Fitnessstudio war gefunden und wir gingen wieder regelmäßig laufen. Der erste Lauf hatte uns allerdings ordentlich den Atem geraubt. Kein Wunder, liegt Windhoek doch auf 1.600 Metern Höhe – ein Punkt, den wir gar nicht auf dem Schirm hatten. Und auch die ständigen Wirbelwinde machten dem Namen dieser Stadt alle Ehre.

Schon während der ersten Tage hatte ich eine Menge Verständnis für Ilse entwickelt, deren Mann, mit dem sie zusammen ausgewandert war, bereits vor längerer Zeit verstorben war. Trotzdem hatte sie nie daran gedacht, nach Deutschland zurückzukehren. Der Stadtteil, in dem sie wohnte, Klein-Windhoek, ist eine deutschsprachige Bubble mit schicken Häusern, deutschen Straßenschildern, deutschen Bäckern und – wie wir ab dem ersten Tag in Otjomuise bereits feststellen durften – eine ziemlich heile Welt für sich. Obwohl die Zeit des deutschen Kolonialismus über hundert Jahre vergangen war und Namibia anschließend viel länger Südafrika und damit britischem Einfluss unterlag, hat sich der deutsche Einfluss dort erstaunlich erhalten.

Für unsere Arbeit bei Mammadù waren wir allerdings in einen anderen Teil von Windhoek gezogen. Hier zeigte sich eine andere Lebensrealität.

»Eine ganz andere Gegend, hier müsst ihr deutlich vorsichtiger sein«, hatte Ilse gleich bemerkt, als sie uns freundlicherweise mit ihrem Geländewagen dort hinbrachte.

Es hatte fast so geklungen, als ob sie in all den Jahren, die sie jetzt in Windhoek lebte, wohl nicht so viel aus Klein-Windhoek rausgekommen war. *Oder kannte sie die Realität und mied sie deshalb?*

Nach einer freundschaftlichen Verabschiedung hatten wir Ilse versprochen, uns vor unserer Abreise nochmal zu melden.

Nun saßen wir hier auf unserem hölzernen Hochbett. Echtes Klassenfahrt-Feeling. Immerhin gehörte auch ein Tisch mit Plastiktischdecke sowie ein kleines Bad mit einer überraschend guten Dusche zur Ausstattung. Simpel, aber völlig ausreichend für uns. Ich fühlte mich auf Anhieb wohl, was vor allem an den Menschen lag, die uns umgaben. Da waren die sehr sympathischen Italienerinnen Sara und Iana, beide Anfang zwanzig, sowie Hilma, eine Namibierin, die uns das Tor geöffnet und gleich nett empfangen hatte. Sie nahm eine feste, allerdings für uns in Folge ziemlich unklare Rolle im Projekt ein.

Außerdem lebten mit Deon und Josia auch zwei Mammadù-Jungs aus dem Projekt im Haus, die hier, laut Domenica, besser aufgehoben waren. Sie unterschieden sich ziemlich, allein schon entwicklungsbedingt: Deon, vielleicht zwölf Jahre alt, war (insbesondere unter seinen Jungs) ein extrovertierter draufgängerischer Typ, wohingegen Josia, neunzehn Jahre alt, eher zurückhaltend, still, dabei künstlerisch kreativ veranlagt war. Die beiden waren allerdings keine Brüder, wie wir anfangs gedacht hatten. Mit Deon hatte ich mich gleich am ersten Tag im Projekt verbunden gefühlt, als er mich am Tischkicker herausgefordert hatte und mit mir endlich auf einen adäquaten Gegner getroffen war. Nach drei umkämpften Matches stand es am Ende 2:1 für mich und er hatte zerknirscht das Weite gesucht. Nicht ohne Rache zu schwören.

Dazu, völlig unabhängig von Mammadù, war da noch Fidel, ein kongolesischer Dozent, der gerade an der Uni in Windhoek ein Projekt absolvierte, während er in Bochum promovierte.

Nicht zuletzt durch das enge Zusammenleben all dieser verschiedenen Personen unter einem Dach waren wir schnell Teil der Gemeinschaft geworden. In verschiedensten Konstellationen kochten wir zusammen, spielten oder machten Windhoek unsicher.

Domenica, die Projektleiterin von Mammadù, hatten wir bei unserer Ankunft allerdings nur kurz getroffen, denn sie hatte schwerbeschäftigt gewirkt.

»Schön, dass ihr da seid! Ich bin Domenica, aber alle hier nennen mich Mimma. Hier habt ihr ein paar Infos. Alles weitere erfahrt ihr mit der Zeit«, hatte sie uns willkommen geheißen und uns hastig ein paar Zettel in die Hände gedrückt.

»Ach, ja … seid besser vorsichtig, hier offen mit Wertsachen auf der Straße rumzulaufen«, hatte sie uns noch zugerufen, bevor sie wegmusste. Nach Ilses Warnung war das schon die zweite gewesen. Nicht ohne Grund. Iana hatte uns später erzählt, dass gerade erst im Haus eingebrochen worden war und einige Laptops und andere Wertsachen dabei abhandengekommen waren.

Zu Beginn unserer letzten Nachmittagsschicht vor dem mittlerweile langersehnten Wochenende, erfuhren wir durch Sara von einem in Kürze anstehenden Mammadù-Charity-Event. Um Aufmerksamkeit zu generieren, sollten dabei verschiedene Gesangs- und Tanzvorführungen präsentiert werden. Bereits seit Wochen liefen die Vorbereitungen. Insbesondere die größeren Kids waren stark involviert, aber auch einige der Kleinen durften schon teilnehmen. Gleich würde Toshi, eine lokale Sängerin, vorbeikommen, um mit ihnen zu proben.

»Deswegen auch die ganzen Tanz- und Gesangseinlagen hier die letzten Tage«, erkannte Hannah.

»Macht Sinn! Das ist ja spannend. Kriegen wir das denn noch mit?«, wandte ich mich an Sara, die auch prompt antwortete.

»Ja, klar! Das ist schon am Samstag in einer Woche. Da seid ihr natürlich dabei!«

Da kam auch schon Toshi um die Ecke. Eine junge, lässige Frau mit weiten Klamotten, langen Rastas und Gitarre. Extrem cool sah sie aus. Und ich glaube, dass fanden auch die Kids. Schnell war eine ganze Traube an Jungs und Mädchen um sie versammelt und löcherte sie mit Fragen.

»Langsam, langsam, langsam. Ich bin ja jetzt da!«, versuchte sie, die wilde Meute zu beruhigen, was ihr nur schwer gelang.

Kurz machten wir uns bekannt, bevor die einzelnen Stücke durchgeprobt werden sollten. Dann ging es auch schon los und wir waren mittendrin. Zwei kleine Kids hatten sich den Platz auf unserem Schoß gesichert, lauschten mit uns den Liedern.

Einige Klassiker wie das kultige »The Lion sleeps tonight« oder »Heal the world« von Michael Jackson waren dabei, aber auch einige uns unbekannte Nummern. Es wurde viel gekichert und gefeixt. Auch übereinander. Einige der Kids schaukelten sich gegenseitig hoch. Bis jetzt war Toshi noch nicht dazwischengegangen.

An der Performance waren in der Regel fast alle beteiligt, aber es gab auch Stücke, die nur Kleingruppen einzeln aufführten. Manchmal traten sogar einzelne Kids für ein Solo hervor. Diese Szenen waren natürlich die schwierigsten und erforderten besonders viel Mut.

Ein schüchterner Junge, dessen Name ich mir die ganze Zeit schon nicht merken konnte, machte einen zögernden Schritt nach vorne, um ein neues Stück zu intonieren.

»Woke up this morning, washed my face…«

Weiter kam er nicht. Schallendes Gelächter. Deon hatte sich wohl einen Spaß erlaubt und ihn imitiert. Er hatte immer die Lacher auf seiner Seite, obwohl er sich gerade hier mal hätte zurückhalten können. Gesangstechnisch war er nämlich nicht gerade vorne mit dabei.

»Ruhe! Mir reicht es bald mit euch. Etwas mehr Ernsthaftigkeit, bitte! Wollt ihr, dass wir uns alle blamieren?«

Toshi hielt kurz inne, um ihre Worte wirken zu lassen.

»Ihr seid ein Team, es kann nur gemeinsam funktionieren! Are we together?«, appellierte sie vehement an die versammelte Mannschaft. Auf der Stelle wurde es deutlich ruhiger.

»Auf ein Neues!«, rief sie und begann, die Gitarre zu zupfen. Doch der Junge zögerte, er wollte ganz sicher nicht wieder ausgelacht werden. Bestimmt war er sich auch unsicher, ob er überhaupt dazu in der Lage war, diesen anspruchsvollen Start in den Song auf der großen Bühne ganz allein zu vollbringen. Toshi schnappte ihn sich kurz und redete auf ihn ein. Ich konnte nicht alles verstehen, aber die Motivationsrede musste ziemlich gefruchtet haben. Einen Moment später trat er wieder nach vorne:

»Woke up this morning, washed my face, thank God I'm alive today!«

Starke Stimme! Diesmal kam keine störende Unterbrechung. Alles passte. Ein Mädchen namens Mekuu trat nach vorne und fuhr fort:

»Worked on my dreams, as the day begins. Thank God, it's a brand new day!«

Und so ging es weiter. Schlussendlich war dies die bis dato beste Performance und im Anschluss brandete gar Applaus auf. Ich war zutiefst beeindruckt, von den Kids, von Toshi und überhaupt ganz Mammadù.

Die zweite Woche mit den Kleinen in der Frühschicht war anders. *Next level shit* für unsere Belastung. Um 05:30 Uhr riss uns der Wecker aus dem Tiefschlaf. Schnell frischmachen, einmummeln, Sachen packen und ab in den Bus nach Otjomuise.

Der Juni in Windhoek war wirklich nicht das, was wir von afrikanischem Klima erwartet hatten. Momentan erlebte Windhoek eine besonders krasse Kältefront, und an diesem speziellen Morgen gingen die Meinungen auseinander, ob das Thermometer null Grad oder sogar schon ein leichtes Minus zeigte. Wir froren, trotz Thermounterwäsche und Pullover, bereits bitterlich, während der kleine Bus über die buckeligen Pisten Windhoeks holperte.

Los ging es für die Kleinen erst um 7 Uhr, aber der Programmablauf war so gönnerhaft, uns mit diesem kleinen Mammadù-eigenen Schulbus eine Menge toter Zeit zur Verfügung zu stellen.

Eine super Sache für die Kids, etwas umständlich für uns. Wir konnten nichts anderes tun, als zu versuchen, noch etwas die Augen zuzumachen. Während ich in solchen Fällen meistens nochmal den Tagesablauf durchgehe, kann Hannah selbst unter solchen Umständen irgendwie nochmal richtig schlafen. Wenigstens waren die großen Kids, die uns ja mittlerweile kannten, im Bus genauso verschlafen wie wir, sodass es bis auf einzelne freudige Begrüßungen wohltuend ruhig blieb. Damit sollten wir den Rest des Tages nicht mehr gesegnet sein.

Angekommen im Mammadù Center in Otjomuise erwarteten uns schon die ersten der kleinen Kids, die uns am ersten Tag schon so enthusiastisch begrüßt hatten, deren Namen wir bis jetzt allerdings kaum kannten. Viele von ihnen waren um diese unmenschliche Uhrzeit bereits voller Tatendrang, rannten wild durcheinander und schrien. Mit jedem ankommenden Kind stieg der Lärmpegel.

»Na, das kann ja was werden!«, stellte Hannah, ihrem Bus-Nickerchen noch nachtrauernd, bereits früh fest.

»Komm schon, ist doch genau das, was wir wollten. Die kleinen Rabauken kriegen wir schon in den Griff!«, versuchte ich zu motivieren, nicht in der Lage einzuschätzen, was uns alles erwarten würde.

Tagesordnungspunkt Nummer eins war als Sportlehrer und Coach genau mein Metier: Erstmal – im wahrsten Sinne des Wortes – Aufwärmen und draußen auf dem Sportplatz dem Bewegungsdrang nachgehen. Eines der besten Mittel, solche wilden Plagegeister zu beruhigen war körperliche Erschöpfung – das wusste ich nur zu gut. Also legte ich los.

»Let's go! Einen großen Kreis bilden und dann alle zusammen auf der Stelle laufen! Und runter, Kniebeuge und hochspringen!«

Lauthals gab ich den Ablauf vor, während Hannah versuchte, einzelne Ausreißer einzufangen. Wie immer machten einige Kinder sehr gut mit und andere bewegten sich nur lustlos bis gar nicht. Das konnte aber auch daran liegen, dass sie von oben bis unten eingepackt waren in dicke Winterklamotten, die jegliche Bewegung schwer machten. In diesem Moment realisierte ich, dass die wenigsten der Kleinkinder Englisch sprachen. Also versuchte ich umso deutlicher, die Bewegungen vorzumachen, die ich mir vorgestellt hatte.

»Und jetzt runter, alle!«

Tief unten in der Kniebeuge schauten mich die Kids erwartungsvoll an. Bewegungstechnisch konnten die meisten hier echt gut mithalten.

»Jetzt springen wir nach vorne, wie ein Frosch. Jeder zehnmal. Und 1, und 2, und 3!«.

Puh, zehnmal war vielleicht doch ein bisschen viel an diesem frühen Morgen. Hannah schaute zu mir rüber. Auch ihre Blicke sprachen Bände.

Einige Kids sprangen zwar herum, aber vor allen Dingen gerne gegeneinander. Immer mehr verloren das Interesse und wir hatten es immer schwieriger, die wilde Meute irgendwie unter Kontrolle zu halten. Doch bevor uns die Situation völlig entgleiste, kam uns Linda, eine angestellte Kindergärtnerin (oder Lehrerin) zu Hilfe.

Nach einem abschließenden Fangen-Spiel, das mit Begeisterung aufgenommen wurde, war das Spektakel beendet und es ging erstmal in den etwas kältegeschützten Klassenraum. Allerdings nicht ohne vorher ein essentielles Ritual zu durchlaufen. Linda gab das Stichwort.

»Wash your hands!«

»Wash your hands! Brush your teeth!«, schallte es plötzlich über den Hof. Alle setzten ein. Der musikalische Schlachtruf gab das Signal und die kleinen Wirbelwinde rannten in Richtung der Waschräume. Etwas perplex schauten Hannah und ich uns fragend an und folgten. Unsere nächste Herausforderung bestand darin, Zahnbürsten zu verteilen. Im Idealfall für jedes Kind die mit seinem eigenen Namen beschriftete. Allerdings klappte das mit den Namen bei uns noch überhaupt nicht. Niemand hatte uns die Kinder vorgestellt oder eine Liste gegeben.

Linda hatte sich bereits in den Klassenraum verabschiedet und überließ uns die volle Verantwortung. Dies nutzten manche Kinder, primär Jungs, natürlich aus, um uns einen anderen Namen zu nennen, sodass die Gleichung am Ende nicht aufging.

Ein Junge mit einem verschmitzten Lächeln auf den Lippen blieb mir dabei besonders im Gedächtnis haften. Sein Name war Opuwo. Hatte er die anderen angestiftet? *Ahhh, wieso macht ihr das mit uns? Wollt ihr nicht lieber eure eigene Zahnbürste benutzen?*

Innerlich bereits am Rande der Verzweiflung, versuchte ich mir, wie immer, nichts anmerken zu lassen, um Hannah motivierend zur Seite zu stehen. Irgendwann hatten wir es einigermaßen geschafft. Jeder hatte die Zähne geputzt, ein Großteil wohl auch mit der eigenen Zahnbürste. Und wir hatten alle gemeinsam die Hände gewaschen. Jetzt konnte es reingehen. Ich blickte auf die Uhr. Nicht einmal eine Stunde von sechs war vergangen.

Drinnen übernahm dann erstmal Linda. Sie war in unserem Alter, hatte allerdings eine überraschend autoritäre Herangehensweise. Zusätzlich zu den Spielen gab es auch ein Vorschulprogramm, um den Kleinen den schwierigen Übergang in die Schule zu erleichtern. Der Hauptschwerpunkt in der Zeit, in der wir da waren, bestand im spielerischen Lernen einzelner Buchstaben. Spielerisch kann man an dieser Stelle allerdings getrost streichen. Es handelte sich um lupenreinen Frontalunterricht. Insbesondere das Stillsitzen und die notwendige Konzentration fiel den meisten Kids im Alter von vier bis sechs Jahren ziemlich schwer.

»Lauter!«, fuhr sie Hannah an, als diese versuchte, ein Mädchen namens Miriyam dazu zu bewegen, Haltung anzunehmen und sich zu konzentrieren.

»Ihr müsst hier schreien, laut und stark. Anders sind diese Kinder nicht zu kontrollieren!«

Hannah funkelte sie mit bösen Blicken an, als wollte sie sagen: *Ha, das wollen wir doch mal sehen!*

Auch ich nahm mir vor, es mit anderen Methoden zu versuchen und den Kids auf Augenhöhe zu begegnen, anstatt von oben herab zu diktieren. Ohne uns darüber austauschen zu müssen, waren Hannah und ich beide der Überzeugung, dass man Gewalt nicht mit Gewalt beziehungsweise Geschrei nicht mit Geschrei bekämpfen sollte.

Doch würden wir diese Prinzipien hier dauerhaft aufrechterhalten können? Würden wir damit ankommen gegen diese massive Macht, diese lautstarke Wildheit der Kinder?

Opuwo (das W spricht man übrigens nicht), der diabolisch grinsende Lausbub von eben, strapazierte dieses Vorhaben gerade arg. Einerseits war er absolut liebesbedürftig und hing von Anfang an besonders gerne an mir, andererseits wollte er aber auch stets meine volle Aufmerksamkeit und schob sich immer wieder dazwischen, wenn ich mich einem der anderen Kinder widmete.

Etwas später am Vormittag kam Besuch. Eine Gruppe Reisender, darunter auch eine deutsche Familie, hatten eine besondere Stadttour gebucht, die auch bei Mammadù in Otjomuise stoppte. Eine willkommene Abwechslung für die Kids, denn der Tagesablaufplan wurde damit erstmal wieder über den Haufen geworfen. Es gab ein paar Geschenke, sinnvollerweise hauptsächlich Mal- und Schreibmaterial, und es wurde gespielt. Anschließend gab es die dazugehörige Fotosession. Die Kids waren zwar bei weitem nicht so liebevoll und enthusiastisch wie bei unserem Empfang, aber hatten trotzdem ihren Spaß mit dem Besuch. Insbesondere Opuwo hatte seinen Fokus temporär auf die beiden blonden, deutschen Jungs verschoben.

Mit Touristengruppen in solch einer geführten Tour, die wie im Zoo die Menschen vor Ort bei ihrem harten Leben beobachteten, ohne einmal richtig stehen zu bleiben, in einen Austausch zu treten und zu versuchen, tatkräftig zu helfen, damit taten wir uns schwer. Im Johannesburger Township Soweto hatten wir uns selbst in einer ähnlichen Situation wiedergefunden und gemeinsam mit Iko, der selbst aus Soweto kommt, in einem sozialen Projekt für benachteiligte Kinder vorbeigeschaut. Wir hatten mit diesem Stopp gehadert. Vor allem aber mit unserer Meinung dazu. Lange hatten wir über darüber diskutiert, was wir daran gut und was schlecht fanden. So verfolgten wir das Theater aus unserer neu gewonnenen Perspektive eher skeptisch.

»Und ihr helft hier länger?«, sprach uns der Familienvater auf Deutsch an, während seine Söhne mit den Kids herumtollten.

»Ja, genau«, ergriff Hannah die Initiative, »zumindest drei Wochen haben wir uns genommen.«

»Wir sind aber auch das ganze Jahr in Afrika unterwegs«, ergänzte ich.

»Wow, gute Sache! Wir würden hier auch gerne länger bleiben und helfen, aber die Schulferien sind begrenzt und wenn wir schonmal hier sind, wollen wir natürlich auch noch was sehen vom Land und den Tieren.«

Er schaute herüber zu seinen Jungs. Spielkameraden aus einer anderen Welt waren hier immer eine ganz besondere Attraktion.

»Sowas hier ist sehr wichtig, damit die Jungs auch mal sehen, wie andere Kinder so aufwachsen«, fügte er an.

Ob durch diesen flüchtigen Eindruck jedoch mehr entstand als ein paar schöne Fotos und ein gutes Gewissen, stellten wir an dieser Stelle nicht offensiv in Frage.

Als ich am Mittag beobachtete, wie Bertha, eines der mir liebsten Mädchen, abgeholt wurde und lediglich die Straße überquerte, um gegenüber in einer besonders kläglich aussehenden Wellblechhütte von ihrer Mama sowie ihren Hunden begrüßt zu werden, verfiel ich wieder in Gedanken.

Was ist die wahre Lebensrealität dieser Kids? Wie sieht das Leben von Bertha wohl in zehn Jahren aus?

Um wirklich anzukommen, muss man aufhören zu reisen. Diese Erkenntnis brachte uns Windhoek. Nirgendwo sonst verbrachten wir auf unserer Reise durch Afrika so lange Zeit an einem Ort.

Wir hatten einen geregelten Tagesablauf, unsere Lieblingssupermärkte, ein Fitnessstudio, gingen regelmäßig laufen, hatten sogar eine Lieblingsbar, in der wir regelmäßig an unseren freien Nachmittagen einkehrten. Aber vor allen Dingen hatten wir Anschluss gefunden, Freunde, mit denen wir was unternehmen konnten. All diese Umstände halfen mir auch, den erneuten Abstieg meines Herzensvereins Schalke 04 besser zu verdauen. Vielleicht auch dank Memedinas unbewussten Support, hatte sich der VfB Stuttgart noch gerade so auf den Relegationsplatz gerettet. Der Fan in mir schämte sich, aber ich hatte Distanz gewonnen, und das nicht nur rein geografisch. Es gab hier Wichtigeres in meinem Leben. Mein ständiges Zurückblicken auf unser vorheriges Leben, meine Arbeit, all das Hadern der ersten Wochen in Afrika, war kontinuierlich entschwunden. Mir war, als wäre ich ein für alle Mal von altem Ballast befreit. Mit all den Eindrücken und kreisenden Gedanken an die vergangenen Tage zog ich eines Abends im Bett ein Zwischenfazit. Es waren sehr anstrengende, intensive, harte Tage, aber wir würden es durchziehen. Fortwährend stellte ich mir in dieser Zeit die Frage nach dem Einfluss unseres Handelns und merkte: Jedes Lachen, jede Umarmung, jedes bisschen Liebe, mit dem man vielleicht seinen Teil beitragen kann, zählt für die Kids. Hannah und ich hatten zudem beschlossen, das Charity Event mit Bildern und Videos festzuhalten.

So können wir nicht nur den Kindern, sondern auch den Locals vor Ort ihre tolle Arbeit und starken Ergebnisse direkt vor Augen führen. Vielleicht werden einige so erkennen, wozu sie mit etwas Einsatz und ganz viel Gemeinschaft in der Lage sein können.

Mit diesen Gedanken schlief ich ein.

13 | PLÖTZLICH TEACHER

Hannah | Ich erlebte einen Flashback, als die kleinen Mammadù-Kids mit tapsigen Schritten und unbändiger Freude im Gesicht auf mich zu rannten. Der eigentlich geplante Mittagsschlaf schien über den Haufen geworfen worden zu sein. Zu aufregend war die Ankunft neuer Volunteers! In meinem Geiste war ich plötzlich wieder die neunzehnjährige Hannah, die sich nach ihrem Abitur in ein lebensveränderndes Abenteuer gestürzt hatte – nur, dass diese Version damals noch nicht gewusst hatte, wie lebensverändernd diese Entscheidung gewesen war.

Ich kannte dieses Gefühl. Dieses Gefühl, wenn dir wildfremde Kinder vom ersten Augenblick an ihr vollstes Vertrauen schenken und es für sie gerade nichts Größeres gibt, als dass du Zeit mit ihnen verbringst, als Neues zu erleben. Oder manchmal auch als schlichtweg neue Opfer ihrer nervtötenden Hirngespinste zu finden.

In dem Moment, in welchem ich auf diesem sandigen, eingezäunten Platz mitten im Township Otjomuise stand, fühlte ich mich zurückversetzt nach Tankarpata, einem Randbezirk der peruanischen Andenstadt Cusco, wo ich vor neun Jahren schon einmal als Volunteer in einer gemeinnützigen Organisation zur Förderung benachteiligter Kinder gearbeitet hatte. *9 Jahre!? Mein Leben ist jetzt so anders. Ich bin so anders. Die Umgebung ist so anders.* Und dennoch umtrieb mich der nahezu gleiche emotional geladene Mix aus Herzenswärme, Motivation, Überforderung und Nervosität.

Ich hatte damals in Peru gelernt, auf meine innere Stimme zu hören. Auf das Schicksal zu vertrauen. Auf Pachamama. Wer mein erstes Buch gelesen hat, weiß, wovon ich spreche. Nicht zuletzt war ich dort auf den Mann getroffen, der jetzt neben mir stand. In Cusco hatten wir als Alleinreisende in verschiedenen Projekten gearbeitet. Jetzt standen wir hier nach all den Jahren aus gemeinsamer Intention.

Sorgen, ich könnte den Kindern hier nicht gerecht werden oder in wenigen Wochen nicht viel bezwecken, bereiteten mir einen Kloß im Hals. Ich hatte mir nach meiner Zeit in Peru geschworen, mir für das nächste Volunteering-Projekt deutlich mehr Zeit zu nehmen.

Ein Mädchen namens Miriyam ließ all diese Sorgen verfliegen, als sie sich mit einem für ihre zierliche Statur bemerkenswerten Sprung um meine Hüfte klammerte. Ich blickte nach rechts zu Henrik, der ebenfalls bereits zwei Kinder auf dem Arm trug – sowie ein breites, zufriedenes Lächeln auf den Lippen. Meine innere Stimme sagte mir mit Gewissheit: »Wir können das. Wir beide.«

Von nun an befand ich mich wieder mit allen Sinnen in der Gegenwart und realisierte, dass die wildgewordene Bande die ganze Zeit ein für mich zunächst undefinierbares Wort im Kanon grölte. Wie schon in Südafrika, ist auch in Namibia die offizielle Amtssprache Englisch.

»Hast du 'ne Ahnung, was die rufen?«

»Shisha?«, mutmaßte Henrik schulterzuckend mit verschmitztem Blick.

Ich verfiel sofort in Gelächter. Ist ja nicht so, dass wir uns nicht ab und an auch gerne mal eine Wasserpfeife genehmigen würden. Es hörte sich wirklich exakt so an.

Irgendeines der Kinder konnte unseren Verhörer noch amüsanter machen, als es rief: »Shisha, Hannaaaah!«

Henrik und ich blickten uns verwirrt an und schüttelten lachend den Kopf. Just in diesem Moment kam ihm die Erleuchtung.

»Ach, die meinen teacher!«

Wenn ich eines nicht ertragen kann, ist es nichts zu tun. In dieser Hinsicht waren die Spätschichten in Otjomuise, die meines Erachtens nach viel zu früh begannen, wie eine Konfrontationstherapie für mich. Während die kleinen Rabauken im Klassenraum auf bunten Matten schliefen – oder es zumindest sollten – und in der ersten Woche von Sara und Iana betreut wurden, blieb uns nichts anderes, als die Zeit bis zur Ankunft der größeren Schulkinder abzuwarten. Es war tote Zeit. Henrik saß sich derweil im Essensraum den Hintern breit und mümmelte sein mitgebrachtes Sandwich. Um Präsenz zu zeigen, machte ich es mir auf einer Schaukel aus alten Autoreifen draußen vor den Klassenräumen gemütlich, musterte die Umgebung und zückte gelegentlich mein Handy, um unsere geschäftlichen E-Mails zu checken. Ich spürte ein Tippen auf meiner Schulter, das mich unverzüglich zum Umdrehen brachte.

»Hi!«

Ein sehr schlankes Mädchen mit Kurzhaarfrisur blickte mich mit großen Augen und vorsichtigem Lächeln an. Ich schätzte sie auf elf Jahre. Sie sah anders aus als die anderen Mädchen, die fast alle lange, geflochtene Zöpfe trugen, und sich gerne weiblich kleideten. Um ganz ehrlich zu sein, war ich mir im ersten Moment gar nicht mal so sicher, ob sie nicht vielleicht ein Junge war.

»Hey, wer bist du denn?«, fragte ich interessiert, happy darüber, endlich einen ersten Kontakt zu knüpfen.

»Ich bin Mekuu. Und wie heißt du?«

»Hannah. Du bist aber früh, Mekuu.«

»Meine letzten Stunden in der Schule sind ausgefallen. Magst du dich mit mir ins Auto setzen, Hannah?«

Ich musste so verwirrt geschaut haben, wie ich mich innerlich fühlte.

»Ich meine DAS Auto!«, lachte Mekuu leise und zeigte auf den unteren Teil des aus Holz gebauten Klettergerüstes. Zwei hintereinanderliegende Querstreben bildeten die Sitzbänke. Vorne war ein Lenkrad angeschraubt. Weil es viel cooler war, nahm ich natürlich auf dem Vordersitz Platz. Mekuu blieb hinter mir stehen.

»Darf ich dir die Haare flechten? Du bist so hübsch!«

»Oh, wie lieb von dir!«

Ausnahmsweise konterte ich nicht mit Gegenargumenten zu meinem Aussehen. Auf ihre Frage musste ich gar keine Antwort mehr geben, denn ihre zarten Hände glitten bereits durch mein feines, blondes Haar. Für eine Weile schwiegen wir. Ich überlegte, wie ich den Dialog während meines ungeplanten Frisörtermins weiterführen sollte.

»Was sind denn deine Lieblingsfächer, Mekuu?«

Sie blickte grübelnd nach oben in den strahlend blauen Himmel.

»Ich mag Kunst. Und Englisch! Weil, wenn ich noch besser Englisch kann, dann kann ich mich mit Menschen wie dir unterhalten. Das mag ich. Wirklich.«

Sie sprach bemerkenswert gutes Englisch. In Namibia, wie in allen anderen von uns bereisten afrikanischen Ländern, wird innerhalb der Familien oder unter Bekannten oftmals in Stammessprache kommuniziert. Hier in Windhoek ist das in den meisten Fällen Ovambo. Manchmal Otjiherero. Aus diesem Grund gestaltete sich die Kommunikation mit den Kindergartenkindern, die bisher kaum Berührungspunkte nach außen hatten, häufig schwierig. Deshalb wurde vor einiger Zeit auch Linda engagiert, die sowohl Englisch als auch Ovambo sprach, und als Brücke zwischen den Kleinen und englischsprachigen Lehrinhalten agierte.

»Wie lange bleibt ihr?«, fragte Mekuu.

»Leider nur drei Wochen.«

Es war mir unangenehm, weil ich der festen Überzeugung war, dass sie enttäuscht sein würde.

»Drei Wochen?«, stieß Mekuu staunend hervor, »das ist ja voll lang!«

»Ehrlich? Sara und Iana sind ein ganzes Jahr hier.«

»Ja … Sara und Iana. Aber sonst bleiben Volunteers vielleicht eine Woche. Ich freue mich so sehr, dass wir uns länger haben!«

Ich spürte förmlich, wie sich all der Ballast, die zermürbenden Fragen und Sorgen, von meinen Schultern lösten.

»Warst du schon mal im Kino?«

Mekuus Frage irritierte mich. Viel zu offensichtlich erschien mir die Antwort, die ich auch genauso selbstverständlich gab.

»Klar!«

»Ich war letztes Wochenende zum ersten Mal im Kino.«

Erst jetzt realisierte ich, wie unbewusst ich mit diesem Privileg meiner Jugend umgegangen war.

»Cooool! Welchen Film hast du dir denn angeschaut?«

»Das war irgendwas mit Katzen, die sich gejagt haben. Lustig, aber das war mir egal. Schon im Kino zu sitzen, war das Schönste meines Lebens. Wann warst du zuletzt im Kino?«

Damit hatte sie mich sprachlos gemacht. Ich konnte mich wirklich nicht entsinnen. Mein letzter Kinobesuch muss ewig zurückgelegen haben. Scheinbar so irrelevant, dass er sich meiner Erinnerung entzog.

»Ich habe keine Ahnung. Ich weiß nur, dass mein erster Kinofilm Tarzan war. Das muss fast fünfundzwanzig Jahre her sein.«

Nachdem ich frisch frisiert war, strömten immer mehr Jugendliche mit ihren Schuluniformen vom Hof zum Mittagessen und füllten anschließend rasch die Klassenräume.

Heute hatte Memedina Pap gekocht. Ein im südlichen Afrika allseits beliebter Maisbrei, der bei Memedinas Kochkünsten leider noch geschmackloser daherkam, als das Gericht ohnehin schon ist. Doch wer traut sich in ihrem Angesicht schon, mit Salz und Pfeffer nachzuwürzen? Ich jedenfalls nicht.

Als Hausaufgabenzeit war, gesellte ich mich zu Deon.

Er hatte einen Kumpel namens Gottlieb (ja, ernsthaft!) im Schlepptau, mit dem er herumalberte. Um die Lautstärke zu reduzieren, die Halbwüchsigen auf ihre Pflichten hinzuweisen und um meiner einzigen Aufgabe an diesem Nachmittag nachzugehen, legte ich lässig jeweils einen Arm um die Schultern der Jungs.

»Na, Jungs! Was sagt euer Hausaufgabenheft?«

»Wir müssen einen Menschen zeichnen«, ließ mich Deon wissen. Sein Kumpel lachte. So, wie es Jungs in diesem Alter eben tun.

»Einen Menschen zeichnen?«

Die Hausaufgabe wirkte irgendwie absurd.

»Jap. Für Kunst«, bestätigte Gottlieb, »ich hab's! Wir zeichnen dich!«

Kaum hatte er diesen glorreichen Einfall ausgesprochen, saß ich auch schon auf einem viel zu kleinen Plastikstuhl und diente zwei vorpubertären Jungs als Modell. Immerhin hatte Mekuu mich schick frisiert.

Deon schenkte mir eine ziemlich große Nase. Auf Gottliebs Kunstwerk glich mein Oberkörper dem eines Bodybuilders. Meinen Beinen fehlten die Knie. Stolz rannte ich mit den beiden Werken zu Henrik, der mit Chantelle versuchte, Planeten ihren richtigen Namen zuzuordnen.

»Guck mal! Wer von den beiden bin ich?«

Henrik musterte die Bleistiftzeichnungen, dann mich. Und lachte herzlich los. Chantelle tat es ihm gleich.

»Du bist definitiv die mit dem mega Bizeps!«

Er zeigte einen Daumen nach oben zu den Jungs hinter mir, ohne dass er wusste, wer der Urheber war.

Am Abend recherchierte ich den Namen Mekuu, da ich mir nicht sicher war, ob es sich vielleicht um eine Abkürzung handelte. Mir wurde warm ums Herz, als ich las, dass der Name dieses so außergewöhnlichen Mädchens so viel wie *freiheitsliebend* oder *Freigeist* bedeutet.

Der Wecker klingelte um 05:30 Uhr. Erschrocken sprang ich aus unserem Stockbett, dessen untere Etage Henrik und ich uns teilten, und schlüpfte in meine Klamotten. Es war Montag. Bereits beim Wegstreifen der Decke merkte ich, dass es bitterkalt war. Die gesamte zweite Woche hatten wir die Frühschicht. Gleich würden fünfundzwanzig wilde Winzlinge um uns zwei herumspringen und wir all unsere Nerven zusammennehmen müssen, um ihnen den Buchstaben »D« näherzubringen. Dass wir Sara, Iana, Hilma und Linda letzte Woche beim langen Schichtwechsel bereits über die Schulter geschaut hatten, half mir gerade überhaupt nicht. Ich war extrem aufgeregt und hatte eine unruhige Nacht hinter mir.

So sehr ich stets bemüht bin, Geschehnisse aus einem positiven Blickwinkel zu betrachten, war unser erster Tag mit der Kindergartentruppe keiner, den ich auch nur ansatzweise schönreden kann. Stattdessen hielt er einen Hauch Ernüchterung, eine Hand voll Frust und eine satte Portion Überforderung bereit.

Wenn ich eine Beobachtung an mir selbst erneut festhalten kann, ist es, dass ich nicht in der Lage dazu bin, Dinge zu tun, die gegen meine Überzeugung sprechen.

Als uns die kleinen Rabauken im Speisesaal tollend mit einem lauten »Tshitsha« in Empfang nahmen, ahnten wir noch nicht, was die Rotzlöffel heute mit uns anstellen sollten.

Während ich in der Küche stehend meine Kaffeetasse eng umschlungen vor meine Nase hielt, um mich zu wärmen, forderte

Memedina uns auf, die Milch auf dem Herd im Auge zu behalten. Hilma teilte derweil einen Haferriegel nach dem anderen in zwei und verteilte sie in die kleinen bunten Plastikschälchen, um sie gleich den Kids zu servieren. Ich rührte fleißig die Milch und beobachtete argwöhnisch, wie Hilma anschließend einen gehäuften Teelöffel Zucker pro Portion hinzufügte.

»Was ist los mit dir? Überrascht?«, pflaumte mich Memedina von der Seite mit ihrer VfB Stuttgart Wollmütze an. Mein Blick schien mich wieder einmal verraten zu haben. Am Abend zuvor hatte mein HSV das entscheidende Relegationsspiel für den Aufstieg in die erste Bundesliga verloren. Ausgerechnet gegen Stuttgart. Und wie es sich für einen emotionalen Fußballfan gehört, bin auch ich nicht vor einem Mindestmaß an Aberglauben gefeit. *Hätte Memedina nicht die ganze Zeit diese Mütze an, hätte der HSV gewonnen!* Wenn sie gewusst hätte, dass sie mich gerade doppelt provozierte.

»Hmm … ja«, zögerte ich vor Respekt, »wieso so viel Zucker?«

»Weil die das sonst nicht essen!«

Ich hielt meinen Satz vor dem Verlassen meiner Lippen gerade noch so unausgesprochen fest: »Dein Pap essen sie ja auch ohne Salz.«

Vermutlich hatte Memedina mich spätestens in dem Moment gefressen, indem sie wiederum insgeheim dachte: »Was will die eigentlich? Isst kein Fleisch und will uns hier noch den Zucker ausreden, oder was?«

Während Opuwo und Co. ihr Zuckerfrühstück verschlangen, verschaffte ich mir etwas Abstand, indem ich Linda bei der Vorbereitung des Klassenraums helfen wollte.

Zu meiner Verwunderung stellte ich fest, dass weit und breit noch keine Spur von Linda war. *Nein!* Innerlich seufze ich. Das bedeutete, dass Henrik und ich nun fünfundzwanzig Kleinkinder allein unter Kontrolle halten mussten. Gerade setzte ich an, Henrik die Hiobsbotschaft mitzuteilen und mit ihm einen Plan auszutüfteln, da brachte Memedina mit ihren markerschütternden »Be-quiet-and-sit-down«-Rufen mein Gehör beinahe zum Platzen.

Die Kleinkinder wurden zusehends unruhiger. Seit über einer halben Stunde verbot Memedina ihnen rauszugehen und ihrer Energie freien Lauf zu lassen. Ich wertete das auch als Zeichen des Misstrauens gegenüber uns und unserer Durchsetzungskraft. Währenddessen bettelte der hyperaktive Conjeni an meinem Bein hängend: »Tshitsha! Go out and play!«

Unsere Mitbewohnerin Hilma, die ein sehr gutes Verhältnis zu Memedina pflegte, aber in ihrer Art um Längen zurückhaltender ist, holte mich an ihre Seite.

»Ich bleibe heute bei Memedina in der Küche. Ihr macht den Unterricht allein. Ist ja alles gut vorbereitet. Das macht ihr schon gut!«

»Okay, Hilma. Aber lasst uns doch bitte jetzt mit den Kids rausgehen und die Aufwärmspiele machen, bis Linda endlich da ist«, flüsterte ich resigniert und hoffnungsvoll zugleich.

Hilma schaute verlegen rüber zu Memedina, die mit verschränkten Armen und ernstem Blick auf die Kleinen herabschaute. Sie nickte kurz.

Kaum hatte ich zur erfreulichen Ansprache an die Kinder angesetzt, sprangen alle wie von der Tarantel gestochen schreiend auf und drückten uns förmlich gegen die Tür. Meine lauten und deutlichen Anweisungen, dass sich alle einen Meter nach hinten und in eine Reihe stellen sollten, da wir sonst die Tür nicht aufbekommen würden, scheiterten. Natürlich. Also musste Memedina wieder ihre markerschütternde Stimme hervorholen und gefälligst zu Respekt gegenüber uns aufrufen.

Unser spontanes Dreierlei an Aufwärmübungen mit Kniebeugen, auf der Stelle laufen und Sprüngen funktionierte dafür hervorragend. Wir hatten die wilde Bande auf unserer Seite. Von Linda war allerdings noch immer weit und breit keine Spur.

Dann verstand ich, wieso. Als ich einen Ball zur Überbruckung der Zeit holen wollte, hörte ich meinen Namen am dahinter liegenden Zaun. Ich folgte den Rufen und bemerkte, dass Linda mit den Händen am Gestänge vor verschlossener Türe stand. *Wer hat denn das verdammte Tor abgesperrt? Meine Güte, der Tagesstart ist aber alles andere als rund.*

Die Hoffnung, dass sich das Chaos durch Lindas Ankunft beruhigen würde, zerschlug sich schnell. Denn auch sie schien am heutigen Tag maßlos überfordert.

Fünfundzwanzig Kleinkinder schrien wild durcheinander, schleppten Plastikstühle von A nach B, zogen ihre kaputten Flipflops an die Hände, rannten, kämpften und reagierten mit noch lauteren Schreien, wenn sie von Linda schreiend aufgefordert wurden, still zu sein.

»Anders geht es nicht. Du musst auch Schreien und deine Autorität beweisen«, forderte mich Linda von der Seite auf, schlug anschließend fest dreimal mit dem Lineal auf den Tisch und traf beinahe die Finger von Conjeni, der es heute besonders faustdick hinter den Ohren hatte.

Bei der nächsten Gelegenheit sprang ich über meinen Schatten, auch wenn ich die Methode hinterfragte. Ich wollte nicht hilflos und schon gar nicht tatenlos wirken. Heraus kam nicht mehr, als ein krächzender Ton, der sich so angehört haben musste, als sei ich im Stimmbruch, begleitet von einem stechenden Schmerz im Hals.

Kein Wunder, wenn ich seit einer Woche angehustet werde, meine Finger von Bakterien ummantelt sind, wenn ich Uzuvira und ihre Freunde davor bewahre, dass ihnen ihre eigene Rotze in die kleinen Münder läuft.

Henrik erklärte die heutige Aufgabe.

»Heute gibt's einen neuen Buchstaben! Na, weiß jemand, welcher Buchstabe das ist? Genau, ein D!«

Er meisterte die Herausforderung mit Bravour! Für eine Minute hörten die Kids sogar einigermaßen gebannt zu und beteiligten sich am Sammeln von Wörtern mit D. Ich präparierte in der Zwischenzeit die Arbeitsblätter für jedes einzelne Kind. Selbstverständlich hatte ich bereits am ersten Tag im Kindergarten alle Namen, inklusive Ngatu und Linenkela, fehlerfrei drauf. Selbstverständlich nicht.

Also fragte ich jeden Fratz nach dem Namen und schrieb das auf, was ich eben verstand. Für diese grandiose Improvisationsleistung konnte ich mir von Linda, die ratlos dabei war, die Arbeitsblätter in die persönlichen Ordner der Kinder einzusortieren, anschließend einen weiteren Seitenhieb einholen.

»Netter Versuch.«

Mich beschlich das Gefühl, dass heute die ganze Welt gegen mich war. Nachdem die vergangene Woche so gut gelaufen war, ich mich bei Mammadù wohlgefühlt und ich in mir selbst einen enormen Fortschritt zu meiner Zeit in Tankarpata gespürt hatte, wollte ich heute am liebsten das Handtuch werfen. *Warum um Himmels Willen tun wir uns das hier an?* Ich wusste es natürlich. Und ich wusste auch, dass mein extremes Down heute aus der Emotion und der Erschöpfung heraus resultierte.

Den Rest des Tages schien mein Geist meinen Körper verlassen zu haben. Ich war ununterbrochen am Gähnen, energielos und hundemüde. Nach Feierabend telefonierte ich in der Nachmittagssonne liegend mit Mama, der ich mein Herz ausschüttete.

»Mama, ich kann nicht mit dem Lineal auf den Tisch hauen oder von oben auf sie herabschreien. Iana hat erzählt, dass Kinder beim Familienessen immer ganz zum Schluss essen dürften und das schlechteste Fleisch bekämen. Das ist der normale Umgang in Namibia und sie musste sich auch daran gewöhnen. Aber was soll ich tun? Und wer bin ich, nach Namibia zu kommen, vermeintlich bessere Lehrmethoden zu predigen und den hier augenscheinlich normalen Umgang zu hinterfragen? Ich bin nicht mal Lehrerin. Nicht mal Mutter.«

Das freie Wochenende nutzten wir, um an unseren Kundenprojekten zu arbeiten. Unsere To-Do-Liste war rappelvoll, denn wir hatten nicht nur aktuelle Deadlines einzuhalten, sondern auch alles im nächsten Monat Anstehende entsprechend vorzuarbeiten. Nächste Woche schon sollte schließlich unser Roadtrip durch die endlosen Weiten Namibias starten. Der Geländewagen war zwar fix, doch eine Route mit gebuchten Campingspots schien in weiter Ferne. Was wir jedoch schon festgelegt hatten: Der Trip würde an der Grenze zu Botswana enden. Und wir würden nur selten

Zugang zu Internet haben. Kein Internet. Keine Arbeit. Kein Geld. Stattdessen würde sich noch mehr Material in Form von Fotos, Videos und Berichten aufstauen. Henrik trieb mich einmal mehr in den Wahnsinn, indem er mich zum vierten Mal in vier Wochen nach einer ausführlichen Anleitung für die Bearbeitung eines Kundenauftrags fragte. Dreimal hatte ich mich geduldig neben ihn gesetzt und den Prozess gemeinsam mit ihm durchlaufen.

»Ey, sag mal! Wie wäre es, wenn du dir zur Abwechslung mal etwas merken würdest? In der Zeit, in der ich dir das zum hundertsten Mal erkläre, hätte ich es schneller selbst gemacht. Ich bin doch selbst gerade mitten in einem Artikel!«

»Ich bin erkältet! Mir geht es scheiße. Wie wäre es, wenn du zur Abwechslung mal wertschätzt, dass ich überhaupt etwas beitrage?«

Ich war wütend. Sehr wütend. Schließlich war ich diejenige, die seit Jahren den Grundstein dafür gelegt hatte, ein eigenes kleines Unternehmen aufzubauen, das uns mittlerweile dieses Leben überall auf der Welt einigermaßen finanzieren konnte. Ich vergrub meine Wut ganz tief, noch bevor sie sich ein Ventil suchte. Eigentlich keine meiner Stärken. Doch wir mussten heute noch ein gutes Team abgeben. Schließlich stand heute das langersehnte Charity-Event an.

Wir hatten Mimma den Vorschlag gemacht, das Ereignis, für das alle wochenlang geübt hatten, mit unseren Kameras festzuhalten und einen kleinen Film zu produzieren. Diesen wollten wir nächsten Freitag an unserem letzten Tag auf dem alten Fernseher in Otjomuise abspielen. Mimma, Sara und Iana fanden unsere Idee brillant.

Der Himmel strahlte in herrlichem Azurblau an diesem Samstag in Windhoek. Das Haus der Volunteers war bereits seelenleer. Unser Zeichen, unser Equipment zu packen und uns auf den Weg ins Amphitheater, einer Freiluft-Eventlocation im Zentrum, zu machen.

Dort angekommen, bereitete sich Sara hinter der Bühne bereits auf ihr Debüt als Moderatorin vor. Es hätte keine bessere Rolle für sie geben können.

Toshi stimmte ihre Gitarre und testete den Sound. Iana befand sich überall. Dieser Tag war vor allem ihr Verdienst. In den letzten Wochen hatte sie jede freie Minute genutzt, um selbstgemalte Flyer in Kirchen zu verteilen und die Straßenlaternen Windhoeks zu plakatieren. Alles für Mammadù. Alles, um den Kids aus Otjomuise eine Bühne und eine Stimme zu geben.

Henrik filmte bereits testweise ein paar Sequenzen – er war für das Bewegtbild verantwortlich. Ich schraubte ein anderes Objektiv auf meine Kamera und checkte die letzten Einstellungen, als ich mich plötzlich in einer festen Umarmung von hinten wiederfand.

»Mekuu!«, stieß ich hervor, ohne dass ich sie sehen konnte.

Ich drehte mich um und stand vor einem herausgeputzten Mädchen in schicker Jeans und schwarzem T-Shirt.

»Wow! Toll siehst du aus!«

Chantelle und Rosemary stießen dazu – ebenfalls in Jeans, aber in weißen T-Shirts. Ihre Augen strahlten mit der Sonne und den aufgeklebten Sternen auf ihrer Haut um die Wette.

»Ihr seht alle wunderschön aus! Wie geht's euch? Seid ihr aufgeregt?«

»Ja, ziemlich …«, murmelte Chantelle und blickte dabei verlegen unter sich, »aber bis jetzt sind noch nicht so viele Leute da.«

Sie hatte Recht. Das Konzert sollte in einer Viertelstunde beginnen und noch waren lediglich zwei Reihen der Ränge stellenweise besetzt.

»Ach, macht euch keinen Kopf! Ihr habt so viel gemeinsam geübt. Das wird der Hammer!«

Die große Kamera in meiner Hand blieb natürlich nicht lange unbemerkt. Zur Ablenkung kurz vor dem Auftritt ihres Lebens machten wir ein kleines Foto-Shooting, bis Toshi alle Sängerinnen und Sänger hinter die Kulisse rief.

»Weeeelcome everybody to our Mammadú Conceeeert!«, rief Sara mit ihrer kratzigen Stimme und ihrem unverkennbaren italienischen Slang elanvoll ins Mikrofon. Ihre lockigen rotgefärbten Haare standen heute besonders wirr zu Berge. Ich blickte kurz hinter mich auf die Ränge. Noch immer rar besäht. Dafür machte das kleine Publikum, das seinen Weg hierher gefunden hatte, ordentlich Lärm. Auch Fidel war dabei.

Bei Saras motivierenden »Let's go! Let's go! Let's gooo!«-Rufen konnte auch ich als Fotografin mir einen lauten Jubel nicht verkneifen. Und nun standen sie da oben auf der Bühne. Unbeschreiblich stolz und angespannt zugleich. Die Aufmerksamkeit gehörte die nächste Stunde nur ihnen. Toshi setzte zum ersten Schlag auf ihrer Gitarre an:

»Woke up this morning, wash my face. Thank God, I'm alive today.

Worked on my dreams, as the day begins. Thank God, it's a brand new day.

To be alive today, to be with love everyday. What a blessing, yeah! He gives us blessings everyday!«

Es saß nicht jeder Ton. Doch darum ging es auch nicht. Es ging um die Gemeinschaft. Im Gegensatz zu all den Proben in den letzten Wochen lachte niemand jemanden aus, der seinen Einsatz verpasste oder mit einer anderen Strophe fortfuhr. Immer wieder hatte Toshi bei den chaotischen Proben gefragt:

»Are we together?« Das waren sie heute.

Keine Reibereien zwischen Ovambos und Hereros, die sich aufgrund ihrer familiären Herkunft gelegentlich bösartig zankten. Alle waren einfach Mammadù-Kids. Den Abschluss machte Michael Jackson's Heal the World.

»Heal the world, make it a better place,
For you and for me and the entire human race,
There are people dying,
If you care enough for the living,
Make a better place for you and for me.«

Den Abend verbrachten wir bei Ilse. Nachdem wir sie über unserem näher rückenden Abschied aus Windhoek informiert hatten, lud sie ein paar Bekannte und die aktuellen Mieter ihrer Zimmer ein und organisierte ein kleines Grillfest. Es war ein wunderbarer Abend mit einigen Gläsern Rotwein, vielen Lachmomenten und Ilses köstlicher vegetarischer Spinatquiche.

Die kleine Uzuvira lag heulend in der Ecke, als wir früh zu unserer Spätschicht an unserem letzten Tag in Otjomuise kamen.

»Was ist denn passiert?«, fragte ich Iana, die sich in diesem Moment nicht um Uzuvira scherte, zu beschäftigt mit dem Zahnbürstenverteilen an die anderen Rabauken.

»Keiner weiß, was sie hat. Sie redet nicht.«

Ich hob das zusammengekauerte Mädchen hoch und drehte sie in meine Richtung. Sie presste die Augen zusammen. Ihr zartes Gesicht war vollkommen verschmiert. Eine Mischung aus salzigen Tränen und schleimigem Rotz. Auch mir wollte sie keine Antwort auf ihren offenbar dramatischen Gemütszustand geben. Ich brachte es nicht über das Herz, sie zu ignorieren und zu warten bis sich ihre Laune wieder beruhigt hatte. Und ich hatte Zeit. Also setzte ich mich mit ihr auf die kleine Treppenstufe, wo wir lange in enger Umarmung verweilten.

Offenbar war es genau das, was sie gerade brauchte. Uzuviras Schluchzen wurde allmählich seltener. Bis sie schließlich ihre Freundinnen hörte, wie sie auf den Schaukeln einen Heidenspaß hatten. Voller Energie sprang sie ruckartig auf und rannte lautlos gen Spielplatz. Auf Knopfdruck war dem verzweifelten, traurigen Blick ein freudiges Lachen gewichen. Ich blickte ihr perplex nach und murmelte in mich hinein.

»Bitteschön, Uzu.«

In jeder Stunde, die wir heute in Otjomuise verbrachten, lag Wehmut. Für einen Moment saß ich einfach nur auf dieser kleinen Treppenstufe, beobachtete und spürte, wie Dankbarkeit alle Fasern meines Körpers erfüllte. Vielleicht hatten wir einen winzig kleinen Teil dazu beigetragen, diese Welt – zumindest den Kosmos der Kids hier in Otjomuise – zu einem besseren Ort zu machen.

Zur Feier des letzten Tages hatte ich meine Kamera nochmal mitgebracht, um Gruppenfotos zu schießen. Zu meiner Überraschung begegnete mir Memedina in der Küche sogar mit einem freundlichen Strahlen im Gesicht.

»Wie schön, dass du heute Fotos hier machst. Finde ich richtig toll!«

Wow! Hatten wir es tatsächlich geschafft, Memedina zu knacken?

Am späten Nachmittag – die tiefstehende Sonne legte den staubigen Fußballplatz mit netzlosen Toren in ein warmes Licht – verkrümelte Henrik sich in den zweiten Klassenraum, der über einen Fernseher verfügte, um abschließend unseren Film und all die Fotos zu präsentieren. Ich hielt derweil Wache, damit die Überraschung perfekt werden würde. Zwar war ich bereits während der Fotoshootings letzten Samstag zahlreiche Versprechen eingegangen, die Ergebnisse den Kids zukommen zu lassen, doch mit einem Film hatte niemand gerechnet.

Kaum hatten wir auf den Play-Knopf gedrückt, ging ein staunendes Raunen durch den kleinen Raum. Manche hielten sich die Hände vor den Mund, manche lachten, manche sprangen sogar vom Stuhl. Auch Toshi war nochmal nach Otjomuise gekommen, um im Anschluss an den Film die Zertifikate für die Gesangkurs-Teilnahme zu vergeben.

Henrik lächelte mir von der anderen Seite des Raumes nickend zu. Ich schloss kurz die Augen und erwiderte sein Lächeln. Gänsehaut legte sich über meine Arme.

Es war an der Zeit, nach Hause zu gehen. Vor dem stählernen Tor drückten wir nacheinander alle Kids und Bald-Erwachsenen innig. Ich verabschiedete mich von Chantelle, von Rosemary, von

Gottlieb und allen anderen, die wir die letzten drei Wochen jeden Tag gesehen hatten. Mekuu hatte ich mir bis zum Schluss aufbewahrt. Sie hatte Tränen in den Augen. Ich drückte ihren Kopf sanft an meine Schulter und flüsterte ihr ins Ohr:

»Ich werde dich nie vergessen!«

Sie kramte einen kleinen Zettel aus ihrer Hosentasche.

»Das ist meine Handynummer. Kannst du mir bitte schreiben und mir erzählen, wie es anderswo in Namibia ist? Im Süden, im Norden. Ich will alles wissen!«

Ich klemmte ihren Zettel in meine Handyhülle und blickte ihr tief in die Augen.

»Na, klar!«

Beinahe wäre ich all diesen liebenswerten Persönlichkeiten nicht begegnet. Beinahe hätte ich meinen intrinsischen Wunsch, das Leben in Namibia wirklich zu verstehen, meine Privilegien abzulegen und einen Teil zum positiven Fortschritt der Kinder beizutragen, ganz tief begraben, weil ich Angst davor gehabt hatte, als *White Saviour* zu gelten. Als jemand, der aus einer global privilegierten Rolle mitleidig auf den armen Süden blickt und sich berufen fühlt, Gutes zu tun. Als jemand, der damit rassistische Narrative verstärkt.

Kurz vor unserer Abreise nach Afrika war ich eines Abends auf den Begriff White Saviourism Complex[5] gestoßen. Anschließend hatte ich mich verletzt gefühlt, verloren, hatte mich selbst aufs Tiefste hinterfragt und verurteilt. Denn wenn ich eines mit

---

[5] Der Begriff wurde vom nigerianisch-amerikanischen Schriftsteller Teju Cole geprägt.

meiner freiwilligen Arbeit nicht wollte, war es das. Doch aus rationaler Sicht und aus anti-rassistischer Haltung habe ich den Ansatz nie wirklich nachvollziehen können und tu es heute noch weniger, auch wenn ich mich als Weiße vermeintlich nicht in die Rolle hineinversetzen kann.

Dennoch sollten wir uns dazu alle einmal folgende Frage stellen: Was würde passieren, wenn es keine interkulturellen Begegnungen mehr geben würde? Wenn jeder – ob weiß, ob schwarz – sein eigenes Süppchen kochte? Wenn es keine Hilfsbereitschaft, keinen Einsatz für gute Zwecke mehr gäbe? Wenn ich Mekuus, Josias oder Memedinas Perspektive auf die Welt und ihre eigene Wahrheit nicht erfahren würde? Oder sie nicht meine? Wäre die Welt dann nicht viel rassistischer?

14 | EISESKÄLTE

Henrik | »Uff, endlich fertig!« Schweiß perlte mir von der Stirn, als ich mich erschöpft in den Campingstuhl fallen ließ. Nun war endlich alles bereit, aber gekocht und geduscht hatten wir noch nicht, und die Dämmerung setzte bereits ein.

»Ein ganz schöner Akt, den wir da jetzt jedes Mal bewältigen müssen. Aber es dauert bestimmt nur am Anfang so lange«, meinte Hannah hoffnungsvoll.

Gefühlte Stunden hatten wir, nach ohnehin schon anstrengender Fahrt, rumhantiert, bis der große Geländewagen an Ort und Stelle ausgerichtet, der Laderaum entstaubt sowie das Dachzelt aufgebaut war. Dort standen wir nun mitten im roten Sand der Kalahari-Wüste im Grenzgebiet zwischen Südafrika und Namibia. Mit einer ordentlichen Portion Wehmut nach herzergreifenden Abschieden von all unseren Freunden in Windhoek, von Sara, Iana, den Mammadù Kids und von Ilse im Gepäck. Doch vor uns lag nun die erste Station unseres Camping-Roadrips.

32 Tage. Ein Geländewagen mit Dachzelt. Nur wir beide und die unendlichen Weiten Namibias. Klingt romantisch, oder?

Wir befanden uns auf einem Stellplatz, komplett ohne Strom und Internet, mit einigen Zebras und Antilopen, die auf dem ausgetrockneten Flussbett vor uns herumtollten, sowie nur einem weiteren Geländewagen allein auf weiter Fläche. Neben einer Menge Platz hatten wir auch einen überdachten Waschraum mit Toilette, Dusche und Waschbecken ganz für uns.

»So dann mal an die Gaskocher und los! Ich habe ziemlichen Kohldampf und du möchtest bestimmt noch im Hellen duschen«, sagte ich zu Hannah und holte die Streichhölzer.

Einer der größten Vorteile unserer Ausrüstung waren zwei große Gasflaschen mit entsprechender Vorrichtung, um Topf oder Pfanne oben drauf zu platzieren. Zwei Herdplatten parallel waren ein Game Changer in der Campingküche.

»Magst du es nicht direkt mal versuchen?«

Mit einem schelmischen Grinsen hielt ich Hannah die Streichhölzer hin. Vor Gasherden hatte sie einen Heidenrespekt, seitdem sie in Argentinien, auf einer unseren früheren Reisen, einmal eine beachtliche Stichflamme ausgelöst und fast die Küche abgefackelt hatte.

»Schau mal, hier drehst du das Ganze auf. So kann man gut dosieren. Und dann einfach das Streichholz anzünden und dranhalten.«

Zisch, ein blauer Flammenring erschien.

»Ok, du Besserwisser! Dann mach ich das jetzt einfach«, entgegnete sie meinem Necken energisch und schritt zur Tat.

Zwar brauchte sie das ein oder andere Streichhölzer mehr, weil sie anfangs doch recht zögerlich das Gas aufdrehte, aber wenige Sekunden später war auch ihre Flamme bereit. Zufrieden mit ihrem Werk schaute sie mich stolz an.

»Klasse! Das Trauma wäre schonmal überwunden, jetzt können wir uns ans Essen machen.«

Der Rest ging zügig von der Hand. Wir hatten beim Start in Windhoek Nahrungsmittel für einige Tage eingekauft und nun den ganzen Laderaum voller Vorräte. An diesem ersten Tage entschieden wir uns mal wieder für Nudeln mit Chakalaka, auch in Namibia eine weitverbreitete, würzig-scharfe Saucenkomposition, die wir schon in Südafrika lieben gelernt hatten.

Klar war, die Kalahari-Wüste schmiss uns schonungslos ins afrikanische Campingleben. Als nächstes bestand nun die Herausforderung darin, Wasser für die Dusche zu erhitzen. Hannah hatte bei der Ankunft an der Rezeption, die einen Kilometer Fußmarsch entfernt lag, nachgefragt, ob wir warmes Wasser zum Duschen haben würden.

»Na, klar! Heizt einfach rechtzeitig den Donkey Boiler an. Holz liegt jeden Tag frisch parat.«

Donkey Boiler? Was ist denn ein Eselskocher?

In unseren Augen Fragezeichen, aber wir hatten uns nichts anmerken lassen. Jetzt erkannte ich, dass es sich um einen speziellen Kamin handelte, der mit Feuerholz gefüttert wird und das Wasser für die Dusche erhitzt. Also versuchte ich, mit unseren spärlichen Streichhölzern die Holzscheite zu entzünden. *Das wird so nichts, ich brauche Anzünder. Zuhause würde ich jetzt zur Zeitung greifen. Aber hier?*

Ich schaute mich um. Lange suchen musste ich nicht. In ein paar Metern Entfernung lagen kleinere Äste unter einem Baum. Als ich sie aufheben wollte, stieß ich außerdem auf goldenes Dünen-Gras. Beides staubtrocken. Es brannte perfekt. In Windeseile war das Feuer auf die größeren Scheite übergesprungen und nun loderte es kraftvoll unter dem Kessel.

»Meinst du, ich kann schonmal anmachen?«, rief Hannah aus der Dusche.

»Also das Feuer brennt heftig, aber gar keine Ahnung, wie lange es dauert, bis das Wasser warm ist und bei dir ankommt.«

Es dauerte und wurde maximal lauwarm. Trotz der Umstände war es eine Wohltat, den Dreck und Staub des Tages von sich abzurubbeln. Als ich aus der Dusche kam, die mit einer solarbetriebenen Lichtquelle ausgestattet war, trocknete Hannah ihre Haare am Feuer. Es war bereits stockdunkel. Ein Schauer lief mir über den Rücken. Auch Hannah hatte den Kälteeinzug bereits registriert. Die kalten Nächte in Windhoek hatten sich tief in unsere Erinnerungen eingebrannt.

»Weißt du, was ich mir jetzt gleich mache, bevor wir ins Zelt schlüpfen?«, fragte mich Hannah.

»Nee, keine Ahnung«, antwortete ich mit gespieltem Unwissen.

»Blödi, meine Wärmi natürlich! Mit der mummele ich mich gleich ein.«

Blödi – das bin ich. Wärmi – so nennt Hannah liebevoll ihre Wärmflasche, welche sie extra ins Reisegepäck gesteckt hatte. Jetzt war der Moment gekommen, wo sich dies auszahlen würde. Ich für meinen Teil legte mir lediglich einen Pullover bereit, den ich mir überziehen würde. Ein wenig später kuschelten wir uns erschöpft, aber glücklich in unserem Dachzelt zusammen und lauschten auf dem Weg in den Schlaf den neuartigen, immer lauter werdenden Geräuschen.

Die ersten Sonnenstrahlen bahnten sich vorsichtig den Weg durch das Netz des Zeltes. Ich hatte kaum ein Auge zugetan.

»Hast du das auch gehört? Dieses Schaben, dieses Reiben am Zelt?«, fragte ich Hannah direkt.

Lange hatte ich wachgelegen, hatte sie aber nicht wecken wollen.

»Keine Ahnung, was du meinst. Ich habe vieles gehört.«

»Ja, aber der Sound klang wirklich auffällig. Da war irgendwas direkt am Zelt. Mehrfach.«

Ich überlegte noch kurz, dann äußerte ich meine Vermutung.

»Sag mal, hier gibt es doch auch Giraffen oder? Vielleicht hat eine heute Nacht an unserem Zelt geknabbert.«

Hannah prustete los.

»Eine Giraffe? An unserem Zelt? Du spinnst ja wohl. Ich glaub, du hast einfach komisch geträumt.«

Ich fühlte mich nicht ernstgenommen, hatte ich doch gelesen, dass es hier durchaus Giraffen geben sollte. Für den Moment beließ ich es dabei, denn heute stand etwas Außergewöhnliches auf dem Plan.

An diesen Ort waren wir extra für die Kalahari-Löwen gekommen. Eine spezielle Gattung, die sich auf besondere Art und Weise den widrigen Bedingungen der Wüste angepasst hat. So kann sie bis zu zwei Wochen komplett ohne Wasser auskommen. Diese und viele andere Infos hatte unsere Recherche ergeben. Ein anderer Fakt wurde auch leider direkt vor Ort bestätigt.

»Aus Gründen wie Trockenheit, fehlender Beute, fehlendem Schutz durch ausbleibenden Tourismus während Corona und vielem mehr sind von einem im Jahr 2018 noch 25-köpfigen Löwenrudel heute nur noch fünf Löwen hier im geschützten Gebiet übrig. Davon nur noch ein Männchen. Der Fortbestand an dieser

Stelle ist extrem gefährdet«, hatte uns Nelson, unser Guide, bereits gestern wissen lassen.

Da diese Löwen zu ihrem Schutz mit GPS-Trackern ausgestattet wurden, war es dafür sehr wahrscheinlich, sie zu finden. Wenn nichts dazwischen kommen würde …

Also starteten wir früh am Morgen, um uns auf die Spuren der letzten Kalahari-Löwen zu begeben. Nelson holte uns mit seinem braunen Safari-Jeep ab, ein älteres Paar war auch mit an Bord. Zu Beginn führte die Strecke weg vom Campingplatz über sandige Wege vorbei an Dornensträuchern und Akazien.

»Die Kalahari ist ziemlich steinig und bewachsen, daher eher eine Halbwüste. Ganz anders als die Namib im Westen«, klärte uns Nelson auf, während er das Gaspedal penetrierte.

Mal begegneten wir Springböcken, dann schaute plötzlich eine Erdmännchen-Familie aufgeregt aus ihrem Bau. Doch Nelson hielt kaum inne und bretterte weiter. Nur selten stoppte er, um seine große Antenne rauszuhalten und das GPS-Signal der Löwen zu checken.

Nach einer knappen Stunde kamen wir im Löwenschutzgebiet an. Plötzlich bog Nelson völlig unvermittelt ab. Ab jetzt ging es querfeldein über Stock und Stein oder eher über Dünen und Büsche. Stand ein solcher im Weg, wurde er von Nelson einfach plattgewalzt. Hannah döste immer noch in eine Decke eingepackt vor sich hin. Es war gerade mit dem Wind immer noch extrem kalt und die aufkommende Sonne sorgte nur langsam für wohlige Wärme.

»Ui, das geht aber rund hier!«, rief ich ihr durch den starken Fahrtwind des offenen Wagens zu.

»Ja, ich finde der übertreibt ein bisschen. Aber er wird schon wissen, was er tut«, erwiderte sie.

»Ich hoffe nur, wir finden diese Löwen. Scheinen ja besonders weit weg unterwegs zu sein heute«, äußerte ich zweifelnd.

Nelson bot uns mittlerweile wirklich eine wilde Fahrt, über sandige Dünen ging es rauf und runter und …

Roooommmm. Die Reifen drehten durch. Immer tiefer und tiefer gruben sie sich in den weichen Sand. Wir hatten uns festgefahren! Mitten im Löwengebiet!

Nelson stieg aus, packte in aller Ruhe die Schaufel, die an jedem dieser Jeeps für solche Situationen angebracht war, und begann zu buddeln. Anfangs sollten wir sitzen bleiben, doch als er mehrfach scheiterte, uns freizufahren, mussten irgendwann alle aussteigen. Schließlich würde der Wagen dann leichter.

»Keine Angst, die Löwen dürften noch ein gutes Stück weg sein«, versuchte er uns vergeblich zu beruhigen, nachdem er einen weiten Blick über die Savanne hatte schweifen lassen. Zögerlich und ziemlich beunruhigt stiegen wir aus.

»Ich muss so dolle! Meinst du ich kann mal eben?«, flüsterte Hannah mir zu.

»Das kann ich dir nicht sagen. Da musst du schon ihn fragen«, antwortete ich und wies auf Nelson. Hannah schlurfte herüber, um anschließend einige Meter entfernt im Busch zu verschwinden, während ich mich auf die Lauer legte und genauestens die Umgebung scannte.

»Pass‘ besser auf, nicht dass ihr gleich ein Löwe in den Hintern beißt«, spaßte der ältere Herr neben mir. Im Gegensatz zu uns war das andere Paar erstaunlich ruhig. Er hatte wohl schon so manches Safari-Abenteuer in ganz anderen Gefilden überlebt, wie er uns wissen ließ.

Immer wieder buddelte Nelson, rannte zum Cockpit und gab Gas. Vergebens. Nach über einer Stunde Hin und Her waren wir eher noch mehr eingesackt. Nelson kam nun zu dem Entschluss, dass er Unterstützung in Form eines anderen Jeeps anfordern müsse, der uns dann rausziehen könnte. Doch jetzt streikte auch noch die Funkverbindung. Es dauerte und dauerte, bis er endlich Antwort bekam.

»Das wird aber auch allerhöchste Zeit, sonst wird das hier heute nichts mehr«, meinte ich zu Hannah.

Nelson hatte erstaunlich lange nicht mehr nach den Löwen geschaut. Um die innere Unruhe zu bekämpfen, wurden in der Wartezeit Instant-Kaffee und Kekse gereicht. Irgendwann kam endlich Hilfe. Aber es brauchte nochmal etliche Abschleppversuche, bis es endlich weitergehen konnte.

Und dann war es so weit. Nur wenige Hügel später trafen wir auf alle fünf verbliebenden Kalahari-Löwen. *Sie waren wirklich die ganze Zeit in der Nähe!* Wir erkannten, wie real das Risiko einer unfreiwilligen Begegnung wirklich gewesen war. Majestätisch lagen sie da. Besonders das Männchen war eine ziemliche Erscheinung, wenn auch bei Weitem nicht so furchterregend wie unsere erste Bekanntschaft im Kruger. Dieses Exemplar schien eher sanft, geschmückt mit einer prächtigen, dunklen Mähne.

In diesem Moment öffnete er sein Maul und fletschte seine Zähne, um aus vollem Herzen zu gähnen. Ein unglaublicher Anblick, eingefangen von unseren Kameras. Glücklicherweise ließen sich die Löwen weder durch die tausenden Fliegen, die um sie herumschwirrten, noch durch uns aus ihrer stoischen Ruhe bringen.

»Ein absolut typisches Verhalten. Wegen der Hitze sind die Löwen hauptsächlich in den Abend- und Morgenstunden aktiv«, klärte uns Nelson auf.

»Wenigstens die Löwen schätzt er richtig ein, wenn schon nicht seine Fahrkünste«, raunte ich Hannah zu, deren Kamera heiß lief, da sie nur noch Augen für die großen Katzen hatte. Als ob die Besonnenheit der Löwen ansteckend wäre, machten wir in aller Seelenruhe sensationelle Aufnahmen aus allernächster Distanz. Dieses erste Namibia-Abenteuer hatten wir überlebt.

Den berühmten Fishriver Canyon im Süden ließen wir bewusst links liegen. Nicht nur, weil dieser lange Abstecher unseren ohnehin schon pickepackevollen Zeitplan gesprengt hätte, sondern auch, weil es dort nochmal kälter gewesen wäre. Vor unserem Roadtrip hatte man uns die Regel indoktriniert: Je südlicher desto kälter, je nördlicher desto wärmer!

Temperaturen um den Gefrierpunkt waren uns schon frisch genug für einen Campingtrip, daher ging es von der Kalahari direkt gen wilden Atlantik in die nächste Wüste, die Namib. Stundenlang fuhren wir durch unendlich leere Weiten, während die steinigen Hügel sukzessive sandigen Dünen wichen.

»Namibia ist ungefähr doppelt so groß wie Deutschland, hat dabei aber nur zwei Millionen Einwohner«, setzte ich das Ganze einmal in Verhältnis.

»Dass Namibia dünn besiedelt ist, war mir klar, aber das ist krass!«, entgegnete Hannah, die das Steuer übernommen hatte.

Ich hielt mir den Kopf und versuchte das schmerzhafte Pochen zu ignorieren. Als ob die ständig ruckelnde Fahrt über staubige Piste nicht schon genug Grund für Kopfschmerzen war, hatte ich mir gestern eine Platzwunde zugezogen. Ich hatte meine Nase wohl etwas zu tief in unsere Kühltruhe gesteckt und war prompt vom heruntersausenden Deckel bestraft worden, was eine klaffende und ordentlich blutende Wunde zur Folge hatte. Zum Glück hatten wir gute Pflaster dabei, so konnte ich Hannah gerade noch davon abbringen, mich ins nächste Krankenhaus zu fahren. Falls sie hier überhaupt eines gefunden hätte.

»Wie geht's eigentlich deinem Kopf?«

Als könne sie Gedanken lesen, erkundigte sich Hannah just in diesem Moment nach meinem Wohlbefinden.

»Brummt schon ein bisschen. Aber halb so wild, das wird schon. Hier vorne biegen wir jetzt ab!«

»Dann müssten wir ja gleich da sein.«

Wir näherten uns dem Campingplatz. Vor meinen Augen flirrte die Hitze. Weite, plane Ebenen links und rechts, dazu immer weniger Vegetation. In der Ferne erblickte ich ein paar Antilopen mit eleganten, lang geschwungenen Hörnern.

»Die sind neu, oder?«, testete ich unsere Antilopenexpertin.

»Das müssten Oryx-Antilopen sein. Für die ist die Region hier bekannt. Wirklich schön mit den Hörnern, oder?«, antwortete Hannah, wie immer top vorbereitet.

In der Namib-Wüste erwartete uns ein Stellplatz in völliger Einsamkeit. Einmal mehr bemerkten wir, anders als auf den meisten deutschen Campingplätzen, dass in Namibia nicht Zelt an Zelt steht.

Abends saßen wir im Stockdunkeln dick eingemummelt in unseren Campingstühlen, in der Hand einen stählernen Becher gefüllt mit Wein und schauten in die Ferne.

Es war schon wieder bitterkalt. Die Namib-Wüste ist bekannt für ihre extremen Temperaturunterschiede und auch deswegen kaum besiedelt. Totale Einöde, keine Menschenseele, absolute Ruhe. Ich atmete durch. Meine Kopfschmerzen hatten sich etwas beruhigt.

»Was für ein Ort!«, stellte Hannah ehrfürchtig fest.

Ich schwieg und genoss die totale Stille um uns herum. Da ertönte ein deutlich hörbares Rascheln hinter uns. Das Feuer hatte sich eben aus unerklärlichen Gründen einfach nicht entzünden wollen und so saßen wir hier ganz ohne Licht, ganz ohne Schutz. Langsam drehte ich mich mit der Taschenlampe der Geräuschquelle entgegen und erschrak, als mich ein Paar Augen anstarrten.

Ein Wüstenfuchs, der sich gerade über unsere Abfälle hergemacht hatte, blickte mir entgegen. Ich machte ein paar energische Schritte auf ihn zu, doch er wich kaum zurück. Auch auf Rufe und Lärm reagierte er nicht. Immer wieder kam er an. *Kann er uns gefährlich werden?*

Nach einiger Zeit gab ich auf und wir zogen uns lieber ins sichere Cockpit unseres Wagens zurück. Irgendwann verschwand der Fuchs wieder ins Dunkel der Nacht und wir trauten uns heraus. Nicht, um schlafen zu gehen – nein, an diesem Abend wollten wir, beziehungsweise Hannah, noch ein besonderes Phänomen fotografisch festhalten. Die Milchstraße. In Hluhluwe war ihr dies zum ersten Mal recht gut gelungen, aber hier waren die Bedingungen noch besser. Die Klarheit des Himmels, die totale

Dunkelheit und die Eiseskälte wirkten. Als wir in den Nachthimmel blickten, erstarrten wir ob des prächtigen Funkelns über uns. Selbst mit dem bloßen Auge erkannte man die Milchstraße bereits gut.

»Die Milchstraße wird mit dem menschlichen Auge nie so aussehen wie auf Fotos. Die Kamera ist in der Lage, deutlich mehr Licht aufzunehmen und damit eine Realität zu zeigen, die wir nicht in der Lage sind, wahrzunehmen. Bei Polarlichtern ist das ganz genauso«, hatte Hannah mir heute Mittag während der Fahrt abermals erklärt, damit auch ich nun Bescheid wusste und nicht wieder dachte, es sei alles das Ergebnis von künstlicher Bildbearbeitung.

Die notwendigen Voreinstellungen hatte sie noch einmal perfektioniert, denn als sie die Kamera vom Stativ schraubte, um mir das Ergebnis ihrer Langzeitbelichtung zu zeigen, blieb mir buchstäblich die Spucke weg.

»Krass. Was für eine Intensität. Wie machst du das?«

Vergeblich suchte ich den Himmel nach dem abgebildeten Ausschnitt und der violetten Farbe ab.

»Schön, oder?«

Glücklicher Stolz lag in ihrer Stimme.

»Die violette Färbung kommt übrigens von der Kälte. Ich zittere so sehr, also lass uns jetzt mal schlafen!«

In der Namib entschieden wir uns gegen weitere kostspielige Aktivitäten. Der Roadtrip als solcher mit dreistelligem Tagessatz an Miete für Wagen und Dachzelt schlug so schon ein brachiales Loch in unsere Reisekasse. Also absolvierten wir in buchstäblich atemberaubendem Ambiente einen kostenfreien Wüstenlauf, um uns anschließend im eisigkalten Pool der Lodge, zu dessen Gelände auch unser einsamer Stellplatz gehörte, zu erfrischen. Außerdem versuchten wir, in Ruhe zu entspannen, was uns wie immer schwerfiel.

Nach ein paar Tagen ging es weiter in die imposante Sandwüste nach Sossusvlei, hoch auf die riesige Big Daddy Düne, hin zu einem der wohl berühmtesten Fotospots Namibias: Deadvlei. Die Sonne brannte auf eine kleine, vertrocknete Pfanne inmitten gigantischer Dünen, aus der mystisch versteinerte, tote Bäume sprossen. Was für Bilder! Eindrücke über Eindrücke brannten sich in unsere Köpfe ein. Ein Highlight folgte dem Nächsten. Das Reisetempo hatte zwangsläufig wieder angezogen.

Wir hatten uns diesen Monat viel kosten lassen und doch kann ich mir beim besten Willen nicht vorstellen, wie wir Namibia in unserem alten Leben in noch weniger Zeit hätten bereisen sollen. Es konnte nicht immer Schlag auf Schlag weitergehen. Wir mussten nicht nur auch arbeiten, sondern vor allen Dingen alles *ver*arbeiten. Mehr denn je galt es, die richtige Mischung aus Aktivität und Regeneration zu finden.

15 | UPS, DIE PANNENSHOW

Hannah | Egal, in welchen Spiegel oder aus welchem Fenster unseres weißen Geländewagens ich blickte, meilenweit schien keine Spur menschlichen Lebens. Ockerbraune Felsen unterbrachen die sandige Weite nur gelegentlich. Die staubige Piste, auf welcher wir seit Stunden geradeaus fuhren, führte geradewegs zu einer edel geschwungenen Bergkette, aus der eine Erhebung besonders markant in den wolkenfreien Himmel ragte: Die Spitzkoppe.

Wieder einmal war unser Wagen ummantelt von einer hartnäckigen Staubschicht. Mit jeder seltenen Begegnung mit einem entgegenkommenden Fahrzeug, das beim Vorbeipreschen eine riesige Sandwolke aufwirbelte, wurden unsere Vorräte unter dem Pickup-Hardtop tiefer vergraben.

Wir hatten dazugelernt und diesmal in weiser Voraussicht alles in Tüten verstaut. Wein aus eingestaubten Flaschen zu trinken, gehörte zu unserem genüsslichen Camping-Alltag. Inzwischen ging mir der Dreck, der sich penetrant in sämtliche Ritzen legte und vor dem auch unsere Ruck- und Schlafsäcke nicht gefeit waren, gewaltig auf die Nerven. Seit Wochen lebte ich im Dreck. Wie ein kleines Kind im Sandkasten – nur, dass mich hier keiner raus hob und saubermachte.

Moderne Afro-Songs unserer liebsten Playlist schallten aus den Lautsprechern des Wagens und versprühten Lebendigkeit in der Einöde, die uns umgab.

»Stell dir vor, wir hätten hier einen Platten!«, stieß ich spöttisch hervor und betonte das »Hier«.

Denn vor wenigen Tagen war es tatsächlich geschehen. Als wir nach etlichen Tagen in der Wüste mal wieder durch die Zivilisation in Walvis Bay gefahren waren, hatte uns ein anderer Verkehrsteilnehmer auf unseren linken platten Hinterreifen aufmerksam gemacht. Das Schicksal hatte uns kurzum eine Partnerwerkstatt direkt um die Ecke geschenkt, in der wir für den Reifenwechsel nicht einmal einen namibischen Dollar hatten bezahlen müssen. Doppelt Schwein gehabt!

»Hätten wir das Thema Reifenpanne also auch von unserer Liste gestrichen«, hatte Henrik triumphierend festgestellt.

Nun manövrierte Henrik den Ford gekonnt auf unseren Stellplatz direkt am schattigen Fuße der steilen Spitzkoppe. Den einzigen Hinweis auf einen Campingplatz gab ein kleines nummeriertes Schild an einem Baum. Bis morgen mussten wir ohne Wasser, ohne Strom, ohne Licht, ohne Internetempfang, lediglich mit einer Trockentoilette ohne Tür auskommen.

»Stell den Wagen lieber andersrum«, forderte ich Henriks Wendekünste heraus, »dann öffnen wir das Zelt morgen Richtung Sonnenaufgang.«

In perfekter Ausrichtung öffneten wir synchron die Autotüren, sprangen in den Sand, um uns direkt an den Aufbau unseres mobilen Zuhauses zu machen. Ich öffnete die linken Befestigungsschlingen der Plane auf dem Dach. Henrik die rechten.

Während ich die gelöste Plane anschließend über einen Baumstumpf warf, löste Henrik die Leiter und zog sie schwungvoll zur Erde, wodurch sich das Zelt in Nullkommanichts aufstellte. Als ich den Kofferraum öffnete, begrüßte mich eine Staubwolke. Wie immer stieg ich unter das Hardtop – auch wenn selbst ich mir mit meinen mickrigen 1,58 Metern jedes Mal diverse blaue Flecken einhandelte –, um Henrik die Campingstühle und den Gaskocher nach draußen anzugeben. Ohne uns abzusprechen, baute Henrik diese auf, während ich mich der Inneneinrichtung des Zeltes widmete. Der Ablauf funktionierte mittlerweile blind.

Das Campingleben schien für uns wie eine konfrontative Paartherapie zu sein, in der wir lernten, dass wir allein zwar stark waren, aber dass ohne den anderen all das hier nicht möglich wäre. Ich war schlichtweg zu klein, um das Dachzelt samt Leiter eigenständig auf- und zuzuklappen. Henrik wäre schon mehrfach am Zusammenpacken gescheitert und würde trotzig im Sand hocken, würde ich mit meinen Falt- und Puzzlekünsten nicht für kompakte Organisation sorgen.

Wir kochten Nudeln mit Dosen-Chakalaka, ergänzt um vier Spiegeleier und Kräuter-Schafskäse. Das Abspülen musste, zu meinem Unmut, bis zum nächsten Campingplatz, der wieder über fließendes Wasser verfügen würde, warten.

Gestärkt kletterten wir auf einen nahegelegenen Felsen, der uns einen freien Blick auf die untergehende Sonne bot. Freiheit. Absolute Freiheit. Das Ploppen der Kronkorken unserer beiden Bierflaschen ertönte viel lauter als ich es üblicherweise wahrnahm. Schirmakazien sprossen in dunkelgrünen Punkten aus dem Meer der staubtrockenen Wüste. Die Welt wirkte auf mich endlos.

Grenzenlos. Die einzige Begrenzung unseres Ausblicks war ein steil abfallendes Bergmassiv am Horizont. Während sich die Sonne in diesem Teil der Erde, mitten in Namibia, allmählich ein nächtliches Versteck hinter einem Felsen suchte, erleuchtete die Savanne in sanften Orangetönen. Henrik und ich schwiegen. Wir ließen uns den Raum, den jeder von uns gerade mehr denn je brauchte. Wenn es schon kein physischer Raum sein konnte, dann wenigstens der, der eigenen Gedanken, in die wir uns in jenem Moment vergruben.

Als mich eine mollig warme Prise umarmte, wunderte ich mich, wie dieses Land in nur wenigen Stunden Fahrt eine gänzlich andere Welt offenbaren konnte. Von bitterkalten, trockenen Nächten zur nebelverhangenen, feuchten Küste, die an die Nordsee erinnerte, in plötzlich angenehme Nachttemperaturen. Es sollte die erste Nacht unseres Roadtrips werden, in der ich nicht gekrümmt wie ein Embryo im Schlafsack vor mich hin bibberte. Ein Wechselbad der Gefühle, eine Achterbahn für den Körper.

Ich wunderte mich auch über mich selbst. Darüber, welch enorme persönliche Entwicklung ich in den vergangenen Tagen durchlebt hatte, wo ich doch insgeheim von mir gedacht hatte, ich wäre in Sachen naturnahem Reisen schon eine wahre Expertin. Ich hatte keine Ahnung gehabt! Darüber, wie ich das Campingleben ohne Strom, Licht, Internet und zum Teil ohne fließendes Wasser meisterte, ohne dass meine Laune in den Keller sank und ich mich in meinen sonst so kraftvollen und selbstzerstörerischen Negativitäts- und Verzweiflungsstrudel hineinzog. Hier in Namibia lebte ich derart im Einklang mit der Natur wie nie zuvor in meinem Leben. Herrschte kalter Wind, spürte meine Haut es als erstes. Ohne eine Rückzugsmöglichkeit musste ich damit fertig werden. Mit allen Konsequenzen: nicht heiß duschen, keine Heizung aufdrehen und nicht googlen zu können, wie man ein verdammtes Lagerfeuer anbekommt. Nahm die Dunkelheit am frühen Abend Einzug, mussten alle Vorbereitungen getroffen sein. Dort, wo das einzige Stückchen modernes menschliches Leben darin besteht, dass einmal die Woche ein Lebensmitteltruck aus Windhoek vorbeikommt, lebten wir das einfachste Leben ohne Ablenkung in andere Welten. Hier muss man alles so nehmen wie es ist. Nichts ist veränderbar, was die Natur vorgibt. Unser Rhythmus ging mit der Natur, nicht umgekehrt. Nie hatte die Natur eine solche Relevanz für mein alltägliches Leben gehabt.

Plötzlich wurde eine warme Dusche, eine Steckdose, die Flammen eines Feuers oder gar Licht zum Luxusgut, und bekam plötzlich wieder eine Wertigkeit. Wie ein Kind freute ich mich auf den Moment, in dem ich wieder einen Föhn würde nutzen können, um meine Haare vor dem Schlafengehen zu trocknen – ich hasse nasse Haare im Bett! Dafür liebte ich die absolute Stille, die die Nacht zum Leben erweckte und die erst dafür sorgte, dass alle Sinne geschärft werden und plötzlich alles unheimlich laut erscheint.

Trotz der Fülle, der Bescheidenheit, der Einfachheit, von der unser Leben geprägt war, spürte ich einen dicken Kloß im Hals. Ich blickte kurz zu Henrik rüber, der mit Blick auf den Sonnenuntergang einen großen Schluck Bier nahm, und war mir sicher, dass ihn diese Zweifel weniger als mich umtrieben.

Wir hatten eine Menge Geld für diesen einmonatigen Roadtrip ausgegeben. Auf der anderen Seite brachen Aufträge weg, blieben

Rückmeldungen auf zuvor positive Verhandlungen mit potentiellen Kunden aus. Die Sehnsucht nach einem Erfolgserlebnis in Form von wahrem Interesse an unserer Arbeit wuchs von Tag zu Tag. Doch immer, wenn nach mehreren Stunden oder Tagen ohne Internet die E-Mails und Nachrichten wie ein Tsunami über mich einstürzten, fühlte ich mich überfordert. Sah den Wald vor lauter Bäumen nicht mehr, wollte am liebsten wieder in die weite Wüste ohne Verbindung zur Außenwelt flüchten. Wundersam.

Damaraland. Dieses bezaubernd klingende Wort hatte sich in meinem Gehirn ins Areal der Sehnsüchte eingebrannt. Es waren eine Vielzahl an Dokumentationen und persönliche Reiseberichte – nicht zuletzt auch von unserer ausgewanderten Gastgeberin Ilse in Windhoek –, die in mir eine unbändige Freude auf diese Etappe unseres Roadtrips ausgelöst hatten. Schon in den letzten Jahren war Namibia für mich gleich Damaraland gewesen. Ich hatte es kaum erwarten können, auf den Spuren der dort beheimateten Wüstenelefanten zu wandeln und mit meiner Blechtasse voll Kaffee am Morgen in die wunderschöne Natur zu blicken.

Und nun krallte ich mich wie meine Oma mit meiner linken Hand an den Griff über dem Beifahrersitz. Meine rechte hielt ich schockiert vor den Mund, während Henrik ein ausgetrocknetes Flussbett voller loser, gewaltiger Steine durchfuhr. Die Konzentration lag schon lange nicht mehr auf der Sichtung von Wildtieren, wie den hier mittlerweile äußerst selten gewordenen Wüstenelefanten. Sondern auf der Unversehrtheit unseres gemieteten Ford Rangers – ein Schaden hätte unsere Reise von heute auf morgen beenden können – und ehrlicherweise auch auf unserem eigenen Überleben. Steile Abhänge ohne ausgezeichnete Wege ließen unseren Game Drive durch die Palmwag Concession zum Nerventanz werden.

Immer wieder knallte es am Unterboden. Immer wieder standen wir vor einer Sackgasse, die uns weder die Papierkarte des Rangers noch jedwede Navigationsapp vorhergesagt hatte. Wir waren gezwungen, uns lediglich anhand von Himmelsrichtungen hervorzutasten.

Was wir am Ende des Tages im so sagenumwobenen Damaraland gesichtet hatten? Eine Giraffe. Vor dem Beginn des eigentlichen Schutzgebietes wohlgemerkt. Und eine Herde von fünf verschreckten Impalas. Keine Elefanten. Keine Nashörner.

»Immerhin keine Macken«, stellte Henrik am folgenden Morgen, an dem wir früh aufbrechen mussten, um zeitig am nächsten Campingplatz anzukommen, stolz fest, »also, jetzt bin ich wirklich Profi und kann jedes Gelände meistern!«

Zügig packten wir all unser Equipment zusammen und hielten kurz noch an der Rezeption des Campingplatzes, um uns abzumelden. Vor uns lag ein langer Fahrtag, der uns durch Opuwo, der größten Stadt im Norden, in ein abgelegenes Dorf des Himba-Stammes führen sollte.

Ja, richtig gelesen! Die Stadt trägt tatsächlich den gleichen Namen wie unser kleiner Rotzlöffel in Otjomuise. Amüsant, wenn auch makaber: Opuwo bedeutet auf Herero »das Ende«.

Wir packten auf dem Parkplatz die letzten Dinge im Wagen um, als uns einer der Gärtner mit einem Bewässerungsschlauch in der Hand vor dem Heck unseres Wagens überschwänglich freundlich ansprach, um uns Vokabeln auf Herero beizubringen.

Ihn schien unser Zeitdruck an diesem Morgen nicht davon abzuhalten, daraus ein kleines Ratespiel zu machen und uns auf seinem Handy die korrekte Schreibweise zu demonstrieren. Innerlich rollte ich die Augen. Henrik nickte hektisch. Plötzlich unterbrach der Gärtner seine Schulstunde abrupt, sprang drei Schritte nach hinten und blickte geradewegs auf unseren rechten Hinterreifen.

»Oooooh«, stieß er theatralisch mit einer Hand am Kopf und der anderen nach unten zeigend hervor, »ich fürchte, so könnt ihr nicht weiterfahren.«

Synchron fiel Henrik und mir die Kinnlade herunter.

»Ich hab' doch gerade … erst den Wagen gecheckt«, nuschelte Henrik mehr in sich hinein als dass er seine Zweifel aussprach.

»Cool…«, reagierte ich zynisch.

»Kein Problem, ihr zwei! Ihr habt Glück, denn wir haben hier ja direkt eine Werkstatt.«

Kaum hatte der Gärtner unser vermeintliches Glück artikuliert, befand er sich schon mit einem Schraubschlüssel am Reifen und lag halb unter dem Auto.

Moment – wieso hat ein Gärtner einen Schraubschlüssel in der Tasche? Und wie konnte er den Platten bitte sehen, als er sich mit dem Rücken in diese Richtung hinter dem Kofferraum befand?

Wir ließen den Mutmaßungen über das Geschehene zunächst keinen Raum. Schließlich mussten wir jetzt funktionieren. Wobei für uns im Grunde keine Aufgabe blieb, als den Schaden bei der Autovermietung zu melden und die Rechnung einzureichen.

Ob dieses morgendliche Service-Paket des Gärtners auch gleich den auslösenden Piecks mit inkludierte – wir wissen es bis heute nicht.

Als der frisch geflickte rechte Hinterreifen aufgezogen war, rückte unser Gärtnerfreund noch immer nicht ab. Er stand wie angewurzelt vor der Fahrertür, grinste nett und zufrieden, und versperrte mir damit den Weg.

»Der will Geld«, flüsterte ich genervt zu Henrik, der ihm widerwillig einen Schein in die Hand drückte.

Mit über einer Stunde Verspätung waren wir dann endlich *on the road.*

»Ich glaube da war noch jemand«, unterbrach Henrik später die erschöpfte Stille.

»Wie?«

»Ja, jetzt im Nachhinein meine ich eine zweite Person hinter dem Gärtner wahrgenommen zu haben, als er uns sein Handy vorgehalten hat. Und vielleicht habe ich auch ein Zischen gehört.«

»Ach, whatever … Hauptsache der Reifen hält jetzt ein für alle Mal und wir kommen jetzt gut durch.«

Dank meines Bleifußes erreichten wir Opuwo früher als befürchtet. Ein Segen, denn wir mussten dringend unsere Essensvorräte aufstocken, bevor wir die Zivilisation wieder für einige Tage verlassen würden. Traditionell gekleidete Himbas gingen in den Straßen ihrem Alltag nach und mischten sich in eine Gesellschaft auf dem Sprung in die Moderne. In gewisser Hinsicht ein gewöhnungsbedürftiger Anblick, tragen die Himba-Frauen doch keinerlei Oberbekleidung. Zwischendrin kreuzten immer wieder Ziegen unseren Weg. Ich parkte unseren Ford vor dem Eingang des größten Supermarktes der Stadt. Doch an Aussteigen war nicht zu denken. Mindestens zwanzig Menschen – von Kindern bis Senioren – belagerten unseren Wagen, klopften ans Fenster oder hielten die Hand bettelnd nach vorne. Nach wenigen Sekunden bildeten sich Schlangen.

»Was zur Hölle…?«, schnaufte ich geschockt von diesem unerwarteten Empfang.

»Es nutzt nichts. Wir müssen jetzt hier raus. Wir steigen jetzt auf Drei aus, schließen schnell die Tür und gehen geradewegs da rein«, weihte mich Henrik in seinen Plan ein, indem er mit dem Finger auf den Eingang zeigte.

»Eins, zwei, drei!«

Ich spürte dutzende Hände an meinen Armen, hörte flehende – oder fluchende – Worte, die ich nicht verstand. Das Einkaufen gestaltete sich schwierig. Wir fühlten uns beide unheimlich gestresst, konnten keinen klaren Gedanken fassen und diskutierten ewig darüber, was wir in den nächsten Tagen kochen könnten. Derweil hatte die zweite Frau ihre Wunschprodukte in unseren Einkaufswagen gelegt und forderte uns bestimmt auf, diese für sie an der Kasse zu bezahlen. Mit dem freundlichsten Lächeln, das ich noch über die Lippen bringen konnte, gab ich der Frau ihren 10-Liter-Kanister Sonnenblumenöl zurück und schüttelte den Kopf.

Auf unserer Einkaufsliste fehlte noch Bier. In allen von uns bereisten Ländern in Afrika gab es neben den regulären Supermärkten ein separates angegliedertes Geschäft für Alkoholika. Um Zeit zu sparen, vereinbarten wir, dass ich mich um die Flüssignahrung kümmerte, während Henrik den Einkauf bezahlte.

An der Kasse des Alkoholgeschäftes wurde ich von meiner Umgebung ignoriert. Statt mich abzukassieren, wurde ich intensiv von Kopf bis Fuß gemustert, mich trafen ernste Blicke und ich merkte, dass über mich gesprochen wurde. *Ist es meine weiße Haut? Meine blonden Haare? Oder einfach, weil ich gerade als Frau allein hier stehe?* Mit meinem Sixpack Bier unterm Arm stand ich eingeschüchtert an der Kasse, während sich alle wie selbstverständlich vordrängelten. Nie zuvor hatte ich mich derart fremd gefühlt.

Erst ein vorsichtiges »Entschuldigung, ich würde auch gerne zahlen« brachte mich zum eigentlich einfachen Ziel.

Henrik kämpfte unterdessen, umzingelt von einer Menschentraube, damit, unsere Vorräte in den Pickup zu laden. Offenbar schienen unsere leeren Trinkwassertanks beliebt zu sein. Also drückten wir den großen Plastikbehälter, für den wir keine Verwendung mehr hatten, einem Jungen in die Hand, als uns plötzlich ein Mann von hinten anschrie.

»Tut das nie wieder! Ihr dürft denen auf keinen Fall etwas geben! Auch keinen leeren Wassertank!«

Mein Herz blieb kurz stehen. Auch Henrik schien sprachlos, weshalb ich behelfsmäßig reagierte.

»Wir wollten nur endlich unsere Einkäufe einladen können. Den Tank brauchen wir nicht mehr.«

»Wenn ihr etwas gebt, werden die nächsten Weißen das gleiche Problem wie ihr haben. Denn sie wissen dann, dass sie etwas bekommen.«

Falls nun der Eindruck eines weißen Mannes entsteht: Nein, das war die Perspektive eines schwarzen Einheimischen.

Das hatte gesessen. Ich fühlte mich unfassbar leer und voller diffuser Gedanken zugleich.

Zur Abwechslung übernahm Henrik, das Steuer, über die sandige Piste bis Mungunda.

Ich dachte noch einmal zurück die forsche Ansage des Mannes auf dem Supermarktparkplatz. Wie gerne hätte ich jedem hier erklärt, dass wir in Deutschland nicht in Gold baden und wir nicht das Geld haben, jedem hier Spenden zu hinterlassen. Nicht, um mich zu rechtfertigen – nun gut, ein bisschen schon – aber primär, um dieses falsche Weltbild geradezurücken. Das klarzustellen, was die Medien seit Jahren verbocken. Gleichzeitig überkam mich Scham. Schließlich geht es uns im Vergleich zu den meisten hier finanziell gut, so schwerwiegend sich unsere Probleme manchmal anfühlten. Wie sollte hier jemand kapieren, dass wir Deutschland freiwillig den Rücken gekehrt, unsere Wohnung aufgegeben und unseren Job gekündigt hatten, wo es für jeden hier der größte Traum seines Lebens ist, all das zu haben?

Er hatte absolut Recht. Doch was mich in diesem Moment mehr denn je belastete, war die Schlussfolgerung, dass ich, egal wie ich mich verhielt, mit einem zermürbenden Gefühl zurückbleiben würde. Entweder ich gebe, ein Mensch freut sich – zumindest kurzfristig –, verstärke aber empfundene Machtverhältnisse und damit rassistische Narrative. Oder ich halte dem unangenehmen Gefühl des Ignorierens stand und sorge dafür, dass sich mein Gegenüber missachtet fühlt.

Die Tatsache, dass sich bis zu unserer Ankunft auf dem Campingplatz drei Kinder auf offener Buckelpiste fast vor unser fahrendes Auto schmissen, um uns anzuhalten, machte das Gefühl nicht besser.

Wir wurden von einem sehr zurückhaltenden, höflichen und respektvollen Himba in Empfang genommen. Von Internetempfang war auf dem Campingplatz natürlich nur zu träumen. Auf meinem Handy bemerkte ich, dass die letzte Nachricht an meine Mama nicht gerade beruhigend gewesen war und ich nun keine Gelegenheit mehr hatte, die Situation aufzuklären: »Haben wieder einen Platten. Wurden vielleicht verarscht, melde mich, wenn wir auf dem Weg sind.«

Mittlerweile hatte die Dunkelheit Einzug erhalten. Die Dorfbewohner saßen an ihren Lagerfeuern. Wir nebenan. Ich richtete rasch das Dachzelt ein, Henrik zog sich auf dem Beifahrersitz seinen Schlafanzug an. Als ich von der Leiter kletterte, traf mich ein imaginärer Schlag. Mitten in die Fresse.

»Nee, das ist jetzt nicht wahr!? Uns verarscht doch jemand!«

Henrik kam nach meinem Ruf aus dem Auto gekrochen. Er folgte meinem starren Blick nach unten. Nun standen wir für einige Sekunden schweigend nebeneinander und sahen dem rechten Hinterreifen dabei zu, wie er in etwa so schnell Luft verlor wie wir unsere Lust und unsere Energiereserven. Die zweite Reifenpanne an einem Tag. An ein und demselben Rad.

»Komm‘, wir gehen pennen. Ist eh dunkel und wir können nichts dran ändern.«

Henrik kletterte schon wieder ins Dachzelt. Ich schaute mich um nach einem Fluchtweg aus diesem schlechten, doch realen Film. Doch es gab keinen Ausweg. Immerhin zeigte sich in diesem Moment ein Hauch von Internetempfang, was ich am Ton einer eingehenden Nachricht bemerkte. Es war Mekuu: »Hi Hannah, wie ist euer Trip? Ich hab‘ dich lieb!«

Als ich am nächsten Morgen den Reißverschluss des Zeltes öffnete, blickte ich mit verschlafenen Augen und zerzausten Haaren in die strahlenden Augen des Gastgebers, der uns gestern in Empfang genommen hatte.

»Euer Reifen ist platt.«

Na, guten Morgen!

Wieder einmal wurde uns jegliche Chance verwehrt, unser Problem eigenhändig zu lösen. Ich kramte den Wagenheber hervor. Immerhin diente meine Hand diesmal als Schraubenablage. Henriks größte Tat bestand darin, den alten Reifen auf die Ladefläche zu hieven.

Ein weiterer platter Reifen. Ein weiteres Trinkgeld. Ein weiteres Fünkchen Hoffnung auf das Ende unserer Pannenserie.

Dafür waren wir allerdings nicht den weiten Weg nach Mungunda gekommen. Wir wollten ein Dorf der Himba besuchen – oder wie es eigentlich korrekt heißt: der Ovahimba. Dem letzten halbnomadischen Volk Namibias. Angesiedelt sind die Ovahimba im Kaokoveld im Norden Namibias und im Süden Angolas. Glücklicherweise hatten wir zwischen all den touristisch angelegten Dörfern ein glaubwürdiges gefunden, das von einer gemeinnützigen Organisation unterstützt wurde. Auf dessen Campingplatz hatten wir uns niedergelassen.

Gleich, nachdem unser Reifen wieder einmal gefixt war, holte uns eine junge Frau ab, die uns als Dolmetscherin durch das Dorf begleiten sollte. Sie war Ovahimba, trug aber keine traditionelle Tracht. Heutzutage leben nur noch sehr wenige von ihnen nach alter, klassischer Tradition. Zu offensichtlich scheint der sukzessive stärker werdende Einfluss der Moderne.

Plötzlich standen wir als weiße Deutsche inmitten dieses rund angeordneten Dorfes bestehend aus mehreren Kuhdunghütten und beobachteten, wie eine ältere Frau auf dem Boden sitzend einem jungen Mädchen Zöpfe flocht. Die Frauen der Ovahimba tragen eine auffällig mit roter Paste überzogene Haarpracht. Ihre Haut schimmert matt in rostroter Farbe, die spärlich bedeckt ist mit Tierleder und geziert von prunkvoll anmutendem Schmuck.

»Früher hatten wir ein großes Problem mit Inzucht«, erklärte uns die Übersetzerin, die im Gegensatz zu ihren Stammesverwandten Englisch sprach, »den Eltern war es bei der Partnerauswahl wichtig zu wissen, worauf man sich einließ. Deshalb kamen Ehen zwischen Cousins und Cousinen sehr häufig vor. Heute ist die Partnerwahl offen.«

»Und wie ist das mit Scheidungen?«, fragte ich interessiert nach.

»Gar kein Problem. Frauen dürfen sich scheiden lassen. Männer dürfen sich scheiden lassen.«

»Das ist sehr modern. Und fair!«, zwinkerte ich.

In langsamem Tempo spazierten wir von Hütte zu Hütte. Wir machten Halt bei einer Gruppe von drei Männern, die gerade dabei waren, zu schnitzen.

Weiter ging es zu einer Frau, die Ockerstein in einem aus Kuhdung hergestellten Gefäß mahlte – die wegen des Eisenoxids rotfärbende Hauptzutat für die Hautbemalung und die Haarcreme.

Unweigerlich stieg in mir ein unwohles Gefühl auf, wenn ich an die Verbrechen der Deutschen in der Kolonialzeit dachte. *Was muss gerade in den Köpfen dieser Frauen vor sich gehen? Was denken sie von mir? Denken sie, dass ich als Deutsche hier bin, um sie auszubeuten? Ist es Arbeit für sie, mich zu unterhalten oder sind sie stolz, ihre Traditionen zu kultivieren? Sind sie auch ehrlich an kulturellem Austausch interessiert?*

Vor einer anderen Hütte hockte eine Frau und rührte über einer kleinen Flamme ihr zubereitetes Pap in einem Lehmtopf.

»Sie lässt fragen, ob ihr beiden Geschwister seid«, verriet uns unsere Übersetzerin

Henrik und ich lachten kurz auf.

»Nein, nein. Wir sind ein Paar«, klärte Henrik auf.

Nach der Übersetzung auf Ovahimba nahm ich einen verdutzten Blick der Frau wahr, die offenbar wirkliches Interesse an uns zeigte.

»Aber wo sind denn eure Kinder?«

»Wir haben keine Kinder.«

Ihrem Blick nach zu urteilen, konnte sie die Konstellation noch immer nicht begreifen und ließ weiter nachbohren, indem sie uns nach unserem Alter fragte.

»Wir sind dreißig und achtundzwanzig.«

Es stellte sich heraus, dass sie selbst vierundzwanzig war und bereits drei Kinder hatte.

Geduckt wurden wir in eine der vielen Lehmhütten geführt und freundlich aufgefordert, uns in den Fersensitz zu begeben.

Im durchbrechenden Sonnenlicht zündete eine betagtere Frau eine Schale mit einem Kräutergemisch an. Neben ihr saß eine weitere, jüngere Frau – vielleicht ihre Tochter.

»Den Frauen ist es untersagt, sich mit Wasser zu reinigen«, flüsterte unsere Guide respektvoll, um das Gespräch der beiden Damen nicht zu stören, »andernfalls würde sich die Paste von ihrer Haut lösen, die sie gegen die Sonne schützt und ein wichtiger Teil der Tradition ist. Deshalb waschen sich die Frauen mit Rauchbädern aus Mopane.«

Vor sich hinsingend hielt sich die ältere Frau die rauchende Schale unter die Arme und versank förmlich im aufsteigenden Rauch. Im einzigen Sonnenstrahl, der durch eine Luke in der Decke für eine magische Beleuchtung sorgte, bildeten sich Schleier. Es schien, als ob diese Reinigung mehr sei als nur Mittel zum Zweck. Eine Zeremonie, die mit absoluter Hingabe vollzogen wurde. Ein sanft-bitterer Geruch stieg mir in die Nase und ich schloss für einen Moment die Augen, um zu begreifen, dass wir gerade einem mystischen Stammesritual beiwohnten.

Als wir wieder im Tageslicht standen, hatte sich das Dorf bereits versammelt. Die Männer begannen rhythmisch mit den blanken Füßen auf den sandigen Boden zu stampfen. Die Frauen setzten zum Gesang an. Die Ovahimba formten einen Kreis, in dessen Mitte abwechselnd ein oder zwei Dorfbewohner traten, um ihre eigene Tanzperformance darzubieten. Zwischendrin krabbelte ein nackiges Baby im Sand, das kurzum von seinem großen Bruder geschnappt wurde, um nicht plattgetanzt zu werden. Obwohl die Tänze selbstverständlich für uns inszeniert wurden – schließlich gab es sonst gerade keinen Anlass für diese Zeremonie –, war die Freude und der Stolz in den Gesichtern der Erwachsenen und Kinder deutlich sichtbar. Sie erlaubten es uns, an diesem Tag Teil ihres Lebens zu sein, empfingen uns mit Offenheit und Interesse. Wir verabschiedeten uns mit einem freundlichen »Okuhepa«. Das heißt Danke auf Ovahimba.

Nach den aufwühlenden Ereignissen in Opuwo und unserem intensiven Besuch bei den Himba hatten wir unmittelbar am Flussufer des Kunene genächtigt, der sich durch tiefe Schluchten seinen Weg in den Atlantik bahnt.

Von unserem Campingplatz hatten wir bis nach Angola auf der anderen Seite des Flusses blicken können. Es war für uns der erste Fluss in Namibia, der zu dieser Zeit tatsächlich Wasser führte. Seit Wochen hatten wir mal wieder die Farbe Grün wahrnehmen können – in allen möglichen Tönen. Die Ruhe der Natur hatte uns wieder umarmt, das tosende Rauschen der naheliegenden Epupa-Fälle – beinahe meditativ. Eine Wohltat!

Ich hatte dieses pittoreske Bild noch immer vor Augen: Grün bewachsene Felseninseln, aus denen auf bizarre Weise Baobab-Bäume sprossen. In den Schluchten bildeten sich malerische Regenbögen. *Wie kann all das nur jetzt schon wieder so weit weg scheinen?*

Vor den Toren des Etosha Nationalparks, umgeben von grauem Nichts, wurde ich von all den zermürbenden Problemen eingeholt, von denen ich dachte, dass sie in Deutschland vergraben wären.

Nach dem Essen bat ich Henrik, den Abwasch im hundert Meter entfernten Waschraum zu übernehmen, damit ich schonmal unter die Dusche hüpfen konnte. Allein, dass ich ihn darum bitten musste, ließ mich etwas wütend werden. Schließlich musste mich auch nie jemand bitten. Das Abspülen gehörte, genau wie in unserem alten Leben in Deutschland, zum Alltag, der still und leise funktionierte, weil ich ihn für uns beide erledigte und nie über diese Selbstverständlichkeiten sprach.

Nicht selten, wenn ich Henrik provokant gefragt hatte, wer denn das letzte Mal geputzt oder abgespült hatte, um ihn darauf aufmerksam zu machen, hatte er, seiner Ansicht nach humorvoll, geantwortet: »Die Heinzelmännchen.«

Während ich, mittlerweile frisch geduscht, meine Klamotten im Rucksack, den ich auf der Rückbank platziert hatte, umpackte, stellte Henrik das Geschirr auf unseren Campingtisch.

»Kannst du es gleich einräumen? Kostet uns sonst alles Zeit, wenn wir morgen in aller Früh auf den Game Drive starten wollen.«

»Sonst noch was? Kannst du dich vielleicht mal bedanken?«, reagierte Henrik wütend.

Ich schaute ihn stirnrunzelnd an.

»Fürs Abspülen? Hast du dich jemals bei mir dafür bedankt?«

»Ich erteile dir auch keine Befehle… ich habe dir gerade einen Gefallen getan und du schätzt es nicht mal wert!«

Mir platzte die Hutschnur. Da war es wieder – dieses Verhalten, was mich in unserem alten Leben dermaßen aufgeregt und verletzt hatte. Ich verkrümelte mich auf den Beifahrersitz, knallte die Autotür zu, schnappte mir meinen Laptop und schrieb. Die Fahrertür ging auf.

»Verbreite verdammt nochmal nicht immer so schlechte Stimmung! Immer machst du aus einer Mücke einen Elefanten.«

Seine Worte blieben für diesen Abend konserviert im Auto. In meinem Inneren spürte ich erstmals auf dieser Reise einen unbändigen Drang danach, allein zu sein.

16 | MEISTER DER KOMMUNIKATION

Henrik | Es hatte sich in den Spannungen der letzten Tage angedeutet. Hannahs Verhalten ging mir zunehmend auf den Senkel. Ich war mir nicht mehr sicher, ob das hier für unsere Beziehung so gut war. Auf allerengstem Raum musste es irgendwann knallen. Da war er, der große Konflikt. Entbrannt wie so oft an einer Nichtigkeit. Nicht einmal an einer konkreten Sache, sondern an mangelndem Verständnis. An fehlender oder falscher Kommunikation dem Anderen gegenüber. In diesen selten gewordenen Momenten verstanden wir einander einfach nicht. Doch hier in der afrikanischen Wildnis konnten wir – noch weniger als sonst auf unserer Reise – nicht einfach abhauen und dem eigenen Tagesablauf nachgehen. Wir mussten zwangsläufig Konflikte bearbeiten, ausdiskutieren, lösen, um weitermachen zu können. So auch dieses Mal.

Es war schon zur Gewohnheit geworden, für bestimmte Erlebnisse besser früh aufzustehen. Tiersichtungen im Etosha Nationalpark, DEM Nationalpark Namibias, gehörten zweifelsohne dazu. Bereits unmittelbar nach der Öffnung des Parks fuhren wir durch das Eingangstor. Eine gefühlte Ewigkeit lang hatten wir kaum noch Tiere gesehen und waren heiß darauf, endlich wieder das Wildlife zu erleben, dass wir mit Afrika verbanden. Trotz dieser riesigen Vorfreude, lag aber auch noch eine Menge Spannung vom gestrigen Abend in der Luft. Und so war es in den frühen Morgenstunden vor allen Dingen ein sehr schweigsamer Game Drive. Aus Kostengründen hatten wir uns entschieden, diesen auf eigene Faust mit unserem Geländewagen durchzuführen, auch wenn wir dafür in aller Herrgottsfrühe das Dachzelt wieder einpacken und den Stellplatz räumen mussten. Im Gegensatz zu der sattgrünen Landschaft an den Epupa-Fällen, trafen wir im Etosha wieder auf karges, staubiges, trockenes Grasland mit Dornensträuchern und wenigen Bäumen. Gleich zu Beginn stolzierte plötzlich ein schmucker Strauß vor uns her. Kokett blickte er abwechselnd mal nach links, mal nach rechts.

»Ich heiße Petra. Ich geh hier so rum, gucke nach rechts und links, wie die Kameras mich einfangen«, vertonte Hannah die Darbietung und rümpfte dabei arrogant die Nase.

Ich konnte gar nicht anders als zu schmunzeln. Der Vergleich war naheliegend. Wie eine hochnäsige Dame auf dem roten Teppich, ließ sich der Strauß nicht von seiner Umwelt beirren.

»Schau, mein Federkleid. Wie es im Winde weht«, fuhr sie fort, als sich der Strauß abschließend ganz besonders aufplusterte, bevor er endlich Platz machte. Uns war schon länger aufgefallen, dass wir uns manche Tiere nur schwer im anderen Geschlecht vorstellen konnten. Der Vogelstrauß ist ein Paradebeispiel und zeigte uns einmal mehr auf, wie schnell wir uns, selbst in der Tierwelt, in geschlechtsspezifische Vorurteile verstricken.

Weitere Tiersichtungen lieferten uns Gesprächsstoff, lockerten die Stimmung und vertrieben langsam die Stille zwischen uns.

Nur wenige Minuten später sichteten wir einige Giraffen bei einem kleinen Waldstück.

»Schau mal, die Giraffe zieht ordentlich einen durch«, bemerkte ich und lachte auf.

Auch Hannah stieg mit ein. Auf den ersten Blick dachten wir wohl beide, diese Giraffe hätte einen Joint im Mund und würde sich ein chilliges Leben machen. Bei genauerem Hinsehen glaubte ich, einen Knochen zu erkennen. *Komisch, Giraffen sind doch Pflanzenfresser?*

Doch bevor ich mal wieder eine gewagte These über Giraffen aufstellte, recherchierte ich schnell im Handy. Wir hatten hier ausnahmsweise recht guten Empfang. Das Ergebnis bestätigte mich.

»Giraffen sind zwar Herbivoren, also Pflanzenfresser, aber lutschen gelegentlich an Knochen, um wertvolle Mineralien zu bekommen«, las ich laut vor.

»Das ist mir neu, aber macht Sinn. Interessanter Anblick!«

Wir hatten zwar diesmal keinen Guide, aber unser Eigeninteresse sorgte immer dafür, dass wir auch so einiges lernten.

Langsam wurde es immer wärmer. Rund um den Höhepunkt der Mittagshitze passiert in der Savanne meistens ziemlich wenig. Nach ereignislosen Stunden filmte ich an einem Wasserloch eine Herde Antilopen und Zebras. Dabei stieß ich auf die nächste amüsante Entdeckung.

In der eingefangenen Szene war deutlich zu erkennen, wie ein Zebra beim Aussteigen aus dem Becken abrutschte und ordentlich auf die Schnauze fiel.

Es rappelte sich allerdings blitzschnell auf und tat so, als wäre überhaupt nichts geschehen.

»Hast du das auch gesehen? Zebras sind genauso tollpatschig wie du manchmal«, zeigte ich Hannah die Szene auf der Kamera.

Ich hatte sie geknackt. Gutmütig lächelte sie.

»Okay, den Vergleich geh ich ausnahmsweise mit. Zebras sind ja eher klein und stämmig, aber auch wild und freiheitsliebend!«

Es schien geradezu, als ob uns die Tiere an diesem Tag mit überraschend komischen Darbietungen gezielt aufheitern wollten. Das Eis zwischen uns war für den Rest des Game Drives erstmal wieder gebrochen.

Insgesamt trafen wir an diesem Tage allerdings nur auf wenige Tiere. Ein paar Strauße, Zebras, Giraffen und verschiedenste Antilopen. Neben Impalas und Gnus sichteten wir auch wieder unseren namibischen Liebling, die Oryx-Antilope. Aber ein Tier machte uns Sorgen: Elefanten hatten wir seit Südafrika gar keine mehr angetroffen. Selbst hier im Etosha hatten wir den ganzen Tag vergeblich nach ihnen gesucht.

Es dämmerte bereits, als wir am letzten Wasserloch ankamen, welches von einer Herde Zebras umlagert wurde. Gleich würden wir den Park langsam verlassen müssen. Eher zufällig wandte ich meinen Blick ab und schaute aus dem anderen Autofenster. Da bemerkte ich ihn. Bestimmt hundert Meter entfernt, trat ein einsamer Elefantenbulle zwischen den kargen Bäumen hervor und marschierte schnurstracks auf uns zu.

Unser Auto stand genau zwischen ihm und dem Wasserloch. Wir filmten und fotografierten, was das Zeug hielt. Ehe wir nervös wurden und uns fragten, ob wir ihm doch mal Platz machen sollten, war er in aller Seelenruhe bereits unmittelbar an uns vorbeistolziert. Schweigsam und glücklich beobachteten wir ihn bei seinem Bad in der Abenddämmerung. Irgendwann erhob ich das Wort.

»Sorry, dass ich gestern so patzig war. Es ist weder deine Aufgabe, immer abzuspülen, noch brauche ich, wenn ich es mache, ein Dankeschön. Ich erkenne viele Sachen an, die du tust, aber du musst erkennen, für wen du sie tust. Ob für uns beide oder ob es gerade primär dein persönliches Anliegen ist. Du darfst nicht immer Befehle erteilen, wenn es um Sachen geht, die *du* gerne schnell erledigt hättest. Das mache ich dir gegenüber nämlich nie!«

»Okay, ja. Vielleicht erteile ich manchmal Befehle. Manche Dinge müssen halt einfach gemacht werden und wenn ich dich nicht darum bitte, bleibt es immer wieder an mir hängen.«

Wir diskutierten mit unseren gewohnten Argumenten. Aber etwas war anders. Mir war, als ob uns der Elefant mittlerweile mit seinen intensiven Blicken musterte, um unser Verhalten zu analysieren. Unter seiner Obhut blieben wir diesmal erstaunlich ruhig, hörten einander zu und diskutierten sachlich unsere Punkte aus. Auch wenn wir am Ende trotzdem nicht hundertprozentig einer Meinung waren, so verstanden und akzeptierten wir doch den Standpunkt des Anderen. Den Elefanten im Raum hatten wir aufgelöst und mit einem tiefen, zufriedenklingenden Grummeln, kehrte uns auch der graue Riese draußen langsam den Rücken zu und verließ das Wasserloch.

Der Lagerkoller, die Schwere aufgrund der scheinbaren Unendlichkeit des Camping-Roadtrips, war wie weggeblasen. Ein Ende war in Sicht! Im äußersten, nordöstlichen Streifen Namibias, der heute Sambesi-Region heißt, ließen wir die karge Steppe ein für alle Mal hinter uns. Hier, eingeklammert zwischen Angola und Botswana, kann Namibia plötzlich wieder üppig grün und fruchtbar! Einmal mehr befanden wir uns unmittelbar an der Grenze zu Angola, nur der Fluss hatte gewechselt – vom Kunene zum Kavango. Beziehungsweise je nach lokaler Sprache Okavango, berühmt für sein Delta, zu dem wir später in Botswana noch kommen würden. Auf einem idyllischen Platz am Flussufer schlugen wir unsere Zelte auf, um schon einmal Bekanntschaft mit diesem Gewässer und seinen Tieren zu machen.

»Hier rund um das Dorf Bira befinden sich allein über dreißig Inseln«, erläuterte unser Guide Tapa, ein junger Local, während wir mit einem kleinen hölzernen Motorboot über den Fluss schipperten.

Wir genossen nicht nur die frische Brise an diesem herrlichen Tag, sondern auch, mal wieder spannende Informationen aus erster Hand zu bekommen. Unser Drang nach Freiheit und Selbstbestimmung war so groß geworden, dass wir uns seit der Kalahari keiner geführten Tour mehr angeschlossen hatten. Nun saßen wir hier in einem Boot zusammen mit Tapa und einer kleinen Gruppe anderer Reisender mitten auf dem Kavango, links prusteten die Nilpferde, rechts sonnten sich Krokodile.

»Wie kommt es eigentlich zu so vielen Todesfällen durch Nilpferde?«, fragte ich Tapa.

Ich hatte gelesen, dass in Namibia deutlich mehr Menschen durch Zwischenfälle mit Nilpferden umkommen als beispielsweise durch Elefanten, Krokodile oder Löwen. Dabei sind Nilpferde, wie übrigens Elefanten auch, hauptsächlich Pflanzenfresser.

»Gute Frage! Ich kenne die Zahlen auch und habe zwei Gründe. Einerseits attackieren uns Nilpferde eher im Wasser. Das ist ihr Territorium, das verteidigen sie. Und viele Menschen können hier nicht gut schwimmen, also ertrinken sie. Andererseits haben die Menschen oft keine Wahl, sie brauchen den Fluss, um zu überleben und müssen sich daher der Gefahr aussetzen.«

Getuschel kam auf. Offenbar war vielen in der Gruppe die Gefahr, die von diesen mächtigen Tieren ausgeht, nicht bewusst gewesen.

»Auf jeden Fall sollte man Respekt haben. Sogar dieses große Krokodil da hinten hätte keine Chance in einem direkten Kampf und müsste flüchten. Aber solange wir ihnen nicht zu nahekommen, sind wir hier recht sicher«, fügte Tapa an.

So richtig schaffte er es nicht, alle zu beruhigen. Bei jedem herzhaften Gähnen, bei dem die Kolosse ihr gesamtes Maul und damit auch die großen, spitzen Hauer entblößten, wurde uns klar, dass man dieses Tier niemals reizen sollte.

Ein Stück weiter sahen wir Frauen, die im Fluss ihre Wäsche wuschen und Kinder, die große Kanister mit Wasser befüllten.

»Das Wasser hier ist sauber und hat eine sehr gute Qualität. Absolut trinkbar. Da hinten ist übrigens bereits Angola. Der Kavango ist hier die natürliche Landesgrenze.«

Tapa zeigte auf die andere Seite des Flusses, wo ich soeben die Kinder entdeckt hatte, und fuhr fort:

»Aber das sind nur irgendwelche Landesgrenzen. Wir sind hier alle ein Stamm. Wir sind alle Kavango People, so einfach ist das. Viele kommen zum Einkaufen über den Fluss oder schicken ihre Kinder hier zur Schule. Drüben wohnen noch ein paar Familien direkt am Fluss, dahinter kommt erstmal fünfzig Kilometer gar nichts, pure Wildnis.«

Wir lernten, diskutierten und staunten. *Es tut gut, sich mal wieder mit anderen auszutauschen.* Neben mir sah ich Hannah, wie sie die Augen schloss. Irgendwie hatte es Klick gemacht. In den letzten Tagen war etwas mit uns passiert. Seitdem wir den Etosha verlassen hatten, war das Campen auf allerengstem Raum kein Problem mehr gewesen. Auf jeden Fall keines, was nicht gemeinsam lösbar wäre. Vielleicht hatte es einfach damit zu tun, dass wir den ganzen Staub und Dreck hinter uns gelassen hatten. Vielleicht aber auch damit, nicht mehr in totaler Einsamkeit, ohne Mensch und Tier weit und breit, unterwegs zu sein. Gemeinsam schafften wir es, wieder mehr zu genießen und den Moment zu fühlen.

Am frühen Abend saßen wir bei einem Bier an der Insel-Bar des Campingplatzes und lauschten dem grunzenden Lachen der Nilpferde. Nachdem Hannah im Etosha mit der tierischen Namensgebung begonnen hatte, machten wir aus diesem Spaß ein Spiel. Schnell fand ich einen menschlichen Namen, den wir mit diesen Tieren verbanden.

»Hubert! Zweifelsohne! Nilpferde sind doch männlich, schwergewichtig und eher plump.«

»Und Hubert klingt auch schon nach Hippo. Ja, passt!«

Doch so kreativ, wie wir persönlich unsere Namensfindung empfanden, war diese nicht. Wenige Minuten später horchten wir verblüfft einem deutschen Paar am Nachbartisch. Dabei waren wir keineswegs verblüfft, Deutsch zu hören. Nein, in Namibia trafen wir immer wieder auf deutsche Reisende. Verblüfft waren wir, dass ebendieses Pärchen neben uns, ohne jegliche Absprache, auch entschieden hatte, Nilpferde mit dem Namen Hubert zu benennen. Es war also zweifellos der typische, deutsche Name für ein Nilpferd.

Nach dem zweiten Bier entschieden wir uns, frühzeitig den Rückweg über die schwankende Hängebrücke zu unserem Stellplatz anzutreten, da wir dort heute unbedingt noch etwas erledigen wollten. Wir hatten in den letzten Wochen an den so stillen, ruhigen Abenden in der namibischen Wildnis begonnen, Podcasts aufnehmen. Und eine Folge sollte heute noch hier an diesem wunderschönen Ort entstehen.

Hochkonzentriert saßen wir im Autocockpit und quatschten über eine Stunde über unsere Erkenntnisse der letzten Tage. Draußen wurde es schnell dunkler und dunkler. Als ich die Aufnahme beendete und erstmals seit langer Zeit wieder einen Blick nach draußen warf, zuckte ich zusammen und hielt Hannah fest, die gerade dabei war, das Auto Richtung Dusche zu verlassen.

»Oha!«

Sie schaute mich schockiert an und folgte meinem gefesselten Blick durch die Seitenscheibe.

»Das gibt es ja wohl nicht. Hubert!«, flüsterte sie.

Wenige Meter von uns entfernt im schwachen Schein der Laterne graste ganz gemütlich ein besonders großes, dickes Nilpferd. Ehrfürchtig verfolgten wir sein Treiben aus dem sicheren Schutz des Cockpits heraus. Nach dem Wüstenfuchs in der Namib-Wüste und einer kleineren Schlange im Damaraland war dies nun unsere erste direkte Begegnung mit einem wirklich imposanten Wildtier auf unserem Stellplatz. Trotz des vollen, alles andere als weitläufigen Campingplatzes, hatte unser tierischer Gast bis jetzt lediglich unsere Aufmerksamkeit auf sich gezogen. Irgendwann öffnete ich vorsichtig die Tür und pirschte mich langsam einige Meter raus, um zu versuchen, das Schauspiel mit der Kamera festzuhalten. Hubert, wenig beeindruckt, reagierte nicht und verspeiste weiter laut schmatzend das saftige grüne Gras. So warteten wir eine gefühlte Ewigkeit, bis er weiterzog und Hannah endlich gefahrlos duschen gehen konnte.

»Tapa hatte Recht! Solange man sie in Ruhe lässt, greifen uns Nilpferde an Land eher nicht an. Trotzdem eine gefährliche Situation«, stellte ich später im Zelt fest. Frieren mussten wir mittlerweile nicht mehr. Die Regel stimmte.

»Nicht nur Tapa hatte Recht. Auch der Ranger am Empfang, der hoffte, dass wir hier wieder lebend rauskämen. Hier scheinen gefährliche Tierbegegnungen an der Tagesordnung zu sein.«

Glücklich ob unserer Unversehrtheit schliefen wir ein.

Nach so viel Dürre tat uns das feuchte Klima dieser grünen Region gut. Einige Parks und Flusssysteme waren hier gar überflutet. Die letzten Game Drives im Caprivi-Streifen, wo die Nationalparks (im Gegensatz zum Etosha und auch zu ganz Südafrika) wegen der großen Migrationsrouten der Elefanten nicht eingezäunt sind, zeigten uns umso mehr, dass jederzeit alles passieren kann, aber nichts muss. Grenzenlose Freiheit. So, wie es sein sollte, können die Tiere in dieser Region wirklich überall und nirgendwo sein. In den Core Areas, wie dem Mahango Game Reserve oder Nkasa Rupara, konnten wir trotz stundenlanger, hartnäckiger Fahrt über katastrophale Wege bis auf ein paar Zebras,

Antilopen und Pavianen nicht viel sichten. Erst als wir uns von Nkasa Rupara auf den Heimweg machten und aus der Core Area rausfuhren, lief uns eine Elefantenfamilie mit kleinen Babys quasi direkt vors Auto. Die Mama trötete erbost in unsere Richtung, sodass wir uns ja nicht vom Fleck bewegten, bevor sie im Busch das Weite suchten. Die Sambesi-Region lehrte uns Geduld. Im Kleinen wie im Großen. Auch auf das tiefste Down und die stärkste Langeweile kann ganz unverhofft wieder ein spannendes Hoch erfolgen. So wie auch auf die stärkste Dürre Regen folgt.

Langersehnt und doch irgendwie ganz plötzlich, waren wir dann in unserer Endstation in Namibia, Katima Mulilo, angekommen und unser Roadtrip war vorbei. Schweren Herzens trennten wir uns von unserem Ford Ranger und waren fortan wieder ohne festes Gefährt, ohne portable Unterkunft, nur mit unseren Backpacks unterwegs. Ohne diese Autarkie mussten wir uns wieder mehr arrangieren. Plötzlich saßen wir zusammengepfercht in einem Kleinbus. Gleich würden wir die Grenze nach Botswana überqueren, um dort zunächst eine Woche im kleinen Grenzort Kasane zu verbringen. Um die Ereignisse zu verarbeiten, die liegengebliebene Arbeit aufzuholen und insbesondere auch, um durchzuatmen und unsere Akkus wieder aufzuladen. 32 Tage Roadtrip hatten uns ausgelaugt.

17 | KREIS DES LEBENS

Hannah | Der kraftvolle Fahrtwind zerzauste meine feinen Haare. Ich zog den Reißverschluss meiner khakifarbenen Jacke bis zum Anschlag hoch. Wir befanden auf dem Weg in die wildeste Wildnis unserer Reise – das hatte ich bereits öfter gesagt, doch unsere Reise war tatsächlich eine kontinuierliche Steigerung. Die kommenden zehn Tage würden wir vollends abtauchen. In den tiefen, unbändigen, unzähmbaren Busch. Ohne fließendes Wasser, ohne Strom, ohne Empfang, ohne jeglichen Kontakt zur Außenwelt. Tage, die wir mit zwei Menschen verbringen würden, die wir vor kaum einer Stunde zum ersten Mal gesehen hatten.

Am Steuer saß Bate, unser Guide und Ranger. Bate war stämmig gebaut und mochte auf den ersten Blick etwas brummig wirken. Doch ich spürte schnell, dass in ihm eine herzenswarme Seele steckte. In der Sitzreihe vor uns im offenen Safariwagen war Felicity bereits weggenickt. Eine betagte, grauhaarige, englische Dame, die sich bei uns als Flick vorgestellt hatte.

Obgleich ich keine Ahnung haben konnte, wie lebensverändernd die nächsten Tage sein würden, trug ich zu diesem Zeitpunkt einerseits Zweifel, andererseits bereits tiefe Dankbarkeit mit einer Prise Stolz in mir. Zweifel, weil wir gerade unsere so geschätzte Selbstbestimmung aus der Hand gaben. Inzwischen schien in unseren Köpfen die Gleichung zwischen Abenteuer und geführten Game Drives nicht mehr aufzugehen. Das einzig wahre Abenteuer konnte sich, so dachten wir, nur in allen Facetten entfalten, wenn die Kontrolle – oder deren Verlust – in unseren Händen lag. Was ich bald lernen würde: Wir hatten die Rechnung ohne Bate gemacht.

Dankbarkeit empfand ich dafür, dass mich mein Durchhaltevermögen in eine berufliche Position gebracht hatte, die uns dieses Erlebnis erst ermöglichte. Dafür, dass sich während unseres Namibia-Roadtrips die einmalige Chance ergeben hatte, mit einem lokalen botswanischen Unternehmen zusammenzuarbeiten und ebendiese Mobile Safari fotografisch zu begleiten und mehrere Reportagen zu erstellen. *Never ever in unserem Leben hätten wir uns das hier finanziell leisten können! Ha, und jetzt fahre ich schnurstracks in den Busch und kann sagen, dass das … irgendwie mein Job ist.*

Das Schicksal fügte sich. Mein Ehrgeiz zahlte sich aus. Dankbar war ich auch dafür, dass ich in Henrik mittlerweile eine Flamme der Leidenschaft für das, was wir taten, lodern sah.

Die Tage zuvor hatten wir darüber gemutmaßt, auf welche Menschen wir auf solch einer mobilen Safari treffen würden. *Vermutlich ältere Menschen mit üppig gefülltem Portemonnaie.* Also das Gegenteil von uns. Flick bestätigte im ersten Moment des Aufeinandertreffens unsere klischeehafte Vermutung. Sie war mindestens siebzig Jahre alt und ließ uns in vornehmstem britischem Akzent wissen, dass sie in der Vorstadt Londons lebe, zwei Söhne und zwei Enkelkinder habe. Dass wir nur zu dritt sein würden, damit hatten wir nicht gerechnet. Als ich sie beim Dösen im Safariwagen beobachtete, flüsterte ich mit leichter Sorge zu Henrik:

»Ich bin seeehr gespannt, wie Flick sich hier schlagen wird.«

»Hm … ich bin auch sehr gespannt, wie *wir* uns schlagen werden.« Wo er Recht hatte, hatte er Recht und holte mich damit berechtigterweise von meinem hohen Ross runter.

Auf dem Weg in Richtung Savuti, einem Teil des Chobe Nationalparks, bremste Bate hin und wieder den Jeep (neben unserem Zelt unser zweites Zuhause der nächsten Tage) im sandigen Boden ab, weil eine Giraffe oder ein Elefant unseren Weg kreuzte. In Botswana kann jede Fahrt zum Game Drive werden.

Wie im Caprivi-Streifen existieren auch in Botswana keine Zäune, um die natürliche Migrationsroute der Elefanten entlang des Okavangos nicht zu stören.

»Die Natur richtet alles. Jeder menschliche Eingriff behindert den natürlichen Kreislauf des Lebens«, erklärte uns Bate, »in Botswana werden verletzte Wildtiere auch nicht aufgepäppelt. Sie sind notwendige Beute für Prädatoren wie Löwen, Leoparden oder Hyänen.«

Es dämmerte bereits und ich fragte mich, wann wir endlich in unserem ersten Zeltlager ankommen würden.

Irgendwann schimmerte sanftes Licht durch die dürren Bäume. Ich erblickte zwei große Zelte auf einer kleinen freien Fläche, umringt von trockenen Büschen und Sträuchern. In der Mitte stand ein langer Tisch, der mit Öllampen romantisch beleuchtet war.

Bate erklärte uns den Ablauf.

»Willkommen in unserem ersten Camp! Hannah und Henrik, ihr könnt es euch im rechten Zelt gemütlich machen. Flick, du hast das linke für dich. Das Team erhitzt gerade das Wasser über dem Feuer und füllt es euch in wenigen Minuten in die Eimerdusche. Wenn ihr zwei braucht, Hannah und Henrik, gebt einfach kurz Bescheid. In einer halben Stunde treffen wir uns am Lagerfeuer und anschließend wartet das Bush-Dinner auf euch!«

»Das ist überraschend gut«, rief ich kurze Zeit später aus unserem angrenzenden, provisorisch aus Zeltstoff eingerahmten Outdoor-Bad, während mir angenehm warmes Wasser aus einem oben angebrachten Blecheimer den Körper hinunterlief. Henrik entspannte sich derweil auf dem gemütlichen Feldbett. Vor mir stand ein mobiler Toilettensitz über einem gebuddelten Loch sowie ein Eimer Erde mit einer Schaufel.

Das Abendessen war göttlich! Eine Spinat-Tarte als Vorspeise, ein Buffet aus einem perfekt abgeschmecktem Gemüse-Curry, krossen Kartoffelecken und einem schokoladigem Miniküchlein als Dessert. Ich konnte mir beim besten Willen nicht vorstellen, wie all das lediglich über dem Feuer zubereitet werden konnte. Der nächste Backofen befand sich mehrere hundert Kilometer entfernt. Beschämt blickte ich zu Henrik rüber, der sich einen Teller nach dem anderen reinschaufelte, und nuschelte mit vollem Mund: »Ist ein bisschen was anderes als unsere Nudeln mit Dosen-Chakalaka.«

Anschließend machten wir es uns mit einem Gläschen Wein am immer lodernden Lagerfeuer gemütlich. Die Finsternis des Busches hatte uns in fester Umarmung. Nur das Feuer, die Millionen funkelnden Sterne über uns und die wenigen Öllampen schenkten uns Licht, während die Natur zum Leben erwachte.

»Das Feuer brennt die ganze Nacht durch – keine Sorge«, erklärte uns Bate. Im ersten Moment erschien es mir suspekt, denn ich musste unweigerlich an einen Flächenbrand denken, der auf unsere Zelte übergeht. In Namibia hatten wir einstweilen unseren Kampf gehabt, das Feuer vor der Nacht wieder auszubekommen – sofern wir es denn überhaupt anbekommen hatten.

»Feuer hält die Löwen fern«, ergänzte Bate zwinkernd, als er merkte, dass niemand von uns bestätigend reagierte.

»Bate, wo in Botswana bist du aufgewachsen?«, fragte Flick, eingemummelt in ihre Fleecejacke, ihr alkoholfreies Bier eng umschlungen. Er schwieg kurz und blickte andächtig in die Sterne.

»Im Okavango Panhandle, nordwestlich von Moremi – unserem letzten Zeltlager der Reise.«

»Und wie kamst du dazu, Guide zu werden?«, führte ich das kleine Interview interessiert weiter.

»Na, ja … ich bin inmitten der Wildnis aufgewachsen. So entwickelte ich bereits sehr früh ein Interesse dafür. Ich war schließlich ein Teil von ihr. Jeden einzelnen Tag. Dort, wo ich herkomme, saßen wir als Familie jeden Abend am Lagerfeuer zusammen und berichteten uns von unserem Tag. Und ich wollte die Begeisterung auch in anderen Menschen wecken. Deshalb habe ich mich für den Tourismussektor entschieden. Wie so viele, die im Delta aufgewachsen sind. Doch dann saß ich zwei Jahre lang als Reservation Manager am Schreibtisch und hörte mir die Beschwerden von nörgelnden Touristen an, denen die Buchung nicht schnell genug ging.«

Wir kicherten alle im Chor.

»Ich konnte das nicht mehr«, erzählte Bate weiter, »also habe ich mich für eine anderthalbjährige Guide-Ausbildung entschieden. Denn *das* hier ist mein Büro!«

»Das schönste Büro der Welt!«, staunte Flick und wir pflichteten ihr bei.

»Flick, bist du eigentlich das erste Mal in Afrika?« Ich wandte mich ihr zu.

»Nein … Ich war vor zwanzig Jahren mit einem meiner Söhne in Kenia. Lange her. Aber ich wollte immer nach Afrika zurückkehren. Nur jetzt ist er gerade Vater geworden. Das mit dem Reisen wird erst mal nichts bei ihm.«

»Ach, ganz sicher wird das bald möglich sein«, versuchte ich ihr Mut zu machen, »dann kommt der Kleine eben mit!«

Flick lächelte zufrieden und wehmütig zugleich. Ich traute mich nicht zu fragen, ob sie denn keine andere Reisebegleitung hatte. Es entstand kurzzeitig eine unangenehme Stille, die Flick aber direkt wieder unterbrach.

»Zuhause widme ich mich jetzt erst mal meinem Van-Projekt.«

»Deinem Van-Projekt?«, wunderte sich Bate.

»Jap, ich habe mir neulich einen ausgebauten VW-Camper gekauft. Ich konnte es kaum erwarten und bin direkt für ein Test-Wochenende an die zwei Stunden entfernte Küste gefahren.«

»Und, wie war's?«, hakte Henrik nach, der sichtlich genauso überrascht über Flick war wie ich.

»Ganz gut. Ich teste mich jetzt langsam voran und fahre immer weiter. So abenteuerlich wie hier wird's aber sicherlich nirgends in England.«

Wir vergaßen bei all den spannenden Gesprächen vollkommen die Zeit. Bis Bate uns darüber informierte, dass wir morgen um 05:30 Uhr zum Frühstück und zum ersten Game Drive geweckt werden würden. Wie von der Tarantel gestochen nahmen wir alle unseren letzten Schluck und wünschten uns eine gute Nacht.

»Ach, und bloß nicht das Zelt verlassen! Nur nach hinten ins Outdoor-Bad«, rief uns Bate unmissverständlich hinterher.

»Die Flick ist ganz schön cool«, flüsterte ich zu Henrik, als wir bereits im Bett lagen und versuchten, einzuschlafen.

»Eine feine englische Dame scheint sie auf jeden Fall nicht zu sein«, schmunzelte Henrik.

Keine fünf Minuten später hörte ein leichtes Schnarchen neben mir. Ganz zu meinem Unmut war ich noch hellwach. Ich beschloss, einfach die Augen zu schließen, riss diese aber instinktiv sofort wieder auf, als ich ein Rascheln an der Zeltwand wahrnahm. Ich hielt den Atem an, um bestmöglich hören zu können. Keine Ahnung, warum ich dafür aufhörte zu atmen. Das Rascheln wurde lauter. Hinzu kam ein Hecheln. Vorsichtig setzte ich mich auf. *Auf keinen Fall das Licht anmachen!* Im Schein des Lagerfeuers erkannte ich einen Schatten direkt vor der Tür unseres Zeltes. Das Hecheln wurde schneller. *Eine Hyäne!* Wir hatten nach über vier Monaten in Afrika noch keine einzige Hyäne gesehen, doch ich war mir sicher, dass dies eine war.

Ich lauschte, ob Henrik inzwischen auch wachgeworden war. Doch er schien noch immer tief und fest zu schlummern. Mir blieb ohnehin nichts anderes übrig, als die Hyäne zu akzeptieren. Schließlich war sie hier zuhause. Und wir die Fremden.

»Morni, Morniiiii!« Mein Geist erlangte allmählich das Bewusstsein zurück und vernahm sanfte menschliche Stimmen. Langsam öffnete ich die Augen.

»Morni, Morniiiii!« Scheinbar war das unser Zeichen, aus den Federn zu kriechen.

»Was ist Morni?«, gähnte ich Henrik verschlafen an.

»Morning, nehme ich an. Also, die süße Version davon.«

Schneller, als ich meine heiße Tasse frischgebrühten Kaffee und meine Schüssel Porridge verschlingen konnte, saßen wir auch schon eingekuschelt in Wolldecken im Safariwagen, jeder in einer eigenen Reihe ob des vielen Platzes. Die aufgehende Sonne beschenkte Savuti mit einem neuen Tag. Und uns mit wohltuender Wärme.

Etwas war anders hier in Savuti. Anders als in Südafrika und in Namibia. Ich erblickte überaus viele Skelette. Mal vollständige Schädel, mal vereinzelte Knochen. Ehe ich mir über mein vergleichendes Urteil Gedanken machen konnte, stoppte Bate den Wagen, stieg aus und stellte sich neben einen riesigen Schädel. Er reichte ihm in der Höhe bis über die Hüfte.

»Nilpferd oder Elefant?«, fragte er in die Runde. Wir schauten uns schulterzuckend an.

»Nilpferd«, riet Flick.

»Elefant«, antwortete Bate, »seht mal hier, da waren die Stoßzähne.«

Er zeigte auf zwei große Löcher am unteren Teil des Kolosses. Dann ging er ein paar Schritte weiter und blickte auf mehrere längliche Knochen.

»Das alles sind die Knochen des Elefanten. Hier ist das Hinterbein. Er muss hier an Ort und Stelle vor wenigen Wochen verendet sein. Vielleicht letzte Woche. Die Hyänen, die Geier und die Marabus haben ganze Arbeit geleistet.«

Ich fragte mich, ob ich bei unseren bisherigen Game Drives einfach nicht aufmerksam genug war oder ob die Skelette das Resultat des ausbleibenden menschlichen Eingreifens in Botswana waren. Ein Schauer lief mir über den Rücken. Gleichzeitig machte sich in mir ein unheimlich beruhigendes Gefühl breit. Es mag grotesk klingen, doch es war, weil ich mit meinen eigenen Augen sah, dass alles Leben, die Natur, die Welt einen Sinn ergab.

Ein wenig später hielten wir erneut. Bate lehnte sich über die geschlossene Autotür und begutachtete den Sand unter uns. Er setzte ein paar Meter zurück. Wir rutschten alle auf seine Seite und musterten ebenfalls den Untergrund.

»Katzen haben immer drei Ballen. Wenn zusätzlich Krallen zu sehen sind, muss es ein Gepard sein. Löwen und Leoparden fahren ihre Krallen nämlich ein. Wildhunde und Hyänen haben immer zwei Ballen und ausgefahrene Krallen. Also …« Bate blickte in konzentrierte Gesichter.

»Leopard?« Ich traute mich. Mein Herz hüpfte. Nicht nur, weil ich eine gigantische Begeisterung für dieses Wissen über die afrikanische Wildnis empfand, sondern auch, weil eine reale Hoffnung auf das letzte uns verbleibende Tier der Big Five bestand – auch wenn ich keine Ahnung hatte, ob meine Antwort überhaupt richtig war.

Bate nickte verwundert, aber anerkennend.

»Das ist richtig! Gut, Hannah.« Henrik klopfte mir auf die Schulter. Ich lachte verlegen.

»Und wo ist der Leopard?«, wollte ich wissen.

»Die Spur ist von der Nacht. Wir schauen mal, ob wir weiter vorne die Fährte nochmal aufnehmen können.«

Doch zunächst schüttelte Bate noch eine weitere Quizfrage aus dem Ärmel. Ein großer kreisrunder Stempel schien in die Erde gedrückt. Es war der Abdruck eines Elefanten. So viel war offensichtlich.

»In welche Richtung ist er gegangen?«

Wir drei blickten unentwegt in den Boden.

»Da lang!«, mutmaßte ich und zeigte mit dem Finger nach rechts.

»Korrekt!«

»Hää!«, raunte Flick, »ich war mir sicher, dass es links ist.«

Langsam wurde es peinlich. Ich wollte nicht die Streberin aus der Schule sein.

»Und warum nach rechts?« Jetzt ließ Bate nicht locker und wollte das Frage-Niveau augenscheinlich erhöhen.

»Na, ja … auf der rechten Seite ist die Spur verwischt und da stößt sich der Elefant ja nach vorne ab. Also … ich weiß nicht, wie und warum …«, stotterte ich.

Bate bestätigte meine Erklärung, formulierte sie aber weitaus verständlicher. Ich schwor mir, bei der nächsten Quizfrage meinen Mund zu halten, um nicht arrogant zu wirken. Plötzlich summte Bates Funkgerät. Zwischen dem lauten Zischen kämpften sich Sätze auf Setswana – der Sprache Botswanas – durch.

»Löwen!«, rief Bate nach hinten und drückte aufs Gaspedal.

Ich klatschte freudig die Hände aufeinander. Henrik lehnte sich gebannt nach vorne und Flick drehte sich stumm mit offenem Mund nach hinten zu uns um. Keine fünf Minuten später erblickten wir im Schatten eines Busches zwei stattliche Löwendamen mit acht Babys, die aufgeregt umhertollten. Es gab allen

Grund zur Freude, denn das Rudel hatte ein Impala gerissen. Das konnte man nur noch an den übriggebliebenen beigefarbenen Fellresten erkennen.

»Wo sind die Männchen?«, fragte Flick so leise wie möglich.

»Die Löwinnen halten die Kleinen noch von den Männchen fern. Es kommt nicht selten vor, dass die Männchen Babys töten, um keine Konkurrenz entstehen zu lassen und um mit der Mutter direkt neuen Nachwuchs zeugen zu können.«

»Pff … Männer können ganz schön dumm sein«, frotzelten Flick und ich. Da sich derweil einige andere Safarifahrzeuge um das Rudel herum platziert hatten, suchte Bate das Weite. Ich schätzte seinen defensiven Stil von Beginn an sehr.

Nach einer Mittagspause im Camp stand der nachmittägliche Game Drive auf dem Programm. Die Luft war angenehm frisch. Die Mittagshitze hatte sich verzogen und die Savanne erstrahlte in warmen Tönen.

»Savuti heißt *unvorhersehbar*«, erzählte Bate, während er in langsamem Tempo den sandigen, abgefahrenen Weg verließ und die Steppe durchquerte, »mal schauen, was die Natur heute für uns bereithält.«

Beinahe hätte ich sie schon wieder vergessen: die Spur am heutigen frühen Morgen. Was die Natur für uns bereithielt, war eine wunderschöne Leopardendame, die sich perfekt getarnt zwischen trockenem Gestrüpp auf der hohen, flachen Ebene einer langgezogenen Felsformation räkelte.

»Da ist ein Baby!«, wisperte Bate.

Ich fuhr mein Objektiv auf Anschlag aus und scannte die Umgebung durch den Sucher der Kamera. Ich fand nichts.

»Ah! Da ist es!« Henrik stieß mich an und hielt mir einen Zeigefinger vors Auge.

»Du bist witzig. Wo?«

»Och, wenn du eins nicht kannst, ist es gut sehen.«

Neckisch zwickte ich Henrik ins Bein.

Allmählich sank die Sonne über Savuti. Wie ein riesengroßer feuerroter Ball, der in Zeitlupe magnetisch vom Erdboden angezogen wurde. Wir befanden uns beinahe schon am Wasserloch, welches wir am Morgen bereits aufgesucht und als unseren heutigen Sonnenuntergangsspot auserkoren hatten, da schien Bate im Schatten eines Busches etwas ins Auge gefallen zu sein.

Selbst ich brauchte nicht lange, um zu erkennen, wer sich da ein Nachmittagsschläfchen gönnte: zwei junge Löwenmännchen. Einer von ihnen lag auf dem Rücken und hatte alle Viere von sich gestreckt. In dieser Position sah sein Gemächt ziemlich lachhaft aus.

»Vor einiger Zeit hat sich das Löwenrudel hier zerstritten. Nach brutalen Kämpfen entstanden dann zwei verfeindete Rudel: Das *Savuti Marsh Pride* und das *Northern Pride*. Die beiden hier gehören zum *Savuti Marsh Pride*.«

Die jungen Löwen mit ihren zarten Mähnen bewegten sich kaum einen Zentimeter, so anstrengend musste ihr Tag gewesen sein. Also setzte Bate den Wagen zielgerichtet ein paar Mopane-Bäumer weiter, damit wir den perfekten Blick auf die trinkende Elefantenherde am Wasserloch erhaschen konnten. Dann öffnete er die Tür und stieg zu meiner Verwunderung aus dem Wagen. Zuvor hatte er uns erklärt, dass die wilden Tiere den offenen Safariwagen für gewöhnlich als ein Objekt wahrnahmen. Erst wenn laute Stimmen oder große Bewegungen stattfanden, würden sie checken, was Sache ist.

»Ich muss mal mein Revier markieren«, zwinkerte Bate.

Flick, Henrik und ich blickten uns schweigsam mit fragenden Gesichtern an. Eine halbe Minute später kehrte Bate zügigen Schrittes zurück zum Wagen.

»Ich hab' die Löwen ja total vergessen!«, lachte er, scheinbar ohne seine Notdurft entrichtet zu haben.

Die Natur färbte den Himmel in die schönsten Orangetöne. Zwischen Elefantentröten, zischendem Wasser, das aus den Rüsseln geprustet wurde und dem Zirpen von Zikaden, eröffnete sich eine Szenerie, die ich nie für möglich gehalten hatte: Die zwei Löwenmännchen näherten sich dem Wasserloch. Die Elefanten schienen sich ihrer Stärke sicher. Sie waren in der deutlichen Mehrheit, ließen sich nicht beirren. Für einige Sekunden inspizierten die halbwüchsigen Großkatzen die Situation – und verschwanden dann mit der untergehenden Sonne in der Savanne. Ich begann zu sinnieren. Herzlich Willkommen in der Wildnis Botswanas! In der Welt der großen Elefanten und Löwen und der kleinen magischen Momente. In der Welt, in der die Natur die Regeln des Lebens bestimmt.

Am Abend unterhielten wir uns im Kerzenlicht angeregt über die unfassbaren Sichtungen des Tages. Die Stimmung war heiter, als Bate plötzlich die Augen weit aufriss und sein Besteck auf den Tisch fallen ließ. Geschockt hörten wir mit unserem letzten Bissen im Mund auf zu kauen und rührten uns keinen Zentimeter. Ich hörte ein lautes Rascheln im Busch direkt hinter unserem Zelt. Dann knackte es mehrmals hintereinander. Bate sprang auf die

Standfläche des Wagens, der hinter uns geparkt war, und leuchtete mit der Taschenlampe in die Richtung der Geräuschquelle. Ich konnte nicht viel erkennen, außer eine große schwarze Fläche.

»Fünf Elefanten«, flüsterte Bate.

Keine fünfzehn Meter von uns entfernt befand sich eine Elefantenfamilie auf ihrem nächtlichen Spaziergang und ließ sich ebenfalls ihr Abendessen in Form von allerhand Mopane-Blättern schmecken. Wir schienen sie glücklicherweise mit unserer Anwesenheit nicht zu stören. Langsam, aber sicher entfernte sich das Rascheln. Die grauen Riesen hatten ihre Route geändert.

»Dinner mit Elefanten«, warf ich beseelt in die Runde. Wir sahen die Wildnis Afrikas nicht nur. Wir waren ein Teil von ihr.

Während Bate und Henrik unsere Lagerfeuerdrinks besorgten, genossen Flick und ich bereits die wohltuende Wärme am flackernden Lagerfeuer.

»Ich weiß nicht, ob ich es gestern schon anklingen lassen habe oder ob du es dir vielleicht denken kannst«, begann Flick mit gesenktem Ton, »das hier ist die erste Reise, die ich unternehme, seitdem mein Mann verstorben ist.«

Ich musste schlucken. Auf diese Art emotionales Gespräch war ich nicht vorbereitet gewesen. Für eine Weile schwieg ich.

»Das tut mir sehr leid, Flick. Ich bin mir absolut sicher, dass all das hier das Beste ist, was du machen kannst. Das ist verdammt stark von dir!« Sie lächelte, blickte aber ins Feuer.

»Sei stolz auf dich! Dein Mann ist das ganz bestimmt auch.«

»Hannah, ich bin sehr froh, diese Zeit mit euch zu verbringen. Ihr seid so inspirierend! Viel zu viele Menschen warten damit, ihre Träume zu leben bis es zu spät ist. Ihr macht das genau richtig.«

Die letzte Nacht in unserem ersten Zeltlager brach an. Morgen würde das Team unser kleines Dorf abbauen und nach Mababe umziehen. An unserer Mobile Safari war in der Tat alles mobil. Nichts wurde hinterlassen – außer unsere Ausscheidungen in den Tiefen der Trockentoilette, die mit Erde aufgeschüttet wurde.

Mein Schlaf wurde in dieser Nacht unsanft von einem lauten Löwengebrüll unterbrochen, gefolgt von einem Trompeten. Unweigerlich dachte ich an das Aufeinandertreffen der Löwen und der Elefanten am Wasserloch zurück. Doch ich hatte nicht geträumt. Ich war hellwach und bemerkte, dass Henrik nicht neben mir lag. Erschrocken saß ich kerzengerade im Bett.

»Henry!?«, flüsterte ich so leise, wie ich konnte. Die hintere Zelttür öffnete sich. Obwohl die Trockentoilette eingezäunt war, erschien mir dieser nächtliche Gang schaurig. Schließlich bestand die Trennung lediglich aus vier Eisenstangen und ein paar Laufmetern Zeltstoff. Ein Elefant hätte locker von oben hineinspähen können

»Bin da!«

»Alter, bist du wahnsinnig?«

»Ich musste mein Revier markieren.«

Eine eisig kühle Brise durchdrang meinen Körper, als eine Herde Elefanten auf unserem Weg durch Savuti gen Süden im Licht der aufgehenden Sonne auftauchte. Sie bemerkten uns, aber grasten friedlich weiter. Unsere Anwesenheit war akzeptiert. Die Matriarchin begann, sich mit ihrem Baby gen Feuerball zu bewegen. Für die Herde das Zeichen, sich in Bewegung zu setzen. Alle folgten gehorsam – nur einer nicht.

Ein mächtig großer grauer Riese blieb für einige Sekunden mitten auf dem Weg im Schatten stehen und drehte seinen Kopf langsam in Richtung unseres Wagens. Ich war zu lethargisch, um herauszufinden, ob es sich um einen Bullen oder eine Kuh handelte. Dann setzte der Elefant seinen Marsch fort – doch stoppte etwa fünf Meter vor meiner Seite des Autos erneut. Die ersten Sonnenstrahlen wärmten nun auch ihn. Er fixierte mich, blickte mir tief in die Augen. Ich erstarrte. Vor Ehrfurcht. Vor Rührung. Für einen Moment fühlte ich mich tief verbunden, beinahe hypnotisiert. Wie in einer anderen Welt, die im Begriff war, mein Bewusstsein zu erweitern. Seine Ohren waren perfekt geformt. Dann fiel mir ein kleines Loch an seinem linken auf. Wie lange dieser Moment anhielt? Ich weiß es nicht. Irgendwann wandte er seinen Blick von mir ab und folgte der Herde. Seine Silhouette glänzte im Sonnenlicht. Bate startete den Motor und wir ließen die Herde hinter uns.

Mein Kopf wurde schwer. Unterbewusst spürte ich, wie die Kraft aus meinem Körper schwand und ich nicht mehr aufrecht sitzen konnte. Die Müdigkeit übermannte mich, während die Fahrbahn zunehmend ruckeliger und staubiger wurde. Ich beschloss, mich dem hinzugeben und ließ meine Augen zufallen, tauchte ab in diese Art von Schlaf, bei der man nicht weiß, was Realität und was Traum ist.

Plötzlich tauchte der Elefant von eben vor meinem geistigen Auge auf. Und ich sah meinen Opa in ihm. Er blickte mir tief in die Augen, als wolle er mir sagen, dass er hier sei und auf mich gewartet habe: »Erkennst du mich denn nicht? Ich bin's – dein Opa Willi.«

Als ich meine Augen wieder öffnete und in die Weite der Savanne blickte, schüttelte ich meinen Kopf.

Was war das denn? Was ein Quatsch!

Doch das Bild von meinem Opa, der gestorben war, als ich sieben Jahre alt war, ging mir nicht mehr aus dem Kopf. Konnte es wirklich sein, dass Opa als Elefant wiedergeboren wurde? Und wieso habe ich Opa ausgerechnet in einem Elefanten erkannt? Wollte er mir etwas mitteilen?

Ich erinnerte mich an seine Sätze aus meiner Kindheit: »Wenn ich nicht mehr bin, musst du gut auf die Oma aufpassen.«

Ein dicker Kloß blockierte meinen Hals und ließ mich schwer atmen. Seit Tagen hatten wir keinen Empfang und ich bekam nichts von zuhause oder jeglicher Außenwelt mit. *Ist alles okay? Ist etwas mit Oma?*

Ich würde es die nächsten Tage nicht erfahren. *Hör auf, Hannah!* Ich versuchte meine Sorgen und Bedenken durch andere Erinnerungen an Opa beiseite zu schieben. Wie er sich früher herzlich darüber amüsiert hatte, wenn ich im Flur vorm Spiegel getanzt und den Spiegel abgeknutscht hatte. Oder als er mit mir am Küchentisch gepuzzelt und absichtlich die Teile falsch angelegt hatte. Ich dachte, er hätte es ernst gemeint, aber einige Jahre später, als er schon tot war, hatte Mama mir erzählt, dass er das natürlich aus Spaß gemacht hatte.

Es war mein Lieblingspuzzle von ... mein Herz setzte aus, mir wurde eiskalt, als ich realisierte, dass es ein Puzzle von »Der König der Löwen« gewesen war. Ich schnappte mein Handy und öffnete ein Foto von Opa. Ich blickte ihm im Handydisplay in die Augen. Eine Träne bahnte sich den Weg ins Freie und ich merkte, wie sie mir in langsamem Tempo kalt die Wange herunterrollte. Ich unterdrückte den Reflex, sie wegzuwischen, sondern ließ sie einfach rollen. Nie zuvor hatte ich eine Träne so bewusst gespürt. Bis zu dem Moment, in dem sie auf meinen Pulli tropfte. Eine weitere Träne folgte. Ich blickte in den Horizont. Fühlte mich leer und zugleich erfüllt.

»Alles okay?« Ich spürte einen Stoß an meiner Schulter. Henrik schaute verwirrt in meine glasigen Augen. Ich war sprachlos. Normalerweise bin ich eine Person, die keine Geschichte, keine Gefühle für sich behalten kann. Jeder Emotion lasse ich Raum, und ich weiß, dass sie bei Henrik gut aufgehoben ist.

»Ich … weiß nicht.«

Als wir für unseren Mittagssnack im Schatten eines riesigen Baobab-Baumes hielten und uns die Beine vertraten, erzählte ich Henrik von meiner Vision.

»Also ich meine … kann es wirklich sein, dass ich Opa heute Morgen in einem Elefanten gesehen habe?«

»Ob das sein kann oder nicht – du hast erfahren, dass er immer da ist, immer *für dich* da ist, auch wenn er physisch nicht mehr als dein Opa bei dir ist. Er kann nicht ohne dich weiterleben, wo auch immer, und du nicht ohne ihn.«

Erst als ich mir das Foto des Elefanten – das ich glücklicherweise im Stande gewesen war zu schießen – ansah, bemerkte ich, dass seine Stoßzähne abgebrochen waren. Er musste bereits einige Kämpfe in seinem Leben geführt haben. Wie mein Opa.

Erschöpft von dieser vollends unerwarteten spirituellen Begegnung und den kurzen Nächten nickte ich immer noch gelegentlich weg und verabschiedete mich in eine Art Trance, während mir der Wind irgendwo zwischen dem Chobe Nationalpark und dem Okavango Delta auf unebenem Terrain um die Ohren sauste. Doch dann stoppte Bate abrupt den Wagen. Direkt vor uns im Schatten eines Busches lag ein gewaltiges Löwenmännchen, das mindestens genauso müde wirkte wie ich. Er trug eine Narbe an der Stirn.

»Wahnsinn!«, murmelte Bate, »na, wen haben wir denn hier? Das ist kein Geringerer als einer der Hauptdarsteller der National Geographic Dokumentation Savage Kingdom.«

Bedächtig fuhr Bate auf die andere Seite des Busches, um einen besseren Blick zu erhaschen. Ich schnappte meine Kamera und setzte mich, dankbar für die Ablenkung von meiner Schläfrigkeit, auf die zum Löwen nähergelegene Seite des offenen Wagens. Bate stoppte den Motor. Der Promi-Löwe lag nun keine zehn Meter vor uns.

Langsam führte ich den Sucher meiner Kamera zu meinem Auge und konzentrierte mich darauf, den Fokus perfekt zu setzen. Plötzlich schallte ein markerschütterndes Brüllen durch die weite Ebene.

ROOOAR! Ich zuckte zusammen, sprang im Sitzen nach hinten und schrie aus Reflex kurz auf. Adrenalin schoss in Lichtgeschwindigkeit durch meine Blutbahn. Ich realisierte, dass der Löwe in Millisekunden etwa zwei Meter in meine Richtung gesprungen war und mir tief erbost in die Augen blickte. Er hätte problemlos hineinspringen können. Doch er blieb stehen. Bate würgte beim Fluchtversuch, selbst geschockt von diesem Moment, erst einmal den Wagen ab. Beim zweiten Versuch bugsierte er uns derart schnell raus aus der Szenerie, dass die Reifen quietschten.

»Wow, ich habe gemerkt, dass er sehr sensibel auf deine kleinen Bewegungen reagiert hat, aber das hat mich jetzt auch überrascht. Er muss heute schon irgendetwas Aufreibendes erlebt haben«, erklärte Bate adrenalingeladen in meine Richtung gewandt. Auf den Kameraauslöser hatte ich in diesem Moment natürlich nicht gedrückt.

Irgendetwas schien heute an mir zu sein. Irgendetwas lag in der Luft zwischen mir und meiner Umgebung. Irgendetwas Magisches, aber auch Kräftezehrendes. Was auch immer es sein mochte, es beängstigte und erfüllte mich gleichermaßen.

Obwohl ich mich fühlte, als würde ich schummeln, nahm ich das Angebot des netten Mannes am Grenzposten vor Mababe, für wenige Minuten das WLAN zu nutzen, an diesem Tage dankend an. Ich ignorierte die hereinbrechende Nachrichtenflut und tippte so schnell ich konnte eine Nachricht an Mama.

»Mama! Ganz kurz Internet. Uns geht's gut. Wir erleben krasse Dinge. Bitte, bitte schreib mir kurz, ob es dir und Oma gut geht.«

Ich rechnete damit, dass ich mit der Antwort bis zu unserer Rückkehr in die Zivilisation warten müsste. Mein Herz hüpfte, als ich las, dass sie direkt eine Antwort tippte.

»Hallo Schatzi, hier ist allen beim Alten. Mir geht es gut und der Oma auch.«

18 | URINSTINKT

Henrik | *Das stinkt ja bestialisch!* Der Wind trug eine Wolke des zerfledderten Kadavers zu uns herüber. Nie in meinem Leben hatte ich etwas so Ekelerregendes gesehen und gerochen. Meine Sinne waren überwältigt.

Ich blickte zu Hannah, die ruhig und gefasst wirkte. Derweil knabberte das tapsige Leopardenbaby unter dem Schutz seiner wachsamen Mama weiter an den offen herumliegenden Eingeweiden des jungen Elefantenbullen. Der graue Riese war wohl noch nicht lange tot.

»Er ist eines natürlichen Todes gestorben, höchstens ein, zwei Tage her«, stellte Bate fest.

Sogar die Stoßzähne waren noch völlig intakt. Als hätte Bate unsere Blicke gesehen, fuhr er fort.

»Illegale Wilderei ist, was die Elefanten angeht, glücklicherweise kein großes Thema mehr hier, seitdem der Elfenbeinhandel untersagt wurde. Im Gegenteil, Botswana hat so viele Elefanten wie nie zuvor! Dieser Kadaver kommt der Leopardendame wie gerufen und dient dem Kleinen hier als langersehntes Futter. Ihr anderes Baby hat sie bereits verloren.«

»Wie nah Tod und Leben beieinander liegen können«, seufzte Flick, während das Baby den Elefantenkörper erkundete, als wäre es auf einem Abenteuerspielplatz mit All-you-can-eat-Buffet gelandet.

Wir entfernten uns von diesem grausamen Schauplatz, aber der Gestank würde mir noch Stunden in der Nase bleiben. Ich hatte gerade meine Kamera an die einsatzbereite Steckerleiste des Jeeps gehängt, da stoppte Bate jedoch abrupt und bog rechts in den Busch ab. Hannah riss die Augen auf und auch ich konnte es nicht fassen. Geschützt von einigen Sträuchern hatte eine Horde Tüpfelhyänen hier ihren Bau bezogen. Nach und nach zeigte sich uns das Zuhause einer Großfamilie.

»Die haben es sich hier schon länger gemütlich gemacht. Ganz in der Nähe ist eine Siedlung, wahrscheinlich greifen sie dort viele Essensreste ab. Schaut euch die kleinen Welpen an, die sind noch viel dunkler. Die Tüpfel bilden sich erst mit zunehmendem Alter aus«, fing Bate an zu erzählen.

»Krass, ich hätte niemals gedacht, dass die so groß werden«, warf ich ein.

»Ja, Tüpfelhyänen sind deutlich größer als Schabrackenhyänen.«

Er zeigte auf ein besonders großes und starkes Tier.

»Bei den Hyänen haben die Weibchen nicht nur das Sagen, sondern auch den größeren und stärkeren Körper.«

Die kleineren Männchen schienen nahezu unterwürfig. Insbesondere Hannah zeigte sich imponiert von dieser umgedrehten Welt. Im Gegensatz zur schläfrigen Hyänenmama verfolgten wir noch eine Zeit lang interessiert das wilde Treiben der herumtollenden Welpen. Bate zeigte auf einen Haufen weißer, verkrusteter Bällchen am Boden. Es sah aus wie eine Gesteinsart.

»Das ist Hyänen-Kot. Es ist weiß, weil sie Knochen essen. Getrocknet bleibt ein solcher weißer Brocken aus Calcium zurück. Wie sieht's aus? Wollen wir zu unserem neuen Lager?«

Mittlerweile teilten wir uns die kleine Fläche mit zwei anderen Safari-Jeeps voller Schaulustiger. Und das hieß für Bate wie immer: Rückzug. Eifrig bejahten wir alle. So viel hatten wir heute erlebt und gelernt und so viel davon kam völlig unterwartet.

»Was für eine Reizüberflutung!«

Hannah sackte am Ende des Tages völlig erschöpft in den Campingstuhl am knisternden Lagerfeuer. Ringsherum war noch lange nicht Feierabend. An unserem zweiten Stellplatz in Mababe, direkt am Fluss, bildeten neben jaulenden Hyänen und brüllenden Löwen vor allem Nilpferde mit ihrem lustigen Grunzen die Soundkulisse.

»Aber sowas von!«, fiel ich den Tieren ins Wort.

»Ich habe mich mal wieder gar nicht bewegt und bin trotzdem körperlich erschöpft«, fügte Hannah an.

»Wenn dein Hirn erschöpft ist, dann spürt das auch dein Körper. Das ist gar nicht zu trennen! Und das war auf jeden Fall der krasseste Safari-Tag ever. Was ist bitte heute alles passiert?«

Diese Frage musste gar nicht beantwortet werden, und auch sonst war die abendliche Runde am Lagerfeuer heute überraschend schweigsam. Jeder hatte viel zu viel zu verarbeiten.

Beim Game Drive am nächsten Morgen besuchten wir nochmal die Hyänenfamilie und anschließend den toten Elefanten. Es war alles beim Alten. Zu aller Verwunderung waren weder die Hyänen noch Geier auf das Festmahl aufmerksam geworden.

»Wo ist denn die Leopardin abgeblieben?«, fragte ich Bate, als wir unseren Platz am seit gestern unangetastetem Leichnam des Elefantenbullen eingenommen hatten.

»Die wird irgendwo in der Gegend sein. Ich hoffe sie wird nicht aufgescheucht von den rücksichtslosen Fahrern hier!«

Den ganzen Morgen schon herrschte ziemlich viel Verkehr und auch jetzt hörte man die Jeeps in unmittelbarer Umgebung durchs Unterholz jagen.

Bates Riecher hatte sich als richtig herausgestellt, denn kurze Zeit später wurden wir Zeugen einer Treibjagd. Mehrere Fahrzeuge jagten der Leopardendame und ihrem völlig verunsicherten Baby hinterher.

»Ich kann das nicht gutheißen, aber ihr müsst die Guides verstehen. Auf kürzeren Game Drives haben die immer die Touristen im Nacken und fühlen sich unter Druck gesetzt, denen all das zu präsentieren, was von einer Safari hier erwartet wird«, nahm Bate seine Kollegen in Schutz.

»Ich bin sehr dankbar, dass wir alle Zeit der Welt haben und du es anders machst«, erwiderte Flick. Und Recht hatte sie. Bate hatte wirklich eine andere Herangehensweise. Er ließ die Tiere, wann immer möglich, erst ungestört einen Ort finden, um sich niederzulassen, und nährte sich dann langsam und vorsichtig.

So wählte Bate auch später das Mopane-Waldstück, in dem unsere Walking Safari stattfinden sollte, mit sehr viel Weitsicht aus. Zur äußersten Notwehr hatte er, wie auf solchen Gängen hier vorgeschrieben, sein Gewehr umgeschnallt.

»Wir legen es nicht darauf an, auf Großwild zu treffen. Es geht darum, Zusammenhänge der Natur unmittelbar zu erfahren. Wir machen hier einfach einen Spaziergang, okay? Aber es kann jederzeit alles passieren!«

Es war weit und breit kein Tier zu sehen. Vorsichtig verließen wir den Jeep, unser geschütztes Zuhause, um uns nun zu Fuß und damit auf Augenhöhe ins Reich der Tiere zu begeben. *Also Henry, wachsam sein und Sinne scharfstellen jetzt!*

All die Eindrücke der letzten Stunden, ja, Tagen, wurden nicht nur immer stärker, wir drangen auch in andere Sphären vor, die vorher komplett an uns vorbeigegangen waren. Auf sämtlichen Kanälen war ich empfänglicher, höriger geworden.

»Alle in einer Linie hinter mir! Da sein, kein Träumen, kein Durch-die-Kamera-gucken. Ich brauche euch hier und jetzt.«

»Hast du gehört? Kein Schlendrian!«, fügte Hannah schelmisch in meine Richtung hinzu.

Spätestens, als ich den unverkennbaren Laut einer Hyäne hörte, war ich voll da. Gespannt wartete ich Bates Reaktion ab, der konzentriert lauschte und dann selbstverständlich einen anderen Weg einschlug.

Erst einige Minuten später realisierte ich, dass wir gar nicht darüber gesprochen hatten, aber wohl jeder eindeutig diese Hyäne gehört und als solche identifiziert haben musste. So tief in unser Bewusstsein waren die typischen Geräusche dieser Tage schon eingedrungen. Spätestens auf diesem Walk fühlten wir uns wie Ranger bei der Ausbildung. Mit jeder von Bates Ausführungen wuchs unser Knowhow.

»Bate, wie schafft man es zu erkennen, ob eine Spur erst ein paar Minuten oder schon ein paar Tage alt ist?«, fragte ich ihn, als wir mal wieder über eine Löwenfährte gestolpert waren.

»Das ist eine gute Frage. Jetzt wird's fortgeschritten! Also, an der Struktur könnt ihr gut sehen, wie frisch eine Fährte ist. Seht ihr diese kleinen Punkte über den Einkerbungen? Da solche Insekten nur in den Morgenstunden aktiv sind, muss der Löwe gestern hier langgelaufen sein. Ist die Spur schon verwischt vom Wind oder Autos? Nein, also wird es letzte Nacht gewesen sein.«

Ein paar Schritte weiter saßen einige Paviane in den Bäumen. Auch sie hatten uns gesehen und machten gleich Lärm. Doch Bate hatte die Situation bereits erkannt und wieder machten wir einen kleinen Schlenker, noch bevor es zu einer Konfrontation kommen konnte. Wir ließen sie in Ruhe und sie uns. Unerwartet war der Nervenkitzel eher subtil, der Spaziergang wirkte wie ein gemütlicher Rundgang unter unseresgleichen.

»Henry! Da würde ich nicht stehen bleiben!«, rief mir Hannah zu. Ich war in Gedanken kurz vor einem großen Erdloch stehen geblieben und drauf und dran, interessiert reinzuschauen.

»Vorsicht! Du könntest gleich umgerannt werden«, ergänzte Bate im selben Moment.

Schnell machte ich einen Schritt zur Seite und schaute schuldbewusst umher.

»Was zum Beispiel?«, fragte ich in die Runde.

»Ähhmm, Warzenschweine?«, tippte Hannah und lag wieder einmal völlig richtig. Ihre Faszination, ihr Interesse, aber auch ihre Fähigkeiten erreichten in diesen Tagen das nächste Level. An ihr war wirklich eine Rangerin verloren gegangen, so ging sie darin auf. Während wir uns zurück zum Jeep bewegten, unterhielten wir uns noch eine Weile über die Überpopulation von Elefanten in Botswana, die mittlerweile zunehmend zu Konflikten führte.

Am Abend – wir hatten uns am delikaten Buffet satt gegessen und saßen frisch geduscht am Lagerfeuer beisammen – gingen mir, wie schon den ganzen Tag über, tausend Gedanken durch den Kopf. Auf ganz komische Weise wirkte ich wie aktiviert, irgendwie offener, empfänglicher für so vieles da draußen. Trotz oder gerade wegen der fehlenden Bewegung auf den endlosen Game Drives waren meine Sinne mittlerweile geschärft wie nie. Ich nahm plötzlich Gerüche, Töne oder Beobachtungen wahr, die vorher nie zu mir vorgedrungen wären. *Was geschieht mit meinem Gehirn?*

Bate unterbrach mein Gedankenkarussell.

»Dieser Walk verläuft nicht immer so glimpflich wie heute. Manchmal passieren Dinge, da kann man noch so aufmerksam sein. Einmal vor einigen Jahren war ich hier in der Gegend mit ein paar älteren Damen. Während unseres Walks hörte ich immer wieder ein Rascheln im Gebüsch vor uns. Immer, wenn ich stehen blieb, hörte das Rascheln auf.«.

Gebannt hingen alle an Bates Lippen.

»Vorsichtig und Schritt für Schritt pirschte ich mich etwas näher an das Gebüsch, das zu dem Zeitpunkt vielleicht zehn Meter entfernt lag. Da erklang ein weiteres Rascheln, diesmal lauter und plötzlich schob sich der kräftige Körper einer Löwin vor mir aus dem Busch. Wir standen uns Auge in Auge.«

Bate hielt inne, um Spannung zu erzeugen. Er war ein guter Erzähler, der uns mitten in die Situation versetzte.

»Wie hat die Gruppe reagiert?«, stellte ich die in diesem Moment wohl entscheidende Frage, im Wissen, dass eine panische Flucht hier wohl einem Todesurteil gleichgekommen wäre.

»Zum Glück sind alle ruhig geblieben. Ich habe es euch schon oft gesagt. Erstarren ist die einzig richtige Reaktion in diesem Fall. So konnten wir ihr signalisieren, dass wir keine Gefahr darstellen. Sie ist langsam ein paar Schritte auf uns zugekommen, hat uns lange und gründlich beäugt. Auch mein Herz hat gehämmert. Doch irgendwann ist sie umgedreht und einfach wieder im Gebüsch verschwunden.«

»Hast du dich sicher gefühlt in diesem Moment?«, fragte Hannah.

»Sicher in meinem Tun, ja. Aber eine gewisse Unberechenbarkeit bleibt immer. Diese Löwin hätte auch anders reagieren können. Sie hatte ihre Jungen im Gebüsch versteckt. Eine andere Löwin hätte vielleicht nicht so besonnen reagiert und uns angegriffen. Dann hätte ich schießen müssen … Das ist das Letzte, was ich will. Schließlich sind wir hier die Eindringlinge.«

Bates Ausführungen waren beeindruckend und öffneten uns ganz neue Ansichten auf die Tierwelt, auf die Natur und unsere Rolle im Zusammenleben. Meine Gedanken drifteten wieder ab. All dies könnte auch hier und jetzt jederzeit passieren, nur das Feuer war unser Schutzwall zu all den wilden Tieren. *Sind die Tiere da draußen überhaupt so wild? So blutrünstig und unberechenbar? Oder sind wir selber die eigentliche Gefahr?* Ich hatte bemerkt, dass sich mir neue Perspektiven eröffneten, neue Erkenntnisse, die es dringend festzuhalten galt.

»Ganz selten passiert es, dass ein Löwe nicht nur angreift, sondern wirklich einen Menschen frisst. Dazu muss er aber ziemlich verzweifelt sein, denn wir sind als Beute definitiv nicht seine erste Wahl. Sollte es dazu kommen, muss der Löwe – beziehungsweise alle Löwen, die davon gefressen haben – getötet werden, damit dieses Verhalten nicht zu einer Gewohnheit werden kann. So wird es zumindest hier in Botswana gehandhabt.«

Ich dachte zurück an die Kalahari-Löwen, die in ihrer Verzweiflung Giraffen als Beutetiere in Betracht ziehen mussten, aber auch daran, wie ich in einer solchen Konfrontation reagieren würde. Bei aller Aktivierung und ständigen Alarmbereitschaft im Körper aufgrund der realen Gefahren, die in der Umgebung lauerten, hatte ich doch eine gewisse Ruhe und Abgeklärtheit aufgebaut. *Wenn man die Tiere in Ruhe lässt, lassen sie einen auch in Ruhe.* Diese Erkenntnis war zu meinem Credo geworden, doch Bate holte mich zurück in die Realität.

»Die Gefahr ist real, hier draußen kann immer alles passieren«, beendete Bate seine Ausführungen für den heutigen Abend.

Ich schaltete. Instinkte! Die Funktionalität unseres Nervensystems erlebten wir hier in höchster Intensität am eigenen Leibe. Ureigene, essentielle Körperfunktionen, die ich bis dato nie gebraucht hatte, wurden wieder aktiviert, als hätten sie immer tief im Innern geschlummert und nur darauf gewartet, endlich eingesetzt zu werden.

Die Zeit in Botswana erschien uns aufgrund der immer gleichen Tagesabläufe unendlich. Ich wusste schon gar nicht mehr, den wievielten Tag der Mobile Safari wir mittlerweile schrieben, als mir die Morgensonne ins Gesicht strahlte und wir mit einem Mokoro, einem traditionellen Einbaum, über den Khwai River im Okavango Delta glitten. Bate hatte uns an zwei Bootsführer übergeben, die uns den kleinen Fluss, umgeben von sattgrünem Gras, entlangsteuerten. Gleich am Anfang hatten wir so aus der Ferne bereits einen Blick auf ein paar Nilpferde werfen können, die fröhlich im kühlen Nass grunzten und prusteten.

Nun hatte sich gerade eine angenehme Stille ergeben. Ein Moment, den ich mit allen Sinnen aufsog. Wobei auch diese Stille voller Geräusche war, wenn man nur gut genug hinhörte. Da! Deutlich hörte ich ein näherkommendes Knacken, ein Rascheln aus den Büschen am Ufer und nahm Blickkontakt zu Hannah auf. Auch sie hatte es wohl bemerkt und fixierte genaustens den Bereich, aus dem die Geräusche kamen. Die beiden Bootsführer hatten bereits gestoppt, da erkannte ich die Geräuschquelle. Ein grauer Rüssel schob sich langsam aus dem Gebüsch und der kolossale Körper eines Elefantenbullen folgte. Ich traute meinen Augen kaum. Ein paar Büsche weiter dasselbe Schauspiel.

Ehe wir uns versahen, waren da plötzlich überall Elefanten. Männchen, Weibchen, große, kleine, alte und junge, eine riesige Herde von bestimmt zwanzig Tieren hatte den Flussabschnitt vor uns für ihr Bad auserkoren. Ich nahm es ihnen nicht übel. Ganz im Gegenteil. Aus der flachen Perspektive in einem kleinen Boot sitzend, erlebte ich das Treiben noch einmal eindrucksvoller mit einem permanenten Lächeln im Gesicht. Auch Hannah strahlte. Ein Elefantenbaby stolperte tapsig durch das feuchte Gras, seine Mutter gönnte sich eine Dusche, indem sie ihren Rüssel voll Wasser nach hinten über ihren Rücken warf. *Was für Bilder!*

Die grauen Riesen interessierten sich überhaupt nicht für uns. Wir waren schon dagewesen, als sie kamen, harrten leise in wenigen Metern Entfernung aus und versuchten erst gar nicht, die blockierte Wasserstraße weiter zu durchqueren. Sie akzeptierten uns als stille Beobachter, als einen Teil ihrer Umwelt. Das kühle Nass des Flusses, die grüne, wilde Natur mit all ihren Gerüchen, Geräuschen, den Elefanten – und wir einfach mittendrin. Unglaublich! Ich umarmte Hannah von hinten, kuschelte mich an sie heran und atmete tief durch. Unter all den Momenten, würde sich dieses Bild Botswanas am stärksten in meine Erinnerung, in mein Herz einbrennen.

Tägliche gemeinsame Rituale, wie die Game Drives oder die Kaffeezeit, erzeugten in der Wildnis ein Gefühl von Ordnung und Sicherheit, ja, fast von Familie. Es kam uns so vor, als wären wir in der Konstellation schon ewig unterwegs. Wir waren in unserem dritten und letzten Camp im Moremi Game Reserve angekommen, einem Teil des legendären Okavango Delta. Dort, wo wir gerade zum Essen saßen, würde in wenigen Wochen bereits das Wasser stehen, da die Flut gerade ins Delta aus Angola strömte. So hatte es uns Bate heute Nachmittag erläutert. Zu dritt saßen wir am Lagerfeuer. Ich starrte nach langer Zeit mal wieder auf einen Bildschirm, um hochkonzentriert einige der Eindrücke und Erkenntnisse der letzten Tage in meinen Laptop zu tippen, bevor sie mir entgleiten würden. Die Sonne hatte uns wie immer schon gegen sechs Uhr verlassen, außerhalb des Scheins des Feuers herrschte Dunkelheit. Flick sortierte Fotos auf ihrem Handy, nur Hannah hatte in diesem Moment Augen und Ohren für die Umgebung. Um sich die Haare zu trocknen und um die Moskitos fernzuhalten, stand sie mit ihrem Bier in der Hand direkt am Feuer.

»Hyäne«, flüsterte sie mit aufgerissenen Augen.

Glaubte sie wirklich, Umrisse einer Hyäne erkannt zu haben?

»Ach, was! In den Schatten der Dämmerung glaubt man doch ständig, irgendetwas zu sehen«, tat ich ihre Vermutung ab.

Flick schwieg. Eigentlich wollte ich sie damit beruhigen. Doch Hannah fühlte sich nicht ernstgenommen.

»Nur, weil ihr gerade auf eure Bildschirme glotzt … Ich weiß, was ich gesehen habe. Sie ist hier gerade nicht mal zwanzig Meter vor uns langgegangen.«

Bate war der Einzige, der Hannahs Beobachtung später für sehr plausibel hielt.

Der eindringliche Geruch von wildem Salbei kitzelte mir in der Nase. Noch heute verbinde ich diesen speziellen Geruch mit Botswana. Bei Sonnenaufgang, wir waren gerade erst losgefahren, fanden wir zwei junge Löwenmännchen unter einem Baum. *Die Gefahr war also wirklich jederzeit unmittelbar präsent.* Der Gedanke schien uns allen ins Gesicht geschrieben, während sich die beiden erhoben und aufmachten. Wir verfolgten sie mit ausreichendem Abstand auf ihrem Weg, verloren sie allerdings irgendwann aus den Augen. In den anschließenden ereignislosen Stunden döste ich auf der Rückbank des Jeeps immer mal wieder ein. Oftmals glaubte ich, im Gebüsch Tiere zu erkennen, die sich bei Blinzeln und genauerem Hingucken als Ast oder Stein herausstellten. Auch wenn diese Mobile Safari voller Highlights und packender Begegnungen den Eindruck erweckte, es würde ständig irgendwas passieren, so gab es doch sehr oft diese unendlichen Leerlauf-Phasen. Diese unendlich wichtigen Leerlauf-Phasen, die dringend notwendig waren, um all die Eindrücke irgendwie zu verarbeiten. Die

Stunden zerrannen. Der Tagesverlauf verlief auffallend ereignislos und wir spaßten bereits, die Wildnis des Okavango Deltas würde sich alles für unseren letzten Tag, das morgige große Finale, aufsparen. Es dämmerte bereits, als wir kurz vor dem Camp urplötzlich ein ungewohntes fiepsendes Kichern vernahmen.

Wie aus dem Nichts glitt hektisch wippend ein Schatten an uns vorbei. Dann noch einer. Wir alle brauchten einen Moment, um zu erkennen, worum es sich handelte.

»Sind das …«

»Wildhunde! Die habe selbst ich hier lange nicht mehr gesehen. Auch wenn ich natürlich wusste, dass sie in der Gegend sein müssten«, beendete Bate Hannahs angefangenen Satz.

Mittlerweile war das Rudel auf acht Tiere herangewachsen.

»Wildhunde sind ein faszinierendes Beispiel dafür, zu was eine Gemeinschaft imstande ist, wenn sie konstruktiv zusammenarbeitet. Allein sind sie als Jäger schwach, aber bereits dieses Rudel könnte es mit einem Löwen aufnehmen. Die Tatsache, dass sie eben keine Einzelgänger sind, sondern zusammenarbeiten, verleiht Wildhunden erst diese Macht«, fuhr Bate fort.

»Wenn wir Menschen das auch mal erkennen würden«, seufzte Flick und sprach uns allen damit aus der Seele.

Beim allerletzten Sonnenuntergang saßen wir mit einem Drink in der Hand in unseren Campingstühlen direkt am Wasser, im üppigen Grün zwischen Nilpferden und Elefanten.

Wie so oft lauschten wir noch einmal dem unglaublichen Konzert der Natur.

Es schwang Wehmut mit, aber ich empfand eine innere Zufriedenheit. Zu dem Zeitpunkt hatten wir gefühlt alles gesehen, viel mehr als wir zu hoffen gewagt hatten. Nur ein einziges Tier hatte sich uns immer noch nicht gezeigt.

Der letzte Tag war angebrochen. An diesem Tag drehten zahlreiche Jeeps ihre Kreise im Moremi Game Reserve. Zu Beginn suchten wir nach ein paar Löwen, welche von anderen Gruppen zwischen ein paar Hyänen und Gnus gesichtet wurden. Wir konnten sie jedoch nicht finden. Bate meinte bereits, dass nicht mehr viel Zeit bleiben würde, wenn Flick ihre kleine Propellermaschine bekommen sollte, die sie aus dem Delta herausfliegen würde. Und so machten wir uns irgendwann langsam auf zur Landebahn. *Ein Tier fehlt doch noch!* Ich konnte den Gedanken nicht verdrängen, auch wenn ich wusste, dass wir keine Zeit mehr hatten. Doch als hätte uns irgendeine übernatürliche Macht erhört, machte Bate plötzlich ein für ihn ganz untypisches, schnelles Wendemanöver und trat aufs Gas wie noch nie. Mit durchdrehenden Reifen preschte er in einem Wahnsinnstempo über die Savanne. Niemand von uns hatte bei der wilden Fahrt die Möglichkeit, sein Tun in Frage zu stellen. Erst, als er vom Gas ging, erblickten wir den Grund seiner Eile auf der offenen Graslandschaft.

»Ich kann es nicht glauben, wir haben sie noch gefunden!«

Hannah war die Erste, die Worte fand. Gleich vier Geparden schlichen weit entfernt über die weite Fläche. Die schnellsten aller Raubkatzen hatten sich uns also doch noch gezeigt.

»Als ob sich Botswana das bis zuletzt für uns aufgespart hat«, fügte ich an.

Bate lächelte.

»Sorry, for schumaking you.«

Später verstand ich seine Anspielung auf den kompromisslosen Fahrstil der deutschen Rennfahrerlegende, aber in diesem Moment fokussierten wir uns voll auf die grazilen Wesen.

Gefühlt im nächsten Moment standen wir dann schon auf der Landebahn und verabschiedeten uns von Flick. Zum Abschied schenkte sie uns jeweils eine feste, innige Umarmung.

»Ihr wart tolle Reisebegleiter, ich werde euch nie vergessen.«

»Wir dich auch nicht, Flick. Es war eine unfassbar schöne Zeit mit dir!« Wir verdrückten alle ein Tränchen.

Dann entschwand Flick durch die offenstehende Schiebetür in den Innenraum der kleinen Chartermaschine. Voller Dankbarkeit wanderte mein Blick erst zu Bate und dann rüber zu Hannah. Nicht nur in diesem Moment, auch schon in den letzten Tagen, spürte ich ihr gegenüber wieder eine Verbundenheit, stärker als jemals zuvor, die weit über Liebe hinausging. *Was hat Botswana nur mit uns gemacht?*

19 | TRAMPEN OHNE DAUMEN

Hannah | Ich wusste nicht, was meine Augen sehen wollten. Was meine Ohren hören wollten. Was mein Geist spüren wollte. Mit jedem Kilometer, den wir uns von der ungezähmten Wildnis des Okavango Deltas entfernten und der nächstgelegenen Kleinstadt Maun näherten, wurden Mopane-Wälder zu Hütten, Löwenrufe zu Motorengeräuschen, der Duft nach wildem Salbei zum Duft nach Benzin oder Gegrilltem.

Vor nur einem Tag hatte ich mich auf mehr menschliches Leben gefreut. Darauf, nach einer gefühlten Ewigkeit in den entlegenen Tiefen des Busches wieder in zivilisierten Gefilden anzukommen und lange und ausgiebig mit Mama zu telefonieren. *Was inzwischen wohl in der Welt passiert war? War der Ukraine-Krieg vielleicht endlich mal zu Ende? Oder ist eine neue Pandemie ausgebrochen?* All das hätten wir nicht mitbekommen. Dennoch hatte ich beim letzten Sonnenuntergang im Delta, als die Frösche zum Konzert baten, eine große Portion Wehmut in mir getragen, die spätestens seit dem Abschied von Flick die dominierende Herrschaft über mich übernommen hatte. Diesen Abend würde es kein Lagerfeuer geben. Keine Eimerdusche und keine umherstreifenden Hyänen neben dem Schlafzimmer. Es fühlte sich an, als würde ich eine Hauptstraße in Tokio betreten. Überforderung. Reizüberflutung.

Doch es handelte sich um eine sandige Ortschaft mit nicht einmal neunzigtausend Einwohnern. Ich vermisste Menschen und zugleich fühlte ich mich von ihnen abgeneigt. Alles schien unfassbar laut um mich herum, während mein Inneres schweigsam vom Kontrast zwischen Fülle und Leere vor sich hinvegetierte. Voller nie dagewesener Eindrücke und eindringlicher Erkenntnisse, die mein gesamtes gegenwärtiges Bewusstsein leersaugten. Meine längst vergessenen Sinne, die im Busch wieder zum Leben erwacht waren, schienen plötzlich viel zu geschärft für diese Welt.

Wir verbrachten fünf Tage in Maun, ohne etwas zu tun. Nun, ohne etwas zu tun, das nichts mit dem Sortieren oder Bearbeiten von Fotos, dem Schreiben von Reportagen, Schlafen und der mentalen Verarbeitung des Erlebten zu tun hatte. Erst dann sahen wir uns wieder in der Verfassung, uns – ohne Bate und Flick – mit dem lokalen Bus auf den Weg nach Osten zu den Makgadikgadi Pans zu begeben. Es verging kein Tag, an dem ich nicht an die beiden dachte. Flick hatte uns mittlerweile eine WhatsApp-Nachricht aus London geschickt. Wir versprachen uns, in Kontakt zu bleiben, und auch, wenn es weniger geworden ist, so senden wir uns noch immer gelegentlich Neuigkeiten. Inzwischen ist Flick zur dreifachen Oma aufgestiegen und plant eine weitere Reise nach Botswana.

Doch unser nächstes Lagerfeuer mit fesselnden und schaurigen Geschichten sollte nicht lange auf sich warten lassen.

Nachdem wir mit dem Bus in Nata, einer Kleinstadt nahe der Makgadikgadi Pans – eine der größten Salzwüsten der Erde, wo wissenschaftlichen Untersuchungen zufolge, die Wurzeln des

Homo Sapiens liegen sollen – rausgeschmissen wurden, hielt uns ein Autofahrer auf unserer Wanderung zum Camp an.

»Steigt ein! Ich nehme euch mit zum Camp«, rief er uns durch die heruntergelassene Scheibe mit einer einladenden Handbewegung zu. Henrik und ich blickten uns fragend an.

»Wie viel?«, rief ich zurück, ohne mich einen Meter nach vorne zu bewegen.

»Nichts. Natürlich nichts«, antwortete er zu unserer Überraschung. Zögernd luden wir unsere Rucksäcke in den Kofferraum und stiegen zu dem Mann ins Auto. All unsere Zweifel an der Ehrlichkeit des Mannes stellten sich als absolut unberechtigt heraus. Sein Gesichtsausdruck bei unserem Abschied zeigte ehrliche Freude, uns gerade einen riesigen Gefallen getan zu haben.

Als die Dunkelheit hereinbrach und das Feuer im Camp loderte, trafen wir auf zwei junge deutsche Reisende, die mit einem Geländewagen unterwegs waren, den sie in Sambia gekauft hatten. Wir quatschten über soziale Ungerechtigkeit und landeten bei unseren Reiserouten durch Afrika.

»Wir saßen in Johannesburg mit Locals vorm Hostel am Tisch und tranken ein Bier im Kerzenlicht, da mal wieder Loadshedding war«, erzählte Jana im Schimmer des Lagerfeuers, »plötzlich tauchte eine Gruppe von vier bewaffneten Männern auf. Sie hielten uns Pistolen entgegen.«

Ihr Freund Tim fuhr fort.

»Ich legte mein Notfall-Portemonnaie, in dem ich nie meinen Ausweis und meine Kreditkarten, sondern nur ein wenig Bargeld habe, auf den Tisch und versteckte mich im Gewusel unterm Tisch.«

»Ich dachte, wir würden sterben«, schob Jana ein.

»Irgendwie schaffte es einer der Locals, die Tür zum Hostel zu öffnen und wir konnten uns alle in Sicherheit bringen. Später sah ich, dass sie das Portemonnaie nicht einmal genommen hatten.«

»Wo in Jozi wart ihr denn?«, fragte Henrik entsetzt ob der grauenhaften Geschichte.

»In Maboneng, im Creativity Backpackers.«

In perfekter Synchronität fiel uns die Kinnlade herunter. Ein eiskalter Schauer lief über meinen Rücken. Mein Blut gefror. Es war das gleiche Hostel, in dem wir auch untergekommen waren. Das gleiche Hostel, in dem ich wieder einmal diesen eindringlichen Alptraum hatte, wie genau DAS passierte.

Die untergehende Sonne tauchte den Himmel über der endlos weiten, weißen Wüste aus Salz in eine Farbpalette aus allen erdenklichen Rot- und Orangetönen. Ein einsames Gnu chillte im Abendrot. In der anderen Blickrichtung freute sich eine Herde Zebras über die letzten Lichtstrahlen des Tages, die vom weißen Salz reflektiert wurden und mich dadurch sanft blendeten. Die tiefhängenden Schleierwolken wirkten beinahe hypnotisch. Auf surreale Weise machten gewaltige, kurios geformte Baobab-Bäume das Bild der Makgadikgadi Pans, das Mutter Natur hier zeichnete, perfekt. Ich hatte darauf bestanden, diesen magischen Ort noch mitzunehmen, ehe wir nach Sambia aufbrechen würden, obwohl diese Stippvisite einen Umweg bedeutet hatte. Im Gegensatz zum Damaraland ließen mich meine hohen Erwartungen hier im Osten Botswanas keineswegs enttäuscht zurück. Ich fühlte mich beseelt. Der letzte Abend unserer Reise durch Botswana war angebrochen. Im zeitlichen Vergleich zu Südafrika und Namibia war diese mit fast vier Wochen kurz gewesen. Doch sie war intensiv. Unfassbar intensiv. Unfassbar emotional. Unfassbar lehrreich.

Am folgenden Morgen bestand unser Plan darin, mit dem Bus zurück nach Kasane in die Grenzregion zwischen Namibia, Botswana und Sambia zu fahren, um dort die sambische Grenze zu überqueren.

Erneut hatten wir unseren Plan ohne die Planlosigkeit und die Gastfreundschaft der Batswana, der Einwohner Botswanas, gemacht.

Auf unseren Rucksäcken sitzend warteten wir ungeduldig an der einzigen Tankstelle in Nata, die gleichzeitig als Bushaltestelle fungierte.

»Wo wollt ihr hin?«, fragte uns bereits der dritte Interessierte, der uns für längere Zeit ausgiebig inspizierte.

»Kazungula Border«, antwortete ich genervt. Der Mann, der eine rot-weiß gestreifte Kappe trug, nickte und starrte auf unser Gepäck.

»Auf den Bus könnt ihr lange warten. Der kommt nicht um neun Uhr. Vielleicht um elf. Vielleicht auch gar nicht.«

Ich schaute mit zusammengepressten Lippen zu Henrik, dem diese Aussage überhaupt nicht schmeckte. Ich las in seinen Gedanken, dass er der Information jedoch noch nicht recht Glauben schenkte. Ehe wir überhaupt dazu in der Lage waren, einen Plan auszuhecken, hatte der Mann unsere beiden großen Backpacks, von denen wir mittlerweile aufgestanden waren, gegriffen und befand sich auf dem Weg zu seinem Auto.

»Eeey!«, rief ich und folgte ihm zügigen Schrittes.

»Kein Problem. Ich nehm‘ euch mit. Ich muss sowieso nach Kasane.« Schon lagen unsere Rucksäcke im Kofferraum, dessen Scheibe durch eine Plastikplane ersetzt war.

»Wir zahlen nicht mehr als für den Bus!«, stellte Henrik klar. Der Mann wirkte enttäuscht und ignorierte uns für einen Augenblick.

»Special Taxi«, murmelte er. Das war nicht das erste Special Taxi, das uns feilgeboten wurde. Bisher wollte uns jeder Fahrer in Botswana ein Special Taxi verkaufen. Auf Nachfrage wusste allerdings niemand, was genau an ihrem Angebot »special« sein sollte.

»Wir sind nicht special«, gab ich ihm zu verstehen. Daraufhin lud er unser Gepäck wieder aus und wir nahmen erneut darauf Platz, in der Hoffnung, dass der Bus einfach mit Verspätung fahren würde.

Nach zwanzig Minuten stolzierte der Mann mit der Kappe erneut auf uns zu.

»Okay, auf geht's!« Er griff unser Gepäck und schmiss es abermals in den Kofferraum.

»Wir zahlen immer noch nicht mehr, als wir für den Bus bezahlt hätten.«

»Okay, okay«, antwortete er hektisch und trieb uns auf die Rückbank seiner klapprigen Toyota Limousine, die er unmittelbar startete und die Tankstelle verließ.

»Henry, was machen wir hier?«

»Bei einem wildfremden, dubiosen Mann ins Auto steigen.«

»Wie oft wir unser Glück wohl noch herausfordern werden«, nuschelte ich aus der Fensterscheibe blickend. Hin und wieder passierten wir einsame Elefantenbullen, die sich an Mopane-Bäumen satt aßen oder Herden, die unseren Weg kreuzten. Als wollten sie uns verabschieden. *Ach Botswana, wie irre bist du eigentlich?*

Sambia empfing uns mit offenen Armen und kontroversen Themen. Was wir gleich hinter der Grenze, die wir zu Fuß überquert hatten, lernten: In Sambia musst du nicht selbst Lösungen für deine Probleme finden. Sie werden dir, noch bevor du das Problem überhaupt erkannt hast, auf dem Silbertablett serviert. Irgendwie sitzt du immer im richtigen Bus und gelangst an dein Ziel, ohne dass du am Ende weißt, wie du eigentlich dorthin gekommen bist. Noch mehr als je zuvor in Afrika, standen wir selbst in Livingstone – der vermeintlich touristischsten Stadt des Landes – als weiße Backpacker im Rampenlicht, das ich zu gerne einfach ausgeknipst hätte.

Wir schlenderten über den Maramba Market, der sich am treffendsten als eine Ansammlung aus chaotischem Allerlei beschreiben lässt. Bunte, gebrauchte Plastikstühle, dazwischen Klobrillen, der Geruch tagealten Dörrfisches gepaart mit dem Anblick von Körben voller Mopane-Würmer und schwirrenden Fliegen auf notdürftig zusammengezimmerten Holzständen. Die Touristen, die Livingstone wegen der berühmten Victoriafälle besuchten, verirrten sich jedenfalls nicht hierhin. Mir war unbehaglich zumute, als ich mit meiner Kamera durch die staubigen Marktgassen ging. Wieder einmal hingen alle Augen an mir. Es ertönten aus allen Ecken »Mzungu«-Rufe. Das ist der von Sambia bis Ostafrika gebräuchliche afrikanische Begriff für einen Weißen. Das Pendant zu »Gringo« in Lateinamerika.

Ich konnte mich einfach nicht daran gewöhnen, angegafft zu werden, obwohl ich jedes Mal wusste, dass es dazu kommen würde und ich die Reaktion auf eine blonde, weiße Frau im Grunde absolut verstehe. Mein Selbstbewusstsein reichte nicht aus, um über diese unangenehme Art der Aufmerksamkeit hinwegzusehen. Auch auf Henrik richtete sich die Aufmerksamkeit, doch auf andere Weise. Er stand als großer Mann aus Europa für den Inbegriff der Macht. Aus dem Gewusel des Maramba Markets trat ein hagerer Mann mit Zahnlücke und gekrümmter Wirbelsäule vor uns und hinderte uns so am Weitergehen. Er starrte uns mit strahlenden Augen und offenem Mund an. Für einige Sekunden sagte er nichts, was für eine sonderbare Situation sorgte. Dann bekam er einige Worte heraus, die sich tief in mein Mark einbohrten.

»Wow, mzungu«, stotterte er, »ihr seid weiß … und soooo reich! Wie Gott!«

Zunächst versuchten wir seinem anhimmelnden Verhalten buchstäblich aus dem Weg zu gehen, doch – kein Spaß – diese Situation wiederholte sich exakt genauso dreimal.

Mit jedem Mal wurde mein zwieträchtiger, innerer Krieg der Gefühle heftiger. Mein Gewissen kämpfte zwischen der Scham darüber, dass er bei Betrachtung der Relation irgendwie Recht hatte, und dem unbändigen Bedürfnis, dieses Schubladendenken, diese weltschmerzende Abgrenzung einzig durch die Eigenschaft der Hautfarbe aus dem Weg zu räumen.

In mir stieg Wut auf. Nicht speziell gegen diesen Mann. Sondern gegen die Menschheit.

»Bitte sag das nie wieder!«, reagierte ich mit bestimmtem Ton und ernster Miene. Sein Blick erstarrte.

»Wir sind weder so unermesslich reich, wie du denkst, noch sind wir besser, nur weil wir weiß sind. Bitte verstehe das. Wir sind genauso Mensch wie du. Und Gott sind wir auch nicht. Wir sind nicht mal gläubig.«

Seiner Reaktion nach zu urteilen, hatte er mit dieser Antwort nicht gerechnet. Es schien fast so, als sei in ihm eine Welt zusammengebrochen. Nachdem diese Worte meinen Mund verlassen hatten, fühlte ich mich irgendwie befreit. Auch wenn es kontrovers klingt, finde ich, dass jeder Mensch – egal, ob ein Weißer in Europa oder ein Schwarzer in Afrika – ein Recht auf die Realität des anderen hat, aus der sich eine Verantwortung für jeden Einzelnen ergibt, unsere Welt weniger stereotyp zu sehen, weniger Hass, Neid und Missgunst entstehen zu lassen.

Und wenn es eben keinen Zugang zu einer fremden Realität gibt, muss einer geschaffen werden. Durch Begegnung. Durch Worte. Durch Augenhöhe.

»Wie Gott?«, schnaubte ich zu Henrik, als der Mann in sicherer Entfernung war.

»Tja … überleg mal … Gott wird im Christentum immer als weißer Mann dargestellt. Da siehst du es.«

Herabstürzende Wassermassen pittoresk verbunden durch kontrastreiche Regenbögen, dazu ein ohrenbetäubendes, doch beruhigendes Tosen. Nach dem lebensgefährlich endenden Fail an den Tugela Falls in den südafrikanischen Drakensbergen hatten wir es an den fast zwei Kilometer breiten Victoriafällen geschafft, einen Wasserfall zu finden, der seinem Namen alle Ehre macht. Ein sanfter kontinuierlicher Sprühregen der gewaltigen Fälle legte sich über meine Haut und nässte meine Haare. Eine wohltuende Erfrischung in der sengenden Hitze. Unter uns tobte der Sambesi in der Schlucht. Schräg gegenüber lag Simbabwe in greifbarer Nähe.

Auf einer hölzernen Brücke stehend, lehnte ich meinen Kopf an Henriks Oberarm und schloss die Augen, um die Kraft der Natur aufzusaugen. Lang hielt meine Meditation nicht, denn hinter uns nahm ich laute, aufgeregte Stimmen wahr, gefolgt von einem Tippen auf meiner Schulter.

»Hallo, hallo, hallo«, begrüßte uns eine Gruppe in Camouflage gekleideter Soldaten überschwänglich, »können wir ein Foto mit euch machen?«

Ich war verwirrt. Noch bevor ich meine Verwirrung sortieren konnte, stimmte Henrik der Frage zu und ein Blitzlichtgewitter brach auf uns herein, während die Besatzung zwischen uns beiden unaufhörlich wechselte. Nachdem der fünfte Soldat zwischen uns vor der Kulisse der Vic Falls posierte, ließ ich meinen Gedanken, die mich seit der Begegnung mit dem Mann auf dem Maramba Market nicht mehr losgelassen hatten, freien Lauf.

»Warum sind wir denn so spannend? Wir sind doch gar nicht besonders, nur weil wir eine andere Hautfarbe haben!«

Der Soldat lachte freundlich und zeigte mir das Foto auf seinem Smartphone.

»Ich finde es toll, dass ihr hier seid. Dass wir zusammen hier sind und uns die Vic Falls verbinden. Dass wir selbstverständlich durchmischt sind und uns daran erfreuen. Das zeigt dieses Foto.«

Dieser Soldat hatte es geschafft, meine Perspektive zu ändern und den Krieg meines Gewissens zu mildern.

Einen Tag später standen wir nicht mehr im sanften Nieselregel über dem Schlund der Victoriafälle, sondern Angesicht in Angesicht mit einem ausgewachsenen Nashornbullen, der geradewegs auf Henrik zugetrabt kam. Nein, wir saßen nicht in einem Auto. Wir standen mit unseren Füßen auf dem Boden der Wildnis. Ohne Karosserie, ohne Zaun.

Zuerst waren wir über ihre Fäkalien gestolpert, dann hatten wir ihre Fußabdrücke identifiziert und schließlich standen wir vor den gewaltigen Urzeitwesen, deren vollkommener Anblick uns bisher verwehrt wurde.

Selbst im so tierreichen Botswana gibt es aus Gründen der omnipräsenten Wilderei keine freilebenden Nashörner. Um Wilderer fernzuhalten, hat Botswana alle restlichen im Okavango Delta lebenden Nashörner in eine gesicherte Station umgesiedelt und ihnen das wertvolle Horn abgenommen – eine fragwürdige Methode. Schließlich ist das Horn die natürliche Waffe des Nashorns. Wo der Mensch Schaden anrichtet, wird also durchaus auch in Botswana eingegriffen.

Der Nashornbulle, dem wir nun Auge in Auge gegenüberstanden, hatte ein Horn – und zwar ein ordentliches!

»Aus dem Weg gehen!«, rief unser Scout besonnen, aber ernst zu Henrik, der gar nicht aufhörte, die Situation aus der Kameraperspektive zu betrachten. Mein Puls schnellte auf Zweihundert beim Gedanken, dass mein Freund in jedem Moment von zwei Tonnen überrannt werden würde.

Im gefühlt letzten Augenblick löste Henrik den Blick vom Bildschirm und trat drei Meter zur Seite. Glücklicherweise war das Nashorn nicht an ihm interessiert, sondern am Baumstumpf, der sich hinter ihm befand. Wenige Sekunden später rieb sich der Bulle an diesem, um sich genussvoll zu kratzen.

»Bist du des Wahnsinns?!«, flüsterte ich mit weit aufgerissenen Augen.

»Ist doch nichts passiert.«

Kopfschüttelnd machte ich auf dem Absatz kehrt, um Schritt mit unserer Gruppe zu halten, die von unserem bewaffneten Scout angeführt wurde.

»Derzeit leben elf Breitmaulnashörner hier im Mosi-oa-Tunya Nationalpark«, erklärte der Guide, »die einzigen in ganz Sambia. Nur in North Luangwa soll es noch ein paar wenige Spitzmaulnashörner geben.«

Nach über fünf Monaten in Afrika verging inzwischen kein Tag mehr, an dem ich mich nicht mit dem Thema Wilderei auseinandersetzte.

Hass erfüllt mich beim Gedanken, dass in der letzten Dekade neuntausend Nashörner in Afrika[6] auf übelste Weise hingerichtet wurden. Dass eine ganze Art, die seit Millionen Jahren auf diesem

[6] WWF (2022)

Planeten existiert und eine Schlüsselrolle im Ökosystem einnimmt, akut vom Aussterben bedroht ist, nur weil in Teilen Asiens geglaubt wird, das Horn habe eine heilende Wirkung. Woraus das Horn des Nashorns besteht? Aus Keratin. Wie unsere Fingernägel.

Spätestens in Botswana hatte ich realisiert, dass wir als Mensch eins mit der Natur sind und mit ihr leben müssen, statt gegen sie. Ich spürte es am eigenen Leib. In allen Facetten. Wo um Himmels Wissen holen wir unsere Macht her, über den Kreislauf der Welt zu entscheiden? Gierige, ekelhafte Menschheit.

»Wie steht es denn um die Wilderei hier?«, fragte ich den Guide.

»Wir haben hier kein Problem mit Wilderei. Da die Fläche des Nationalparks sehr klein ist, können wir eine kontinuierliche Überwachung gewährleisten. Hier sind die Nashörner sicher. Wir bekommen Anfragen aus vielen umliegenden Ländern, ob sie ihre Nashörner zu uns umsiedeln könnten. Doch dafür ist die Fläche zu klein.« Bei unserem Rückweg durch den Busch stolperten wir über kleine, runde Kackbällchen.

»Welches Tier?« Der Guide schaute in die Runde.

»Impala«, gab ich als Antwort.

»Genau. Auf manchen Souvenirmärkten werden daraus Perlen-Ketten verkauft. So schön glänzt das! Die Touristen ahnen natürlich nicht, dass es sich um Impala-Kacke handelt. Das muss lustig sein, wenn die glückliche Frau mit ihrer neuen Kette in den Pool springt oder unter der Dusche steht.«

20 | SAMBISCHER KWECHA

Henrik | Da saß ich. Mit dem kleinen Rucksack sowie unseren spärlichen Essensvorräten auf dem Schoß versuchte ich mühevoll die Kontrolle über unsere im Gang des Busses gestapelten Backpacks zu bewahren. Vergebens. Zu meiner Rechten hatte Hannah, bedrängt durch eine große Tasche, die ihr jeglichen Fußraum nahm, auch nicht mehr Platz. Mit einem müden Lächeln umarmte sie ihren Rucksack. Neben ihr am Fenster hockte ein etwa zehnjähriger Junge, dessen Vater für uns in eine andere Reihe geklettert war, damit wir zusammensitzen konnten. Streng genommen hatten wir bei unserer gestrigen späten Ankunft in der Dunkelheit von Sambias Hauptstadt Lusaka zwei konkrete Sitzplätze im Bus für unsere Weiterreise nach Mfuwe reserviert. Töricht zu glauben, hier würde sich irgendwer daranhalten. Zynisch lachte der Deutsche in mir auf.

Wir waren noch nicht lange unterwegs und doch war ich ziemlich fertig. Kein Wunder. Unser Wecker hatte uns um die unmenschlichste Zeit überhaupt, um 02:45 Uhr, aus dem Schlaf gerissen. Als uns der Typ am Busschalter die Abfahrtzeit mitgeteilt hatte, war uns alles aus dem Gesicht gefallen. Entsprechend war es eine sehr kurze erste Nacht im Lusaka, voller Trubel, Enge, Müll. Kaum Luft zum Atmen. Für uns als weiße Reisende noch weniger, weil wir einmal mehr ein attraktiver Anziehungspunkt waren. Wenn dann die Dunkelheit dazu kam, war Zirkus im Kopf und die Nerven tanzten Dubstep.

Aber jetzt saßen wir hier. Gepäckstücke überlagerten unsere großen Backpacks im Gang. Jedes Mal, wenn jemand drüber trampelte, zerrte sich in Hannah neben mir alles zusammen. Mich umtrieb dennoch die Hoffnung, dass der Rucksackinhalt – alles, was wir besaßen – unversehrt bleiben würde.

»Ach, Kwacha – da geht nichts kaputt!«, beruhigte ich sie.

Die sambische Währung Kwacha nahmen wir mittlerweile als Synonym für Quatsch oder jemanden, der Quatsch redete.

»Es hilft ja nichts, ich muss hier jetzt auch mal!«, ließ Hannah verlauten, als der Bus mal wieder Rast in einer Kleinstadt aus Sand und Hütten mit Wellblechdächern machte.

»Na, dann auf in den Kampf und ganz viel Spaß!«

Sie nahm ihn an und drückte sich energisch nach draußen, um nach einer Toilette zu suchen. Ich hörte schon wieder Mzungu-Rufe und nahm die Blicke war, die ihr hinterhergeworfen wurden. Nicht missgünstig oder verachtend, aber als blonde, weiße Frau war sie hier eine Sensation. Auch wenn wir mittlerweile Erfahrung mit der Situation hatten, wusste ich, dass es Hannah immer ziemlich betroffen machte, wenn aufgrund ihrer äußeren Erscheinung über sie geurteilt wurde. Aber wir wurden nun mal anders wahrgenommen, obwohl wir hier wie jeder Sambier oder jede Sambierin mit dieser Busfahrt die gleichen Hürden des täglichen Lebens durchliefen. Hannah riss mich aus meinen Gedanken, als sie sich zurück auf ihren Platz schob.

»Und gewonnen?«, fragte ich sie schelmisch.

»Ne, angepisst! Da war natürlich wieder nur so ein Drecksloch im Boden und fünf Kwacha durfte ich auch noch hinlegen.«

»Na, ja … gibt Schlimmeres, oder?«

Mit einer Mischung aus Humor und Durchhalteparolen versuchten wir den Rest der Fahrt, die Stimmung oben zu halten. Schließlich waren wir auf dem Weg zum South Luangwa Nationalpark, dem bekanntesten Tierschutzgebiet Sambias, und sahen uns schon wieder mitten in der ungebändigten Natur.

Doch noch saßen wir alle im gleichen Boot. Oder eben im Bus. Eingepfercht, gequetscht, zunehmend stinkend und mit schmerzenden Gliedmaßen. Wir waren in dieser Situation wirklich null Komma null privilegiert. So wie es sein sollte. Jeder musste gleichermaßen dafür kämpfen, über die Berge an Gepäck nach draußen zu gelangen, um beispielsweise die eigene Notdurft zu verrichten. Doch trotz der kleinen Individualkämpfe jedes Einzelnen, spürte ich innerhalb dieser Blechschüssel eine Art Schicksalsgemeinschaft. Immer wieder ertönte lautes Lachen. Insbesondere, wenn eine der Bremsschwellen den Bus durchschüttelte und die aufgestapelten Kartons an der Rückwand des Busses auf die Köpfe der letzten Reihe purzelten. Ein Unterhaltungsprogramm für alle. Keiner jammerte, alle lachten. Stieg ein neuer Fahrgast zu, wurde, trotz Überfüllung, von allen Mitfahrenden stets noch ein Platz gefunden. Ich musste schmunzeln beim Gedanken an volle Busse in Deutschland und durchdringende Rufe à la: »Ist voll! Nimm den Nächsten!«

Im Winkel meiner müden Augen nahm ich wahr, wie der Junge neben Hannah seine geleerte Fanta-Flasche aus dem offenen Fenster schmiss. *So wunderschöne Ecken und tolle Menschen, doch das ganze Land ist übersät von Müll.* Gespannt wartete ich auf Hannahs Reaktion, die so etwas noch weniger ausstehen konnte als ich. Als er die Verpackung seiner Kekse zusammenknüllte und sich abermals zum Fenster drehte, packte sie energisch seinen Arm.

»Nichts aus dem Fenster schmeißen!«

Wortlos und verschüchtert blickte der Junge nach unten.

Unsere Lodge in Mfuwe war ein grenzenloser Ort, wo uns nicht nur Paviane und Antilopen, sondern sogar Nilpferde und Elefanten unmittelbar am Zelt besuchen kamen. Wo wir uns die Natur im wahrsten Sinne des Wortes mit ihnen teilten. Kurz vor den Toren des South Luangwa Nationalparks in Sambia hatten wir diesen Ort gefunden. Lediglich durch den zu dieser Zeit ziemlich trockenen Luangwa-Fluss getrennt, blickten wir von unseren Campingstühlen direkt in den Nationalpark und lauschten dem Konzert grunzender Nilpferde, zirpender Grillen, singender Vögel und schreiender Affen. Hier hatten wir für eine knappe Woche ein großes, festinstalliertes Zelt bezogen und nur wenige Meter entfernt fanden wir sogar einen kleinen Pool vor. Weil der Bus so lange gebraucht hatte, waren wir gestern erst spät am Abend in der Lodge angekommen, mitten in der sogenannten Game Management Area, wo eben auch jegliche Art von Wildtier ein- und ausgeht. Bekanntschaft hatten wir vor allen Dingen schon mit einer Gruppe frecher Paviane gemacht, die hier immer mal über das Gelände tobte.

Seltener wurden hier auch schon Wildhunde und Leoparden gesichtet.

»Ina, kannst du dir vorstellen, jemals wieder in Deutschland zu leben?«, fragte ich die Managerin der Lodge, die uns dank intensiver Gespräche schnell sehr vertraut geworden war.

Nach jahrzehntelanger Arbeit in der Pharmaindustrie hatte sie vor einigen Jahren beschlossen, eine Guide-Ausbildung in Südafrika zu machen. Hängengeblieben war sie schließlich hier in Sambia. Da auch Hannah mittlerweile mit einer solchen Ausbildung liebäugelte, waren wir schnell in den Dialog gekommen.

»Ich hatte hier schon viel Ärger und auch rechtliche Auseinandersetzungen. Als alleinstehende, weiße Frau ist das Leben hier alles andere als einfach. Manchmal frage ich mich schon, warum ich mir das antue. Aber was wäre die Alternative? Ein Leben in Deutschland, ohne diese wunderbare Umgebung? Ohne die Tiere? Unvorstellbar!«

Vieles konnten wir sehr gut nachfühlen. Als wir irgendwann meinten, wir müssten uns noch aufmachen, um in Mfuwe nach brauchbaren Lebensmitteln zu stöbern, fügte sie an:

»Hier finden sich zwei kleinere Supermärkte sowie einige Marktstände mit frischen Waren, deren Auswahl jedoch stark begrenzt ist. Erwartet nicht viel und denkt daran, dass ihr hier nicht einfach rausspazieren dürft!«

»Ach, nicht einmal die zwei Kilometer zum Supermarkt?«

»Nein Henrik, nicht einmal hundert Meter. Du kannst jederzeit auf Wildtiere treffen und, du wirst es noch sehen, Elefanten sind hier sehr präsent. Ihr müsst ein Taxi zu nehmen. Das geht mir genauso, wenn ich nicht gerade mit dem eigenen Auto unterwegs bin«, erklärte Ina in bestimmtem Ton. Also wurde ein Fahrer gerufen, der uns nach Mfuwe kutschierte und uns die spärliche

Auswahl lokaler Angebote präsentierte. Zuvor einfach zugängliche Produkte unseres Begehrens wie Käse, Naturjoghurt oder Cola Zero fanden sich hier kaum, da diese nur einmal in der Woche aus größeren Städten angeliefert wurden. Neben dem, was wir uns mühsam zusammengeklaubt hatten, waren wir auf die Essensversorgung ihrer Lodge angewiesen.

Den beschwerlichen Weg bis nach Mfuwe waren wir aber natürlich nicht nur für einige ruhige Tage in der idyllischen Natur gekommen. Um den South Luangwa Nationalpark zu erleben, schlossen wir uns einem morgendlichen und einem abendlichen Game Drive an, um so möglichst umfassend die Tierwelt sowie die Tageszeiten mit ihren Stimmungen mitzunehmen.

Zu Beginn des Game Drives, sowie jedes einzelne Mal, an dem wir uns in die sambische Wildnis begaben, fiel zu Beginn ein Satz, den auch Bate schon so ähnlich geprägt hatte:

»Mal sehen, was die Natur uns heute zeigt!«

Nichts ist vorhersehbar. Sei es die gut getarnte Leopardendame mit erlegter Beute im Baum, die wir gleich am Anfang sahen. Oder unsere letzte schlaflose Nacht, wegen des lauten Schmatzens eines Nilpferds unmittelbar neben unserem Zelt. Immer wieder gab es überraschende Sichtungen. Weit weg von moderner Zivilisation war der South Luangwa Nationalpark einzigartig in seiner natürlichen Pracht und Tierdichte, insbesondere an den sonst so schwierig vorzufindenden Leoparden. Auf der Fahrt notierten wir fleißig unsere Sichtungen.

Am Ende standen eine Löwenfamilie, Nilpferde, Krokodile, Giraffen, Zebras, Warzenschweine, Leoparden, Hyänen, eine Puffotter, Mangusten, Büffel, Impalas, Kudus und Wasserböcke auf unserer Liste. Und natürlich Elefanten, denen wir schon unmittelbar beim Verlassen der Lodge begegnet waren. Die Aufzählung, wahrscheinlich nicht einmal vollständig, zeigte die selbst für uns unfassbare Vielseitigkeit dieses Parks auf. Dass wir nach all unseren Eindrücken aus Botswana hier nicht enttäuscht rausgingen, sagte alles.

»Plötzlich fiel das Kleine vom Baum und wie im Blutrausch fielen die lauernden Hyänen darüber her. Die Mama versuchte es noch zu verhindern, aber hatte keine Chance!«

Bestürzt horchten wir abends der Erzählung unserer italienischen Zeltnachbarn von der nachmittäglichen Safari. Die Bilder der beiden Fotografen schauten wir uns lieber nicht an. Einige Stunden vorher hatten wir noch gemeinsam, in getrennten Jeeps, unter jenem Baum gestanden, in welchem sich eine Leopardendame mit ihrer Beute – einem halbzerlegten Impala – von der anstrengenden Jagd und dem üppigen Mahl erholte. Darunter hatten bereits drei Hyänen darauf gelauert, dass für sie etwas abfiel. Das Leopardenbaby hatten wir jedoch nicht gesehen.

Zur Mitte der Woche machten wir uns frühmorgens auf, die einzigartige Natur mit all ihrer Tierwelt einmal mehr zu Fuß zu erleben. Ganz wie in Botswana oder Livingstone, nur diesmal viel ausführlicher. Der South Luangwa Nationalpark gilt nämlich als Geburtsstätte der Walking Safari. In Sambia ist zusätzlich zum ausgebildeten Guide die Begleitung eines Scouts mit Gewehr vorgeschrieben. Unser Scout Sam war so klein wie Hannah, noch schmaler und wirkte deutlich jünger, als die 25 Jahre, die er uns nannte. Das Gewehr wirkte riesig an ihm. Botha, unser Guide, hingegen wirkte sehr erfahren. Eine amüsante Kombination. Das Gespann hätte locker Vater und Sohn sein können, wobei der Sohn das Gewehr trug.

»Vielleicht ist euch schon aufgefallen, dass manche Tiere hier etwas kleiner sind. Das liegt an den natürlichen Flussgrenzen, hier wandern die Tiere nicht so weit und sind weniger Konkurrenz ausgesetzt. Dadurch bleiben sie kleiner. Die größten Männchen hier sind so groß wie Weibchen im Kafue«, begann Botha seine Ausführungen, als wir uns auf den Weg machten.

Gleich am Anfang hatte auch er uns mitgeteilt, es sei nicht das Ziel, Großwild zu begegnen, sondern die Zusammenhänge und kleinen Dinge in der Natur zu verstehen: Fährten, Kot, Pflanzen. Nach den ersten Standardfragen stellte er schnell fest, dass wir bereits über deutlich mehr Erfahrung als die 08/15-Safari-Touristen verfügten.

Er fühlte sich nun besonders herausgefordert und war umso mehr erpicht, uns Neues zu lehren.

»Ich war auch lange in Kafue, ist auch sehr schön und noch größer, aber dort sind keine Walking Safaris erlaubt«, fuhr er fort.

»Echt? Wieso das denn? Was ist dort anders als hier?«, erkundigte ich mich gleich.

»Der Kafue Nationalpark schließt in der Regenzeit von November bis Mai. Dadurch findet für die Tiere jedes Jahr aufs Neue eine Entwöhnung von uns Menschen statt. Der South Luangwa bleibt hingegen ganzjährig geöffnet und deshalb können hier auch Walking Safaris gemacht werden, weil die Tiere gewissermaßen etwas an uns Menschen gewöhnt sind. Aber nichtsdestotrotz bleiben es wilde Tiere!«

Interessiert hingen wir an seinen Lippen. Wir waren schon ein ganzes Stück gewandert, sahen neben Pavianen und Warzenschweinen auch immer mal Giraffen in der Nähe, als Botha uns folgende Frage stellte:

»Was glaubt ihr, wie diese ausgetretenen Pfade hier zustande kommen?«

Noch während ich die Abdrücke und Schleifspuren unter die Lupe nehmen konnte, hatte Hannah bereits ihre Antwort parat.

»Nilpferde?«

»Aber ist es hier nicht viel zu trocken? Schau mal, wie weit wir vom Wasser weg sind«, zeigte ich mich ungläubig.

»Deine Freundin hat ganz Recht. Nilpferde wandern kilometerweit auch über trockenes Gelände, wir befinden uns hier also auf regelrechten Hippo Highways.«

Wo hatte sie dieses Wissen jetzt schon wieder her? Nach wie vor präsentierte sie sich nochmal deutlich aufmerksamer als ich, was diese Themen anging.

So adrenalingeladen wie mancher Game Drive war unsere Walking Safari nicht, was allerdings auch an unserer inneren Ruhe und Eintracht mit der Natur und den Tieren lag.

Zufrieden lauschten wir den Geschichten von immer möglichen Begegnungen mit Raubkatzen, auf die wir (glücklicherweise) wieder verzichten durften.

»Sam, hattest du schonmal eine solche Begegnung, wo du eingreifen musstest?«, fragte ich unseren jungen Scout, der bis dato kein Wort gesagt hatte, als wir an einem schattigen Plätzchen eine Pause einlegten. In der Ferne konnten wir einige Elefanten am Wasser beobachten.

»Glücklicherweise nicht.«

Er wirkte etwas verlegen ob seines Mangels an Erfahrung.

»Aber wir sind für den Fall der Fälle gut trainiert und ich habe meine Ausbildung mit Bestnote abgeschlossen«, fügte er stolz hinzu.

Wir gratulierten und fühlten uns sehr wohl mit den Beiden.

»Ich hätte nicht gedacht, dass wir hier so viel Strecke machen«, raunte ich Hannah zu.

Sie schaute auf ihre Uhr. Mittlerweile hatten wir fast sieben Kilometer zurückgelegt und waren schweißgebadet.

»Lange kann es nicht mehr sein, wir sind schon zweieinhalb Stunden unterwegs.«

Die Zeit war verflogen. Länger als jemals zuvor durften wir mitten durch das natürliche Habitat all der Tiere spazieren. Als hätte Hannah das Stichwort gegeben, meinte Botha in diesem Moment:

»Der Jeep steht gar nicht weit von hier. Wenn ihr bereit seid, machen wir uns auf die letzten Meter und dann schauen wir, dass wir hier rauskommen, bevor die Hitze unerträglich wird.«

Die Sonne kletterte dem Zenit entgegen, als wir auf unseren letzten Metern einer Herde Zebras begegneten.

»Gut, dass wir das hier auch noch gemacht haben«, flüsterte ich Hannah von hinten ins Ohr und drückte fest ihre Hand.

Es war bereits dunkel geworden, als ich versuchte, im spärlichen Licht der Außenduschen den ganzen Staub und Dreck von meinem Körper zu rubbeln. *Aua!* Etwas traf hart meinen Kopf. Ich schaute nach oben, aber konnte nichts erkennen. Doch als ich keine drei Minuten später wieder getroffen wurde, wusste ich, wer die Übeltäter waren. Ich hob einen kleinen Kern vom Boden auf und warf ihn grob in die Richtung zurück, wo ich sie vermutete. Die Antwort ließ nicht lange auf sich warten. Prompt brach lautes Gezeter und Geschrei aus und ich musste einen schmerzhaften Hagelschauer über mich ergehen lassen. Zwei Paviane kamen sogar vom Baum herunter. Sie machten unverkennbare Drohgebärden in meine Richtung. *Soll ich noch mehr auf Konfrontationskurs gehen?* Ich stand nach wie vor nackt unter der Dusche. Aufgrund des deutlichen numerischen Vorteils der Affen, entschied ich mich lieber für den Rückzug. Ich zog mir mein Handtuch um, schlüpfte in die Flipflops und flüchtete Richtung Zelt. Nicht ohne einen Buschbock zu verschrecken, der friedlich auf der Wiese graste. Mit etwas Abstand folgten mir die Paviane, sahen aber von einer weiteren Attacke ab. Schnell zog ich die Tür zum Zelt zu und atmete erstmal tief durch.

»Alles okay bei dir? Du siehst aus, als hättest du einen Geist gesehen?«, erkundigte sich Hannah.

Sie hatte vorher geduscht und sich bereits gemütlich in die Decke eingemummelt.

»Ja, Affengeister, und zwar gleich mehrere. Ich hatte eine kleine Auseinandersetzung unter der Dusche«, erwiderte ich.

Schnell zog ich mir meinen Schlafanzug an, während ich ihr davon berichtete und meine Beulen präsentierte.

»Fang besser keinen Krieg an mit denen. Ina hatte uns doch vorgewarnt.«

»Die haben ja angefangen!«, stellte ich klar, als ich mich an ihre Seite kuschelte.

Wir unterhielten uns noch ein wenig über die Eindrücke und Erkenntnisse des abermals lehrreichen Tages, bevor wir uns ins Reich der Träume verabschiedeten. *Alles ist so gut zwischen uns.* Ich konnte mir gar nicht mehr vorstellen, wie es einmal anders war oder auch wieder sein sollte.

An unserem letzten Tag hatte sich eine muslimisch-indische Großfamilie, von denen es, wie Ina uns erzählte, ziemlich viele in Sambia gibt, über die gesamte Lodge ausgebreitet. Sie hatten für ihre Versorgung tonnenweise Lebensmittel mitgebracht und sich diese vom Koch des Hauses zubereiten lassen. Als die Angestellten am Nachmittag das Buffett auffuhren, wurde es plötzlich unruhig. Eines der Kids schrie laut herum und zeigte zu den Bäumen, die das Gelände begrenzten. In diesem Moment kam eine gewaltige Elefantenkuh herausgeschritten. Es brach etwas Panik aus, alle zogen sich schnell in den überdachten Bereich der offenen Lobby zurück. In den letzten Tagen hatten wir einige tolle, ruhige Momente mit Elefanten in unmittelbarer Nähe gehabt, aber so weit waren sie bisher nicht vorgedrungen. Zwei Jungtiere folgten ihrer Leitkuh. Alle Gäste balgten sich um die besten Plätze, um das Schauspiel auf dem Handy festzuhalten.

»Bitte alle ruhigbleiben! Niemand tritt auf die Wiese vor!«, versuchte das Personal, beruhigend einzugreifen.

Ina war weit und breit nicht zu sehen. Dann fing die Elefantenmama an, am Stroh des Daches rumzureißen.

»Schau mal, da ist noch ein Baby!«, wisperte ich Hannah zu.

Wie immer gut verdeckt, lugte es immer mal hinter seiner Mama hervor. Hannah war hin und weg, blieb aber ganz ruhig und verfolgte das Geschehen voller Ehrfurcht. Ich erkannte die Gefahr. Schnell griff ich unsere Laptops, die wir genau dort, am Rand der offenen Lobby, aufgebaut hatten, wo jetzt wenige Meter entfernt die Elefantenkuh das Dach zerpflückte. Kurz sah ich sie wie eine graue Wand vor mir, bevor ich mich behutsam zurückzog. *Gerade nochmal gut gegangen!*

Auf der anderen Seite hatte einer der jungen Bullen mittlerweile einen Baum mit Früchten ausgemacht. Die Mutter mit Baby folgte.

Just in dem Moment kreuzte eine der indischen Frauen, die offenbar gerade in die Küche wollte, ohne jegliche Skrupel ihren Weg. Es folgten eindeutige Drohgebärden der Mutter und eine deutliche Ansage des Personals. Erst im Anschluss kehrte etwas Ruhe ein.

»Die haben echt gar keinen Respekt! Ina hatte Recht, das ist ja ein völlig anderer Umgang mit Elefanten. Wissen die denn nicht, wie gefährlich das hier werden kann?«, sprach Hannah unsere beider Gedanken aus.

»Ja, der Asiatische Elefant mag ruhiger sein. Der wird ja auch seit Jahrhunderten domestiziert, aber hier kannst du so nicht agieren.«

Wie zwei alte Elefantenkenner diskutierten wir über die Geschehnisse und verstanden die Welt nicht mehr, als Ina uns später erzählte, dass die indische Großfamilie bereits seit Jahren in Sambia lebte.

An diesem letzten Nachmittag stand noch ein letzter, langersehnter Programmpunkt auf dem Plan.

Wir hatten über Ina einen persönlichen Termin beim Chipembele Wildlife Education Trust bekommen, einer NGO, die sich seit Jahren für den lokalen Artenschutz und die Bildung rund um Mfuwe einsetzte. Es war uns ein persönliches Anliegen geworden, schließlich waren wir auf unserer Reise durch Afrika (besonders in Namibia) auch lange Zeit auf weitaus weniger ikonische Wildtiere gestoßen, als es unsere vielleicht illusorischen Erwartungen vom *wilden Afrika* in unsere Köpfe gepflanzt hatten. Vor allem wurden wir immer wieder damit konfrontiert, dass die so imposanten wie wunderbaren Nashörner als Hauptziel der Wilderei der letzten Jahrzehnte immer seltener geworden waren. Schon in den Achtzigern war Afrikas ehemals höchste Konzentration an Spitzmaulnashörnern im Luangwa Tal gänzlich ausgerottet worden. Damit diese schreckliche Tragödie bis heute als Warnung gilt, wurde dort der Chipembele Wildlife Education Trust ins Leben gerufen. Chipembele bedeutet auf der lokalen Sprache Chinyanja Nashorn. Wir hatten uns gut vorbereitet und waren bereit, Steve Tolan, den britischen Gründer, persönlich zu treffen, um für unseren Blog eine Reportage zu diesem Thema auszuarbeiten.

Nature is painting for us, day after day, pictures of infinite beauty.

Das Zitat des englischen Schriftstellers und Kunstkritikers John Ruskin an der Wand des liebevoll gestalteten Klassenzimmers fiel uns gleich ins Auge. Fährten von Löwen und Hyänen waren in den Boden eingearbeitet, Knochen von Giraffen und Nilpferden aufgebahrt und getrockneter Kot lehrte, wie man Elefant, Zebra und Co. identifizieren konnte. Voller Staunen wünschten wir uns für einen Moment, selbst hier Schüler gewesen zu sein.

»Schön, nicht? Aber dafür ist meine Frau verantwortlich! Die hat gerade in England zu tun. Schade, dass sie nicht hier ist.«

Mit einem kräftigen Händedruck hatte sich Steve uns vorgestellt und uns bereits mit der inspirierenden Geschichte der Organisation vertraut gemacht. Nun führte er uns über das weitläufige Gelände, damit wir uns ein umfassendes Bild machen konnten.

»Das sieht so toll aus hier, da können sich einige deutsche Klassenzimmer eine große Scheibe von abschneiden!«

Hannah kam wegen des interaktiven Lernraums, der wie das tollste Naturkundemuseum aussah, regelrecht ins Schwärmen.

»Bildung ist tatsächlich der Schlüssel. Seit wann und wie oft wird hier unterrichtet?«, fragte ich Steve.

»Seit 2001. Hier in unserem Herzstück werden mittlerweile an zwei Tagen pro Woche Kinder und Jugendliche auf professionelle, bildhafte und eindrückliche Art und Weise unterrichtet. Das Hauptziel besteht darin, Kinder aus dem Klassenzimmer heraus in die Natur zu bringen. Die Zeit, die sie dort verbringen, soll ihnen helfen, die natürliche Umgebung zu schätzen und darüber zu lernen, damit sie sie schützen möchten«, führte er stolz aus.

Es sprudelte nur so aus ihm heraus, seine Leidenschaft war spürbar. Eine der Haupterkenntnisse unserer Reisen wurde uns hier deutlich wie nie vor Augen geführt: Artenschutz sowie soziale Projekte sollten nicht diktiert und den Einheimischen übergestülpt werden. Nur mit Integration und Bildung dieser als wertvolle Arbeitskräfte, Teilhaber und Profiteure kann eine solche positive Entwicklung konsequent über einen längeren Zeitraum gemeinsam erreicht werden.

Steve zeigte uns eine Reihe von Bildern ehemaliger Schützlinge und fuhr fort.

»Nach über zwanzig Jahren Arbeit haben wir namhafte Menschen aus dem kleinen Ort Mfuwe hervorgebracht, die international für ihre Arbeit für den Artenschutz bekannt sind. Und das nicht nur wissenschaftlich, sondern auch technisch oder künstlerisch. Samson Moyo ist ein außerordentliches Beispiel. Als Kameramann wirkte er in internationalen Wildlife-Dokumentationen mit und ist für seine Leidenschaft und einzigartigen Aufnahmen berühmt. Als Natur- und Tierfilmproduzent arbeitet er mittlerweile für BBC und ist Chef seiner eigenen Firma.«

Beeindruckt blickten wir von Portrait zu Portrait. Es hatten sich wirklich einige faszinierende Vitas angesammelt.

Neben der Schule befanden sich auf dem Gelände auch einige Einrichtungen zur Pflege und Aufzucht von großen wie kleinen Tieren. Darunter eine Boma, ein mit Palisadenwänden gesichertes Gehege für die Rehabilitation von Großwildtieren. Steve hatte dort schon Büffel, Nilpferde und Elefanten aufgezogen, wie er uns berichtete. Hier war er nun voll und ganz in seinem Metier. Er gab uns zu verstehen, wie er mit den lokalen Pflegern zusammenarbeitete, was er für die geschwächten Tiere tat und was nicht, um den natürlichen Kreislauf des Lebens nicht zu beeinflussen. Ein geschwächtes Tier sicherte nun mal auch den Fortbestand von Raubtieren. Wie es uns Bate gelehrt hatte. Hinter einem Zaun schaute uns ein kleiner Buschbock mit großen Augen erschrocken an.

»Der hier kommt aus eurer Lodge in Mfuwe und wurde von den Pavianen schwer verletzt«, ließ Steve uns wissen.

»Da seid ihr ja schon zu zweit«, spaßte Hannah in meine Richtung. Schnell berichtete ich von meiner gestrigen Auseinandersetzung unter der Dusche.

Als die Runde sich dem Ende entgegenneigte, mussten wir Steve noch eine unangenehme Frage stellen. Zu oft wurden wir auf unserer Reise mit dem White Saviourism Complex konfrontiert. Die teils populistische Diskussion zu dieser Angelegenheit ging mittlerweile so weit, dass gefordert wurde, man solle lieber im eigenen Land bleiben und dort helfen. Dies war für uns eine absolut nicht förderliche Entwicklung.

»Steve, was sagst du zu der anhaltenden Diskussion und den Vorwürfen zum Thema White Saviourism?«, traute sich Hannah schließlich, das Wort zu ergreifen.

Steve zuckte. Zweifelnd schaute er uns an.

»Das meint ihr nicht ernst, oder?«

Er wirkte verstimmt. Wir stellten klar, dass dies ganz und gar nicht unsere Gedanken und Ansichten waren, wir aber gerne ein Statement von ihm für unsere Leser hätten. Steve verstand und gab uns die Antwort, dass diesen Vorwurf ihm gegenüber noch keiner gewagt hätte zu äußern.

»Das Thema scheint sehr woke zu sein. Ich weiß nicht, ob ich mich beleidigt fühlen oder es einfach ignorieren soll. Stattdessen möchte ich sagen, dass unser Ziel immer darin bestand, sambische Studenten zu unterstützen und zu befähigen, Naturschutzführer zu werden, und wir haben nachweislichen Erfolg damit erzielt. Unsere Programme wurden sowohl von der Regierung als auch von den Einheimischen mit offenen Armen aufgenommen und das Feedback war immer positiv.«

»Wir sind große Fans von solchen Projekten, die auf Augenhöhe lokal nachhaltige Strukturen schaffen, wo auch immer auf der Welt«, fügte Hannah hinzu.

Dem konnte ich absolut nichts hinzufügen. Zutiefst beeindruckt von dem inspirativen Treffen machten wir uns auf den Rückweg nach Mfuwe, wo schon bald unser Bus zurück nach Lusaka starten sollte.

Wieder einmal saßen wir eng an eng zusammengepfercht in einer Dreier-Reihe. Schnell hatte eine junge Mutter mit ihrem Baby unsere Reihe aufgefüllt. Ab und zu schaute ich vorsichtig herüber. Das süße Mädchen hatte dicke Bäckchen, Kulleraugen und bunte Zöpfe. Bis jetzt war sie sehr ruhig und schlief viel auf Mamas Bauch. Doch als sie völlig selbstverständlich und in aller Seelenruhe neben mir gestillt wurde, war es an mir, nicht weiter zu glotzen.

Ich schaute zu Hannah und konnte ihr die Schmerzen und die Unlust auf die Fahrt im Gesicht ablesen.

»Woran denkst du?«

»Warum wir immer wieder zusammengequetscht stundenlang unsere Zeit in irgendwelchen Bussen verbringen«, brachte sie ihre Gedanken in Worte.

»Ich kann mir nichts Schöneres vorstellen«, scherzte ich.

»Wie so sambische Kwechas!«, grummelte Hannah in sich rein und spielte damit auf unsere gequetschte Position an.

Der Name der sambischen Währung schien vielseitig einsetzbar.

Noch bevor ich auflachen konnte, wurden wir unterbrochen.

»Kannst du mal kurz halten?«, fragte in diesem Moment die junge Mutter zu meiner Linken und setzte mir ihr Baby auf den Schoß, weil sie im Gepäckfach etwas rauskramen musste. Verdutzt schaute ich die Kleine an, die verständlicherweise prompt anfing zu weinen. Intuitiv begann ich, sanft ihren Rücken zu streicheln und schaute sie liebevoll an. Ihr Protest wurde leiser und leiser, bis er sich in zufriedenes Kichern verwandelte.

Beide Frauen neben mir schauten mich verblüfft an.

»Du hast ja immer noch verborgene Talente!«, flüsterte Hannah, nachdem ich das Baby seiner Mutter zurückgegeben hatte.

Nach einigen Tagen in Lusaka hatten wir festgestellt: Hier ließ es sich mit entspannten Vibes und guten Restaurants doch gut aushalten. Der Kontrast zu Natur und Abenteuer tat uns gut. Außerdem diente Lusaka uns als unweigerlicher Ausgangspunkt für die Weiterreise. Daher würden wir nach unserem nächsten Stopp, der Lower Zambezi Region, auch ein drittes Mal in die Hauptstadt zurückkehren, um zu arbeiten und weiterzureisen.

In Sambia hüpften wir wie nie zuvor hin und her zwischen moderner Zivilisation und roher, unberührter Wildnis.

Wobei »hüpfen« die langen, beschwerlichen Überfahrten wirklich nur unzureichend beschrieb. Zum Sambesi gab es nicht mal Busse, aber im dritten Anlauf klappte es dann doch, irgendwie einen Fahrer zu überzeugen, uns für einen bezahlbaren Preis dorthin zu bringen.

21 | WIR UND DER SAMBESI

Hannah | Ich hielt meinen Kopf geschützt in meinen Händen, meine Augen fest zusammengepresst, meine Stirn in Sorgenfalten gelegt. Das kleine Motorboot musste allerhand Arbeit verrichten, um gegen die kräftigen Wellen anzukommen. Mein Magen gab mir ein eindeutiges Zeichen, dass ihm dieses Erlebnis nicht gerade schmeckte. Seit Ewigkeiten hatte meine Seekrankheit nicht mehr so zugeschlagen. Und das auf einem Fluss! Der Sambesi schien tobsüchtig an jenem Tag. Über uns zogen dicke Wolken. Das Wasser schlug mir gegen die Haut. *Was ein Glück, dass wir gerade noch nicht auf dem Kanu sitzen!*

Wir waren in der Lower Zambezi Region, dicht an der Grenze zu Simbabwe und Mosambik, angekommen. Zwar wurden wir an den Victoriafällen bereits mit dem Wasser des Sambesis getauft, doch der Fluss selbst läuft erst im weiteren Flussverlauf durch Sambia zu seiner Höchstform auf. Wie im Bilderbuch schlängelt sich der Sambesi seinen Weg durch das grüne Tal der Hochebene, während an dessen Ufern Elefanten und Nilpferde ihrem Alltag nachgehen. An diesem Tage schien Mutter Natur allerdings nur graue Stifte im Mäppchen gehabt zu haben. Um vier Uhr morgens hatten wir uns aus unserem Zelt kämpfen müssen, um uns einem Game Drive im Lower Zambezi Nationalpark anzuschließen, der lediglich über den Flussweg erreichbar ist. Irgendetwas in mir versuchte mir zu verstehen zu geben, dass sich all der Aufwand nur für einen weiteren Game Drive nicht lohnte. Ich schien so gesättigt davon wie die Grüntöne des Sambesi-Ufers.

Immerhin waren wir für eine für uns unvertraute, neue Aktion hierhergereist: Eine zweitägige Safari mit dem Kanu. Was ich an diesem Morgen nicht bedacht hatte: Die extreme Abgeschiedenheit der »vergessenen Wildnis«, wie der Nationalpark auch genannt wird, und die spärliche Existenz menschlichen Lebens, machen dieses Gebiet Sambias zum Schlaraffenland für tierisches Leben.

Heilfroh, endlich festen Boden unter meinen Füßen zu haben, kroch ich spuckend vom Boot und wäre am liebsten im Nieselregen auf dem Steg liegengeblieben.

»Komm‘ schon! Wird bestimmt gleich besser.« Henrik griff mit beiden Händen unter meine Arme und zog mich hoch wie einen nassen Sack.

Zwar wackelte es im offenen Safariwagen nicht minder, doch der aufbrechende Himmel und ein Löwenrudel mit vier Jungtieren, deren blutverschmierte Mäuler sich in einem frisch gerissenen Wasserbock vergruben, ließen meine Müdigkeit rasch verfliegen. Ich wunderte mich über mich selbst, dass mir dieser Anblick offenbar weniger Übelkeit bereitete als eine wilde Bootsfahrt über einen Fluss.

Während wir bis dato vorwiegend trockene Savannen vorgefunden hatten, war die Landschaft der Lower Zambezi Region von hohen Palmen, kleinen Bachläufen, üppigen Tälern und markanten Bergpanoramen geprägt.

»Guck mal!«, flüsterte ich aufgeregt zu Henrik, der gerade versuchte, sich die gefährlichen Tsetse-Fliegen vom Leib zu wedeln, »ein Baby-Elefant unter einer Palme.«

»Wahnsinn! Es ist so … anders hier. Aah, guck mal da! Da sind einfach eins, zwei, drei, acht, zwölf Elefanten.«

Es war der elefantenreichste Game Drive unserer ganzen Reise. Unerwartet. Unerwartet schön.

Wie stark verwoben die Lower Zambezi Region mit unseren zuvor bereisten Orten im südlichen Afrika ist, hatten wir zuvor gelesen, begriffen es aber erst so recht, als wir am Abend mit dem Lagerfeuer im Rücken auf der auf einem Berg gelegenen Terrasse unseres Camps standen und sich ein wahnsinniger Überblick über den Fluss offenbarte. In der Dämmerung luden die Nilpferde zum Grunzkonzert, die Vögel trällerten um die Wette und der rote Feuerball brachte die Flussoberfläche zum Glitzern.

Vor vielen Millionen Jahren floss der Sambesi über das Okavango Delta und die Makgadikgadi Pans in Botswana über die Kalahari Wüste in den Atlantik. Eine Erdplattenverschiebung führte dazu, dass der Zugang zum Atlantik abgeschnitten wurde, weshalb sich ein riesiger See in großen Teilen Botswanas, über Savuti, Mababe, das Okavango Delta und Makgadikgadi erstreckte. Der Sambesi änderte folglich seine Richtung und mündet heute in den Indischen Ozean. Der einstige See trocknete sukzessive aus.

Als uns der Wecker am kommenden Morgen derb aus dem Zelt peitschte, hoffte ich inständig, dass der Sambesi sich heute erbarmungsvoll zeigen würde. Nur in einem Holzboot sitzend, hätten wir sicherlich schon genug damit zu tun, den Krokodilen und Nilpferden aus dem Weg zu paddeln. Ich mochte mir gar nicht vorstellen, was passieren könnte, würde uns eine Welle von der Seite wie eine Bratwurst auf dem Grill wenden.

»Seid ihr gute Schwimmer?«, fragte uns unser Guide Samson gleich zu Beginn des Briefings. *Na, das ist so ziemlich die ermutigendste Frage, die man vor einer Bootstour durch ein Krokodil-Gebiet stellen kann.*

Unsicher drehte ich meinen Kopf kurz in Henriks Richtung, antwortete aber trotzdem schon.

»Ja, doch. Wir sind gute Schwimmer.«

»Gut! Es kann auch nichts passieren, solange ihr alle Regeln befolgt und unsere Kanus immer dicht hintereinander bleiben. Möchtet ihr denn zu zweit in ein Kanu oder euch lieber auf uns zwei aufteilen?« Samson zeigte auf seinen Kollegen, der für die kommenden zwei Tage sein Backup sein würde. Für uns stand die Frage gar nicht zur Debatte.

»Wir nehmen auf jeden Fall ein Kanu zusammen!«, gab ich mit einer munteren Selbstverständlichkeit zu verstehen, während Henrik nickte.

»Okay. Seid euch aber darüber bewusst, dass wir in den ersten zwei bis drei Stunden etwa zehn Kilometer durchziehen müssen, bevor es eine Möglichkeit zum Anhalten gibt?«

»Jap, kein Problem. Wir sitzen nicht zum ersten Mal im Kanu«, unterstützte Henrik unsere Selbstsicherheit. Er hatte wohl an unsere Kanufahrt entlang der Lahn, dem Fluss in meiner Heimat, gedacht, bei der wir vor wenigen Jahren überraschenderweise eine Schildkröte und eine Wasserschlange gesichtet hatten.

Am sandigen Flussufer verstauten wir unsere Wertsachen in Drybags, behielten unsere beiden Kameras aber in greifbarer

Nähe, um jederzeit bereit zur Aufnahme zu sein. Der Himmel zeigte sich bedeutend klarer, nur ein paar Schönwetterwolken unterbrachen das strahlende Blau. Was man dem Himmel allerdings auf den ersten Blick nicht ansah, spürte ich auf meiner Haut und in meinen Haaren: Es stürmte. Jetzt fiel mir auf, dass unser in der Böschung geparktes Kanu, halb im Fluss hängend, von unten nach oben und wieder zurück kippte. Wellen schwappten mir über die Füße. Der Sambesi zeigte sich aufmüpfig und offenbarte uns unmissverständlich, wer hier das Sagen hatte. *Das Arschloch.*

Ich platzierte mich auf dem vorderen Sitz im Kanu. Henrik nahm den hinteren Platz des Steuermanns ein. Diese Rollenteilung waren wir nicht nur gewohnt, sie machte auch in doppelter Hinsicht Sinn. Erstens sorgte Henrik mit seinem schwereren Gewicht hinten für mehr Stabilität und konnte für einen stärkeren Antrieb sorgen. Ich konnte die Orientierung bewahren und schränke Henrik dennoch nicht in seiner Sicht ein. Zweitens hatte ich auf diese Weise beim Fotografieren kein Hindernis vor mir.

Wir waren startklar und paddelten los.

»Also, wir bleiben immer dicht hintereinander. So nah, dass kein Nilpferd zwischen unsere Kanus passt. Alles klar?«, rief uns Samson mit bestimmtem Ton nochmal ins Gedächtnis. Als Zeichen der Bestätigung hielt ich meinen Daumen nach oben. Auf den ersten Metern schafften wir das, was Samson von uns verlangte. Bis ich auf meiner Frontposition rasch bemerkte, wie mit jeder Minute der Abstand zwischen unseren Kanus größer wurde. Schneller als ich schauen konnte, trieben wir von der imaginären Linie, die unsere Guides mit ihrem Kanu vor uns im Wasser zogen, ab. Ich paddelte und paddelte. Doch die Position veränderte sich kein Stück. Wir trieben immer weiter in die Richtung einer Insel im Fluss, an der gerade eine Hippo-Familie eine Poolparty veranstaltete. Etwas panisch blickte ich über die Schulter nach hinten und sah Henrik dabei, wie er in aller Seelenruhe mit seiner Kamera in der Hand den Fluss filmte.

»Was denn?«, reagierte Henrik unverständlich auf meine forsche Ansage, während sein Paddel unangetastet quer vor ihm lag. Noch ehe ich seine dumme Frage beantworten konnte, nahm ich wahr, wie Samson wild gestikulierend versuchte, unsere Aufmerksamkeit zu erlangen. Mittlerweile wirkte sein Kanu fast nur noch wie ein Punkt am Horizont.

»Alter! Könntest du vielleicht auch mal dein Paddel bewegen? Du lässt mich hier alles allein machen. Guck mal, wo wir sind! Die rufen uns schon.«

»Ich muss das doch filmen!«

»Ich will auch fotografieren. Aber hier geht es gerade ausnahmsweise mal um unser Leben.«

»Ist ja gut. Wie du immer übertreibst.«

Nach einigen Minuten des gemeinsamen Paddelns – unsere Paddel krachten mehrfach scheppernd gegeneinander, da wir sie nicht im gleichen Rhythmus bewegten – schlossen wir wieder ans Kanu unserer Guides an. Ich ahnte, dass uns jetzt eine Ansage blühte. Samson hatte einen ernsten Blick aufgelegt.

»Ich habe euch gefragt, ob ihr zusammen paddeln könnt. Scheinbar könnt ihr es nicht. Wir werden bei der nächsten Gelegenheit die Positionen tauschen.«

Ich fraß meinen Frust, meinen Zorn, meine Traurigkeit in mich hinein und sprach kein Wort mehr. Keiner von uns rührte mehr seine Kamera an. Jedes Mal, wenn unsere Paddel gegeneinander krachten, stöhnten wir beinahe hasserfüllt auf. *Ich hab' hinten keine Augen. Folg doch einfach meinem Rhythmus.* Doch ich ließ meine Gedanken unausgesprochen. Ich fühlte mich verletzt. Verletzt in meiner persönlichen Ehre als ehrgeizige Sportlerin. Aber vor allem zutiefst verletzt in dem, wovon ich dachte, dass wir beide es zurückerlangt hatten. Mich übermannte der Eindruck, dass wir in diesem Moment gescheitert waren. Als Team. Weil der Horizont mal wieder bei den eigenen Bedürfnissen endete. Weil wir uns nicht unserer verantwortungsvollen Rolle bewusst waren. Unabhängig von unserem offensichtlichen Fail, fühlte ich mich mit Samson und seinem Kollegen als Guides nicht wohl. Er war mir nicht sympathisch, wir redeten oftmals aneinander vorbei und schienen buchstäblich nicht auf einer Wellenlänge zu sein. *Wie soll ich so nur die nächsten vierundzwanzig Stunden genießen, die so besonders werden sollten?*

Samson und sein Kollege stoppten das Kanu im sandigen Hang einer Insel und zogen unseres kraftvoll daneben. Es lag Unmut in der frischen Luft der Natur.

»Jetzt ist erstmal Mittagspause angesagt«, unterbrach Samson das Schweigen und öffnete mehrere Vorratsdosen mit Salaten und Pizzastücken, »danach teilen wir uns für die nächste Etappe auf.«

Noch immer schweigsam mümmelten wir auf einer Bastmatte sitzend vor uns hin. Ich hielt die Stille nicht aus.

»Ich war noch nie so nah an einem Land, ohne es betreten zu haben.«

Auf der anderen Seite des schmalen Flussarmes war bereits Simbabwe, der Sambesi bildete die natürliche Landesgrenze. Alle

Wasserböcke, Krokodile und Warzenschweine, die wir bisher gesichtet hatten, waren simbabwisch. Henrik antwortete nicht. Musste er auch gar nicht. Denn in diesem Moment fand ein einsamer Elefant seinen Weg durchs Geäst am simbabwischen Ufer und hielt seinen Rüssel in den Sambesi.

»Guten Appo!«, grüßte Henrik mit vollem Mund. Bei allen Konflikten, die wir in den letzten neun Jahren unserer Beziehung geführt hatten, wusste er, wie er mit Humor die Harmonie wiederherstellen konnte.

Am Nachmittag wurde das Gewässer ruhiger. Wir glitten durch eine seichte Flussenge, die durch hohes Gras begrenzt war. Dank des sanften Flusstriebs und unserer Assistenten hinter uns, hielten wir erstmals die Paddel still, da wir nichts weiter tun mussten, als uns treiben zu lassen.

»Das Gute ist: Wir können uns voll auf die Gegenwart und die Kameras konzentrieren«, stellte Henrik fest, als unsere Kanus ausnahmsweise nebeneinander statt hintereinander schwammen.

Er hatte Recht. Mein Puls hatte sich merklich beruhigt. Ich war endlich dazu in der Lage, zu genießen und im Moment anzukommen. Die markanten Berge des Zambezi Escarpments thronten am Horizont. Die Wasseroberfläche flimmerte und funkelte durch die sengende Hitze. Meine Haut brannte angenehm von der Sonne.

»Wollt ihr für den Endspurt nochmal tauschen und gemeinsam paddeln?«

Samsons überraschende Frage blieb in der Luft hängen. Ich blickte ausweichend unter mich, um ausnahmsweise nicht die Verantwortung für eine Entscheidung an mich zu reißen.

»Ja. Klar!«, antwortete Henrik nach einigen Sekunden des Schweigens. Nach dem nochmaligen Tausch rissen wir uns am Riemen.

»Kannst du kurz übernehmen und die Stellung halten? Ich würde gerne ein Foto machen.«

Henrik konzentrierte sich aufs Paddeln, während ich durch den Sucher der Kamera lugte. Die inzwischen tiefstehende Sonne signalisierte uns eindeutig, dass es an der Zeit war, auf einer Insel unser Nachtlager aufzubauen. Samson hatte sogar eine Eimerdusche parat und füllte diese im Sambesi auf.

»Ich dusche mich mit Sambesi-Wasser! Ich dusche mich mit Sambesi-Wasser!«, sang ich in grässlichem Ton im matschigen Sand auf der Stelle tänzelnd.

Die Schlitze der kleinen Kabine aus Zeltstoff, die mich umgab, waren so groß, dass mich jeder, der gewollt hätte, bei der Darbietung hätte beobachten können. Henrik, mit seinen 1,80 Metern, grinste mich schelmisch von oben herab an, als ich meine Augen wieder öffnete. Er konnte sogar drüber blicken.

Der Applaus folgte unmittelbar, in Form von gehässigem Lachen der Nilpferde. Nun hockte ich gekrümmt vor Lachen unter dem herabprasselnden Sambesi-Wasser.

»Guck, der Hubert lacht dich auch schon aus!«

Mein Bauch schmerzte vor Lachen. Ich muss unfassbar würdelos ausgesehen haben. Nackig, im Sand hockend.

So schön, wie ich mir die Sambesi-Dusche vorgestellt hatte, war die Realität allerdings nicht. Denn das Flusswasser brachte meine feinen Haare derart zum Verfilzen, dass keine Bürste dagegen ankam.

Vor wenigen Wochen noch wäre dieses widerspenstige Haargefühl eine Katastrophe für mich gewesen. Ich konnte es in diesem Moment nicht ändern. Und es war mir egal.

Mit dem Ende des Sonnenuntergangs auf der einen Seite der Insel erfüllte der Vollmond auf der anderen Seite unser Zeltlager mit Licht. Das amüsierte Lachen der sambischen und simbabwischen Huberts hielt den ganzen Abend lang an. Bevor wir uns ins Zelt verkrümelten, verweilten Henrik und ich noch eine Weile draußen am Ufer und blickten auf die abertausenden Sterne, die über uns glitzerten. Ich legte mein Kinn auf seine Schulter und forderte ihn damit auf, mir in die Augen zu sehen.

»Das ist einer der schönsten Orte unserer ganzen Afrika-Reise.« Ich spürte einen sanften Kuss auf meiner Stirn.

»Das stimmt.«

»Ich liebe dich«, flüsterte ich, während unsere vier Augen den Sternenhimmel fixierten.

»Und ich dich.«

Es brauchte keine Diskussion über das, was am Morgen falsch gelaufen war. Wir hatten unsere Lektion gelernt. Der Sambesi schien uns zum richtigen Zeitpunkt einen Reminder gesetzt zu haben.

In wenigen Tagen lag ein geografisch großer Sprung vor uns. Es war unser letzter Abend inmitten der Natur des südlichen Afrikas. Ein wundervoller Abschied.

22 | SCHIMPANSEN

Henrik| Balkon an Balkon erstreckte sich die graue Blocksiedlung wie ein Meer vor meinen Augen. Angekommen in Kenia hatten wir außerhalb von Nairobi, in Riuru, ein kleines Apartment gefunden, das sich definitiv nicht als Augenweide entpuppte. Unser mit Kunstrasen begrünter Balkon beherbergte so gerade einen kleinen Tisch mit zwei Klappstühlen, an den wir uns zum Frühstück zwängen konnten. Aber das Wetter lud ohnehin nicht nach draußen ein. Düster stapelten sich die Wolken am Himmel, die letzten Stunden hatte es bereits ordentlich geregnet.

Von Lusaka waren wir mit einem kurzen Zwischenstopp in die Hauptstadt Kenias, nach Nairobi, geflogen. Nach fast vier Monaten mal wieder zu fliegen, fühlte sich im Vergleich zu den Fahrten, denen wir uns zuletzt ausliefern mussten, entspannt an. Nachdem wir unsere Pläne für den kommenden Monat geschmiedet und Kenia erreicht hatten, bekamen wir beide Nachrichten von unserer Familie und unseren Freunden. Alle mit der Frage, wann wir denn zurückkämen. Nicht zuletzt dadurch überkamen mich in den letzten Tagen zweifelnde Gedanken. Ich fühlte eine starke Müdigkeit und Lustlosigkeit in mir. Der unbedingte Drang, Neues zu entdecken und Besonderes zu erleben, war aufgrund der Fülle der Erlebnisse mittlerweile Erschöpfung gewichen. *Macht das Ganze so noch Sinn? Sollten wir nach sechs Monaten nicht langsam nach Deutschland zurückkehren?* Die grauen Gedanken flossen durch das Meer aus Asphalt. Hannah ging es ganz ähnlich.

Der Ton einer WhatsApp-Nachricht unterbrach unseren Gedankenstrudel. Fred, der Vermieter der Wohnung, fragte, ob er uns nicht ein bisschen die Umgebung zeigen sollte. Da wir sowieso noch ein paar Besorgungen auf dem Zettel hatten, nahmen wir sein Angebot dankend an. Keine zehn Minuten später fuhr ein schwarzer Mercedes vor. *Was eine Karre!* Die Tür ging auf und wirklich, es war Fred, der uns zu sich reinwinkte. Fast schon vorsichtig nahmen wir auf der Rückbank Platz, während er das protzig wirkende Gefährt behutsam in der engen Gasse wendete.

»Mein Traum ist es, auch mal zu reisen wie ihr. Als erstes möchte ich mit einem Geländewagen ganz Kenia bereisen. Aber das ist so teuer! Wie macht ihr das?«, ergriff er gleich das Wort.

Verwundert schauten wir beide uns an. Fred, kaum älter als wir, machte finanziell offenbar einiges richtig. Zumindest fuhr er ein Auto, welches wir uns in Deutschland niemals hätten leisten können, und er hatte in unserem Schriftwechsel auch schon durchblicken lassen, dass er mehrere Wohnungen besaß. Und jetzt fragt er uns, ob wir Tipps hätten, wie er es schaffen könne, zu reisen?

»Ob das teuer ist, kommt ganz darauf an, wie man reist. Und wenn ich mir dein Auto so angucke, dann bist du auch dazu in der Lage. Wie viel hat das eigentlich gekostet?«, antwortete ich mit einer Gegenfrage.

»Ach, das ist älter als du denkst. Der kam ja schon gebraucht aus Deutschland.«

Es entwickelte sich ein angenehmes Gespräch. Bei Fred mussten wir uns nicht rechtfertigen, er verstand unsere Art des Reisens auf Anhieb. Trotzdem mussten wir einiges klarstellen, denn er dachte wohl weiterhin, wir hätten ein Leben ganz ohne Probleme.

»Stimmt es wirklich, dass man in Deutschland Geld bekommt fürs Kinderkriegen?«, warf Fred fragend in den Innenraum des Autos.

»Ja, das stimmt gewissermaßen. Aber das ist eine soziale Unterstützung für die immensen Kosten. Leben in Deutschland ist sehr, sehr teuer. Viele könnten sich sonst gar keine Kinder leisten und gerade für junge Leute gibt es kaum bezahlbare Wohnungen«, versuchte Hannah, ihm die Lage zu erläutern.

Doch Fred hörte den Rest des Satzes gar nicht mehr richtig.

»Das ist ja der Wahnsinn! Was macht ihr dann noch hier? Hier haben die meisten fünf Kinder oder mehr. Was wären wir reich!«

Eigentlich wollten wir diese Folgerung nicht stehen lassen, aber gerade an einem großen Einkaufszentrum angekommen, stiegen wir erstmal aus.

Anschließend führte uns das Gespräch über weitere Themenschwerpunkte wie Vegetarismus, den Klimawandel sowie den Krieg in der Ukraine. Zuletzt landeten wir beim Glauben.

»Kenianer sind sehr gläubig, teils so extrem, dass sie dadurch sterben. Ein Pastor – übrigens die reichsten Menschen überhaupt hier, weil Leute sie bezahlen, um alle Probleme zu lösen – hat mal erzählt, dass man Jesus im Wald trifft, wenn man sieben Tage hungert. Daraufhin sind sehr viele umgekommen. Die Menschen haben eine sehr starke, aber auch naive Verbindung zu Hexerei und dem Glauben, dass sie plötzlich reich aufwachen.«

Fred hatte angehalten, um uns einen sogenannten Mugumu-Baum zu zeigen, einen heiligen Schrein des Kikuyu-Volkes, an dem für Regen gebetet wird. Als wir vor dem dicken Stamm des trauerweideähnlichen Baumes standen, brauchten wir gar nicht zum Gebet ansetzen, denn in diesem Moment öffneten sich die Wolken abermals und ein heftiger Regenschauer setzte ein. Schnell flüchteten wir zurück ins Auto.

»Das ist ein sehr gutes Zeichen. Ihr seid Kinder des Glücks«, flüsterte Fred, während er den Motor anließ, um uns wieder in sein Apartment zu fahren.

Wo sind wir denn hier gelandet? Mein Blick wanderte aus dem Fenster unseres Taxis, hinein in die dunkelsten Straßen Nairobis. Hier sollte gleich unser Bus in die ugandische Hauptstadt Kampala starten. Modern Coast – der klangvolle Name des Busunternehmens hatte andere Erwartungen geschürt, als den Verschlag, vor dem wir jetzt hielten. Ich blieb auf der Rückbank sitzen, um auf unser Gepäck aufzupassen, Hannah war allein ausgestiegen, um unsere Tickets abzuholen. Zu schnell, als dass ich hätte reagieren können, hatte sie unseren Geldbeutel gepackt und war weg. Und das jetzt schon länger. Als ich gerade begann, mir Sorgen zu machen, erblickte ich sie, wie sie sich den Weg zurück zum Auto bahnte.

»Ich habe die Tickets. Wir scheinen hier richtig zu sein«, meinte Hannah und griff nach ihrem großen Rucksack.

»Das war sehr riskant hier gerade. Warum gehst du einfach allein los?«, äußerte ich meine Bedenken.

»Ich kann ja auch mal was allein hinbekommen. Oder?«

Ich hatte keine Zeit zu reagieren, denn jetzt standen wir mit Sack und Pack auf der Straße und in Sekundenbruchteilen hatte sich eine Menschentraube um uns versammelt. Nur die Straßenlaternen erhellten die Szenerie. Der Geruch von Alkohol lag in der Luft. Einige Männer wollten uns vermeintlich mit dem Gepäck helfen, aber wir waren gewarnt worden und gaben hier niemandem einfach unser Hab und Gut. Just in diesem Moment kämpfte sich ein großer Reisebus aus dem dichten Verkehr der engen Straßen vor, um sich vor dem Gebäude zu platzieren. Prompt setzte hektisches Treiben ein.

»Ist das der Bus nach Kampala?«, versuchten wir uns bei zwei Männern zu erkundigen, die mit dem Einladen beschäftigt waren und Modern Coast-Westen trugen.

»Ja, ja, Kampala. Das ist der richtige Bus.«

Wir gingen nach vorne – nicht ohne etwas Restskepsis. Doch auch am Eingang des Busses wurden wir mit Blick auf unsere Tickets bestätigt. Also ließen wir unser Gepäck verladen und suchten uns unsere reservierten Plätze.

»Aber der hat ja eine ganz andere Sitzanordnung«, stellte Hannah beim Blick auf unsere Tickets fest.

Sie hatte recht. Einen unserer Sitzplätze gab es hier überhaupt nicht und den anderen hatte bereits eine Frau besetzt.

»Entschuldigen Sie bitte, aber ich glaube Sie sitzen auf einem unserer Plätze«, informierte ich sie.

»Nein, ich sitze hier richtig. Schaut, das ist mein Ticket.«

Wir blickten auf das Ticket, welches zweifelsohne für genau diesen Platz ausgestellt war. So wie meines. Jetzt wurde ich endgültig skeptisch.

»Fahren Sie denn auch nach Kampala?«, stellte ich die entscheidende Frage.

»Kampala? Nein, der Bus fährt Bujumbura in Burundi. Steht doch hier oben auf dem Ticket.«.

Der Busfahrer hatte gerade den Motor angelassen, als wir intervenierten und ihn darauf aufmerksam machten, dass wir doch im falschen Bus waren. Schnellstmöglich versuchten wir, den Bus zu verlassen und an unser verladenes Gepäck zu kommen. Ich sorgte dafür, dass unsere Backpacks wieder hervorgekramt wurden, während Hannah sich noch einmal am Ticketschalter erkundigte. Der Dame fiel alles aus dem Gesicht, als Hannah sie fragte, ob das der richtige Bus sei.

»Nein, auf keinen Fall. Der richtige Bus kommt erst noch.«

Also warteten wir nun mit all unserem Gepäck in dem kleinen Innenraum. Die Abfahrtszeit war längst erreicht. Auch hier gingen dubiose Gestalten ein und aus. Ein arabisch aussehender, dürrer Mann blieb dicht vor uns stehen und flüsterte uns geheimnisvoll zu: »Geht nicht in diesen Bus. Nehmt mich beim Wort. Sie betrügen euch.«

Dann schlurfte er an uns vorbei, und ehe wir uns versahen, war wie vom Erdboden verschluckt.

»Was war das denn jetzt? Also langsam wird's echt gruselig!«, flüsterte Hannah mir zu.

Ich versuchte, irgendwie die Ruhe zu bewahren. An diesem Ort hatten wir erstmals auf unserer Reise das Gefühl, keinem vertrauen zu können. *Wie gefährlich ist das hier eigentlich?*

Ich hatte erst gestern wieder eine Horrorstory über zwei Reisende gelesen, die gekidnappt wurden.

Langsam kam ich ins Grübeln, während hinter dem Tresen schon wieder Unruhe ausbrach und uns ein anderer Mitarbeiter plötzlich versicherte, dass der Bus der immer noch da draußen stand, nun doch der richtige Bus sei. Die Verwirrung war perfekt. Hier wusste niemand, was Sache war. Schließlich trat eine Frau mit einer offiziellen Liste heran und ließ uns wissen, dass der von uns gebuchte Bus eine massive Verspätung hätte und sie uns daher die zwei vorderen Plätze in diesem Bus frei gemacht hätte. Also doch wieder rein in den Bus.

Und da saßen wir dann, nichtsahnend, wie viele Stunden wir auf diesen Sitzen verbringen und wie viele Liter Schweiß wir vergießen würden. Denn das Wagnis hatte gerade erst begonnen.

Den überraschend komfortablen Sitzen zum Trotz, schien der Rest des Gefährts regelrecht auseinanderzufallen. Ständig musste der Fahrer die Gänge der defekten Schaltung reinprügeln, gleich mehrfach blieben wir liegen und der Bus musste wiederbelebt werden. Dazu kamen waghalsige Überholmanöver von einer neuen Qualität, die nun eine größere Gefahr darstellten als gekidnappt zu werden.

»Hoffentlich reißt unsere Glückssträhne nicht ausgerechnet hier!«, wisperte ich Hannah zu, als der klapprige Bus mal wieder besonders knapp vor einem Frontalcrash einscherte.

»Die sind doch irre! Also, wenn ich an unseren geplanten Roadtrip denke, wird mir echt mulmig!«

Doch außer Hoffen und Bangen waren wir handlungsunfähig und versanken so irgendwann in einen unruhigen Schlaf. Endlich waren wir auf dem Weg nach Uganda, wo wir unseren nächsten

Verwandten, den Schimpansen, einen Besuch abstatten wollten. Diesen Trip sowie einen Camping-Roadtrip durch Kenia, der unsere Afrika-Reise abschließen sollte, hatten wir in den letzten Tagen in Nairobi ausgearbeitet, um endlich einen Plan in unseren Köpfen zu haben. Eigentlich hatte uns das sehr gutgetan und neue Motivation geschenkt.

Der Bus stoppte. Ich schaute auf Hannahs Uhr. Mittlerweile war es kurz nach sieben und hell. Gerade an der Grenze angekommen, schien jetzt schon klar, dass wir nicht um neun Uhr in Kampala sein würden. Das Prozedere des Grenzübertritts ging überraschend zügig, doch anschließend standen wir uns, aus unerklärlichen Gründen, anderthalb Stunden vor dem Bus die Beine in den Bauch, bis es weiterging. Mein Kopf pochte, mir war schwindelig und ich hatte Hunger. Die zwei Äpfel, die wir als Proviant eingepackt hatten, waren längst verzehrt.

»Woran denkst du?«, erkundigte ich mich bei Hannah, die sich irgendwo festgestarrt hatte.

»Ich denke an Oma, weil sie heute Geburtstag hat und frage mich, warum ich heute genau hier bin und nicht dort.«

Darauf wusste ich erstmal nichts zu sagen. Wir beide hatten in diesen Tagen damit zu kämpfen, Verwandte und Freunde schon über ein halbes Jahr nicht getroffen zu haben.

Auf dem Weg nach Kampala wurde der Bus mehrfach von der Polizei gestoppt und so verloren wir Stunde um Stunde. Allmählich wurde es unerträglich warm und wir waren schweißgetränkt. Und nun, Kampala war langsam in Reichweite, standen wir auch noch im Stau. Mühsam näherten wir uns dem Ort, der uns als Endstation genannt worden war und den Hannah per GPS auf dem Handy verfolgte. Der Plan war, uns erstmal für ein Frühstück in die wenige hundert Meter entfernte Mall zu retten. Doch endlich angekommen, fuhr der Bus einfach weiter.

»Ruhig bleiben, der durfte hier gerade nicht abbiegen und muss bestimmt da hinten wenden.«

Ich hoffte inständig, ich würde recht behalten, doch der Bus fuhr einfach zügig auf der Hauptstraße weiter. Schnell fragte Hannah den Fahrer, wo in Kampala wir halten würden. Seine Antwort, ein uns unbekannter Ort am anderen Ende der Stadt, war wenig hilfreich. Nach einer kurzen Diskussion brachten wir schließlich den Fahrer dazu, anzuhalten und verließen den Bus einfach an dieser Hauptstraße in Kampala. Ohne Geld und Internet gestrandet, blieb uns nichts anderes übrig, als mit fünfzehn Kilogramm auf dem Rücken und weiteren sieben auf dem Bauch zurück zur eigentlichen Station zu gehen. Völlig zerstört schleppten wir uns die Straße entlang. Hannah liefen bereits Tränen die Wangen herunter und auch ich war mit meinen Kräften am Ende. *Wie zwei stinkende Wracks. Wie komisch müssen wir aussehen für die Menschen hier?* Soweit ich das sehen konnte, war Kampala eine recht moderne, schicke Metropole.

Endlich erschien die Mall. Sie wirkte wie ein heiliger Gral vor unseren müden Augen. Am Eingang zum Paradies angekommen, schob sich allerdings ein mürrisch dreinblickender Security vor uns.

»Was ist in deinem Rucksack?«, fuhr er Hannah an, die vor mir lief.

Was für eine Frage. So ziemlich alles, was wir besitzen. Checkt der denn die Situation nicht? Ehe ich eingreifen konnte, streifte Hannah ihren

Backpack ab und öffnete bockig einige Reißverschlüsse, bevor sie endgültig in Tränen ausbrach und zu Boden sank. Es war alles zu viel. Ich konnte es nachvollziehen.

»Madam is crying«, nickte der Security mir mit einem gehässigen Lächeln zu.

»Ja, mit gutem Grund. Bitte lass uns einfach durch«, versuchte ich ihn zu überzeugen. Er hatte Erbarmen und ließ uns passieren. Es war geschafft. Saubere Toiletten, gute Cafés und mobile Daten lagen nun in Reichweite. *Wie viele Schutzengel haben wir noch übrig?*

Ugandas pulsierende Hauptstadt Kampala war voll von kleinen Mopeds, sogenannten Bodabodas. Egal, ob mit allerlei Waren oder ganzen Familien besetzt, schossen sie aus allen Richtungen zu Dutzenden über die Kreuzung. Doch zugleich war Kampala ruhiger, zurückhaltender als manch andere afrikanische Großstadt. Zwischen schicken Cafés und internationalen Restaurants lebte es sich als Reisender auf jeden Fall weitaus ungestörter als beispielsweise in Nairobi. Nachdem wir uns etwas von den Strapazen der Busfahrt erholt hatten, sah die Welt am nächsten Tag schon wieder so gut aus, dass wir es uns nicht nehmen ließen, den größten See Afrikas, den Victoriasee, zu besuchen.

»Über Uganda, Kenia und Tansania erstreckt sich das auf über tausend Meter Höhe gelegene Gewässer, in dem Schwimmen jedoch tabu ist! Ansonsten läufst du Gefahr, dich mit der Wurmkrankheit Bilharziose anzustecken oder von Krokodilen gefressen zu werden«, las ich Hannah laut vor, während wir im Minibus nach Entebbe saßen. Ein großes buntes Bällebad mit tausenden Minibussen – das war der Busbahnhof in Kampala. Und auch auf dem Weg zum Victoriasee sahen wir mehr Autos, Minibusse und Bodabodas als Touristen. Die Straßen Kampalas waren vollgestopft, aber anderen Reisenden begegneten wir selten.

Am Seeufer angekommen, nahmen wir in einer Strandbar Platz. Die dunklen Wolken verfolgten uns seit Tagen, aber uns war es total egal. Hier war einfach niemand. Und das bedeutete Ruhe. Trotz des frühen Nachmittags bestellten wir uns ein Starkbier und atmeten erstmal durch. Langsam kehrten Zuversicht und Leichtigkeit zu uns zurück und wir waren froh, in Uganda zu sein. Die kleine Busfahrt nach Fort Portal würden wir auch noch schaffen.

Außerhalb des Trubels der westlichen Kleinstadt Fort Portal hatten wir eine Ruheoase gefunden. Auf der oberen Terrasse der Gemeinschaftslounge lockerten wir uns mit Yoga auf und schüttelten den Stress der vergangenen Tage aus unseren geschundenen Körpern. Ein paar Meter abseits schliefen wir in einer malerischen Holzhütte direkt an einem Fluss.

Hier klingelte uns gleich in der ersten Nacht um 05:30 Uhr der Wecker aus den Federn. Im labilen Grenzgebiet zwischen Müdigkeit und Aufregung schlüpften wir in unsere Wanderschuhe und wurden von einem Fahrer zu den Toren des Kibale Nationalparks gebracht, um ein weiteres Kapitel ganz besonderer Tierbegegnungen aufzuschlagen. Doch vor Ort wurden wir unerwartet erstmal mit Gesang und Tanz empfangen.

»Welcome to Kibale National Park«, intonierte der standesgemäß in bunten Trachten gekleidete Chor der Bagwere, eines lokalen Stammes.

»Hier wird aber ganz schön was aufgefahren für die Touris«, kommentierte ich sichtlich überrascht.

Auf Plastikstühlen aufgereiht, um der kulturellen Darbietung zu folgen, fühlte sich das aber nur für einen Moment unangenehm an, denn die Freude der Akteure, das Lächeln im Gesicht, die gesamte positive Stimmung war ansteckend. Ein junger, ausdrucksstarker Mann in Frauentracht hatte mich dabei besonders ins Visier genommen.

Och nee, bitte sprich mich nicht an. Ich muss jetzt hier in aller Herrgottsfrühe wirklich nicht verkleidet werden und mittanzen.

Mein Wunsch wurde nicht erhört. Ich merkte, wie er sich Stück für Stück annäherte. Als es darum ging, uns Reisende zum Tanz aufzufordern, stand er natürlich bei mir auf der Matte. Ich bewunderte seine Stärke, hatten wir doch erfahren, dass offene Homo- und Transsexualität in Uganda strafbar war. Und doch schaffte ich es an diesem Morgen nicht, über meinen Schatten zu springen.

»Nein, danke! Ich möchte nicht«, wimmelte ich ihn möglichst freundlich ab, bis er sichtlich enttäuscht umdrehte.

Mittlerweile hatten sich immer mehr Fahrzeuge angesammelt. Das Publikum hatte sich deutlich vergrößert.

»Hättest du ruhig machen können!«, neckte mich Hannah.

»Mach doch selber! Warum sitzt du noch, du Tänzerin?«

Uns beiden war an diesem Morgen nicht so nach dieser Form von kultureller Interaktion zu Mute, während sich andere Reisende ganz unbefangen der Performance anschlossen. Es wurde gesungen und gelacht, bis die Ranger uns in das Besucherzentrum riefen, um die Einweisung vorzunehmen.

»Wie ihr vielleicht schon gehört habt, gibt es hier auch Elefanten. Unsere Waldelefanten hier sind gar nicht gut auf Eindringlinge zu sprechen, von daher gilt äußerste Vorsicht! In dem Gebiet, in dem die Schimpansen unterwegs sind, begegnen wir ihnen allerdings kaum.«

Natürlich hatten wir die Spuren der Verwüstung und die Haufen der Elefanten auf der Straße hierher bereits registriert.

»Eine extrem wichtige Sache noch! Schimpansen haben zu 98 Prozent die gleiche DNA wie Menschen und sind damit unsere nächsten Verwandten. Wegen der genetischen Ähnlichkeit können sie sich mit menschlichen Krankheiten anstecken, weshalb bei einer nahen Begegnung eine Maske getragen werden muss.«

»Corona lässt grüßen!«, kommentierte Hannah.

»Doch ganz schön voll hier. Ich dachte, die Besucherzahlen seien zum Schutz der Tiere strenger limitiert«, stellte ich fest.

»Joa, fraglich, ob so noch der Schutz der Tiere gegeben ist, aber vielleicht verläuft sich das gleich im Dschungel ja«, erwiderte Hannah skeptisch, als wir uns mit einer buntgemischten Gruppe auf die matschigen Wege des Kibale Forest begaben.

Ehe wir uns versahen, fanden wir uns mitten im ugandischen Bergregenwald wieder, umgeben von tausend satten Grüntönen auf der Spur wilder Schimpansen. Am Vortag hatte es einmal mehr stark geregnet und so mussten wir ständig durch den Regen entstandene Bäche kreuzen. Regentropfen des gestrigen Schauers fielen von den Baumwipfeln herab und kitzelten meine Nase.

»Stopp!«, kam das Signal von Alex, unserem Guide.

In Reih und Glied warteten wir, während er per Funk mit den anderen Guides kommunizierte. Es schien heute tatsächlich eine

Herausforderung, die Schimpansen zu orten. Ein leichtes Gefühl der Sorge breitete sich in mir aus.

»Wir werden doch nicht zu den unwahrscheinlichen fünf Prozent gehören, die die Schimpansen gar nicht zu sehen bekommen?«, sprach Hannah es aus.

»Nein, das glaube ich nicht!«, antwortete ich bestimmt, doch ganz sicher konnte ich mir nicht sein.

Wir bahnten uns weiter unseren Weg über Stock und Stein durch das Dickicht des Dschungels. Die Zeit verging. Die lange Kleidung klebte auf unserer feuchten Haut.

»Auf wieviel Zeit war das Ganze hier nochmal beschränkt?«, fragte ich Hannah nach etwas über zwei Stunden.

»Insgesamt? Keine Ahnung. Ich weiß nur, dass die Zeit mit den Schimpansen auf maximal eine Stunde limitiert ist.«

»Huh, huh, huuuh!«

Bevor ich weitere Zweifel äußern konnte, schallten plötzlich langersehnte Rufe durch das Geäst. Angewurzelt blieben wir stehen und blickten uns mit offenen Mündern und strahlenden Augen an. Gänsehaut legte sich über meine feuchte Haut, sodass ich meine Müdigkeit komplett vergaß. *Da sind sie! Bald werden wir unseren nächsten Verwandten begegnen.*

Wenige Kilometer und einen überquerten Bachlauf weiter, tauchte dann, wie aus dem Nichts, ein Schimpanse direkt vor uns auf und spazierte zügigen Schrittes an uns vorbei. Intuitiv zog ich mir die Maske auf.

Hannahs Maske riss in der Hektik und musste erstmal geknotet werden. So war der Schimpanse schneller wieder verschwunden, als wir es schafften, die Kameras zu zücken.

»Mist! Was, wenn das der erste und letzte Schimpanse war?«, ärgerte sich Hannah.

Oft hatten wir bereits feststellen müssen, dass das Dokumentieren, insbesondere der Drang nach außergewöhnlichen Fotos, unsere Stimmung und damit auch unser Erlebnis trübte, wenn es mal nicht klappte. Dahingehend setzte uns unser Job und unsere damit verbundene Anforderung nicht selten unter Druck.

»Das glaub ich kaum«, antwortete diesmal Alex und zeigte in die Wipfel der umliegenden Bäume.

Nun nahmen auch wir die huschenden Schemen in den Baumkronen wahr, die die lauter werdenden Rufe untermalten.

»Ab jetzt Disziplin! Denkt alle daran, Masken auf und niemals Laute imitieren oder Aufnahmen laut abspielen, da wir nicht wissen, welche Botschaft wir ihnen damit senden.«

Ehrfürchtig beobachteten wir die Schimpansen, wie sie sich von Baum zu Baum schwangen, miteinander kommunizierten und damit bei uns für einen unheimlich naturnahen Moment sorgten. Von hinten pirschte ich mich an Hannah heran und umarmte sie fest. Gemeinsam genossen wir diesen intensiven Moment unter Unseresgleichen. Abermals überkam mich diese starke Verbundenheit, nicht nur zu Hannah, sondern zu Allem, den Menschen, den Tieren, ja, sogar den Pflanzen. Insgeheim wusste ich, dass es Hannah genauso ging.

Und doch war es auch unsere Mission, dieses einzigartige Gefühl mit unseren Kameras festzuhalten. Umso dankbarer waren wir, dass sich das Alpha-Männchen namens Enfuzi direkt vor unseren Augen am Boden niederließ und dort für mehrere Minuten verweilte. Dass mehrere Kameralinsen auf ihn gerichtet waren, störte ihn offenbar genauso wenig wie das sekündliche Klicken der Auslöser. Alex hatte uns erzählt, dass diese Gruppe Schimpansen an Besucher gewöhnt war. Mit dem Portrait dieses imposanten Männchens schuf dieser wunderbare Augenblick eines unserer absoluten Lieblingsbilder der gesamten Reise.

»Enfuzi ist, wie viele Schimpansen, nicht gerade das, was wir einen guten Vater nennen würden. Er hat bereits drei seiner eigenen Babys getötet«, ließ uns Alex kurze Zeit später wissen.

Neben Enfuzi hatten sich auch noch ein paar Spielkameraden in nächster Nähe unter uns gemischt und im Laufe der Zeit waren uns wirklich tolle Schnappschüsse gelungen.

»Auch wenn er die Babys nicht gefressen hat … Als Allesfresser futtern Schimpansen nicht nur Früchte, Blätter oder Samen, sondern auch andere kleinere Affen, weshalb diese nie in direkter Nähe zu beobachten sind. Und ja, gelegentlich kommt sogar Kannibalismus vor.«

Hannah warf Enfuzi einen abschätzenden Blick zu, bevor wir den Rückweg in Angriff nehmen mussten. Unsere gemeinsame Zeit war abgelaufen. Den Marsch zurück nutzte Alex, um uns weitere Aspekte des Lebens der Schimpansen näher zu bringen.

»Schimpansen leben extrem territorial. Dringt eine Gruppe in den Lebensraum einer anderen ein, kommt es zu wirklich schwerwiegenden Kriegen. Das kommt unter Artgenossen so nur bei sehr wenigen Tieren vor.«

Dies hatten wir bereits im Vorhinein beim Schauen mehrerer Dokus mit Erschrecken festgestellt.

»Eine weitere Ähnlichkeit zu uns Menschen!«, warf ich sarkastisch in die Runde.

Alex schwieg, doch sein Blick sagte mir, dass er ähnlich dachte. Zurück am Startpunkt unserer Wanderung berichtete er uns abschließend, dass die Schimpansen gestern gleich hier am Parkplatz angetroffen wurden.

»Zum Glück mussten wir suchen!«, raunte Hannah mir zu. Recht hatte sie! So war die Begegnung mit den Schimpansen noch viel besonderer. Müde, aber glücklich und stolz nahmen wir unser Zertifikat entgegen und hörten den restlichen Tag noch imaginär die Rufe der Schimpansen widerhallen.

»Huh, huh, huuuh!«

23 | HORRORFAHRT

Hannah | Das Feuer loderte und vertrieb endlich die permanente Feuchtigkeit, die seit Tagen in unserer Kleidung hing. Meine Fingerkuppen waren seit gestern dauerhaft von tiefen Rillen gezeichnet.

Wir waren von einem heftigen Regenschauer überrascht worden, als wir uns auf eine Wanderung zu einer der zahlreichen Kraterseen rund um Fort Portal aufgemacht hatten. Während wir uns durch die immer schlammiger werdenden Wege gekämpft hatten, hatten die Kinder der kleinen Dörfer kaum glauben können, was sie da zu Gesicht bekamen. Zwei trampelige Außerirdische, deren schneeweiße Gesichter aus klatschnassen Regenjacken funkelten. Nachdem einer der kleinen Jungs die wilden Mzungus gesichtet hatte, waren alle Kinder des Dorfes in Scharen aus ihren Hütten herausgerannt gekommen, um uns im Chor zu begrüßen.

»Mzunguuu! How are you, how are you!«

Die Frage nach unserem Befinden war keineswegs ernstgemeint. Es war nicht mal eine Frage, sondern klang vielmehr nach einem Schlachtruf. Denn auf meine Reaktion »I'm fine and how are you?« hatten wir nur ein irritiertes Schweigen erhalten.

Mit einem Schmunzeln hatte ich an ein T-Shirt zurückdenken müssen, das ich in Kampala auf einem Markt erblickt hatte. Es trug die Aufschrift: »My name is not Mzungu«. Wir hätten es kaufen sollen.

Abwechselnd hielt ich nun meine Hände und eine meiner Trekkinghosen dem Lagerfeuer im Garten unserer Lodge entgegen.

Henrik verschlang derweil noch die Reste unserer Matooke (frittierte Kochbanane) und tunkte diese in Kikomando (würziger, ugandischer Eintopf aus Bohnen und Kräutern).

Auf der anderen Seite des Feuers saß Moses, der wöchentlich zum kulturellen Austausch in die Lodge kam. Ich konnte sein Antlitz in der Dunkelheit kaum erkennen.

»Wisst ihr, wir haben hier in Uganda auch sehr viele Einwanderer und Flüchtlinge«, erzählte uns der Mann, der etwas jünger als wir gewesen sein musste, nachdem wir zunächst auf Deutschland zu sprechen gekommen waren, »Uganda ist ein sicheres Land. Aus dem Kongo flüchten die Menschen vor dem Bürgerkrieg hierher. Auch aus Ruanda und Somalia. Sogar aus Kenia, wo es wirtschaftlich den Bach heruntergeht.«

Moses hatte inzwischen meine volle Aufmerksamkeit. Unbewusst hatte ich längst aufgehört, meine Kleidung über den Flammen zu wedeln, da unser Gespräch mit jedem Satz interessanter wurde.

»Kennt ihr Empaako?«, fragte er in unsere Runde, die neben uns lediglich aus zwei weiteren Backpackern gebildet wurde.

»Empaako? Nein, um ehrlich zu sein höre ich das Wort zum ersten Mal«, gestand ich kopfschüttelnd.

»Wir, die Bunyoro, aber auch andere Stämme in Uganda, feiern mit Empaako eine traditionelle Namensgebungszeremonie.

Jedes Kind bekommt mindestens einen der zwölf Empaako-Namen.«

»Das heißt, ihr habt nur zwölf Namen? Wenn jemand gerufen wird, drehen sich also höchstwahrscheinlich sehr viele um?«

Henrik schaute verwirrt über die knisternden Flammen zu Moses. Der lachte.

»Im Grunde, ja. Heutzutage tragen wir unseren Empaako-Namen als Zweitnamen. Er sagt sehr viel über unseren Charakter aus. Ich heiße Moses Apuuli. Menschen, die Apuuli heißen, tragen die Kraft und das Glück inne, andere Menschen anzuziehen.«

Es klang so schön, dass ich nicht wusste, was ich darauf antworten sollte. Moses überlegte intensiv.

»Du bist Akiiki«, er blickte Henrik tief in die Augen, »sentimental.«

»Henrik Akiiki – sweet«, lächelte ich mit einem belustigten Unterton, »und ich?«

»Du bist … Adyeeri.«

Ich zog die Augenbraue nach oben, um auf seine Erklärung zu warten.

»Das bedeutet Wahrheit. Die meisten Empaako-Namen sind übrigens geschlechtsneutral. Männer und Frauen können die gleichen Namen tragen. Mein Name, Apuuli, wird auch oft Mädchen, die das Zeug zur Prinzessin haben, verliehen.«

Damit hatte Moses bei mir einen Trigger getroffen.

»Sind Frauen denn dann auch gleichberechtigt in Uganda?«

»Ja.« Diesmal fiel seine Antwort ungewohnt kurz und knapp aus. Mit so einer einfachen Antwort gab ich mich aber nicht zufrieden und löcherte ihn weiter.

»Bei uns gibt's keine klassischen Männer- oder Frauenberufe. Jeder kann alles sein.«

Augenblicklich dachte ich zurück an unser Schimpansen-Trekking. Jetzt erst fiel mir auf, dass zahlreiche Frauen im Kibale Nationalpark als Rangerin arbeiteten. Ich war schockiert über mich, dass mir diese Erkenntnis nach all den Ländern und Monaten, die wir in der Wildnis an der Seite von Männern verbracht hatten, nicht sofort gekommen war.

»Nichtsdestotrotz, wenn du schon fragst, herrscht in vielen Dörfern noch ein sehr traditionelles Frauenbild. Sie müssen sich um Küche, Garten und Kinder kümmern und bekommen früh als Mädchen gezeigt, wie man einen Mann zu verwöhnen hat.«

Ich verdrehte die Augen, weil ich mir sicher war, dass er in der Dunkelheit meinen Blick nicht sehen konnte.

»Die moderne ugandische Frau geht einem angesehenen Beruf nach und kümmert sich trotzdem um Haushalt und Kinder. Oft ist das ein Ding der Unmöglichkeit. Wenn sie denn Geld hat, holt sie sich Hilfe von einer Nanny.«

»Jop. Eigentlich wie in Deutschland«, sprach Henrik meinen Gedanken aus.

Indes wurden die Flammen des Lagerfeuers immer kleiner, da kam Moses zum Abschluss des Abends nochmals auf seine stolze Kultur zu sprechen.

»Nächste Woche hat unser Stammeskönig übrigens Geburtstag. Ganz schön alt ist er schon.«

»Ach, echt? Wie alt wird er denn?«, hakte Henrik nach und hatte dabei vermutlich, genau wie ich, ein Bild von einem gebrechlichen Greis im Kopf.

»Zweiunddreißig.«

In perfekter Synchronität prusteten wir den letzten Schluck Bier in die Flammen. Ich war sprachlos.

»Na, dann habe ich ja noch zwei Jahre Zeit, um ein alter König zu werden«, lachte Henrik sarkastisch.

Trotz der Tatsache, dass Moses auch mich in meinem Gefühl plötzlich unfassbar alt gemacht hatte, empfand ich seine Erzählungen und unsere Lagerfeuergespräche überaus inspirierend. So beschlossen wir, am morgigen Tage mit ihm und seinem Kumpel Patrick einen Bodaboda-Ausflug zu unternehmen.

Seit Tagen zeigte sich der Himmel über dem Westen Ugandas endlich mal wieder blau. Die Sonne kämpfte sich kraftvoll durch die wenigen Wolkenphasen. Ich sprang auf Moses' Bodaboda, während Henrik hinter Patrick Platz nahm. Erst jetzt im Hellen bemerkte ich, dass Moses ebenso kurz gewachsen war wie ich. Selten gibt es Männer auf meiner Augenhöhe. Allerdings entsprach sein Beinumfang etwa meinem Oberarmumfang. Moses schaffte es, dass ich mich nicht nur alt, sondern auch noch breit wie Arnold Schwarzenegger fühlte.

Als wir auf den klapprigen Zweirädern durch die Straßen der Vorstadt hinaus in die Natur fuhren, passierten wir eine Traube wild gestikulierender Menschen auf dem Hof eines Hauses am linken Straßenrand. Alle schimpften unaufhörlich auf einen Mann ein, der gefesselt und gekrümmt auf der Erde neben einer Ziege saß.

»Der Mann hat geklaut«, rief Moses nach hinten.

»Okay, und was passiert jetzt? Wird er hingerichtet?«

»Ich denke, dass die Polizei schon auf dem Weg ist.«

Die Tatsache, dass Moses meine zweite Frage unbeantwortet ließ, brachte mich zum Schaudern. Da das Kommunizieren wegen des Fahrtwinds ohnehin eine Herausforderung war, beließ ich es bei meiner Ungewissheit.

Wir legten den ersten Stopp am Nkuruba Kratersee ein. Moses, der ein beeindruckendes Wissen über die Flora und Fauna seiner Heimat hatte, begleitete uns auf der kleinen Wanderung durch den Wald. Patrick vertrieb sich derweil die Zeit mit den Bewohnern des anliegenden Dorfes.

Es dauerte nicht lange bis sich die Baumwipfel über uns auf und ab bewegten. Dann sah ich, wie ein Affe mit endlos langem Schwanz und buschiger weißer Spitze in abenteuerlichster Spiderman-Manier mit ausgestreckten Gliedmaßen vom einen zum anderen Baum flog.

»Wow, das ist ein schwarz-weißer Colobus!«, staunte Moses nicht schlecht.

»Sag mal, Moses«, unterbrach ich mein Affenfotoshooting, »ist Wilderei in Uganda strafbar? Ich habe neulich gelesen, dass nicht wenige Affen getötet werden.«

»Soweit ich weiß, ist es strafrechtlich verboten, gefährdete Tiere zu töten«, erzählte er, während er unaufhörlich mit bewunderndem Blick in das Geäst schaute, »Schimpansen, Löwen, Elefanten … dafür gibt es saftige Strafen. Einfache Affen hingegen dürfen getötet werden, sofern sie den eigenen Besitz zerstören. Aus Notwehr sozusagen, nicht aus kommerziellen Gründen.«

Wir standen nickend neben ihm und beobachteten das wilde Treiben in den Bäumen.

»Ich für meinen Teil könnte niemals einem Affen was zu Leide tun. In unserer Kultur hat jeder Mensch ein Tier als Totem. Meines ist der Affe. Ich fühle mich Affen sehr verbunden.«

Nach einer überraschend langen Wanderung entlang des Kraterseeufers und durch den dichten Dschungel schwangen wir uns wieder auf die Bodabodas und düsten zu einem nahegelegenen Wasserfall. Ein überaus steiler und rutschiger Weg führte uns hinab gen Fluss und vorbei an einer kleinen, optisch ziemlich unscheinbaren Höhle.

»Diese Höhle ist heilig. Früher hat hier ein Stamm kleinwüchsiger Menschen gelebt. Heute kommen die Nachkommen des Stammes hierher, um zu beten.«

Ich spürte, wie Henrik seinen Ellenbogen gegen meinen Arm stieß und in sich hineinlachte.

»Na, heute schon gebetet?«

Ich verdrehte die Augen, konnte ein Lachen über mich selbst aber nicht unterdrücken.

Am Fuße des Wasserfalls ließen wir uns auf einem trockenen Stein nieder. Wenn ich Uganda in einem Wort beschreiben müsste, wäre es »grün«. Nirgendwo sonst auf der Welt habe ich bisher derart üppige Wälder, saftige Wiesen und Felder gesehen. Unvorstellbar, dass wir uns erst vor drei Monaten auf den staubigen Straßen Namibias nach einem Tröpfchen Wasser gesehnt hatten. Doch heute war ich sehr happy darüber, dass die Wolken ausnahmsweise keinen Regen über uns gossen und wir lediglich leicht vom herabprasselnden Wasserfall berieselt wurden.

Der Ausflug mit Moses und Patrick fühlte sich an, als hätten wir einen Tag mit neu gewonnen Freunden verbracht. Solche, die einem in ihrer Heimat das Gefühl geben, zuhause zu sein, stolz auf das sind, was sie zu zeigen haben. Solche, die dich an Orte bringen, an denen sie ihre Kindheit verbracht haben.

»Wie geht‘s, Mzungu?«

Ich stand in der Schlange vor einem Toilettenverschlag am Rande einer Hauptstraße mitten in Uganda. Immer wieder schielte ich nach hinten, um sicherzugehen, dass der Bus, der uns am Morgen von Fort Portal zurück in die Hauptstadt Kampala bringen sollte, auf mich wartete.

»Wie geht‘s, Mzungu?«

Mir war absolut nicht nach Smalltalk zumute. Wieder einmal zeichnete sich eine saftige Verspätung ab, meine Gliedmaßen schmerzten vom dauerhaft krummen Sitzen, ich stank bereits jetzt nach Schweiß und hegte ernsthafte Zweifel, dass wir unseren Anschlussbus am Abend bekommen würden. Die kommende Nacht würden wir, genau wie auf unserer Hinreise nach Uganda, im Bus verbringen, um von Kampala zurück nach Nairobi zu gelangen. Mir graute es regelrecht davor, doch mein Mantra »Beim zweiten Mal wird's halb so schlimm« schenkte mir zu diesem Zeitpunkt hoffnungsvolle Zuversicht. Ich hatte nicht ahnen können, dass es korrekter hätte heißen sollen: »Wenn du denkst, es geht nicht schlimmer, kommt von irgendwo eine weitere Busfahrt her.«

Noch immer stand der Bettler keinen halben Meter vor mir und fragte unaufhörlich nach meinem Gemütszustand.

»Nicht so gut«, antwortete ich ausnahmsweise in voller Ehrlichkeit in der Hoffnung, dass er mir nun meine Ruhe vor dem

Plumpsklo ließ. Daraufhin musterte er mich noch einige Zeit, brabbelte irgendetwas Unverständliches vor sich her, bevor er herzlich lachend davonspazierte.

Für fünf Stunden klebte ich im Bus mit meiner Haut auf einem von Plastik überzogenen Sitz – mit einer Arschbacke, weil ich neben einen stark übergewichtigen Mann gesetzt wurde. Inzwischen war mein Rücken klatschnass, da ich auf meiner Seite die volle Ladung Sonne abbekam.

Die gute Nachricht bei unserer Ankunft in Kampala war, dass wir den Nachtbus ohne Probleme bekamen. Die schlechte: Neben unseren Rucksäcken jammerte ein gerade noch so lebendiges Huhn im Frachtraum. Und wir verließen den dreckigen Busbahnhof erst kurz vor Mitternacht mit einer Verspätung von bereits zwei Stunden.

Modern Coast hat sich jedenfalls eine deutlich zu dicke Scheibe von der Deutschen Bahn abgeschnitten – und als Aufstrich eine ekelhafte Paste aus Motorenschäden und eine ranzige Marmelade aus Ignoranz drauf geklatscht.

Henrik brauchte keine halbe Stunde, um beim endlosen Stop-and-Go aus der ugandischen Hauptstadt hinaus tief und fest und mit offenem Mund zu schlummern.

Ich knallte mir noch einen Podcast auf die Ohren, bis auch mir die Augen vor Erschöpfung zufielen. Ob wir nun zwei Stunden früher oder später in Nairobi ankämen, konnte mich nun wirklich nicht mehr umhauen.

Im Halbschlaf bemerkte ich in unregelmäßigen, aber häufiger werdenden Abständen ein Ruckeln. Doch ich konnte Traum und Realität mitten in der ostafrikanischen Nacht nicht unterscheiden.

Es fühlte sich an, als würde ich für einen Augenblick zurückgezogen werden, um dann wie eine Aufziehpuppe nach vorne zu hüpfen. Irgendwann rumpelte es so stark, dass ich hellwach war. Auch Henrik hatte es aus seinem Schlaf gerissen. Der kaum volljährige Busfahrer hämmerte wie ein Wahnsinniger gegen den verrosteten Schaltknüppel, während der Bus im Leerlauf weiterrollte. Ein langes Heulen. Dann war der Gang drin und alle Oberkörper im Bus schnellten ruckartig gegen die Sitzlehnen. Nach wenigen Minuten begann das Spiel von vorne. Die ganze Nacht glich einem Ringkampf: Busfahrer gegen Schaltung. Ein Glück, wenn ein Gang drin war und es dann auch noch der richtige war. Moses hatte augenscheinlich recht. Kenia musste wirtschaftlich wirklich mit allen Gliedmaßen am Boden sein, in solch einem desolaten Zustand waren die Busse.

Ich zückte mein Handy aus meiner Bauchtasche und versuchte, per GPS unseren Standort zu recherchieren. Das Ergebnis schockierte mich. Zwar war mir bewusst, dass wir uns noch immer in Uganda befanden – schließlich waren wir noch nicht zur Grenzkontrolle rausgeschmissen worden –, aber dass sich der Bus geradewegs in eine andere Richtung bewegte, beunruhigte mich enorm. Ich zeigte Henrik die Karte.

»Scheint so, als wäre er eben falsch abgebogen«, murmelte der mit halboffenen Augen. Zwischenzeitlich schien der Fahrer selbst auch sein Malheur erkannt zu haben. Auf unbeleuchteter enger Landstraße, auf der im Minutentakt lebensmüde Autofahrer zu waghalsigen Überholmanövern ansetzten, versuchte der junge Fahrer, eine Kehrtwende hinzulegen. Das Problem: Der Rückwärtsgang funktionierte nicht. Schon seit Beginn der Fahrt nicht.

Das war augenscheinlich jedem klar, der auch nur die geringste Ahnung vom Autofahren hatte. Die Mitreisenden auf den Sitzen hinter uns waren in heller Aufruhr. Manche schienen Stoßgebete gen Himmel zu senden, als der naive Busfahrer zum finalen Wendemanöver das Lenkrad einschlug. Hektisch schlug er mit aller Kraft, die er aufbringen konnte, gegen den Schaltknüppel, während der klapprige Bus nun komplett die Straße blockierte. Von links und rechts rasten Scheinwerfer auf uns zu. Es blendete. Die Vorderreifen hingen mittlerweile in der Böschung. Alle Insassen schrien auf Swahili durcheinander. Ich interpretierte die Rufe als Beschimpfungen, die sich gegen den Fahrer richteten. Immerhin kamen die Scheinwerfer nicht mehr näher, was bedeuten musste, dass die anderen Verkehrsteilnehmer aufmerksam genug waren und rechtzeitig bremsten.

Hunderte Schläge gegen die Schaltung und ein Dutzend Beschimpfungen später stand das Fahrzeug in korrekter Richtung mit allen Reifen auf der Fahrbahn. Der Rückwärtsgang erlebte ein einmaliges Revival – wie auch immer.

Um 7 Uhr erreichten wir die Grenze, die wir eigentlich bereits gegen 3 Uhr nachts hatten erreichen sollen.

Einzig die zackige Grenzüberquerung versorgte uns mit einem Schimmer an Hoffnung, dass ab jetzt alles reibungslos funktionierte und wir heute noch in Nairobi ankommen würden. Nun, der Bus heilte sich allerdings leider nicht von selbst. Und so ging das Ruckeln auch auf kenianischem Terrain fröhlich weiter, während die Sonne langsam über den Horizont kletterte. Mit dem Unterschied, dass der Bus jetzt sukzessive an Tempo verlor. Mit maximal dreißig Kilometern pro Stunde tuckerten wir auf den engen

Landstraßen im Westen Kenias. Der Fahrer und seine zwei Kollegen waren derweil eifrig am diskutieren – was nichts Gutes zu verheißen mochte. Schließlich hielten wir an einer Tankstelle. Nach einer gefühlten Ewigkeit kam einer der Fahrer mit einer großen Flasche Wasser zurück. *Ach, na toll! Der hat nur Durst?*

Doch statt sich den Inhalt der Flasche wie erwartet in den Mund zu kippen, öffneten die nunmehr verzweifelten Fahrer irgendeine Luke im Cockpit des Busses und gossen die gesamte Flüssigkeit in das im Sterben liegende Fahrzeug.

Wie durch ein Wunder sprang die Kiste dadurch wieder an. Wir fuhren – bis es zum großen Knall kam.

24 | ZU BESUCH BEI DEN MASSAI

Henrik | Jetzt ging nichts mehr. Der Bus war am Straßenrand komplett zum Stillstand gekommen und es rauchte aus dem Motorraum. Die Idee, die Kupplung (oder den Motor) einfach durch Draufschütten von Wasser zu kühlen, war nach hinten losgegangen. Tumultartig packten alle schnell ihre Sachen, um einige Meter zwischen sich und den Bus zu bringen. Vor einigen Kilometern waren wir noch durch einen etwas größeren Ort namens Kisumu gefahren. Jetzt waren wir wieder im absoluten Niemandsland. Nichts außer Highway weit und breit, daneben Ackerflächen und grüne Wiesen.

Der Qualm wurde dichter und die Fahrer wirkten sehr besorgt. Einige Passagiere trampten bereits weiter, indem sie andere Reisebusse anhielten. Von hier aus fuhren wohl die allermeisten nach Nairobi. Da unser Portemonnaie allerdings gerade leer war, fiel diese Option für uns aus. Wider besseres Wissen hatten wir uns Modern Coast aufs Neue komplett ausgeliefert. Ein schwerwiegender Fehler. Besorgt beobachteten wir aus einigen Metern Entfernung die Szenerie. In dem wilden Durcheinander warfen sich die restlichen Insassen nun gegenseitig Vorwürfe auf Swahili entgegen. Die Lage wurde zunehmend brenzlig, als dann Gerangel und Geschubse einsetzte und einige gegenüber dem jungen, offensichtlich unerfahrenen Personal handgreiflich wurden. Erst als eine Frau mit ihrem Kind fast einen kleinen Hügel runterpurzelte, beruhigten sich die Gemüter etwas. Doch nach wie vor konnte uns keiner sagen, was der Plan war.

Ewig saßen wir in der sengenden Hitze am Straßenrand – hilflos wie zwei Penner auf dem Mond. Niemand beachtete uns.

Seit 26 Stunden waren wir nun schon unterwegs, von dem kurzen Zwischenstopp in Kampala mal abgesehen, und es stand völlig in den Sternen, wie viele es noch werden würden.

»Selbst im Optimalfall wären es noch fast sieben Stunden nach Nairobi von hier aus«, stellte ich mit einem Blick auf Google Maps fest.

»Optimalfall? Wäre schön, wenn sich hier mal irgendein Plan auftäte! Keine Ahnung, wie das hier weitergehen soll.«

»Abwarten! Ein paar der Passagiere sind gerade mit dem Tuktuk zurück in das Modern Coast Büro in Kisumu, an dem wir vor zehn Kilometern vorbeigefahren sind. Ich hoffe einfach, dass die dort irgendeine Lösung parat haben.«

Neben uns hatte die Mutter mit ihrem Baby inzwischen Platz genommen. Den beiden war nichts passiert. Wie sie da saß, sah sie ähnlich besorgt und hilfsbedürftig aus wie wir.

Eine halbe Ewigkeit später wurden wir dann dazu aufgefordert, ebenfalls ein Tuktuk zu besteigen, welches uns zurück zum Office bringen sollte. Wir quetschten uns zu fünft in das kleine Gefährt, froh, dass es zumindest irgendwie weiterging, obwohl es erstmal zurückging. Dort angekommen gab es einen kleinen Warteraum mit Sitzreihen, der uns wenigstens etwas Schatten spendete. Während ich mich aufmachte, uns etwas Essen und Trinken in den angrenzenden Lädchen zu besorgen, machte Hannah nochmal Druck und hakte nach, wie es jetzt hier weitergehen sollte.

»Es kommt gleich ein Ersatzbus. Der ist schon auf dem Weg«, hörte ich noch vom Schalter, als ich hinaus auf die staubige Straße trat. Es war laut, durcheinander und heiß.

Meine Runde endete enttäuschend. Ein Stromausfall machte Kisumu in diesen Stunden schwer zu schaffen. Die labbrigen Pommes, die ich ergattern konnte, waren eiskalt, aber kombiniert mit Wasser, das Einzige, was uns am Leben hielt. Wie wir auf den Bänken hingen, sahen wir inzwischen aus wie zwei blasse Leichname. Wenigstens hatte Hannah eben das Versprechen bekommen, dass wir heute Nacht in Nairobi in der Nähe unserer Unterkunft rausgelassen werden würden. Ein kleiner Hoffnungsschimmer. Ab und zu raffte sich einer auf, um nachzufragen, wie lange es noch dauern würde. Anfängliche 45 Minuten wurden zu drei Stunden, dann zwanzig Minuten zu einer weiteren Stunde. Am Ende waren fast fünf Stunden vergangen. Nicht seit der Panne, sondern seit unserer Ankunft im Office. Es dämmerte bereits, als der Bus vorfuhr, wir unsere Sachen verluden und es letzten Endes nach Nairobi weiterging. Doch wir hatten noch nicht genug leere Versprechungen erfahren. Vor Ort war es plötzlich doch unmöglich, uns in der Nähe unserer Unterkunft rauszulassen und so mussten wir mit der uns bekannten, über zehn Kilometer entfernten Endstation in den dreckigsten Straßen Nairobis vorliebnehmen.

Die Uhr zeigte 0:37, als wir nach über vierzig Stunden Fahrt in Nairobi ausstiegen.

»Autsch.«

Am nächsten Morgen griff ich beim Auspacken unvermittelt in Glassplitter. So wie unser Nervenkostüm war auch unsere heißgeliebte Kaffeepresse unter dem Druck und dem Stress der vergangenen Tage zerbröselt. Unsere Motivation lag noch völlig kraftlos im Bett und schaffte es nicht, aufzustehen. Ich schaute mich nach Ersatzmöglichkeiten für unseren morgendlichen Kaffee um, während Hannah heimlich Flüge nach Deutschland suchte. Sie dachte wohl, ich würde es nicht sehen. Erstmals auf unserer ganzen Reise spielte sie ernsthaft mit dem Gedanken, vorzeitig abzubrechen.

Aber was ist schon vorzeitig bei einer Open-End-Reise, die bereits über sechs Monate dauert?

Auch ich hatte Zweifel, aber der weitere Plan stand eigentlich schon. Der Geländewagen für den Camping-Roadtrip war fest gebucht. Abertausende Kenia-Schilling sollten den Besitzer wechseln. Ohne finanziellen Verlust kamen wir da nicht mehr raus. Wir konnten das nicht alles wegschmeißen, auch wenn uns langsam alles immer mehr mitnahm und stresste.

Im Laufe des Tages bauten wir uns gegenseitig wieder auf. Bei ein paar Cocktails und leckerem Essen in einem schönen Restaurant um die Ecke, redeten wir uns und unsere Pläne stark, bis am Ende des Tages zumindest ein wenig Entschlossenheit zurückgekehrt war.

Schließlich kämpften wir wieder gemeinsam. Trotz aller Schwierigkeiten, mit denen wir zu kämpfen hatten, waren wir uns in den letzten Tagen nicht an die Gurgel gegangen. Und so brachen wir bereits einige Tage später wieder auf, um der legendären großen Wanderung in der Massai Mara beizuwohnen. Dieses unvergleichliche Schauspiel der Natur live und mit eigenen Augen zu bestaunen, konnten wir uns nicht entgehen lassen.

John nahm uns mit einem breiten Lächeln in seinem halboffenen, rostigen Safariwagen sitzend in Empfang, als wir in einem beschaulichen Dorf der Massai ankamen. Seine Zähne strahlten schon von Weitem, auch wenn zwei seiner unteren Schneidezähne fehlten. Von Nairobi waren wir mit einem Matatu, einem ostafrikanischen Sammeltaxi, den langen Weg nach Sekenani gekommen – der letzten Ortschaft vor der Massai Mara, die an der naheliegenden tansanischen Grenze in die Serengeti übergeht. Für drei Tage begaben wir uns in die Hände der Massai, tief in ein völlig anderes Leben. Über Schotterpisten und ruckelige Feldwege wurden wir die letzten Meter zum Camp kutschiert. Vorbei an Wellblech- und Lehmhütten begegneten wir Rindern, Hühnern sowie einer Horde Ziegen, die von einem Jungen über den schmalen, matschigen Weg getrieben wurde.

Am Camp stellte John uns Lewis vor, der in den nächsten Tagen nicht nur zu unserem Guide und Wegbegleiter, sondern bis heute zu einem Freund werden würde. Aber das ahnten, wir an dieser Stelle noch nicht …

Die beiden stolzen Massai trugen klassisch rotkarierte Gewänder und gingen auf Schlappen mit hauchdünnen Sohlen aus Gummi. Johns besagte Zahnlücke machte das Bild perfekt.

»Sowa! Das heißt Hallo.«

Die erste Vokabel hatte Lewis uns rasch eingetrichtert. Damit waren wir gewappnet für einen ersten Spaziergang durch das 400-

Seelen-Dorf und die umliegende Natur, die durch keinerlei Zäune von der eigentlichen Massai Mara getrennt war, wie uns Lewis berichtete. Wir spazierten vorbei an Mädchen, die im Schlamm übten, Häuser zu bauen und Jungs, die sich aus Holz und alten Reifen ein Fahrrad gebastelt hatten.

»Sowa! Sowa!«

Wie selbstverständlich grüßten uns die Dorfbewohner freundlichst und wir zurück.

»Was für eine angenehme Atmosphäre!«, stellte ich fest.

»Ja, endlich mal eine authentische Erfahrung«, freute sich auch Hannah.

Lewis blieb derweil vor einem Baum stehen, schnitt einen Ast ab und begann, diesen geschickt mit seinem Messer zu bearbeiten.

»Das wird eine Zahnbürste. Dieser Baum liefert gesunde Mineralien, besser als jede Zahnpasta. Wer möchte ausprobieren?«

Prompt stellte ich mich zur Verfügung und Lewis demonstrierte uns, wie die Massai mit den Ästen des Baumes ihre Mundhygiene betreiben. Hannahs Experimentierfreude, auf einem Stück Ast herumzukauen, war hingegen begrenzt, daher hielt sie das Ganze lieber auf Video fest.

Die Zeit verging und flugs fanden wir uns beim gemeinsamen Abendessen wieder. Der befreundete Koch zauberte für uns sogar vegetarisches Essen auf den Tisch, obwohl sich die Massai selbst sehr fleischlastig ernährten. Umso verwunderlicher fanden wir es von John und Lewis, dass sie in unserer Anwesenheit gemeinsam mit uns vegetarisch speisten und nicht ihren eigentlichen Ernährungsgewohnheiten nachgingen. Mit der Zeit stellten wir fest, dass die beiden selbstbewusste, aber nicht streng traditionell lebende Massai waren. Sie waren stolz auf ihren Stamm, mussten dafür aber nicht jedes Ritual unterstützen und sämtliche Annehmlichkeiten der Moderne ablehnen. Es dauerte nicht lange, bis Lewis und wir uns gegenseitig auf Instagram folgten.

Vor uns erstreckte sich die weite Graslandsavanne, als John mit seinem Jeep durch das große Eingangstor in die Massai Mara fuhr. Die ersten Gnus und Zebras waren schnell erspäht, als Lewis das Wort erhob:

»Die große Wanderung ist im Gange. Aber ob wir hier und heute nur ein paar hundert oder tausende Gnus oder Zebras sehen, das ist völlig unklar. Also seid nicht enttäuscht, wenn es nicht die Massen sind, die ihr aus den Dokus kennt. Außerdem gibt es hier noch vieles mehr zu sehen!«

Das musste uns Lewis nicht zweimal sagen. Mit zu hohen Erwartungen und deren Einfluss auf das Empfinden kannten wir uns mittlerweile aus.

»Mal sehen, was die Natur uns beschert!«.

Hannah warf das mittlerweile in unser Blut übergegangene Safari-Motto in den offenen Jeep. Ihre Lebensgeister waren über Nacht vollends zurückgekehrt. Doch eine Vielzahl anderer Lebensgeister sollten sich heute von dieser Welt verabschieden.

»Wow, was für ein Bild!«

Hannahs Kamera klickte fortwährend. Im Wipfel einer der Akazien erspähten wir einen schläfrigen Leoparden. Selbst aus dieser Entfernung registrierten wir seine schwere Atmung. Einen Augenblick später sahen wir die Überreste einer Gazelle über einem Ast drapiert. Er hatte sich wohl gerade satt gefressen. Und nun konnten wir uns kaum satt sehen. Bewusst sog ich die Atmosphäre, die Bilder, die Geräusche und auch den beißenden Geruch, der ab und zu herüberwehte, in mich auf. *Schon bald ist das hier alles vorbei und dann werden wir lange davon zehren müssen.* Die letzten Wochen in Kenia wollte ich nochmal ganz bewusst genießen. So hatte ich es mir vorgenommen.

Im Takt der Natur ließ das nächste Tötungsdelikt nicht lange auf sich warten. Mit dem Unterschied, dass wir diesen Tatort gar nicht lange suchen mussten, da sich auf der weiten Fläche bereits mindestens dreißig andere Fahrzeuge ringsherum versammelt hatten. Durch die aufgereihten Autos konnten wir gleich zwei Geparden-Männchen mit einer erlegten Antilope ausmachen.

»Geparden! Ich fass‘ es nicht!«, entfuhr es Hannah, hatten wir diese eleganten Raubkatzen bisher doch lediglich einmal treffen dürfen. Es war ein überwältigender, doch zugleich abscheulicher Anblick. Zweiteres nicht nur ob der herausquellenden Gedärme, sondern auch wegen der Vielzahl an Safari-Fahrzeugen. Es war hier offensichtlich, dass die Tiere durch die Jeeps eingeschränkt, wenn nicht gar massiv gestört wurden.

Während wir über eine halbe Stunde warteten, um in die erste Reihe vorzurücken, vermissten wir die Einsamkeit in der Wildnis Botswanas.

Am Ufer des Mara-Flusses stiegen wir schließlich aus dem Wagen aus, als uns wieder ein übler Gestank in die Nase wehte. Diesmal jedoch von nie dagewesener Intensität. Anfangs konnten wir die Quelle nicht erkennen – bis ein lebloses Gnu im braunen Wasser des Flusses an uns vorbeitrieb. Dann noch eins. Und noch eins. Und zwanzig weitere.

»Ein gefundenes Fressen für die Geier. Auf dem Weg zur Serengeti ist der Mara-Fluss für viele Gnus oder Zebras ein tödliches Hindernis. Die Todesursache sind einerseits hungrige Krokodile, andererseits aber auch die entstehende Massenpanik«, ließ uns Lewis wissen, als wir am Ufer entlangspazierten.

Die gruselige Atmosphäre des Massenfriedhofs wirkte.

»Der Kreislauf des Lebens«, flüsterte ich Hannah zu.

Sie nickte, wohlwissend, worauf ich anspielte. Unser heißgeliebter Disneyfilm »Der König der Löwen« war hier präsenter denn je, nicht nur wegen des Löwenrudels, dem wir etwas später begegneten. Wie sollte es anders sein? Auch sie lagen kugelrund und vollgefressen im Schatten der Büsche.

»Wie konnten wir das hier in Frage stellen?«, rief Hannah glücklich, während ihr der Fahrtwind durch die Haare rauschte.

Hunderte Gnus und Zebras bevölkerten mittlerweile die Wiesen um uns herum. Auch wenn nicht tausende Tiere die Savanne entlang marschierten, so waren es doch mehr denn je. Wir schienen angekommen, zurück in der Unendlichkeit der Wildnis. Dies spiegelte sich nicht nur in der Weite der Landschaft, sondern auch in der Zeit wider, denn wir hatten uns bewusst und trotz der erheblichen Kosten für einen ganzen Tag Game Drive entschieden. In dieses spezielle Terrain wollten wir nicht nur kurz und gehetzt eintauchen. Es war die absolut richtige Entscheidung, welche uns an diesem Tage mit vielen einzigartigen Szenen beschenkte.

Als wir bereits langsam den langen Rückweg in Angriff nahmen, zogen dunkle Wolken auf und es dauerte nicht lange, bis uns der Fahrtwind mit doppelter Stärke und harten Regentropfen ins Gesicht schlug. John und Lewis stoppten an geeigneter Stelle und mühten sich redlich, das Verdeck aufzubauen, um uns und nicht zuletzt die Kameras vor einer Überschwemmung zu bewahren. Erst jetzt registrierten wir, in was für einer Klapperkiste wir schon wieder saßen. In Folge war es ein Ding der Unmöglichkeit, die verrosteten Stützen für das Verdeck aufzustellen sowie das ganze Gefährt mit der Plane dicht zu machen. Überall rann Wasser rein. Schnell packten wir die Kameras ein und platzierten den Rucksack in eine trockene Ecke, bevor wir mitanpackten, um den beiden zu helfen. Gemeinsam lachten wir im prasselnden Regen wegen der Unzugänglichkeiten des Materials und schafften es, die Situation mit einer Menge Humor zu genießen. Schließlich waren wir nicht allein.

Wie schon in Botswana fühlten wir uns am Ende sehr zufrieden, diese Safari nicht auf eigene Faust unternommen zu haben, nicht nur aufgrund der nun vor Nässe wegschwimmenden Wege. Die Insiderinformationen, mit denen uns die Massai in Person von John und Lewis versorgten, waren Gold wert.

»Von allen Game Drives, die wir in Südafrika, Namibia, Botswana oder Sambia gemacht haben, war der heute hier in der Massai Mara auf jeden Fall mit Abstand der brutalste!«

Mit meiner Feststellung fielen wir in unser gemütliches Bett und damit auch alsbald in einen unruhigen Schlaf voller Bilder im Kopf und Geräuschen im Ohr.

»Wo ist eigentlich unsere Kondition hin?«

Hannah schnaufte, als sie sich Schritt für Schritt den steilen Hang des Leruk Hills emporkämpfte. Auch ich hatte an diesem Morgen sichtlich Probleme, Lewis auf den Fersen zu bleiben, der ein ordentliches Tempo an den Tag legte. Wie eine Gazelle sprang er von Stein zu Stein, während wir plump hinterherstolperten.

»Diese Reise hat definitiv ihre Spuren hinterlassen!«, stellte ich mit höchstkonzentriertem Blick auf das Gestein fest.

Lewis war voller Motivation, uns nicht nur sein Dorf, sondern auch das Umland zu zeigen. Gleich am Anfang waren wir an einem Brunnen vorbeispaziert, an dem eine Frau Wasser abfüllte. Vor einigen Jahren hatte es im Dorf einen Cholera-Ausbruch gegeben, woraufhin die Wasserversorgung durch diesen Brunnen verbessert werden konnte, hatte er uns wissen lassen.

Erschrocken über unseren unzufriedenstellenden Fitnesszustand knackten wir nun bei knallender Sonne die 2.000-Höhenmeter-Marke. Doch im nächsten Moment war es plötzlich Lewis, der erschrocken zurückstolperte. Der Grund war allerdings nicht unsere Kondition, sondern ein Tier, dessen Weg wir besser nicht kreuzen sollten.

25 | WER AM HÖCHSTEN SPRINGT

Hannah | Nur im Augenwinkel nahm ich wahr, wie Lewis rückwärts und damit bergab in meine Richtung stolperte. Mein Blick war in voller Konzentration nach unten gerichtet, um meine Füße sicher von Stein zu Stein zu bewegen. Schneller, als ich meinen Blick aufrichten konnte, hatte Lewis mein Handgelenk gegriffen. Erschrocken sprang ich fast Henrik um, der hinter mir wanderte.

»Was, was ist passiert? Bist du gestolpert?«, fragte ich Lewis, der plötzlich außer Atem schien.

»Nein …«, antwortete er leise und gab uns mit einer Handbewegung zu verstehen, dass wir ein paar Schritte zurück gehen sollten, »da liegt eine Schwarze Mamba.«

Stirnrunzelnd scannten Henrik und ich die Umgebung.

»Da! Neben dem Stein dort oben links«, half uns Lewis, indem er mit dem Finger auf die gefährliche Stelle zeigte.

Ich sah, wie sich ein graues Bündel langsam bewegte. Die Mitte des langen Körpers schien deutlich dicker als der Rest. Die Mamba musste also gerade zu Mittag gegessen haben.

»Das ist ja mal was Neues! Bisher hatten wir nur eine Puffotter«, stellte Henrik fest.

»Wir müssen nun wachsam sein«, warnte Lewis, »normalerweise sind sie zu zweit. Und gerade kann ich nur eine sehen.«

Der Schweiß lief mir wie ein Rinnsal den Nacken herunter. Nicht aus Angst vor der längsten Giftschlange des Kontinents. *Papperlapapp, ich habe schon Löwen überlebt.* Die hochstehende Sonne gepaart mit steilen Bergpassagen brachte mich heute konditionell an meine Grenzen.

»Wie sollen wir nächste Woche in Iten auch nur zehn Kilometer in 'ner Fünfer-Pace laufen? Das wird so peinlich«, schnaufte ich zu Henrik.

Einst – also vor unserer Reise – nannten wir uns ambitionierte Langstreckenläufer, die mehrere Medaillen für absolvierte Halbmarathon- und Marathonläufe in der Erinnerungskiste hatten. Jeder, der sich einmal mit dem Laufsport auseinandergesetzt hat, wird den kleinen Ort Iten im kenianischen Hochland kennen. Für jeden Läufer ist es ein Traum, einmal im Leben einen Lauf im sagenumwobenen Iten zu absolvieren, wo die Weltelite lebt und trainiert.

»Lewis, läufst du auch?«, fragte Henrik unseren Massai-Freund interessiert.

»Ja, klar. Jeder läuft. Wir Massai sind im Gegensatz zu den Kalenjin allerdings eher Sprinter. Lust auf einen Trainingslauf morgen früh um fünf?«

Ich lachte höhnisch auf.

»Nein, nein, nein. Lieber nicht.«

Ich konnte zwar lange, aber gewiss nicht schnell laufen.

Endlich zeichnete sich ein Ende des Anstiegs ab. Es brauchte nur noch wenige Höhenmeter und wir standen auf einer weitläufigen Ebene. In alle Himmelsrichtungen erstreckte sich im Tal unter uns die endlos erscheinende Savanne.

»Oh mein Gott, Giraffen!«, rief ich euphorisch wie ein Kind, als hätte ich die Langhälse gerade zum ersten Mal gesehen.

»Und Zebras«, fügte Henrik hinzu. Mit wilden Tieren hatte ich auf dem Leruk Hill gar nicht gerechnet. Töricht. Schließlich befanden wir uns unweit der nicht eingezäunten Massai Mara.

»Kommt! Ich möchte euch unbedingt meinen Lieblingsort zeigen.«

Ich konnte Lewis' zurückhaltenden Stolz spüren. Auf der anderen Seite der Ebene blieb er unter einem lichten Baum eng am Abgrund stehen, schwieg und blickte mit seinem Bogen in der Hand hinab ins unendliche Tal. Der Ausblick war gigantisch.

Ich schloss die Augen und tauchte ein in die Welt von Simba, Nala, Timon und Pumba. Abgesehen von der hier fehlenden markanten Steinformation glich die Landschaft exakt der gemalten aus meinem liebsten Disney-Film.

»Lewis«, unterbrach Henrik meine kindlichen Fantasien, »warum trägst du eigentlich immer Pfeil und Bogen bei dir?«

»Wie ihr eben bei der Schwarzen Mamba gesehen habt, können wir jederzeit in eine lebensbedrohliche Situation geraten. Das ist unsere Selbstverteidigung.«

»Und auch zum Jagen?«, hakte ich unwissend nach.

»Nein, wir jagen nicht. Als Nahrungsquelle dienen nur unsere Nutztiere.«

Die Anwesenheit von Lewis fühlte sich außerordentlich angenehm an. Es kam mir auf merkwürdige Weise absurd vor, aber ich spürte kaum einen Unterschied zwischen uns.

Durch unsere bisherigen Begegnungen mit Menschen aus abgelegenen Dörfern schien ich voreingenommen gewesen zu sein.

Ich war davon ausgegangen, dass die Kommunikation, sprachlich und inhaltlich, eine Barriere bilden würde. Dass wir uns einen imaginären Schutzwall bauen müssten, um eine Überschreitung der für uns erträglichen Schwelle an Nähe und Aufmerksamkeit zu verhindern. Bei Lewis traf all dies nicht zu. Er zeigte größten Respekt und ehrliches Interesse an unserem Leben, ohne auf direkte Weise zu urteilen. Er gab mir das Gefühl, dass er uns als einer von ihnen betrachtete. Als Menschen. Nicht als reicheren, machtvolleren oder besseren Menschen, der zu beneiden ist. Einfach als Menschen. Wir ließen ihm seinen Raum. Er ließ uns unseren. Und all das funktionierte in lockerer Selbstverständlichkeit

Da wir viel Zeit gemeinsam auf dem Leruk Hill verbracht hatten, mussten wir uns zügigen Schrittes auf den Rückweg ins Dorf begeben. Dort hatten wir am Nachmittag nämlich eine Verabredung.

Ein langgezogener, tiefer Ton schallte durch die Gegend. Auf das Signal des Blashorns, was sich später als Horn eines Kudus herausstellte, versammelten sich über vierzig traditionell gekleidete Massai auf einer freien Fläche nahe der Hauptstraße. Die Männer trugen rote Röcke. Manche von ihnen waren mit weißen Punkten am ganzen Körper bemalt. Die Frauen trugen einen beschmückten Reif um den Hals, den sie im Rhythmus der einsetzenden Gesänge durch präzise Schulterbewegungen in Szene setzten. Einen Wimpernschlag später hatte auch ich solch einen Reif auf meinen Schultern liegen und stand den Frauen nicht mehr gegenüber, sondern zwischen ihnen und versuchte, den Rhythmus mitzugehen.

Mein Freund wurde bei den großen, aber überaus zierlichen Männern eingereiht. Einer der Massai forderte ihn auf, gleichzeitig mit ihm aus dem Stand in die Höhe zu springen. Nur aus dem Fußgelenk. Henrik schlug sich herausragend. Wobei ich insgeheim hoffte, dass hinter diesem Wettkampf gerade nur Spaß steckte, da ich von meiner ersten Kenia-Reise wusste, was dieses Ritual der Massai bedeutete: Wer am höchsten springt, der besitzt das Erstwahlrecht der Frauen.

Nicht, dass ich meinen Freund an eine kenianische Massai verliere und ab jetzt allein mit meinem Rucksack bin.

Lewis betrachtete das Spektakel aus der Ferne. Er hatte uns in dieses rund angelegte Dorf gebracht, damit wir das Leben streng traditionell semi-nomadisch lebender Massai kennenlernen konnten. Er und John führten ein vergleichsweise modernes Massai-Leben und besaßen das Privileg, selbst entscheiden zu können, welche Traditionen der Massai-Kultur sie bewahren wollten und in welchen sie sich der modernen Welt öffneten.

Als die Gesänge verstummten, trat ein glatzköpfiger, vergleichsweise stämmiger Mann mit klassisch rotkariertem Gewand aus einer der Lehmhütten hervor. Die Frauen huschten schnell und unbemerkt außer Sichtweite, einige der Männer blieben interessiert stehen.

»Ich heiße euch herzlich willkommen«, sprach der Mann und schüttelte Henrik die Hand, »ich bin der Chief.«

»Vielen Dank für den spektakulären Empfang!«, entgegnete ich mit einem leichten Beuger. Kein Plan, ob das angebracht war. Hätte er uns nicht über seine Rolle aufgeklärt, hätte ich ihn niemals als mächtigste Person des Dorfes eingeordnet. Er trug, außer einer Kette, keinen Schmuck, keine Hautbemalung, keine Kopfbedeckung.

»Ich zeige euch heute mein Dorf«, fuhr er fort, »seit sieben Jahren leben wir nun hier. Allmählich muss ich unseren Umzug planen. Nur noch drei Jahre, dann werden wir weiterziehen.«

Wir standen nun in der Mitte des kleinen Dorfes, das aus etwa fünfzehn Lehmhütten bestand. Um uns herum tollte ein kleiner Hundewelpe, der von schreienden Kindern gejagt wurde. Als die Kids uns erblickten, bekam der Welpe eine kleine Verschnaufpause. Wir schienen nämlich viel interessanter zu sein.

»Wie viel hast du für deine Frau bezahlt?«, fragte der Chief an Henrik gewandt. Der schien gedacht zu haben, es handele sich um einen Scherz. Doch sein Lachen wurde von Chief nicht erwidert.

»Ähm … nichts?«, zögerte er und blickte abwechselnd zu mir und zum Massai.

»Nichts??? Ich glaub, da muss ich wohl mal nach Deutschland reisen und mir ein paar Frauen besorgen.«

Jetzt war er derjenige, der lachte. Auch wenn ich ihm aus meiner feministischen Perspektive einen mehrstündigen Vortrag hätte halten können, nahm ich die Situation mit Humor und Verständnis. Und stimmte in sein Lachen ein.

»Was kostet eine Frau denn hier?«, wollte ich wissen.

»Zehn Kühe oder zehn Ziegen. Mindestens. Je mehr Frauen, desto reicher der Mann. Ich habe bis jetzt sechs Frauen.«

»Dürfen sich Frauen auch scheiden lassen?«

Ich dachte zurück an unseren Besuch bei den Ovahimba in Namibia, wo Scheidungen heute akzeptierter Usus sind.

»Scheiden lassen? Nein, nein, nein. Auch wenn der Mann stirbt, darf die Frau keinen neuen Mann haben«, ließ er uns wissen und richtete sich wieder an Henrik, »wieso hast du denn nicht mehrere Frauen?«

Ich ließ ihm keine Chance zu antworten.

»Weil ich ihn dann verlassen würde.«

Meine schlagfertige Antwort sorgte bei beiden Männern für Heiterkeit.

»Okay. Das verstehe ich.«

Zu meiner Überraschung nickte der Chief verständnisvoll.

Ich spürte einen Regentropfen auf meiner Nase. Über uns war der Himmel pechschwarz geworden.

»Lasst uns schnell reingehen«, forderte der Chief uns auf und führte uns in eine der dunklen Hütten, wo wir auf kleinen Hockern Platz nahmen. Auf einmal öffnete der Himmel seine Tore. Es schüttete aus Eimern. Das Wasser preschte auf das Dach der Hütte. Im Kerzenschein deutete der Chief auf eine großflächige Narbe auf seiner Schulter.

»Wisst ihr, wovon die ist?«, fragte er mit funkelnden Augen. Henrik und ich schüttelten schweigend den Kopf.

»Mit dem Erreichen des Erwachsenenalters ist es die Pflicht eines jeden Jungen, in die Wildnis zu gehen, um zum Mann zu werden. Dort muss er unter Aufsicht eines Stammesältesten mit einem Messer einen männlichen Löwen töten.«

Während er erzählte, spielte er an seiner Kette herum, die einen großen, spitzen Zahn als Anhänger trug.

»Und das ist der Zahn des Löwen, den du getötet hast?«, schlussfolgerte Henrik.

Der Chief nickte stolz.

»Er hat mich an der Schulter erwischt. Aber ich war stärker.«

»Sterben dabei nicht viele Jungen?«, fragte ich mit leicht zitternder Stimme.

»Klar. Die waren eben zu schwach und kommen dann nicht zurück ins Dorf, was nicht so schlimm ist. Schließlich gibt's ja genug Kinder.«

Der Chief lachte. Ich schluckte. Auch Henrik schien von der unsensiblen Antwort schockiert.

»Manchmal kommt es zu Konflikten mit der Regierung«, unterbrach der Chief das Schweigen, »die argumentiert, die Löwen müssen geschützt werden. Dabei haben wir doch genug Löwen.« Er grübelte und schaute betroffen zu Boden.

Wir blickten alle durch die schmale Tür nach draußen. Noch immer prasselte der Regen kräftig auf die Erde und machte den Boden matschig.

»Regnet es bei euch in Deutschland auch so viel?«, fragte uns der Chief. Wir überlegten beide. Schließlich schien Deutschland, unser Leben dort, ewig weit entfernt.

»Ja, schon. Das Wetter wird immer extremer. Jetzt gerade ist Spätsommer in Deutschland. Entweder sind die Flüsse überschwemmt oder Temperaturen um die vierzig Grad sorgen für Dürre«, versuchte ich, die Situation zusammenzufassen.

»Der Klimawandel betrifft uns alle«, entgegnete der Massai. Dem war nichts hinzuzufügen. Anschließend bot er uns eine Tasse frisches Rinderblut an. *Unangenehm!*

»Das ist sehr freundlich«, erwiderte Henrik, »aber wir verzichten. Danke.«

So schwer es mir fiel, ich unterdrückte an dieser Stelle den Impuls einer weiteren Diskussion über unsere vegetarische Ernährung. Zu oft auf unserer Reise durch Afrika musste ich mich rechtfertigen. Ich war müde davon.

Wegen des heftigen Regenschauers verweilten wir länger im Dorf als geplant. So erfuhren wir noch, dass die weiße, gepunktete Bemalung bei Männern ein Zeichen des Junggesellendaseins ist und dass Kindern die zwei unteren Schneidezähne gezogen werden, um ihre Zugehörigkeit zu den Massai kundzutun.

»Ah! Jetzt weißt du, warum John so eine große Zahnlücke hat!«, sagte ich zu Henrik.

Nachdem der Wettergott Erbarmen mit uns hatte, traten wir gemeinsam mit Lewis den Rückweg zum Camp an.

»Willst du mal?« Lewis blieb stehen und streckte mir seinen Bogen entgegen. Ich zog meine Augenbrauen nach oben.

»Ich? Mit Pfeil und Bogen?«

»Natürlich! Guck, du spannst die kleine Spalte des Pfeils in den Faden und fixierst das Ende mit deinen Fingern.«

Er demonstrierte mir seine Technik. Zack! Sein Pfeil flog so weit, dass ich ihn gar nicht mehr erkennen konnte. Ich gab mir Mühe, seine Abfolge haargenau zu imitieren. Zack! Mein Pfeil landete direkt vor meinen Füßen.

Dann versuchte Henrik sein Glück. Zack! Der Pfeil flog diagonal in den Himmel und landete zwar weit vor Lewis‘ Pfeil, aber außerhalb meiner Sichtweite.

Ich konnte die Schlappe nicht auf mir sitzen lassen. Voller Zuversicht gab Lewis mir erneut seinen Bogen in die Hand und flüsterte:

»Du kannst das! Behalte den Pfeil fest zwischen den Fingern bis du ihn ganz nach hinten gespannt hast.«

Zack! Mein Pfeil landete kurz vor Henriks. Ich riss die Arme mit dem Bogen in meiner linken Hand nach oben und feierte mich selbst, während beide Männer neben mir anerkennend klatschten.

»Sag mal, Lewis«, sagte ich, als wir auf dem Weg die Pfeile einsammelten, »musstest du auch einen Löwen töten?«

Er schwieg für eine Weile. Ich hatte den Eindruck, meine Frage hatte ihn auf dem falschen Fuß erwischt. Vielleicht sogar verletzt.

»Nein. Ich bin nicht in die Wildnis gegangen.«

Mehr sagte er zu diesem Thema nicht. Mir reichte seine Antwort völlig aus, um sein Leben im Kontinuum zwischen Tradition und Moderne zu verstehen. Nach ein paar Minuten nahm er von sich aus noch einmal Bezug auf die aktuellen Herausforderungen der Massai.

»Wenn ein Massai mit einer Zahnlücke nach Nairobi kommt, wird er sofort als Massai identifiziert und anders behandelt. Ein Massai kann einen Anzug tragen, studiert und höchstintelligent sein, in der Hauptstadt hat er es schwerer als andere, einen angesehenen Job zu bekommen.«

Das Tageslicht war beinahe verschwunden, als wir im Camp ankamen. Der Tisch war bereits gedeckt, und John erwartete uns zum vegetarischen Abendessen, das wir alle gemeinsam zu uns nahmen. Ich rechnete es den beiden hoch an, dass sie für die Zeit unseres Besuches unsere Ernährung annahmen. Ich hätte das andersrum ganz sicher nicht getan.

An diesem Abend, unserem letzten bei John und Lewis, umtrieben mich beim Einschlafen einige Gedanken. Die Zeltwände schlackerten im Wind.

»Lewis ist ziemlich bemerkenswert«, flüsterte ich, nicht wissend, ob Henrik auch noch wach war.

»Nicht nur er. Auch John. Oder der Chief. Ich habe den Eindruck, dass sie einfach zufrieden sind mit ihrem Leben. Sie beneiden uns um nichts. Das macht das hier so angenehm.«

Ich stimmte ihm zu.

»Trotzdem finde ich es so schwierig, den Umgang mit Frauen zu akzeptieren. Tradition schön und gut, aber das ist doch … menschenverachtend.«

Es war eindeutig zu spät für eine längere Diskussion. Deshalb beließen wir es dabei.

»Ich hoffe, dass unsere Pechsträhne jetzt ein für alle Mal vorbei ist und Kenia ab jetzt so nett bleibt. Nachti.«

Ich griff Henriks Hand unter der Decke und dachte an unseren anstehenden Roadtrip. Morgen würden wir mit dem Matatu zurück nach Nairobi fahren, um dort für den Rest unserer Reise nochmal mit einem gemieteten Geländewagen loszuziehen. Unser letztes Abenteuer in Afrika.

Friedlich schlief ich zu lauten »Aaaah-uh«-Rufen ein. Nach über einem halben Jahr in Afrika war mir kaum ein nächtliches Geräusch geläufiger, vertrauter, lieber als dieses. Es war der Ruf von Hyänen.

Ich öffnete den Reißverschluss unseres Dachzeltes und wickelte den Stoff nach oben, um ihn mit zwei Haken zu fixieren. Es war

6 Uhr morgens und wir blickten in unseren Schlafanzügen auf einen funkelnden See. Der erste Stellplatz unseres Roadtrips durch Kenia, direkt am Lake Naivasha, hätte idyllischer kaum sein können.

Der Wagen hingegen, der sich gerade unter uns befand, schien weit davon entfernt, in seiner Lebenszeit noch einen Schönheitspreis zu gewinnen. Oder überhaupt zu funktionieren. Der zwanzig Jahre alte Land Cruiser Prado trieb uns mit seinen Macken bereits jetzt an den Rand des Wahnsinns.

Gelegentlich hatte der Schlüssel keine Lust, seinem Job nachzugehen, wenn wir den Knopf zum Öffnen drückten. Dann musste ich in den bisher immer zufällig offenstehenden Kofferraum klettern und eine der Autotüren von innen öffnen.

Ich atmete die frische Morgenluft ein und genoss die ersten Sonnenstrahlen des Tages, während wir noch einige Minuten vor uns hindösten. Doch die Ruhe wurde schnell zerschlagen.

Eine Bande Paviane enterte den Rasen auf der Suche nach Essensresten vom Vorabend. Zunächst ignorierten wir die umhertreibenden Affen – bis einer schnell wie ein Pfeil die Leiter zu unserem Dachzelt hinaufkletterte und uns irritiert in die Augen blickte. Vor Schreck saßen wir kerzengerade auf unseren Schlafsäcken und klatschten synchron laut in die Hände. Den Pavian interessierte das gar nicht. Er blieb unbeeindruckt im Eingang des Zeltes sitzen. Erst ein angetäuschter Angriff vertrieb ihn.

Wir krochen hinaus aus dem Zelt und warfen uns direkt in sportliche Kleidung. Wir hatten nämlich für heute zwei Mountainbikes gemietet, um damit den Hells Gate Nationalpark zu erkunden.

Ich konnte es kaum erwarten, denn in ebendiesem Nationalpark befindet sich die legendäre Schlucht voller panisch rennender Gnus, in der Mufasa sein Leben verlor. Zumindest soll dieser Ort dem Autor des Films als Inspiration gedient haben.

Mit dem Helm auf dem Kopf und einem Fuß auf dem Pedal hielten wir am Eingang des Parkes, um den Eintritt zu bezahlen.

»Das geht nicht mit Bargeld«, gab uns die Dame zu verstehen.

»Dann zahlen wir mit Karte.«

Henrik kramte in seinem Geldbeutel herum.

»Auch das geht nicht. Nur online.«

Etwas genervt wegen des sich abzeichneten Zeitverlustes parkten wir unsere Fahrräder an der Seite und tippten auf unseren Handys herum. Mal wieder nahm sich ein unbeteiligter Mann uns an, um uns behilflich zu sein. Während wir an einer Bezahlmethode nach der anderen scheiterten, gab er uns Tipps zu unserer Route.

»Wir möchten diese Runde fahren«, zeigte Henrik ihm auf seiner Karte, um ihm klarzumachen, dass wir bereits einen Plan hatten. Der Mann blickte mich von oben herab an und wandte sich dann wieder Henrik zu.

»Nein. Das geht nicht! Nicht mit ihr.« Er machte eine abfällige Kopfbewegung in meine Richtung, ohne mich dabei anzusehen.

Wut durchströmte mich und mischte sich mit einer toxischen Kombination aus Traurigkeit und Hass – gegen den Typen und gegen mich selbst. Ich machte auf dem Absatz kehrt, ließ Henrik mit dem Mann zurück, stellte mich so unauffällig wie möglich neben mein Fahrrad und täuschte vor, irgendetwas Wichtiges zu tun.

Dann schielte ich herüber und hoffte, dass Henrik mir einfach bald folgen würde.

Meine Motivation auf die Fahrradtour war längst verflogen. Zum einen war es mittlerweile viel zu spät, um gute Fotos von der Schlucht zu schießen, die laut der Aussage des Mannes nur mit einem Guide – also mit ihm – zu erreichen war. Zum anderen fühlte ich mich emotional stark aufgeladen, was bei mir immer eine widerwillige, resignierende Trotzreaktion herbeiführte.

»Funktioniert alles irgendwie nicht«, raunte Henrik völlig genervt, als er den Weg zu mir fand, »wir könnten dem Typen Bargeld geben und der besorgt uns mit seinem Handy zwei Tickets.«

»Nein. Lass uns bitte einfach zurückfahren. Ich hab' eh keinen Bock mehr«, nuschelte ich. Henrik blickte mir lange in die Augen.

»Wieso stehst du denn nicht für dich ein? Ich hab' ihm gesagt, dass du das sehr wohl kannst. Außerdem, guck' dir mal seine Waden an, und dann deine.«

Die Beine dieses Blödmanns glichen tatsächlich Zahnstochern.

Henrik überredete mich zu einer alternativen Fahrradtour entlang des Seeufers. Wuterfüllt trat ich in die Pedale. Tränen liefen mir unter meiner Sonnenbrille die Wangen herunter. Die Anstrengung der Berg- und Talfahrt beruhigte mich mit der Zeit.

Schließlich stoppten wir die Fahrräder irgendwann an einer kleinen verlassenen Sandbucht und begutachteten den Lake Naivasha aus dieser Perspektive.

»Weißt du, du kennst das nicht, wenn du dein Leben lang nicht ernst genommen wirst und dich immer beweisen musst. Immer zu hören, du bist zu klein, du bist zu schwach, du kannst das nicht.

Weil du bist, wer du bist. Was glaubst du denn, warum ich das selbst von mir glaube?«

Henrik legte seine Arme von hinten um mich und setzte sein Kinn vorsichtig auf meinen Kopf ab.

»Ich weiß«, flüsterte er. Wir blickten beide hinaus auf den See.

»Ich habe mich bewusst aus der Situation herausgezogen, weil ich sonst zu emotional reagiert hätte. Die Stärke, nicht gegenzuschlagen, sondern gut sein zu lassen, habe ich sonst nicht. Ich will mich eigentlich gar nicht darüber ärgern.«

»Das war genau richtig so.«

26 | HOCH HINAUS

Henrik | HOME OF THE CHAMPIONS prangte in dicken Lettern auf dem großen Torbogen, durch den wir nach Iten, der berühmten Läuferdestination im kenianischen Hochland, fuhren. Langsam gewöhnten wir uns wieder an die langen Fahrtage, die hier so anders waren als in Namibia. Viel mehr Menschen, das bedeutete viel mehr Verkehr, aber auch deutlich mehr Infrastruktur. Dazu kamen deutlich wärmere Temperaturen, die uns das Schlafen im Zelt unangenehm machten.

Nach der heutigen Bergetappe waren wir froh, dass unser alter Toyota Prado sich und uns erfolgreich hier hochgeschleppt hatte. Unsere Unterkunft vor Ort bestand im Wesentlichen aus Apartments für Profiläufer. Schon von Weitem kam uns Magdaline, die Gastgeberin, freudestrahlend entgegengeeilt.

»Da seid ihr ja! Ich habe euch schon erwartet«, rief sie uns zu, während sie gleich begann, mit dem Gepäck zu helfen, »habt ihr den Berlin-Marathon gesehen?«

Hannah hatte vor wenigen Minuten beim Blick aufs Handy festgestellt, dass ebendieser genau heute gewesen war.

»Nee, gesehen haben wir bis jetzt nichts. Wir waren ja am Fahren. Aber Kipchoge hat wieder gewonnen, wenn auch ohne neuen Rekord«, gab sie die gelesenen Infos wieder.

Vorbei an unzähligen, knallbunten Laufschuhpaaren bahnten wir uns den Weg zu unserer spartanischen Unterkunft.

»Ja, ja, gut von Kipchoge. Aber bei den Frauen gab es einen neuen Weltrekord! 2:11:53 von Tigist Assefa, einer Äthiopierin. Bis dato war unsere Kenianerin Brigid Kosgei die Schnellste!«

»Ist die Rivalität zu Äthiopien sehr ausgeprägt?«, erkundigte ich mich, als wir im Zimmer das Gepäck verluden.

»Oh ja, es ist das ewige Duell *der* Läufernationen. Und zuletzt hatten wir eigentlich deutlich die Nase vorn. Aber es ist eine freundliche Rivalität, da ist kein Hass«, stellte Magdaline klar.

»Apropos, wir sind – oder besser gesagt, wir waren – ja auch mal ambitionierte Läufer und da möchten wir natürlich auch hier laufen. Kannst du uns eine Route empfehlen?«, fragte Hannah.

»Ich komme mit euch! Wann wollt ihr los?«, erwiderte Magdaline sichtlich motiviert. *Hilfe!*

»Überleg dir das. Wir sind wirklich nicht fit gerade, nach den Monaten, die wir reisen. Das wird ein sehr langsamer Lauf«, intervenierte ich. Sofort gingen wir in eine Rechtfertigungshaltung, brachten ein Argument nach dem anderen, warum wir gerade alles andere als fit waren. Wir dachten, in dieser Verfassung würden wir sicher ausgelacht. Aber Magdaline ließ partout nicht locker, bis wir uns für den nächsten Morgen um acht Uhr zu einer morgendlichen Runde verabredet hatten.

Um 7:15 Uhr klingelte der Wecker. Mühsam manövrierten wir unsere von den langen Autofahrten geräderten Körper aus dem Bett, machten uns frisch und lockerten uns auf. Um Punkt 8 Uhr stand Magdalina mit deutscher Pünktlichkeit vor unserer Tür.

Was uns jetzt wohl bevorstand?

Doch keine Zeit zum Hadern, reingeschlüpft in die Laufschuhe und los! Während unseres Aufwärmprogramms unterbrach einer von Magdalines Laufkumpeln seine Einheit, um uns zu begrüßen.

»Jambo! Was habt ihr euch heute vorgenommen?«

»Zehn ganz lockere Kilometer höchstens. Wir sind viel gereist und wenig gelaufen in den letzten Monaten.«

Ich unterdrückte den Drang, mich weiter zu erklären.

»Das ist doch gut. Ich habe heute Morgen auch nicht viel mehr vor. Take it easy!«, riet uns David und schloss sich uns an. Zu viert starteten wir in selbst für uns sehr gemächlichem Tempo.

»Europäer neigen immer dazu, viel zu schnell loslaufen. In Kenia wird eher langsam gestartet und dann kontinuierlich die Geschwindigkeit gesteigert.«

Magdaline schien unsere Verwunderung erkannt zu haben. Die Sechser-Pace (6 min/km) war also nur die erste lockere Stufe.

Wir unterhielten uns, und die ersten Kilometer über Schotterpisten und kleinere Wald- und Wiesenwege verflogen nur so. Vorne führten David und ich Gespräche, wenige Meter dahinter Magdaline und Hannah. Ab und an wechselten wir die Position.

»Kennst du Kipchoge persönlich? Bist du schonmal mit ihm gelaufen?«, fragte ich David interessiert.

»Klar kenne ich Eliud! Ich habe öfter mit ihm trainiert. Wie sieht's bei dir aus, was ist deine 10k-Bestzeit? Meine ist 32 Minuten, da fehlt noch einiges zur Weltklasse.«

»Boah, das ist doch schon überragend! Ich kämpfe damit, unter 40 Minuten zu kommen, bin aber auch auf längeren Distanzen besser. Meine Bestleistung im Halbmarathon ist 1:30:37.«

»Das ist sehr stark bei deinem Gewicht! Willst du schneller werden, musst du locker fünfzehn Kilogramm abbauen«, sagte er frei heraus.

»Never. Das ist mir viel zu dürr. Das möchte ich nicht.«

Lauftechnisch mochte er recht haben. Zu dieser Zeit wog ich 75 Kilogramm. Ich hatte während der Reise schon deutlich an Muskelmasse verloren.

Angekommen in einem kleinen, schattigen Waldstück türmte sich nun eine ordentliche Steigung vor uns auf.

»Wir werden doch wohl nicht …?«, befürchtete Hannah.

Doch Magdaline und David hielten selbstverständlich die Richtung in den Wald herein. Mit schätzungsweise dreißig Prozent Steigung ging es immer weiter stetig bergauf. Wir kämpften mit uns und dem ungewohnten Terrain, schnauften und wurden immer langsamer. Irgendwann, es war noch immer kein Ende in Sicht, resignierte Hannah als Erste und wechselte ins Gehen. Scheinbar zur Freude der anderen, denn nicht nur ich, sondern auch Magdaline und David nahmen das Angebot zu gehen erleichtert an.

»Das ist der Berg des Todes! Diese Steigung über einen Kilometer Länge ist für jeden hart!«

Auch Magdaline war sichtlich außer Atem, als wir oben angekommen wieder langsam antrabten, um bei einigermaßen ebener Fläche wieder in einen ruhigen Rhythmus zu kommen. Wir waren positiv überrascht. Klar, die Lunge brannte und langsam spürten wir auch unsere Beine, aber wir hatten irgendwie Gehässigkeit und Schadenfreude uns gegenüber erwartet. Doch ganz im Gegenteil: Magdaline und David gaben uns noch mehrfach glaubhaft zu verstehen, dass wir wirklich fit wären. Zwar nicht nach Leistungssportmaßstäben, aber für Hobbyläufer nach so einer Reise ohne Einheiten doch ganz okay, stellten wir für uns fest.

»Wie geht's so? Überraschend gut, oder?«, fragte Magdaline Hannah auf den letzten Kilometern.

»Ja, bis auf den Anstieg! Trotzdem brennt mein Brustkorb ein wenig. Aber das kenne ich in der Höhe von mir.«

»Weiter ruhig und tief atmen.«

»Saug nochmal alles auf, gleich ist es geschafft! Ich hänge mich nochmal an David dran«, rief ich den beiden zu.

»Okay, kein Problem, ich bin ja nicht allein!«

Ich blickte noch einmal auf Hannah zurück und sah, wie sich ihre Mundwinkel trotz der Qual nach oben zogen. Sie genoss es sehr, mit Magdaline an ihrer Seite zu laufen.

Einfach unfassbar stark, diese, meine Frau! Ich habe ihr schon immer viel zugetraut, aber während dieser Reise hat sie noch einmal eine unglaubliche Entwicklung gemacht.

Mit diesen Gedanken schloss ich die Meter zu David auf, bereit für den Endspurt.

Plötzlich spürte ich eine Leichtigkeit, eine immense innere Kraft. Und die Gewissheit, dass wir beide zusammen am allerbesten funktionieren, auch wenn der eine oder die andere gelegentlich ein paar Meter vorrauseilt.

Am Ziel angekommen, Schuhe und Waden dreckig von Schlamm, klatschten wir uns ab und machten gemeinsame Fotos, die uns immer an unser Iten-Laufteam erinnern würden.

»Heute Abend noch 'ne Runde?«, schlug Magdaline vor.

»Puh, das wäre glaube ich zu viel des Guten«, merkte ich an.

»Die Läufer hier laufen jeden Tag außer Sonntag. Meistens zweimal am Tag«, fuhr David fort.

»Das ist ja ein richtiger Full-Time-Job«, meinte Hannah halb im Spaß, halb im Wissen, dass es für viele hier auch so ist.

Trotz all der Euphorie würden wir diesen Lauf noch länger spüren.

Beim Abschied versicherten uns die beiden, dass sie Kipchoge von uns unbekannterweise grüßen würden, wenn er in zwei Wochen wieder vor Ort sein würde.

Am Nachmittag spazierten wir zum naheliegenden Stadion, welches dort angekommen eher eine Baracke ähnelte. Wir fanden eine kleine, baufällige Tribüne aus weißem Stein und keine richtige Tartanbahn. Nur Schotter rund um den verdorrten Rasen.

»Unglaublich, wie hier mit einfachsten Mitteln Weltklassesport betrieben wird«, staunte Hannah.

»Ja, faszinierend, wie wenig es braucht. Und doch gehört so viel dazu!«, erwiderte ich.

Am Ausgang trafen wir auf einen deutlich älteren, weißen Läufer, der gerade seine Runden gedreht hatte.

»Hola! Ich bin Dario. Seid ihr auch Läufer?«, stellte er sich uns vor.

»Ja, eigentlich schon, aber aktuell sind wir primär Reisende. Wir sind schon seit sechs Monaten in Afrika unterwegs«, erklärte ich abermals unsere Situation.

»Aber jetzt seid ihr zum Trainieren hier, oder? Wie viel Tage Trainingslager macht ihr?«

»Nee. Wir waren zwar heute laufen, aber wir sind auf einem Camping-Roadtrip und nur zwei Tage hier«, fuhr Hannah fort.

»Das ist viel zu kurz, ihr müsst wiederkommen. Auch wenn jeder für sich läuft, hier trainieren alle gemeinsam. Ich bin bereits zum dritten Mal hier und hab mich dadurch sehr verbessern können«, riet uns Dario, der sich als Uruguayer herausstellte, bevor er im Gleichschritt mit ein paar Schulkindern davon lief.

Unsere Beine würden uns heute nicht mehr weit tragen, also machten wir uns langsam auf den Heimweg

»Was für ein inspirierender und motivierender Tag!«

»Das kannst du laut sagen. Aber ohne David und Magdaline hätten wir diesen Lauf auch niemals so durchgezogen«, ergänzte Hannah.

Wie Recht sie hatte. Entsprechend schworen wir uns, eines Tages wieder ambitioniert zu laufen. Und wenn der nächste Marathon anstünde, vorher bei den *Champions* in Iten zu trainieren.

»Was für ein gemütlicher Garten und was für tolle Hütten!«, schwärmte Hannah über die liebevolle rustikale Unterkunft.

Nach einem langen Fahrtag waren wir soeben in Naro Moru am Fuße des Mount Kenya angekommen, und schon fanden wir uns in einer Gesprächsrunde wieder. Neben mir saß Wachira, bei dem wir eigentlich ein Zimmer gebucht hatten, dessen AirBnB aber wegen des Regens der letzten Tage nicht zu benutzen war. Gegenüber rutschte unser neuer Gastgeber Michael nervös auf seinem Stuhl herum, weil er darauf wartete, einen Vortrag über seinen Garten zu halten. Der dritte im Bunde war George, unser Guide für die bevorstehende Wanderung auf den Mount Kenya.

»Das war auch super viel Arbeit. Ich wollte hier was ganz Spezielles schaffen, gerade der Garten ist mein Ein und Alles! Hier die Orchideen, das ist gar nicht so einfach, dass die so wachsen. Der Boden ist hier nicht der Beste …«, sprudelte es aus Michael nur so heraus.

Dass wir schon wieder nicht im Dachzelt übernachteten, hatte zwei Gründe. Erstens gab es in Naro Moru überraschend wenig Stellplätze, die zumeist ähnlich teuer waren wie feste Unterkünfte. Und zweitens regnete es in dieser Region nachts oft heftig.

Ich nahm einen tiefen Schluck. Die drei hatten uns sogleich auf ein Bier zu Tisch gebeten.

»Die Leute hier im Gebiet rings um den Berg sind heute wieder stolz auf ihre Traditionen. Wir sind Kikuyu, mit ganz eigenen Werten und Traditionen, die fast schon verloren gegangen sind«, erhob Michael das Wort.

»Das ist genau das, was uns in Deutschland fehlt! Wir haben keine Kultur, an der wir gemeinsam festhalten. Es gibt keine Basis der Identifikation für unsere Generation«, entgegnete Hannah.

»Nach Jahrzehnten des Schweigens hinterfragt unsere Generation, warum wir eigentlich dem christlichen Glauben nachgehen – oder andere Dinge, die uns von den Briten eingeflößt wurden. Wir Kikuyo wurden am Extremsten unterworfen, weil wir in Zentralkenia leben und die Kolonialmacht dort am meisten Ernte machen konnte«, fügte George an.

Man merkte, die drei hatten uns etwas mitzuteilen.

»Der Kolonialismus war eine gute Sache!«

Das kam unerwartet. Völlig baff warteten wir auf eine Erklärung.

Wachira, sich der Wirkung seiner Worte bewusst, zögerte einen Moment, bis er erklärte.

»Ja, ohne die Briten würden wir doch immer noch wie die Wilden im Busch leben, ohne Strom, fließendes Wasser, geschweige denn Internet. So sind wir gebildet, sprechen fließend Englisch und können uns auf der ganzen Welt verständigen und auf Augenhöhe in Austausch treten. Auch unsere Generation sollte nicht die Möglichkeiten vergessen, die wir heutzutage dank des Kolonialismus genießen«, beendete Wachira seinen Monolog.

Und das aus dem Mund eines stolzen Kikuyu.

»Das ist echt nochmal ein ganz neuer Blickwinkel für uns. Bis jetzt hatten wir den Eindruck, die meisten Locals stünden den Folgen der Kolonialzeit ausschließlich negativ gegenüber. Wir haben erfahren, dass wir oft entweder als etwas Besseres betrachtet werden, vergöttert werden, weil wir weiß und somit reich sind, oder eben ignoriert bis beschimpft werden«, fügte ich an.

»Seid ihr denn nicht reich?«, scherzte Michael.

Nun meldete sich George zu Wort.

»Das ist die afrikanische Denkweise und oft stimmt es ja auch. Die, die hierherkommen, haben viel Geld. Sonst würden sie zuhause bleiben. Wenige reisen so simpel wie ihr.«

Es war ein ehrliches und offenes Gespräch, wie wir es so in Afrika selten erlebt hatten. Ganz ohne Hemmungen konnten wir in dieser Runde über heikle Themen wie Kultur, Kolonisation, Schwarz und Weiß oder Religion quatschen. Ohne Angst, uns gleich die Zunge zu verbrennen.

»Ihr beiden wollt euch doch mit Sicherheit mal frischmachen! Morgen geht es früh raus, um 6:30 Uhr starten wir. Der Kirinyaga ruft!«, fuhr George fort.

»Kirinyaga?«, fragte Hannah.

»Das ist unser Name für den Mount Kenya. Aber ihr kommt doch gleich noch ans Lagerfeuer, oder? Es kommen noch ein paar Freunde und da haben wir noch mehr von dem hier.«

Michael zeigte auf das Bier in unseren Händen und rieb sich genüsslich seinen prächtigen Bauch. Er hatte sich wohl eine ordentliche Bierplauze angetrunken, denn der Rest des Körpers war nahezu schlank.

»Das ist lieb, aber ich glaube, wir müssen euch auf morgen vertrösten«, setzte ich an.

»Ja, wir müssen echt noch ein paar Dinge abarbeiten, organisieren und dann auch früh schlafen, um morgen fit zu sein«, führte Hannah fort.

Wie schon beim letzten Camping-Roadtrip in Namibia blieb auch aktuell wieder viel Arbeit auf der Strecke. Also verabschiedeten wir uns für diesen Abend früh, aber sollten noch bis spät in die Nacht die Musik und die bierseligen Gespräche vom Lagerfeuer hören.

Ein weiteres Mal riss der Wecker uns in aller Herrgottsfrühe aus unserem Schlaf.

Während wir hektisch die Sachen packten und noch frühstücken wollten, klopfte es bereits an der Tür.

»Wer ist da?«, rief Hannah mir aus dem Bad zu.

»Der Weihnachtsmann!«

Der lachte uns zumindest in vielfacher Ausführung von den weiten Boxershorts entgegen, die Michael gerade trug. Er war lustig anzusehen, denn sonst hatte der große Bär, wie er sich selbst nannte, heute Morgen noch nichts angezogen.

»Ihr müsst unbedingt jetzt kommen, um den Berg zu sehen! So eine Aussicht hatten wir lange nicht mehr. Kommt mit!«, quasselte er direkt los.

Auch wir hatten unser Outfit noch nicht vervollständigt, aber konnten gar nicht anders, als seinem bittenden Redeschwall stattzugeben und ihm an einen kleinen Teich am anderen Ende des Gartens zu folgen.

»Will der so mitkommen? Der ist doch noch komplett besoffen. Na, das kann ja lustig werden«, raunte mir Hannah zu.

»Wird auf jeden Fall eine zusätzliche Herausforderung in seiner Konstitution«, sagte ich und wandte meinen Blick Richtung Horizont. Der Ausblick von diesem erhöhten Platz über das weite Land bis zum gigantischen Bergmassiv im schwachen Licht der ersten Sonnenstrahlen des Tages war einmalig.

»Ihr hättet vor ein paar Minuten den Sonnenaufgang sehen sollen! Es ist wirklich selten, dass keine Wolken den Berg verschleiern. Das ist ein gutes Omen für die Wanderung gleich!«

»Bist du denn fit?«, fragte ich ihn spaßeshalber.

Michael klopfte mir zuversichtlich auf die Schulter, bevor er einen belustigten Blick auf seinen Unterkörper richtete.

»Na, klar, was denkst du denn? Ich bin in bester Verfassung. Kann mir nicht besser gehen. Ziehe mir nur noch etwas drüber.«

Er verschwand und ließ uns für einen Moment allein.

»Das wird gut! Da haben wir doch noch unsere Bergbesteigung. Mal sehen, wie hoch wir kommen«, flüsterte ich Hannah ins Ohr. Ursprünglich hatten wir mal damit geliebäugelt, den noch höheren Kilimandscharo in Tansania zu erklimmen, allerdings reichten dafür nach sechs Monaten weder unsere Kondition noch unser Geldbeutel aus. Daher waren wir nun hier, am höchsten Berg Kenias.

»Vor allem, glaube ich, wird es noch ziemlich lustig mit dem Weihnachtsmann da.«

Hannah zeigte auf Michael, der in diesem Moment mit einer modischen Kombi aus Jeans, Hemd und ausgetretenen Sneakern um die Ecke kam. Dazu eine auffällige Pilotenbrille und die Jacke lässig über die Schultern gehängt.

»Los geht's! Ab ins Auto, George und Wachira holen wir auf dem Weg ab.«

Glücklicherweise hatten wir verabredet, mit unserem Auto zu fahren. Daher pflanzte ich mich ans Steuer, während Michael auf der Rückbank Platz nahm. Wir hatten ihn gestern schon als redselig wahrgenommen, aber heute Morgen schien er seinen Alkohol mit ordentlich Sabbelwasser vertrieben zu haben. So textete er uns auf der Fahrt fortlaufend zu.

»Der Sonnenaufgang am Kirinyaga war unglaublich. Ihr werdet sehen, dieser Berg ist einmalig. Ihr müsst das genießen heute, ihr erlebt hier etwas ganz Besonderes. Das ist alles Teil eines großen Abenteuers, eures Abenteuers. Versprecht mir, das zu genießen, jede Situation!«

Ohne Punkt und Komma prasselten seine Worte auf uns ein. Irgendwann nickten wir nur noch müde und ungläubig, wie ein Mensch zu dieser Uhrzeit so drauf sein konnte.

Was, wenn das jetzt die ganze Wanderung so geht? Ob wir die dann noch genießen können?

Erst als George und Wachira auch im Auto waren, wechselte er auf Kikuyo und wir waren erstmal raus.

»Mr. Talker hier war gestern noch bis 3 Uhr feiern. Geht der euch auch so auf die Nerven mit seinem Gequatsche?«, wisperte Wachira uns zu, als wir unseren Wagen an der Station auf knapp 3.000 Höhenmetern abstellten.

Hannahs Vermutung, Michael sei noch betrunken von gestern, stellte sich also als goldrichtig heraus.

»Das kann man wohl laut sagen. Ich dachte schon, das geht nur uns so«, bestätigte ich ihn.

Bis hierher waren wir bereits an Wasserböcken, Büffeln, Äffchen und einigen Klippschliefern vorbeigekommen. George, als ausgebildeter Guide, schien neben uns als Einziger fit und gewappnet für die Expedition und so zogen wir drei von Minute zu Minute weiter voraus.

Irgendwann winkten uns Wachira und Michael nur noch aus der Ferne zu. Wir sollten weiterlaufen und auch George machte keine Anstalten, anzuhalten und zu warten.

»Das war vorher klar mit den beiden. Kommt, wir schauen, wie weit wir kommen. Bis jetzt ist noch kein Regen in Sicht«, spornte uns George weiter an.

Das Atmen fiel mir, trotz der Höhe, gar nicht so schwer. Jedoch wurde das Terrain zunehmend heikler. Liefen wir anfangs über befestigte Wege durch den Bergwald, wurde es matschiger, desto höher wir kamen. Nachdem erst Bambus den Wald abgelöst hatte, war die Landschaft mittlerweile offener, felsig und eher karg bewachsen.

Mittlerweile sprangen wir von einer buschigen Insel zur nächsten, um nicht in den tiefen Morast abzurutschen.

»Wie sollen wir hier nur wieder runterkommen?«

Hannah machte sich wie immer über den Abstieg die meisten Sorgen.

Bis jetzt hatten wir Glück mit dem Wetter gehabt, doch nun zogen unvermittelt düstere Wolken auf und es begann leicht zu hageln.

»Das ist völlig normal in dieser Vegetationszone. Es wird jetzt kurz ungemütlich und weiter oben hört das wieder auf«, klärte George uns auf.

Nichtsdestotrotz warfen wir uns unsere Regenjacken drüber, da es durch den starken Wind auch ziemlich kalt wurde. Ein paar Meter weiter erreichten wir eine kleine Höhle, in der wir uns kurz unterstellten.

»Diese Höhle ist ein heiliger Ort. Viele gläubige Kikuyu kommen hierher, um Rituale und Zeremonien abzuhalten und zu *Ngei*, dem Gott des Berges, zu beten«, flüsterte George andächtig.

Als es etwas aufklarte, setzten wir unseren zunehmend beschwerlichen Weg fort. Wir waren schon einige Stunden unterwegs, als wir um eine Ecke bogen und erstmals die eigentliche Spitze des Mount Kenya erblickten.

»Das ist der höchste Gipfel. Um seine 5.200 Meter komplett zu besteigen, muss allerdings über Schnee und Eis geklettert werden. Dafür braucht es mindestens eine Übernachtung. Wir haben jetzt immerhin gerade die 4.000-Meter-Marke geknackt. Endstation für heute!«, legte George bestimmt fest.

»Und schon ist er wieder weg«, stellte ich bezüglich des Gipfels fest, der gerade in den Wolken verschwand.

»Ja, der Mount Kenya ist sehr schüchtern«, merkte George an und forderte uns auf, Platz zu nehmen. Mit diesem unglaublichen

Panorama vor unseren Augen machten wir eine lange Mittagspause. Wir packten unsere Brote aus und sahen, dass George keine Anstalten machte, von irgendwo Proviant herzuzaubern.

»Hier, wenn du magst. Du hast doch bestimmt auch Hunger«, bot ich ihm eine unserer Stullen an.

»Nein, danke. Wachira hat mein Essen. Das kann ich nicht annehmen. Meine Mutter würde mir die Ohren langziehen, wenn ich Essen von Fremden annehme«, entgegnete uns George.

»Aber wir sind doch keine Fremden mehr«, warf ich ein.

Doch die Reaktion blieb aus, denn in diesem Moment kam überraschend Wachira von unten heraufgestolpert. Er hatte es also auch geschafft. Wenig überraschend allerdings ohne Michael.

»Wo hast du Michael gelassen?«, fragte ich Wachira, während Hannah mit ihrer Kamera und dem gerade freiwerdenden Gipfel zu tun hatte. Doch sie hatte mitgehört.

»Der sitzt bestimmt unten und trinkt Bier«, rief sie uns zu.

»Damit könntest du recht haben!« Wachira lachte laut.

Als wir genug Bilder gemacht hatten, schnappte ich mir Hannah. Gemeinsam atmeten wir noch einmal tief durch und nahmen uns zu Herzen, was Michael uns aufgetragen hatte: Ganz im Moment genossen wir bewusst. Beseelt von der Kraft des Berges machten wir uns dann auf den matschigen Abstieg.

Hannah hatte richtig gelegen, der Abstieg stellte die tausendmal größere Herausforderung dar. *Da können wir froh sein, wenn wir verletzungsfrei rauskommen.* Als ob der Berggott Ngei meine Gedanken lesen konnte, legten wir uns beide mehrmals in den Matsch. Nichtsdestotrotz versuchten wir, den nervigen, schmerzhaften Abstieg mit Humor zu nehmen. Was nur begrenzt gelang.

»Aaaahhh, verdammt! Ich glaube, ich habe mir was gerissen!«

Hannah war gerade bei einer unkontrollierten Landung mit dem Fuß nach vorne fast in den Spagat gerutscht. Besorgt eilten wir alle herbei, zogen sie hoch und stützten sie.

»Kannst du belasten?«, fragte ich sie.

Vorsichtig verlagerte sie ihr Gewicht auf das lädierte Bein.

»Joa, geht schon.«

Ich merkte, wie sie auf die Zähne biss, aber irgendwie mussten wir hier noch runterkommen. Dazu gesellten sich bei uns beiden zunehmende Kopfschmerzen, wohl durch den recht schnellen Auf- und Abstieg bedingt. Schritt für Schritt quälten wir uns der Station entgegen. Kurz vor dem Ziel taumelte uns Michael mit einer ebenfalls total matschigen Jeans, einem breiten Grinsen im Gesicht und einer Dose Guinness in der Hand entgegen.

»Prost, ihr Wanderer! Während ihr da oben wart, habe ich mich auf meine eigentliche Stärke besonnen!«

Michael zeigte auf das Bier. Im Chor lachten wir lauthals los.

»Bergauf brilliert, bergab blamiert«, fasste Hannah unsere Leistung am abendlichen Lagerfeuer treffend zusammen.

Glücklicherweise hatte sie sich nicht ernsthaft verletzt, und auch sonst hatte keiner Schäden davongetragen. Außer die Leber von Michael möglicherweise, denn der war schon wieder ordentlich am Bechern. Neben ihm und Wachira saßen noch George und weitere Freunde in der heiteren Runde, die gerade abermals lautstark mit und über Michael lachte.

»Jeder, der heute auf dem Berg war, kennt mich jetzt. Jeder hatte eine freudige Erinnerung an mich«, erzählte er gerade.

Nachdem wir ihn abgehängt hatten, hatte er offenbar angefangen, andere Wanderer zu unterhalten, bis sich zurück an der Bergstation eine neue Bierquelle aufgetan hatte.

Er hatte seinen Satz noch nicht zu Ende gesprochen, da krachte es plötzlich laut und Michael fiel rücklings auf seinen Hosenboden. Sein Abgang zog alle Augen auf sich. Erst als wir sahen, dass sein Bier quer über seinen Bauch geschüttet war, erkannten wir, dass soeben sein Plastikstuhl nachgegeben hatte. Die Stimmung am Siedepunkt, war Michael sich seiner Rolle völlig bewusst und lachte am allerlautesten.

Als wir später auf die Musik in verschiedenen Ländern Afrikas zu sprechen kommen, forderte Michael mich zum Tanzen auf. Er wollte mir seine Dance Moves zeigen. Kenianisches Amapiano, wie er es nannte.

»Gar nicht schlecht, aber du brauchst wirklich einen dickeren Bauch, um die Frauen hier zu überzeugen«, riet er mir anschließend. Dabei klatschte er sich auf die Wampe und bezeichnete sich als ein schwangeres Prachtexemplar.

»Schwangere sollen doch keinen Alkohol trinken.«

Damit hatte Hannah den Brüller des Tages gerissen. Michael gab ihr anerkennend ein High Five. Ganz schön schlagfertig, die Frau!

27 | BEDROHT AM KILI

Hannah | »Boah, guck dir das an!« Ich war wahnsinnig beeindruckt, als das markante Bergmassiv des Kilimandscharos wie eine Wand am Horizont auftauchte. Zunächst konnte man die große Fläche gar nicht von Wolken unterscheiden.

Henrik musste sich beim Fahren regelrecht verrenken, um die fast 6.000 Meter hohe Erhebung ins Auge zu fassen.

Zugleich schockierte mich der Anblick. Vor fünf Jahren war ich bereits einmal ohne Henrik hier am Amboseli Nationalpark gewesen und hatte eine weitaus großflächigere weiße Kappe in Erinnerung. Nun waren höchstens noch schmale Streifen Schnee zu erkennen.

Wir hatten an diesem Tage bereits viele Stunden auf der Straße verbracht, um den weiten Weg von Naro Moru bis nach Isineti zurückzulegen. Als wir in die kleine Ortschaft vor den Toren des Nationalparks, in dem wir den letzten Game Drive unserer Reise erleben würden, einfuhren, las ich noch einmal die Wegbeschreibung des Campbesitzers, die ich per WhatsApp erhalten hatte, vor.

»Kommt nach Isineti und folgt den Schildern mit der Aufschrift Nyata Safari Camp, unserem Nachbarcamp, bis ihr unser Schild seht.«

Mit tiefen Denkfalten zwischen den Augen scannten wir beide hochkonzentriert die Umgebung, während dutzende kenianische Autofahrer die Geduld verloren und uns waghalsig mit einem Hupkonzert überholten.

»Hier ist kein Schild, verdammt nochmal!«, fluchte Henrik, der sich, noch mehr als ich an diesem langen Tag, nach dem Gefühl des Ankommens sehnte.

Wie wir bereits in vielen Lektionen gelernt hatten, zog die Kombination aus Stehenbleiben und suchenden Blicken immer – wirklich immer – eine Menschentraube an. So selbstverständlich auch hier.

Unser anfängliches Misstrauen gegenüber Kenianern hatte sich jedoch inzwischen gelegt. Dank der grenzenlosen Gastfreundschaft und den wahnsinnig eindrücklichen Erlebnissen mit Magdaline und David in Iten und Wachira und Michael in Naro Moru.

Während Henrik die Fensterscheibe herunterkurbelte, um mit den interessierten Locals zu kommunizieren, tippte ich eine Nachricht an das Camp in mein Handy.

»Hier sind keine Schilder. Wie kommen wir von hier aus am schnellsten zum Camp?«

Henrik lehnte derweil das dritte Angebot eines Bodaboda-Fahrers ab, der uns zum besagten Camp lotsen wollte und uns versicherte, dass der Weg dorthin viel zu knifflig wäre.

»Das ist kompliziert. Lasst euch von einem Bodaboda den Weg zeigen. Wir übernehmen die Kosten«, verlas ich die unmittelbare Antwort des Camps. Mittlerweile hatte sich die Traube um unser Auto aufgelöst.

»Hey!«, rief Henrik einem zurückhaltend und sympathisch wirkenden Mann hinterher, »kannst du uns doch lotsen?«

Der zögerte nicht lange. Doch statt selbst auf sein Bodaboda zu steigen, pfiff er zwei jüngere Männer zu sich, die unvermittelt auf ihre Zweiräder sprangen und mit einer auffordernden Handbewegung wegdüsten. Wir hatten unsere Mühe, über die von Schlaglöchern übersäte Buckelpiste Schritt zu halten – bis die beiden Fahrer vor einer Gabelung hielten.

»Da! Nyata Safari Camp. Rechts lang!«, schrie ich erleichtert auf. Doch die Lotsen drehten vor unserer Motorhaube nach links ab. Wir tauschten verdutzte und verunsicherte Blicke aus.

»Na, ja. Vielleicht ist dieser Weg besser. Hier rechts scheint der Weg mit extrem tiefem Sand weiterzugehen. Die werden es schon wissen«, meinte Henrik schließlich und trat wieder aufs Gaspedal, während er das Lenkrad nach links drehte.

Schon bald fanden wir uns in dichten Staubwolken wieder. Der feine, weiche Sand, der auch hier den Untergrund bildete, wirbelte unaufhörlich in die Luft und raubte uns jegliche Sicht. Zudem war die Sonne bereits hinter dem Horizont verschwunden. Damit verabschiedete sich auch unser Gefühl von Sicherheit.

»Alter, gleich ist es stockdunkel!«, stellte ich alarmierend fest, »wie lange soll das noch so weitergehen?«

Seit fast einer Stunde bretterten wir durch wüstenähnliches Gefilde. Ausgezeichnete Wege existierten schon lange nicht mehr. Auch die zwei Fahrer hatten sichtlich Schwierigkeiten, ihr Bodaboda durch den tiefen Sand zu manövrieren.

»Wie zur Hölle sollen wir gleich das Dachzelt mit einer Tonne Sand drauf aufklappen?«, fluchte ich. Henrik schwieg nur noch.

Zu konzentriert war er darauf, unseren Wagen und schließlich auch uns sicher ans Ziel zu bringen. Irgendwann stoppten unsere Lotsen. Einer der beiden trat in der mittlerweile vollkommenen Dunkelheit vor meine Fensterseite. Vorsichtig kurbelte ich das Fenster herunter, um eine Staublawine zu verhindern.

»Wann sind wir denn endlich da?«, fragte ich laut und mit wütendem Unterton.

»Wie heißt das Camp nochmal?«

Mir fiel die Kinnlade herunter. Ganz offensichtlich hatten die zwei Typen keinen Schimmer, was sie hier taten. Mein GPS-Signal schien auch am Rande der Verzweiflung. Wir hatten uns in den letzten Minuten deutlich vom Ziel entfernt. Vage versuchte ich, dem Kerl die grobe Richtung zu deuten.

»Wir sind schon fast am Kimana Gate«, ließ ich Henrik wissen, »komm‘ wir brechen das hier ab und übernachten einfach im dortigen Camp.«

Henrik ignorierte meine Kurzschlussreaktion und steuerte in die entgegengesetzte Richtung. Wie durch ein Wunder erblickten wir in wenigen hunderten Metern Entfernung ein Licht. Wir vermuteten, dass es sich um ein Camp handelte. Ohne den Fahrern Beachtung zu schenken, nahmen wir unser Glück selbst in die Hand und nährten uns dem Licht.

»Tatsache! Ich fasse es nicht!«, stöhnte Henrik. Auf dem verrosteten Schild stand tatsächlich der Name unseres Camps. Wir fuhren durch das Tor. Unsere zwei hervorragenden Lotsen folgten nun uns. Eine Frau trat aus einer Hütte hervor und bewegte sich in unsere Richtung. Hinter ihr ein Junge, den wir als ihren Sohn vermuteten.

»Hallo! Ich bin Hannah. Wir standen über WhatsApp in Kontakt. Wie besprochen haben wir uns von einem Bodaboda lotsen lassen«, erklärte ich unsere Situation, indem ich auf die beiden Männer zeigte, »die Bezahlung wird übernommen?«

Die Frau schien die Ruhe in Person zu sein.

»Ja. Ich habe noch ein Zimmer frei. Ihr könnt gerne dort übernachten, dann müsst ihr das Zelt nicht aufbauen. Gleicher Preis.«

Das war die beste Nachricht des Tages. Wir bedankten uns, sprangen hektisch aus dem komplett verdreckten Wagen und begannen, unsere sieben Sachen auszuladen. In meinem Kopf ging ich bereits die lange To-Do-Liste des späten Abends durch: Gasherd an, Kochen, Duschen, Abwasch, Frühstück vorbereiten, Sachen für den Game Drive packen, Wecker auf fünf Uhr stellen.

Zunächst brachten wir die Taschen mit unseren Essensvorräten in unser spärlich eingerichtetes und verschimmeltes Hochbettzimmer. *Alles besser, als jetzt noch das Dachzelt aufzubauen.*

Nun fehlten noch unsere Rucksäcke, die wir beim nächsten Gang vom Auto zum Zimmer tragen wollten. Zu meiner Verwunderung standen die Bodaboda-Fahrer noch immer auf dem Parkplatz des Camps und blickten uns starr nach.

Als wir die Autotüren mit einem Rucksack auf dem Rücken und dem anderen auf dem Bauch zuschmissen, drehten wir uns synchron um – und wurden am Weitergehen gehindert. Wie eine Wand versperrten uns die Lotsen den Weg. Neben ihnen stand die Frau, die uns eben in Empfang genommen hatte. Es war stockfinster.

»Sie wollen mein Geld nicht«, murmelte die kleine Frau leise, »sie wollen es von euch.«

»Was? Wie? Es war doch alles vereinbart, oder nicht?«, hakte Henrik verwirrt nach.

»Zweitausend!«, gab einer der Männer in bestimmtem Ton von sich.

»Bitte? Das ist das Vierfache vom vereinbarten Preis, den uns die Dame hier genannt hat«, erwiderte ich schockiert. Schweigen.

»Der Weg war länger als gedacht«, unterbrach der andere die Stille.

»Niemals! Ihr verarscht uns! Ihr führt uns über eine Stunde in die Irre, gaukelt uns vor, ihr wüsstet den Weg, obwohl ihr keine Ahnung habt. Ihr bringt uns und euch in Gefahr und jetzt verlangt ihr so viel Geld von uns? Wofür? Euer Job war nicht gut. Ihr macht das nur, weil wir weiß sind und ihr denkt, wir scheißen Geld!«

Ich spürte einen leichten Stups von Henrik an meiner Schulter. Vielleicht hatte ich übertrieben. Doch meine Worte, die aus purer Emotionalität aus mir heraussprudelten, konnte ich nicht zurückholen.

»Ihr hättet nur den Schildern folgen müssen und ihr wärt in zwanzig Minuten hier gewesen. Das ist nicht fair. Ihr wisst, dass das fünfhundert Schilling wert ist«, nuschelte die Frau den beiden Männern zugewandt.

Sie hatte sichtlichen Respekt vor den Typen, die weiterhin unbeeindruckt und wie angewurzelt dastanden. Ich hingegen war ihr in diesem Moment einfach nur dankbar, dass sie offenbar auf unserer Seite stand. Nachdem für einige Sekunden niemand etwas sagte, gab uns die Frau zu verstehen, dass wir erst einmal unsere restlichen Sachen ins Zimmer bringen sollten. Wir mussten mit unseren schweren Rucksäcken beladen unheimlich machtlos und unbeholfen ausgesehen haben. Wie zwei Käfer, gefangen in einem Glas.

Am liebsten hätte ich das Zimmer nicht mehr verlassen. Doch sowohl der Gasherd als auch unsere Kühlbox befanden sich noch im Kofferraum des Geländewagens.

»Okay. Wir gehen jetzt raus und erledigen, was wir erledigen müssen. Einfach nicht beachten und gut.«

Ich folgte Henriks Plan und schnappte mir den wuchtigen Gaskanister. Er hievte den vollbeladenen mobilen Kühlschrank aus dem Kofferraum, ich verriegelte das Auto und ging geraden Schrittes an den noch immer anwesenden Männern vorbei, die mir ein paar Worte auf Swahili, gefolgt von höhnischem Lachen mit auf den Weg gaben. Im Augenwinkel nahm ich wahr, wie sie Henrik vor die Füße spuckten. Wir verriegelten die Tür unseres Zimmers und fielen uns in die Arme.

»Scheiße, was war das denn?«, atmete Henrik schwer auf.

»Ich habe wirklich Angst«, gestand ich, »die werden uns mindestens die Reifen zerstechen. Oder uns morgen früh auflauern, um sich zu rächen.«

Wir spähten vorsichtig durch das Fenster. Die Typen waren verschwunden. Mittlerweile war es bereits spät am Abend. Wir hatten noch allerhand zu tun und seit dem Frühstück nichts gegessen. Die zahlreichen Aufgaben halfen uns dabei, die ernsthaften Bedenken zu ignorieren. Irgendwann schliefen wir unter einer ekelhaften Wolldecke ein. Bis mich ein lautes, sehr nahes Hundegebell aus dem Tiefschlaf riss. Es war 1 Uhr – mitten in der Nacht.

»Henry«, wisperte ich, »ich glaube, die sind zurück.«

Er schien von der anstrengenden Fahrt allerdings so gerädert, dass der Lärm ihn nicht vom Schlafen abbringen konnte.

Der Morgen erwachte. Mein Gesicht schien ein Abbild der vergangenen Nacht zu sein: gezeichnet von tiefen Augenringen und einer entzündeten Oberlippe. Nach dem wilden Hundegebell und meinen Wachträumen hatte ich kaum ein Auge zugetan. Den ersten schlaftrunkenen Blick an jenem Morgen widmete ich allerdings nicht dem Auto, sondern dem atemberaubenden Panorama, welches sich direkt vor unserer Türe auftat. Der Kili glänzte in sanftem Morgenlicht. Die Umgebung schien friedlich, ruhig, wunderschön.

»Ihr habt Glück«, erschreckte mich die Gastgeberin von hinten, »zu den letzten Sonnenaufgängen war der Gipfel von dichten Wolken verschleiert.«

Ob wir wirklich so ein Glück haben? Als ich der netten Gastgeberin in die Augen blickte, erlebte ich einen Flashback des gestrigen Abends. Gemeinsam mit Henrik hechtete ich zu unserem Geländewagen.

»Die Reifen scheinen heil zu sein«, stellte ich fachmännisch fest.

»Nicht mehr Beulen als vorher. Die Fensterscheiben sind auch nicht eingeschlagen. Wir sind wirklich Glückskinder.«

»Lass‘ uns nur nicht über Isineti zurückfahren. Und wenn es einen Umweg bedeutet.«

Mit der elanvollsten Bewegung, zu der mein Körper an diesem Morgen imstande war, schwang ich mich auf den Beifahrersitz. Den Kaffeebecher in der Hand und die Kamera einsatzbereit auf meinem Schoß. Als wir durch das Kimana Gate in den Amboseli Nationalpark einfuhren, braute sich in mir ein emotionaler Cocktail aus Wehmut, Freude und Nostalgie zusammen. Die kommenden Stunden würden die letzten unserer Zeit in Afrika sein, die wir in der Wildnis verbrachten. Unter Elefanten, Giraffen, Zebras und Gnus. Alles, was sich zuletzt wie eine Selbstverständlichkeit, wie Alltag, angefühlt hatte, bekam nun nochmal die Wertigkeit, die es verdiente. Ich dachte zurück an meine erste Safari hier im Amboseli Nationalpark, die ich mit meiner Mama gemacht hatte. Schon damals hatte ich mich in diesen einzigartigen Ort im Angesicht des Kilimandscharos verliebt und hatte den Wunsch inne getragen, eines Tages zurückzukehren. Es fühlte sich einerseits vertraut, andererseits so anders an. Mein Leben heute war ein gänzlich anderes. Und wir waren nun auf eigene Faust unterwegs – mit Wissen über die afrikanische Natur und Tierwelt im Gepäck, das ich nicht für möglich gehalten hatte.

Bewusst hatten wir uns dazu entschieden, diesen letzten Game Drive als Selbstfahrer zu unternehmen. Seit dem Caprivi-Streifen in Namibia hatten wir uns, entgegen unserer anfänglichen Sehnsucht nach Autarkie, nur noch geführten Game Drives angeschlossen. Nach all dem, was wir von Bate in Botswana und auch von John und Lewis gelernt hatten, fühlten wir uns nun wie Profis.

»Ich bin so, so, so gespannt, ob wir jetzt mehr sichten und wahrnehmen.«

Nicht nur einmal hatte ich diesen Satz heute Morgen und in den letzten Tagen ausgesprochen. Zu Beginn begrüßten uns etliche grasende Zebrafamilien. Stets im malerisch anzusehenden

Schutze des gewaltigen Kilimandscharos, der durch seine freistehende Charakteristik einen einzigartigen Wiedererkennungswert hat. Es dauerte nicht lange, da schritten die ersten Elefanten gen Wasserloch.

»Schnell, dreh den Wagen!«, forderte ich Henrik hibbelig auf. Schließlich war es mein Traum, einen Elefanten vor dem Kilimandscharo auf einem Foto einzufangen. Erst als der graue Riese allmählich näherkam, erkannte ich die Ausmaße dieses Tieres. Noch nie zuvor hatte ich solch einen gigantischen Elefanten gesehen. Zwar waren seine Stoßzähne nicht so lang, dass man ihm den Titel *Big Tusker* (Elefant mit Stoßzähnen, die bis zum Boden reichen, von denen es schätzungsweise nur noch vierzig geben soll) verleihen konnte, aber seine Aura wirkte noch lange nach. Unterdessen waren wir umgeben von Elefanten.

»Oh, guck mal. Das Baby!«

Inmitten der großen Herde erkannte Henrik ein kleines Kalb, das sich unbeholfen im Schlamm wälzte. Nachdem es sich mit aller Kraft aufgerichtet hatte, rutschte es beinahe aus, doch seine Mama konnte ein Malheur verhindern. Als die Herde von dannen zog, bemerkte ich, dass der Muttermund der Elefantenkuh noch geöffnet war. Scheinbar hatte das Kleine erst vor einigen Stunden das Licht der Welt erblickt.

Im weiteren Verlauf des Morgens kreuzten dutzende Thompson-Gazellen und Impalas, eine Hand voll Gnus, etliche Giraffen und sogar eine Hyänenfamilie an einem Wasserloch unseren Weg.

»Lass uns mal den Observation Hill anfahren. Dann können wir uns einen Überblick verschaffen und die Route für den Rest des Tages planen. Vielleicht können wir auch Herden erkennen«, schlug ich vor. Auf dem Weg zum Aussichtspunkt, an dem es erlaubt ist, den Wagen zu verlassen, herrschte reges Jeep-Treiben. Der Plan schien also nicht nur unserer gewesen zu sein.

»Ui, shit! Da gibt's aber ein kleines Problemchen …«, ächzte Henrik und bremste den Wagen.

Vor uns befand sich eine matschige Überschwemmung. An den großen Jeeps, die die Blockade zackig durchquerten, war deutlich zu erkennen, dass das Wasser ziemlich hochstand.

»Ich weiß nicht, ob wir da wirklich durch sollten«, gab ich meine Meinung kund und versuchte mich insgeheim schon mit einem Plan B anzufreunden.

»Aber wozu haben wir denn einen Geländewagen? Ich hab' auch Palmwag gemeistert«, ließ Henrik die Hoffnung aufleben.

»Gut, wird schon. Aber ich habe den Eindruck, dass es hier links weniger tief ist.«

Kaum hatte ich meinen Satz ausgesprochen, spürte ich einen heftigen Schlag von unten.

»Fuuuuck!«

Es ging nichts mehr. Unsere Reifen hingen zu drei Vierteln im Morast. Bei jedem weiteren Anfahrversuch drehten sie durch und der Motor heulte schrill auf. Die Safaritouristen im Jeep hinter uns deuteten unentwegt auf unser Heck. Wir wurden aus der Gestik allerdings nicht schlau.

»Wieso fahrt ihr denn nicht über die ausgefahrene Stelle hier, wo jeder lang fährt? Da an der Seite ist es locker«, lachte uns ein Guide in seinem Wagen sitzend zu.

Wir zogen parallel die Schultern nach oben und mit unseren Gesichtern eine bedauerliche Grimasse.

»Keine Sorge. Ich zieh' euch raus!«

Ohne zu zögern stampfte der Mann mit seinen Gummistiefeln in den tiefen Schlund aus Matsch und band sein Abschleppseil an unseren Wagen.

»Mist, da lag ich wohl daneben«, gestand ich mir selbst ein.

Nach zwei Versuchen waren wir frei! Nun wurde ersichtlich, auf was die Menschen hinter uns gezeigt hatten. Auf der Oberfläche der Lache schwamm ein großes Plastikteil – unser Unterboden. Und dessen Beschädigungen sind von kaum einer Versicherung abgedeckt.

Selbstlos stieg der nette Guide ein weiteres Mal in die Pampe, um uns das abgerissene Teil in den Kofferraum zu legen.

»Tausend Dank!«, rief ich ihm aus dem Fenster hinterher.

»Gern geschehen! Fahrt vorsichtig!«

Für eine Weile schwiegen Henrik und ich während des steilen Aufstiegs auf den Observation Hill. Wir wussten, was wir beide dachten. Das spürte ich. Wir wollten beide den Sorgen keinen Raum lassen – auf unserem letzten Game Drive. Doch sie waren da. Und sie konnten auch nicht unter den Tisch gekehrt werden.

»Lass' uns das erstmal ausblenden. Jetzt können wir sowieso nichts machen. Der Wagen fährt. Was zählt ist das Hier und Jetzt«, unterbrach ich die unangenehme Stille, während wir auf das endlos weite Tal blickten. Ich drückte fest seine Hand.

Das Fabelhafte am Amboseli Nationalpark war die landschaftliche Vielseitigkeit. Es war nicht nur der allgegenwärtige Kilimandscharo, der im Verlauf des Tages sukzessive von Wolken umschlungen wurde, sondern auch die pittoresken Lagunen, in denen Flamingos, Pelikane und Wasserbüffel das Bild der Wildnis prägten. Im vollkommenen Kontrast zu den blutigen und brutalen Szenen in der Massai Mara bescherte uns die Natur an diesem Tag Frieden. Abgesehen von ein paar Hyänen, wollten sich keine Prädatoren, wie Löwen oder Leoparden, zeigen. Keine Kadaver. Kein Blut. Ruhe und Idylle. Verabschiedet wurden wir von einem einsamen Elefanten im Gebüsch, dessen Stoßzähne ganz nah an die eines *Big Tuskers* kamen. Ich fühlte mich endlos zufrieden. Wäre da nicht noch dieser eine zermürbende Gedanke an die unangenehme Herausforderung gewesen, die uns bevorstand.

28 | ACAC – ALL COPS ARE CORRUPT

Henrik | »Komm ruhig auch mal herunter. Das musst du dir angucken!«, rief der junge Mechaniker zu mir hoch.

Ich stutzte. Mir war es ohnehin schon peinlich genug, dass ich den Unterboden unseres Toyotas beschädigt hatte. Aufgeschlitzt an einem spitzen Stein im Schlamm. Ein abgebrochenes Plastikteil hatten wir aufgesammelt und seitdem im Kofferraum spazieren gefahren. Wie groß der Schaden war und ob er von der Versicherung abgedeckt werden würde, stand in den Sternen. Ich musste da jetzt durch. Wir mussten da jetzt durch. Beide waren wir nervlich abermals völlig am Ende. Erst die bedrohlichen Bodaboda-Fahrer und jetzt das. *Kenia kostet uns viel mehr als gedacht …*

»Jetzt komm schon!«

Die ungeduldige Stimme des Mechanikers riss mich aus meinen Gedanken. Vorsichtig kletterte ich die Stufen herunter, um mir das volle Ausmaß des Schadens anzuschauen.

»Schau mal hier!«

Er zeigte mir die Stelle, wo das verbliebene Stück des Unterbodens befestigt war. Eigentlich sollte dieser, wie an den anderen Stellen, fest verschraubt sein.

»Ist das etwa nur verknotet?«, erkundigte ich mich beim Mechaniker mit Blick auf eine Kordel, die den Unterboden fixierte.

»Ja, weißt du denn nichts davon?«, antwortete er.

»Nein, das wusste ich nicht. Der Wagen ist gemietet. Also, das hast jetzt nicht du gerade drangeknotet? Der Unterboden war an der Stelle die ganze Zeit nur so fixiert?«

Ich witterte Hoffnung. Das konnte unsere Rettung sein. Der Mechaniker guckte mich schräg an.

»Nein, nein, nein. Ich habe das da nicht festgeknotet, das war definitiv schon so. Auch vor eurem Unfall gestern.«

Schnell machte ich ein paar Handyfotos, um diese Wendung der Geschichte ausreichend zu dokumentieren.

»Sehr gut! Vielen Dank, das ist sehr hilfreich. Können wir denn so jetzt weiterfahren?«, fragte ich den Mechaniker.

»Ja, schon. Weil es sich nur um den Plastikschutz handelt und der Unterboden bis jetzt nicht betroffen ist. Aber jetzt keine heiklen Geländefahrten mehr, sonst geht da schnell mehr kaputt.«

»Okay, weiß ich Bescheid. Was schulden wir dir?«

Noch bevor er abwinken konnte, gab ich ihm ein wohlverdientes Trinkgeld und beauftragte seinen Kollegen mit einer ausgiebigen Autowäsche, ohne zu wissen, dass gleich achtzig Kilometer sandig-rote Schotterpiste vor uns liegen würden. Hannah saß nichtsahnend wie ein Häufchen Elend auf den Stufen vor der Werkstatt, als ich ihr die guten Neuigkeiten mitteilte. Jetzt war die Argumentation voll auf unserer Seite.

So anstrengend der Weg Richtung Voi, unserer Zwischenstation auf dem Weg an die Ostküste, war, so schön zeigten sich die Ausblicke auf den Kilimandscharo und den Mawenzi. Bereits kurz nach der Werkstatt waren wir auf eine breite Schotterpiste abgebogen, die uns Schlaglöcher bescherte, so groß, als wären hier

Meteoriten eingeschlagen. Nun fieberten wir seit Stunden dem Ende dieser ruckeligen Phase entgegen, da wir jetzt eigentlich unseren Toyota und vor allen Dingen uns schonen wollten.

»Da! Giraffen!«

Hannah zeigte aufgeregt zu ein paar Büschen. Und in der Tat, mehrere Giraffen zeigten sich im roten Sand vor der markanten Berglandschaft. Ein paar Meter weiter gesellten sich Zebras dazu. Nachdem wir unserem Autovermieter die Neuigkeiten mitgeteilt hatten, war nun kein finanzieller Schaden mehr zu befürchten. Unsere Verzweiflung war Euphorie gewichen.

Uns hält nichts auf. Irgendwie geht doch alles immer gut. Was soll jetzt noch kommen?

Genussvoll lächelnd, schaute ich zu Hannah. Sie grinste zurück. Trotz der ganzen Strapazen ging es ihr, ging es uns, in den letzten Monaten gemeinsam auf Reisen viel besser als vorher.

Endlich endete die Schotterpiste und eine gut asphaltierte Schnellstraße begann. Für diesen letzten Abschnitt übernahm Hannah das Steuer und ich lehnte mich auf dem Beifahrersitz entspannt zurück.

Als wir kurz vor Voi die Spitze einer langen Steigung erreichten, stoppte uns plötzlich ein Polizist. Hannah bremste geschockt ab und fuhr links ran. Verwundert schauten wir beide uns an. Seit Südafrika waren wir in keine Polizeikontrolle mehr geraten. Meistens hatte man uns so durchgewunken. Doch nicht so hier.

Als der Polizist näherkam, kurbelte Hannah das Fenster herunter.

»Wissen Sie, warum ich Sie anhalte? Sie haben ein Verkehrsdelikt begangen!«, ermahnte der Polizist Hannah.

»Wie bitte? Ich habe keine Ahnung, worum es geht«, erwiderte Hannah und guckte hilflos in meine Richtung. Auch ich konnte mir absolut nicht erklären, worauf der Polizist anspielte.

»Sie haben eben überholt, mehrere Autos. Das ist hier am Berg verboten, da ist eine durchgezogene Linie!«

Ich war kurz davor, in Gelächter auszubrechen, weil der Vorwurf so absurd war, im Hinblick auf die allgemeine Fahrweise hier. Auch Hannah schaute ungläubig drein.

»Hier überholen alle wie Wahnsinnige und jetzt habe ich einmal einen Truck überholt und soll damit ein Verkehrsdelikt begangen haben?«, fragte Hannah vorsichtig.

»Sie geben es also zu!«

»Gar nichts geben wir zu. Haben Sie Beweise?«, mischte ich mich in das Gespräch ein.

»Wir haben es mit eigenen Augen gesehen. Bitte bezahlen Sie Ihre Strafe, dann können Sie fahren. Ansonsten können Sie mit uns nach Mombasa zur Wache kommen, dann nehmen wir den Fall auf und er geht nächste Woche vor Gericht.«

Als ob wir gerade nichts Besseres zu tun hätten. Dabei brauchten wir doch gerade nichts Dringenderes als einige entspannte Tage am Strand.

»Okay. Um wie viel geht es denn?«, fragte Hannah.

Der Polizist zögerte einen Moment zu lang.

»10.000 Schilling!«

Ein dicker Kloß bildete sich in meinem Hals.

Fast 70 Euro? Das ist ja völlig unverhältnismäßig!

Auch Hannah war völlig aufgelöst. Erste Tränen liefen ihre Wange herunter.

»Ist das wirklich der offizielle Preis? Das ist viel zu viel für uns. So viel Geld haben wir nicht!«, sagte ich zu dem Polizisten und versuchte, die Wut in mir weiter zu unterdrücken.

»Das ist der offizielle Preis. Aber wir möchten, dass ihr eine gute Zeit hier habt. Also, was möchtet ihr bezahlen?«

Mit einem Mal versuchte es der Polizist auf die nette Tour und probierte, unsere Freundschaft zu gewinnen.

Natürlich nichts – war der unausgesprochene Satz unter uns. Doch damit kamen wir nicht durch. Zögernd lugte ich in unser Portemonnaie.

»Sind 5.000 okay?«

Der Polizist haderte. Als Hannah ihm die 5.000 Schilling in die Hand drückte, forderte er noch einen weiteren Tausender. Trotzig klatschte sie ihm die Scheine in die Hand und startete den Wagen. Wir durften weiterfahren.

»Das ist so unfair! Ich weiß noch nicht mal, ob ich da überhaupt überholt habe oder ob es eine durchgezogene Linie war! Wie früher in der Schule. Ich mache immer meine Hausaufgaben, vorbildlich und streberhaft. Und dann vergesse ich ein einziges Mal was und zack – hart bestraft. Geht es noch ungerechter?«

Hannah war zu Tode betrübt, zwischen Schweigen und Heulen. So ganz verstand ich ihren Wirbel nicht. Es war brutal ärgerlich, aufgrund der Willkür des Polizisten vergleichsweise viel Geld bezahlt zu haben. Aber uns blieb keine andere Wahl …

Nach einer kurzen Nacht machten wir uns mit neuem Elan auf den Weg nach Watamu. Wenn alles gut lief, würden wir heute Nachmittag schon die Füße ins Meer stecken.

Doch davor mussten wir noch Mombasa durchqueren. Hannah war immer noch etwas gekränkt von gestern und ich hatte Einiges an Überzeugungsarbeit leisten müssen, damit sie sich nicht zurückzog, sondern wieder ans Steuer setzte.

Aber wir hatten festgestellt, dass es gerade in der Hektik der Städte meist besser klappte, wenn ich die Rolle des Navigators übernahm. Und so funktionierte unser Team auch in den vollen und wuseligen Straßen von Mombasa.

Schon seit einigen Kilometern ging es allerdings nur noch im Stop-and-Go-Tempo voran.

»So, der großen Hauptstraße hier folgen wir jetzt ein Stück«, wies ich Hannah an.

»Aye, aye, Sir. Ich halte den Kurs.«

Doch ein paar unübersichtliche Meter weiter fanden wir uns plötzlich auf einem Rechtsabbieger wieder.

»Shit, wir müssen geradeaus weiter, oder?«, stellte Hannah panisch fest.

»Ja, eigentlich schon. Warte …«

Ich kurbelte das Fenster herunter und gab den Autos ein Zeichen, während Hannah blinkte. Der Dritte hielt an, Hannah wechselte problemlos die Spur und fuhr in Schrittgeschwindigkeit über die Kreuzung.

»Gut gemacht! Das wäre ein riesiger Umweg geworden.«

Noch während ich meinen Satz beendete, klopfte es am Fenster und wir wurden aufgefordert, anzuhalten. *Das wird doch wohl nicht …*

»Führerschein und Fahrzeugpapiere, bitte!«, erklang im selben Moment eine harsche Stimme.

»Nicht schon wieder!«, stöhnte Hannah leise in meine Richtung, während sie die Papiere herauskramte.

Ich schaute raus. Es schien sich um eine Art Verkehrswacht zu handeln. Ein richtiger Polizist war das auf jeden Fall nicht. Hannah übergab ihm die Papiere und ihren Führerschein.

»Sie haben ein Verkehrsdelikt begangen. Einfach die Spur zu wechseln ist strengstens verboten und sehr gefährlich! Warten Sie hier einen Moment«, bellte er uns forsch an und verschwand mit Hannahs Führerschein.

»Das kann doch alles nicht wahr sein!«

Hannah sackte im Fahrersitz zusammen.

»Vielleicht liegt es am ugandischen Nummernschild.«

»Oder an mir. Ich bin eine Frau und ich bin weiß. Da mal drüber nachgedacht?«

»Auf jeden Fall ist es reine Willkür und völlig aus der Luft gegriffen. Hier waren weder Schilder, dass die Straße abknickt noch irgendwelche durchgezogenen Linien. Diesmal werden wir nicht so einfach bezahlen!«, redete ich mich in Rage.

Doch der vermeintliche Polizist kam minutenlang nicht zurück. Er hatte bereits sein Druckmittel in der Hand: Hannahs Führerschein. Den wollte er partout nicht wieder rausrücken, ehe wir ihm Geld geben würden.

»Was fällt Ihnen eigentlich ein? Sie hätten das vorher wissen müssen, dass die Hauptstraße hier abknickt. Das war ein großer Fehler, alle müssen hier abbiegen«, fuhr er Hannah aggressiv an.

»Lächerlich! Da waren weder Schilder noch Linien. Außerdem stand der Verkehr still und wir haben alles angezeigt. Wir werden hier gar nichts bezahlen!«, konterte ich.

Es ging hin und her. Langsam verlor ich den ehrfürchtigen Respekt, den ich sonst vor Polizisten hatte. Als dieser hier merkte, dass wir so nicht weiterkamen, befahl er uns, ihm auf die Wache zu folgen, was wir dann auch taten.

Erst dort trafen wir mit seinem Boss auf einen echten Polizisten, der uns einen Ausweis zeigen konnte. Vor Ort bat dieser ausdrücklich nur mich herein. Er war zwar deutlich älter und ruhiger, aber sein offensichtlich fehlender Respekt gegenüber Frauen stachelte uns noch mehr an.

Auch nachdem Hannah ihm in Ruhe die Lage der Dinge erklärte, ich die Situation bestätigte und anmerkte, dass sein junger Kollege hier über das Ziel hinausgeschossen war sowie sich im Ton vergriffen hatte, bestand er darauf, mit mir allein zu sprechen. Obwohl ich nicht der Fahrer gewesen war. Also folgte ich ihm in sein Büro.

»Sir, ich weiß nicht, ob ich Ihnen hier glauben kann. Mein Kollege mag übertrieben haben, er mag aggressiv sein, aber ich kann ihm nicht in den Rücken fallen. Wir müssen das lösen.«

»Sie sagen also selbst, Sie haben nichts in der Hand? Wie kann das sein, dass gerade wir hier schon wieder angehalten werden. In über sechs Monaten in Afrika wurden wir nirgendwo so behandelt. Ich sehe nicht ein, hier irgendetwas zu zahlen. Lassen Sie uns bitte jetzt fahren.«

Ich versuchte, diesmal wirklich ruhig und stark zu bleiben.

»Das kann ich nicht tun und wenn Sie beide weiterhin nicht kooperieren, dann kann ich Sie auch hier festsetzen«, drohte er mir, »lassen Sie uns doch kein Ärgernis daraus machen. Wie viel Geld besitzen Sie?«

»Es geht doch nicht darum, wie viel Geld wir besitzen. Es geht darum, was dieses angebliche Vergehen kostet und ob wir im Recht sind oder nicht.«

Ich schaute auf die Uhr. Eigentlich hatten wir um diese Uhrzeit bereits am Strand liegen wollen. Doch der *Oberkommissar* hier schien das aussitzen zu wollen. Mit seinen Fingern spielte er mit Hannahs Führerschein.

»Okay, wie lösen wir das Ganze jetzt?«, fragte ich ihn erneut.

»Sie wissen, wie. Es gibt nur einen einzigen Weg.«

Meine Geduld war am Ende. Ich hatte einfach keine Kraft mehr. Das ganze Theater kostete so viel Zeit. Mir blieb nichts anderes übrig, als zum Auto zu gehen, unser Portemonnaie zu holen und ihm die letzten 2.000 Schilling, die wir noch hatten, in die Hand zu drücken. Der junge Mann, der deutlich mehr gefordert hatte, setzte zum Protest an, aber der Ältere nickte uns zu.

»Ihr könnt gehen!«

Und das taten wir dann auch. Schweren Herzens nahm ich den Fahrersitz ein. Hannah weigerte sich weiterzufahren.

»Geld ist wirklich die einzige Lösung. Wir haben alles versucht, aber Fairness zählt hier nicht. Das ist pure Korruption. Es ist völlig egal, ob du fährst wie ein Arschloch oder wie ein Musterschüler. Du kannst beziehungsweise musst dich mit Geld freikaufen. Shut-Up-Money!«, stellte ich fest, als wir uns wieder in den zähfließenden Verkehr Mombasas eingegliedert hatten.

Hannah schwieg. Ich wusste, dass sie innerlich kochte. Das Geld rann uns gerade viel zu schnell durch die Finger. Nun waren wir über unser Budget gerutscht und das schlug auf die Stimmung. Während wir dem Strand entgegenfuhren, wurden wir gefühlt minütlich Zeuge von wirklich waghalsigen Verkehrsmanövern, die jedoch allesamt ungestraft blieben.

In Watamu war es nochmal deutlich wärmer als bisher. Wir standen auf einem schönen Stellplatz mitten in einem kleinen Wäldchen, wenige Schritte vom Strand entfernt.

Auf wenig erholsame, weil sehr schwitzige Nächte mit einer Menge Moskitos im und ums Zelt, folgten ruhige Tage, die wir zumeist am Strand verbrachten. Vormittags mit einer Kokosnuss, nachmittags mit einem Bier in der Hand. So wie wir es uns oft vorgenommen und während der ganzen langen Reise viel zu selten umgesetzt hatten. Beide fühlten wir uns ausgebrannt und genossen diese ruhige, ereignislose Zeit am Strand.

Unser letzter Tag in Afrika war angebrochen und wir begaben uns noch einmal zum Strand. In meine Gefühlswelt kehrte Seelenfrieden. Schon morgen würden wir nach Deutschland fliegen, eine Pause einlegen, ehe unsere Reise weitergehen sollte. Voller Stolz auf das, was alles hinter uns lag und in neugewonnener Eintracht saßen wir Arm in Arm im Sand und schauten gen Horizont auf das Meer hinaus.

»Auch wenn die letzten Tage irgendwie beschissen und anstrengend waren, ich werde Afrika sowas von vermissen!«, seufzte Hannah wehmütig, während sie mit dem Zeh Kreise in den Sand malte, »die Wildnis, die Unberechenbarkeit, die Musik, die Menschen …«

»… die meisten Menschen zumindest«, lachte ich sarkastisch an die heiklen Begegnungen der vergangenen Tage denkend, »nein, wirklich. Ich auch. Sehr. Soll ich uns noch ein Bier holen?«

Hannah ließ meine Frage überraschenderweise unbeantwortet. Regungslos starrte sie nun auf ihr Handy.

»Hallo! Erde an Hannah! Es geht um Bier!«, riss ich sie aus ihrer vermeintlichen Lethargie. Doch sie reagierte kaum und gab mir zitternd ihr Handy in die Hand. Das Display zeigte eine News-Meldung: »Terroranschlag auf einem Festival in Israel, viele Tote, hunderte Geiseln.«

»Ich war letztes Jahr noch mit Mama da!« Hannahs Stimme zitterte.

»Ich weiß«, flüsterte ich ihr zu, drückte sie fest, »das war ein großes Glück, dass du da eine friedliche Lücke erwischt hast.«

»Ja, nicht nur da. Auf all unseren Reisen sind wir bei all dem was wir erlebt haben, nie in wirklich große Konflikte oder Katastrophen geraten«, erkannte sie und atmete tief durch. Diese Erkenntnis beruhigte sie scheinbar ein bisschen. Beide empfanden wir sogleich intensive Dankbarkeit. Für unser Wohlbefinden, für so viel Glück im Unglück, für all das, was wir erleben durften. Für all das, was Afrika uns geschenkt hatte. Während vor uns die Kitesurfer ihre Runden drehten und das Meer ruhig und friedlich seine Wellen über unsere Füße legte, saßen wir stundenlang einfach nur da und unterhielten uns über globale Krisen, identitäre Konflikte und ihre Ursachen. Vor allem aber über uns.

29 | WIR SIND

Hannah & Henrik | Wir sind erfüllt, dankbar, stolz. Stark, wild, weitsichtig und verständnisvoll. Wir sind wieder ein Team. Afrika hat es – manchmal still und leise, manchmal mit der Wucht einer Abrissbirne – geschafft, uns von unserem starrsinnigen Individualismus zu heilen. Nach neun Jahren hatten wir vor einer eingestürzten Brücke gestanden. Jeder von uns auf einer Seite der tiefen Schlucht, während wir uns lauthals Vorwürfe entgegen schrien, wer für den Zerfall verantwortlich gewesen war.

Die Briefe, die wir uns vor der risikoreichen Entscheidung, alle Zelte in Deutschland abzubrechen, an die Köpfe geknallt hatten, sind echt. Warum wir derart persönliche Einblicke in die Abgründe unserer Beziehung mit dir teilen? Du wirst es vielleicht mittlerweile erkannt haben: Diese Reise zurück zum Wir war eine Hoffnung, umschlungen vom unbändigen Abenteuergeist, nach Afrika aufzubrechen. Vor allem aber war sie ein Prozess.

All die Ängste, all die Zweifel, unsere Beziehung könne an dieser Herausforderung erst recht scheitern, haben sich nicht bewahrheitet. Vielleicht aber waren sie sogar ein notwendiger Bestandteil dieser Reise. Wir lernten zu akzeptieren, dass der andere manche Dinge besser kann. Ohne Henriks stoische Ruhe und Besonnenheit in heiklen Momenten, wäre so manche Situation aus dem Ruder gelaufen. Ohne Hannahs offene und extrovertierte Kommunikation wäre uns mehr als ein wertvolles Gespräch mit Locals verwehrt geblieben. Wenn die eiskalte Finsternis nach langen Fahrtagen durch die staubtrockene Wüstenlandschaft auf dem Stellplatz einbrach, mussten der Zeltaufbau und das Feuermachen in perfektem Teamwork funktionieren. Oft kamen wir dabei an die Grenzen unserer Geduld. Schließlich verbrachten wir plötzlich beinahe jede einzelne Minute miteinander. Über sieben Monate. Nicht selten haben wir uns angemault. Doch wir wussten genauso gut, dass wir in diesen Augenblicken nicht ohneeinander existieren konnten. Nicht selten gibt es Situationen, in denen gar das Überleben von der Gemeinschaft abhängt. Die Wildhunde und Elefanten dieses Kontinents lassen grüßen. Im Kanu auf dem Sambesi, umgeben von Krokodilen und Huberts, haben wir das am eigenen Leib gespürt.

In Afrika haben wir die Steine aufgesammelt und unsere eingestürzte Brücke wieder aufgebaut. Wir befinden uns wieder auf einem Weg. Dennoch kann jeder von uns entscheiden, wie er diesen Weg geht, ob hüpfend, rennend, schleichend oder rollend. So, wie wir es am besten können und so, wie es uns glücklich macht.

Auch heute streiten wir, haben andere Meinungen, fluchen über den anderen, unternehmen Dinge allein, brauchen Zeit für uns und schlagen uns gelegentlich die Köpfe ein. Was glaubst du, wie dieses Buch entstanden ist? Doch Ubuntu bedeutet, dass jedes Individuum nur durch seine Beteiligung am Ganzen über sich hinauswachsen kann. Und dass ebendiese Gemeinschaft größer ist als die Summe seiner Bestandteile. Es liegt also an uns, als Menschheit über uns hinaus zu wachsen.

Wir sind alle anders und doch eins. Wir leben auf einem Planeten, wandeln auf denselben Wurzeln der Natur, sitzen im gleichen Boot. Mehr noch als in einer Beziehung, ist es auf globaler Ebene umso tragischer, wenn jeder auf sein Wohlergehen schaut, sich abgrenzt, andere nicht respektiert oder gar aberkennt.

Warum ist Frieden so utopisch? Warum ist es einfacher, den anderen zu hassen und auszuschließen? Nur, weil der eine Allah feiert, aber der andere Jesus cool findet? Ob Muslime gegen Juden, Russen gegen Ukrainer, Weiß gegen Schwarz. Es werden Kriege geführt, weil wir uns unterscheiden, statt Andersartigkeit zu tolerieren. Statt uns als eine Gemeinschaft, eine Menschheit zu verstehen. In unserer westlichen Gesellschaft ist der Individualismus stark in unserem Selbstbild verankert. Warum steht der Erhalt des eigenen Wohlergehens über dem des Anderen, wenn es doch miteinander viel besser funktioniert?

Während unserer Wanderung an den Tugela Falls waren Sine und Gift genauso überfordert und verloren wie wir beide. Gemeinsam wuchsen wir über uns hinaus und schafften es, einen Weg zu finden. Ein Gemeinschaftsgefühl ist in der Lage, Stärke und Sicherheit zu schaffen, wo vorher keine war. Wenn man sieht, wie erfolgreich eine Gemeinschaft sein kann, entsteht Hoffnung.

Warum grenzen wir uns ab, statt uns miteinander auszutauschen und voneinander zu profitieren? Erst wenn wir mit Vorurteilen durch persönliches Erfahren aufräumen, kann Rassismus Verständnis weichen. Wir Menschen sind alle anders und doch werden wir nicht nur durch kulturelle oder nationale Identität bestimmt. Ob Massai, Deutscher oder Moslem. In den übergreifenden Gemeinsamkeiten liegt die Kraft unseres Daseins.

Ubuntu ist die Schraube, die jedes soziale Gerüst zusammenhält.

Persönliches Auseinandersetzen mit den Problemen der Menschen vor Ort ist entscheidend für ein tiefergehendes Verständnis. Auch Artenschutz kann nur *mit* der lokalen Bevölkerung funktionieren, wenn eine Umgebung geschaffen wird, in der alle davon profitieren, Arten zu erhalten. Die Herausforderungen der Betroffenen werden viel zu oft erst verständlich, wenn einem selbst ähnliches widerfährt. Ob durch einen Elefanten, einen Wolf, oder einen Wirbelsturm.

Der Klimaschutz ist das plakativste Beispiel. Alle sind betroffen und keiner kann eine Lösung finden, wenn der andere nicht mitarbeitet. In Katastrophen zeigt der Mensch die meiste Hilfsbereitschaft, die größte Solidarität, die stärkste Gemeinschaft. Unsere Welt ist im Ausnahmezustand. Also, worauf warten wir?

Es fängt bei jedem Einzelnen an. Wenn wir aufhören, uns abzugrenzen, uns gegenseitig anzuklagen und Probleme zu kreieren, wo keine sein müssen, würden wir als Gesellschaft vielleicht wieder mehr zusammenrücken. Vielleicht sind wir Träumer, aber wir müssen es versuchen. Wenn nicht wir, wer dann?

Während im Mikrokosmos unserer eigenen Partnerschaft das Ich erst durch das Wir erstarkt ist, scheint unsere Welt durch globale Krisen mehr denn je in Trümmern zu liegen. Weil zigtausend einzelne Wege verfolgt werden. Die Welt braucht mehr Menschlichkeit, mehr Gemeinschaftssinn. Mehr Ubuntu.

DURCH BEGEGNUNGEN ZURÜCK ZUM WIR

Das hier ist keine klassische Danksagung. Wir möchten diesen Platz nutzen, um abschließend nochmal all die Begegnungen in Erinnerung zu rufen, die uns – meist gänzlich unbewusst – dahin gebracht haben, an die unerschütterliche Kraft der Gemeinschaft, das Wir, zu glauben. Die Begegnungen, die unsere Zeit in Afrika zu einer besonderen gemacht haben. Die Begegnungen, ohne die wir uns heute nicht jeden einzelnen Tag darauf besinnen würden, wie wichtig unser Miteinander ist.

Vielleicht magst du auch die Gelegenheit nutzen, dich an diese Begegnungen unserer Geschichte zurückzuerinnern.

♥ *Jack*, der nicht nur unseren Kwidwo befreite, sondern auch uns aus klischeehaftem Denken, vorschnellem Urteilen und unangebrachter Skepsis.

♥ *Sine und Gift*, die in den Drakensbergen im gleichen Schlamassel feststeckten wie wir und uns aufopferungsvoll zeigten, dass vier Menschen zusammen stärker sind als zwei.

♥ *Iko,* der uns in Soweto die Gelegenheit gab, als Fremde ein Teil einer starken und großen Gemeinschaft zu sein.

♥ *Mimma*, die sich mit einem Löwenherzen für die Mammadú-Kids stark machte und es uns ermöglichte, mit unseren ganz persönlichen Stärken zu helfen.

♥ *Sara, Iana und Toshi,* die mehr als nur Kolleginnen für uns waren und unsere Zeit in Windhoek zu einer Zeit unter Freunden machten.

♥ *Mekuu,* die uns in ihren jungen Jahren stellvertretend für alle Mammadù-Kids bewies, wie wertvoll ein Austausch auf Augenhöhe ist und dass es vollkommen egal ist, wo man herkommt oder wie man aussieht.

♥ *Bate,* der uns wie kein anderer die Wildnis näherbrachte und uns zeigte, wie bereichernd ein Leben im Rhythmus der Natur ist.

♥ *Flick,* die uns mit ihrem Schicksal bewies, wie endlich eine Partnerschaft sein und wie stark ein Mensch aus der Trauer zurückkommen kann.

♥ *Ina,* die allen Herausforderungen und Schwierigkeiten als weiße Frau in Sambia trotzte, um Arbeitsplätze zu schaffen und ihren Traum zu leben.

♥ *Steve Tolan,* der uns tiefe Einblicke in die Komplexität des Artenschutzes in Mfuwe gewährte und uns motivierte, selbst aktiv zu werden.

♥ *Moses,* der uns in unnachahmlicher Gastfreundschaft mit in seine Kultur in Uganda nahm und uns als Freund in Erinnerung bleibt.

♥ *John und Lewis,* die uns ein Zuhause in ihrem Massai-Dorf schenkten und uns zeigten, dass man sich auf Augenhöhe begegnen kann, ohne seine Werte zu verlieren.

♥ *Magadaline und David,* die uns lehrten, dass selbst der Individualsport Laufen gemeinsam besser „läuft".

♥ *Wachira und Michael,* die uns selbstverständlich in ihren Lagerfeuer-Freundeskreis aufnahmen und uns Bauchmuskelkater vor Lachen bescherten.

♥ *Elefant im Chobe Nationalpark,* der uns auf emotionale Weise vermittelte, dass wir nie ohne unsere Liebsten sind, auch wenn sie längst von uns gegangen sind. Als Bild unseres Covers steht dieses Wesen stellvertretend für all die Tierbegegnungen, die uns ins Bewusstsein riefen, dass es nicht nur wir Menschen sind, die Anspruch auf einen Platz in dieser Welt haben.

SCHON GELESEN? - DIE VORGESCHICHTE

Wie sich Hannah und Henrik als Volunteers in Peru kennenlernten.

Mit 19 Jahren allein als Freiwilligenarbeiterin hoch in die peruanischen Anden? Ein mutiger Schritt in die Welt, der jedoch bereits einige Zeit vorbestimmt schien.

Kaum erwachsen, reiste Hannah nach Cusco, stürzte sich in waghalsige Abenteuer, engagierte sich für hilfsbedürftige Kinder, erlebte, was Armut wirklich bedeutet, entdeckte sagenhafte Ecken dieses wundervollen Landes, lernte ihre Liebe kennen, erkannte, wie schicksalsreich das Leben sein kann und realisierte, dass die weite Welt die beste Lehrerin ist.

Pachamama – Reise ins Unbekannte
Herausgeber: epubli; 1. Edition (16. Juni 2021)
Seiten: 268
ISBN: 978-3754133514
Verfügbar als Taschenbuch und eBook

ISBN 978-3-7598-5556-5
9 783759 855565 00001
www.epubli.com